MORIARTY

ANTHONY HOROWITZ

MORIARTY

et Les Trois Reines

Traduit de l'anglais (Royaume-Uni)
par Annick Le Goyat

hachette

L'édition originale de cet ouvrage a paru chez Orion Books,
an imprint of The Orion Publishing Company Ltd,
an Hachette UK Company, sous le titre :

MORIARTY

La nouvelle LES TROIS REINES, que vous trouverez en fin d'ouvrage,
a paru sous le titre :

THE THREE MONARCHS

Traduit de l'anglais (Royaume-Uni)
par Annick Le Goyat.

Couverture : © www.patrickknowlesdesign.com

Hachette Livre, 43, quai de Grenelle, 75015 Paris.

À mon ami, Matthew Marsh
et en souvenir de Henry Marsh, 1982–2012

Moriarty

Extrait du *Times* de Londres.
24 avril 1891

UN CORPS DÉCOUVERT À HIGHGATE

La police s'interroge sur un meurtre d'une rare sauvagerie commis à proximité du quartier habituellement agréable et paisible de Highgate. La victime, un homme d'une vingtaine d'années, a reçu une balle en pleine tête. Une chose intrigue les policiers : on lui a attaché les mains avant de le tuer. L'inspecteur G. Lestrade, en charge de l'enquête, incline à croire que cet acte odieux présente tous les aspects d'une exécution, et qu'il pourrait être lié avec les troubles qui agitent depuis quelque temps les rues de Londres. La victime a été identifiée. Il s'agit de Jonathan Pilgrim, un Américain, peut-être en voyage d'affaires, qui séjournait dans un club privé de Mayfair. Scotland Yard s'est mis en rapport avec les autorités de son pays, mais on ignore encore l'adresse de la victime, et il faudra sans doute attendre plusieurs semaines avant que des membres de sa famille se fassent connaître. L'enquête se poursuit.

- 1 -

LES CHUTES DU REICHENBACH

Quelqu'un croit-il réellement à ce qui s'est produit aux chutes du Reichenbach ? De nombreux articles ont paru dans la presse sur le sujet mais il me semble que tous ont laissé de côté un élément important. La vérité. Prenez ceux du *Journal de Genève* et de *Reuters*, par exemple. Je les ai lus de la première à la dernière ligne, ce qui n'est pas une partie de plaisir car ils sont écrits avec la sécheresse caractéristique de la plupart des publications européennes. On dirait que les journalistes rapportent les informations par obligation et non par désir de tenir le lecteur au courant. Or que disent-ils exactement ? Que Sherlock Holmes et son plus grand adversaire, le Professeur James Moriarty, dont le public vient tout juste d'apprendre l'existence, se sont affrontés dans un duel où ils ont péri tous les deux. À en juger par l'enthousiasme de la prose journalistique, on pourrait croire à un accident automobile. Même les gros titres suscitent l'ennui.

Mais ce qui me laisse vraiment perplexe, c'est le témoignage du Dr Watson. Celui-ci relate dans le *Strand Magazine* l'histoire entière, qui débute par la visite qu'il reçut à son cabinet de consultation le 24 avril 1891, et se poursuit par son voyage en Suisse. Nul plus que moi n'admire le chroniqueur des aventures, exploits, mémoires, archives, et j'en passe, du célèbre détective.

En m'installant devant ma machine à écrire Remington 2 dernier cri (invention américaine, évidemment) pour m'atteler à cette tâche immense, je sais que je vais probablement échouer à égaler le sens de la précision et du divertissement dont le Dr Watson a fait preuve jusqu'à la fin.

Je dois pourtant me poser une question : comment a-t-il pu commettre une telle erreur ? Comment n'a-t-il pas décelé ces incohérences qui auraient sauté aux yeux même du plus obtus des commissaires de police ? Robert Pinkerton disait qu'un mensonge est comme un coyote mort : plus longtemps on le laisse sur place, plus il sent mauvais. Et il aurait été le premier à dire que, dans l'affaire des chutes du Reichenbach, tout empeste.

Vous me pardonnerez si je vous parais trop démonstratif mais mon récit, celui que je vous livre ici commence à Reichenbach, et la suite ne prendra son sens qu'avec un examen approfondi des faits. Qui suis-je ? Afin que vous sachiez en quelle compagnie vous êtes, laissez-moi me présenter : mon nom est Frederick Chase, détective en chef à l'agence d'enquêtes privées Pinkerton, et c'était mon premier – et peut-être dernier – voyage en Europe. Mon apparence physique ? Il n'est jamais aisé pour un homme de se décrire, mais soyons franc : il serait faux de me prétendre beau. Mes cheveux étaient noirs, mes yeux d'un brun banal. J'étais grand et, bien qu'âgé de quarante ans seulement à l'époque, la vie ne m'avait pas épargné. J'étais célibataire et me demandais parfois si cela transparaissait dans mes vêtements sans doute un peu trop portés. Dans une pièce remplie de dix hommes, j'étais toujours le dernier à parler. Telle était ma nature.

Je me trouvais à Reichenbach cinq jours après la confrontation que le monde avait appelée « Le problème final ». Il n'avait rien de final, comme nous le savons. Reste le problème.

Parfait. Commençons donc par le début.

Sherlock Holmes, le plus célèbre détective privé de tous les temps, fuit l'Angleterre car il craint pour sa vie. Le Dr Watson, qui le connaît mieux que quiconque et ne tolère aucune critique à son encontre, est forcé d'admettre que, à cette époque, Holmes est loin d'être au mieux de sa forme, et très affecté par la situation fâcheuse dans laquelle il se trouve et qu'il ne peut contrôler. Pouvons-nous l'en blâmer ? Holmes a subi trois agressions en une seule matinée. Il a manqué être écrasé par un cabriolet qui dévalait Welbeck Street. Une brique tombée, ou lancée, d'un toit de Veere Street a failli l'assommer. Puis, juste avant d'arriver chez Watson, il s'est fait agresser par un homme armé d'un gourdin. A-t-il un autre choix que la fuite ?

Oui. Les options qui s'offrent à lui sont si nombreuses que c'est à se demander ce que Sherlock Holmes avait en tête. Il faut dire que ce n'est pas un homme particulièrement enclin à s'expliquer ; j'ai lu tous les récits de Watson sans jamais deviner la fin.

En premier lieu, pourquoi Holmes pense-t-il être plus en sécurité sur le continent que près de chez lui ? Londres est une ville dense, grouillante, qui lui est aussi familière que sa poche et où, ainsi qu'il l'a lui-même confié, il possède plusieurs domiciles (« cinq petits refuges », comme l'écrit Watson) éparpillés çà et là et connus de lui seul.

Il pourrait se déguiser. C'est d'ailleurs ce qu'il fait. Dès le lendemain, dans la gare Victoria, Watson remarque un vieux prêtre italien en grande discussion avec un porteur et va même jusqu'à lui offrir son aide. Plus tard, le prêtre entre dans son compartiment et s'installe en face de lui ; il s'écoule plusieurs minutes avant que Watson ne reconnaisse son ami. Les déguisements de Holmes étaient si remarquables qu'il aurait pu passer les trois années suivantes sous la soutane d'un curé catholique sans que personne n'en soupçonnât rien. *Père Sherlock*. Cela aurait éconduit ses ennemis. Et lui aurait même permis de s'adonner à certains de ses autres hobbies : l'apiculture, par exemple.

Au lieu de cela, Holmes se lance dans un voyage quelque peu erratique, sans itinéraire précis, et il demande à Watson de l'accompagner. Pourquoi ? Le criminel le plus incompétent devinerait que là où Holmes va, Watson va. Or, n'oublions pas que nous parlons ici d'un criminel hors du commun, maître dans sa profession, un homme aussi redouté qu'admiré par Holmes lui-même. Je ne crois pas une seconde que Holmes ait sous-estimé Moriarty. Le simple bon sens me dit qu'il jouait un autre jeu.

Sherlock Holmes se rend à Canterbury, Newhaven, Bruxelles, Strasbourg. Il est suivi pas à pas. À Strasbourg, il reçoit un télégramme de la police de Londres l'informant que tous les membres de la bande de Moriarty ont été capturés. Cela s'avérera faux. Un personnage clé est passé entre les mailles du filet, bien que ce terme soit inapproprié si l'on considère le très gros poisson qu'est le colonel Sebastian Moran.

Le colonel Moran, meilleur tireur d'élite d'Europe, était d'ailleurs bien connu de l'agence Pinkerton. À la fin de sa carrière, il était fiché par toutes les forces de police de la planète. Il s'était un jour rendu célèbre en tuant onze tigres en une seule semaine au Rajasthan, exploit qui étonna ses amis chasseurs autant qu'il scandalisa les membres de la Royal Geographical Society. Pour Holmes, Moran était le deuxième homme le plus dangereux de Londres – phénomène aggravant : il était uniquement motivé par l'argent. Le meurtre de Mrs Abigail Stewart, par exemple, veuve éminemment respectable tuée d'une balle dans la tête alors qu'elle jouait au bridge à Lauder, fut perpétré par Moran dans le seul but de payer ses dettes de jeu au Bagatelle Card Club. Il est étrange de penser que tandis que Holmes lisait le télégramme de la police, Moran se trouvait à moins de cent pas, en train de boire une tisane à la terrasse d'un hôtel. Ces deux-là allaient bientôt se rencontrer.

De Strasbourg, Holmes gagne Genève et, durant une semaine, explore les montagnes coiffées de neige et les jolis villages de la vallée du Rhône. Watson décrit cet interlude comme « charmant », qui n'est pas le mot que j'aurais utilisé en la circonstance, mais je suppose que nous ne pouvons qu'admirer le fait que ces deux hommes, amis si proches, se détendent ensemble à un moment pareil.

Holmes craint toujours pour sa vie, et un nouvel incident se produit. Alors qu'il suit un sentier vers les eaux gris acier du Daubensee, il manque être heurté par un gros rocher qui dévale le flanc de la montagne juste au-dessus de lui. Son guide, un homme de la région, lui affirme que ce n'est pas rare, et je suis enclin à le croire. J'ai examiné les cartes et calculé les distances. D'après mes estimations, l'ennemi de Holmes l'a précédé et l'attend à son point d'arrivée. Cependant, Holmes est convaincu d'avoir été à nouveau visé, et il passe le reste de la journée dans un état d'extrême anxiété.

Enfin, il atteint le village de Meiringen, sur la rivière Aar, où Watson et lui s'installent à l'*Englischer Hof*, une auberge tenue par un ancien barman de l'hôtel Grosvenor à Londres. C'est ce dernier, Peter Steiler, qui suggère à Holmes d'aller admirer les chutes du Reichenbach et, pendant un court moment, la police suisse le soupçonnera d'être à la solde de Moriarty. Cela vous donne une idée des techniques d'investigation des enquêteurs helvètes. Si vous voulez mon opinion, ils auraient eu du mal à trouver un flocon dans un glacier alpin. Je suis moi aussi descendu à l'auberge et j'ai interrogé Steiler. Il n'était pas seulement innocent. C'était un être simple, qui levait à peine le nez de ses marmites et de ses casseroles (c'est sa femme qui, en réalité, dirigeait l'affaire). Jusqu'à ce que le monde vînt frapper à sa porte, Steiler ignorait l'identité de son illustre client, et sa première réaction, quand circula la nouvelle de la mort de Holmes, fut de donner son nom à une fondue.

Steiler lui recommande évidemment la visite des chutes du Reichenbach. C'est le contraire qui serait suspect. Les chutes sont une destination prisée par les touristes et les romantiques. En été, on peut rencontrer de nombreux artistes disséminés le long du sentier moussu, qui s'efforcent de capturer la cascade de glace fondue du glacier Rosenlaui quand celle-ci plonge de quatre-vingt-dix mètres dans le ravin. Vaines tentatives. Car il y a dans cet endroit austère quelque chose de surnaturel qui défierait les plus grands peintres. Seuls Charles Parsons ou Emmanuel Leutze, dont j'ai admiré les œuvres à New York, auraient peut-être réussi à en tirer quelque chose. Le monde donne l'impression de s'achever ici, dans une apocalypse perpétuelle d'eau grondante et d'embruns s'élevant comme de la vapeur ; les oiseaux effrayés fuient et le soleil est obscurci. Les parois qui enserrent ce déluge enragé sont déchiquetées et sauvages.

Sherlock Holmes avait souvent montré un certain goût pour le mélodrame, mais jamais autant qu'ici. C'était une scène incomparable pour jouer un grand finale, qui résonnerait comme la cascade elle-même pour les siècles à venir.

À ce stade, les choses commencent à devenir un peu troubles.

Holmes et Watson restent seuls un moment et s'apprêtent à poursuivre leur chemin lorsqu'ils sont surpris par l'arrivée d'un garçon de quatorze ans, blond et grassouillet. Leur surprise s'explique. Le garçon est tiré à quatre épingles, vêtu du costume traditionnel suisse, avec pantalon ajusté s'arrêtant sous les genoux, chaussettes hautes, chemise blanche et gilet sans manches rouge.

Tout cela me semble incongru. Nous sommes en Suisse, pas dans un théâtre de vaudeville. Ce garçon en fait vraiment trop.

En tout cas, il prétend être envoyé par l'*Englischer Hof.* Il explique qu'une femme est tombée malade mais refuse, pour des raisons obscures, de se laisser ausculter par un médecin suisse. Que feriez-vous à la place de Watson ? Douteriez-vous de cette histoire invraisemblable et resteriez-vous tranquillement où vous êtes ? Ou bien abandonneriez-vous votre ami, au pire moment, dans cet endroit véritablement infernal ? On ne nous dit rien de plus sur le garçon suisse – mais vous et moi aurons bientôt l'occasion de le revoir. Sherlock Holmes suggère qu'il travaille peut-être pour Moriarty mais n'évoque plus cette hypothèse par la suite. Quant à Watson, généreux et indécrottablement têtu, il prend congé de son ami et court au chevet d'une patiente fantôme.

Nous devons maintenant attendre trois ans pour voir Holmes réapparaître – il est important de se souvenir que, tout au long de ce récit, on le croira pour ainsi dire mort. Ce n'est que beaucoup plus tard qu'il s'expliquera (Watson le relate dans « La Maison Vide »), et bien que, dans mon métier, j'aie eu à lire d'innombrables rapports, j'en ai rarement vu qui accumulaient autant d'invraisemblances. Mais comme il s'agit du témoignage de Holmes, nous devons je suppose le prendre au pied de la lettre.

Selon Holmes, donc, une fois Watson parti, voici que surgit sur le sentier serpentant à mi-hauteur des chutes le Professeur James Moriarty. Le sentier s'arrête net, si bien qu'il n'est pas question pour Holmes de chercher à s'échapper, ce qui d'ailleurs ne lui aurait jamais traversé l'esprit. Il faut lui rendre cette justice, cet homme a toujours affronté ses peurs, qu'elles prennent la forme d'une vipère, d'un poison atroce capable de vous conduire à la folie, ou d'une meute de chiens parcourant la lande. Holmes a fait un grand nombre de choses franchement déconcertantes, mais il n'a jamais fui.

Les deux hommes échangent quelques mots. Holmes demande la permission de laisser une note à l'attention de son vieux compagnon, ce que le Professeur Moriarty lui accorde. On peut le vérifier, car ces trois feuilles de papier sont l'une des acquisitions les plus prisées de la British Library Reading Room de Londres, où elles sont exposées. Une fois l'échange de politesses terminé, les adversaires se sautent à la gorge, dans ce qui ressemble moins à un combat qu'à un acte suicidaire, chacun étant déterminé à précipiter l'autre dans le flot tumultueux de la cascade.

C'est ce qui aurait dû se produire. Cependant, Holmes garde un atout dans sa manche. Il a appris le bartitsu. Je n'en avais personnellement jamais entendu parler, mais il s'agit d'un art martial inventé par un ingénieur britannique, combinant la boxe et le judo. Et Holmes en fait bon usage.

Moriarty est pris par surprise. Il est propulsé dans le vide et, dans un hurlement terrible, plonge dans l'abîme. Holmes le voit percuter un rocher avant de disparaître dans l'eau. Lui-même est sain et sauf.

Pardonnez-moi, mais n'y a-t-il pas quelque chose d'insatisfaisant dans ce duel ? Demandez-vous pourquoi Moriarty s'expose à une telle confrontation. Les actes de bravoure à l'ancienne, c'est très bien (quoique je n'aie jamais vu un criminel s'y risquer), mais quel but poursuivait-il en se mettant ainsi en danger ? Pour parler crûment, pourquoi Moriarty n'a-t-il pas simplement sorti un revolver et abattu son adversaire à bout portant ?

Si le comportement de Moriarty est étrange, celui de Holmes devient totalement inexplicable. Sur l'impulsion du moment, il décide d'utiliser ce qui vient de se passer pour feindre sa mort. Il escalade la face rocheuse derrière le sentier et se cache jusqu'au retour de Watson. De cette façon, bien sûr, il évite de laisser une seconde rangée de traces de pas montrant qu'il a survécu. Dans quel but ? Le Professeur Moriarty est mort, et la police britannique a annoncé l'arrestation de toute la bande. Alors pourquoi se croit-il encore en danger ? Qu'a-t-il exactement à y gagner ? À la place de Holmes, je serais rondement retourné à l'*Englischer Hof* pour célébrer ça avec une bonne escalope de veau panée et un verre de Neuchâtel.

Pendant ce temps, découvrant qu'il a été dupé, le Dr Watson revient précipitamment sur les lieux, où un alpenstock abandonné et une série d'empreintes l'éclairent sur ce qui s'est passé. Il va chercher de l'aide et examine la scène avec plusieurs hommes de l'hôtel et un officier de la police locale du nom de Gessner. Holmes les voit mais reste caché, en dépit de la détresse dans laquelle sa disparition plonge son plus fidèle compagnon. Ils trouvent la lettre, la lisent et, comprenant qu'il n'y a plus rien à faire, ils s'en vont. Holmes sort de sa cachette. C'est alors que le récit prend un tour différent et totalement obscur. On apprend que le Professeur Moriarty n'est pas venu seul aux chutes du Reichenbach. Au moment où Holmes s'apprête à redescendre le sentier – ce qui n'est pas en soi une chose si aisée –, un homme surgit soudain et tente de le précipiter dans le vide en déclenchant une avalanche de rochers. Cet homme n'est autre que le colonel Sebastian Moran.

Que diable fait-il ici ? A-t-il assisté à la lutte entre Moriarty et Holmes et, si oui, pourquoi n'a-t-il pas aidé Moriarty ? Où est son arme ? Le plus fameux tireur d'élite du monde l'aurait-il malencontreusement oubliée dans le train ? Ni Holmes, ni Watson, ni personne d'autre d'ailleurs, n'a jamais fourni de réponses raisonnables à ces questions qui, alors même que je martèle les touches de ma machine à écrire, me paraissent inévitables. Et sitôt que je commence à les poser, il m'est impossible de me retenir. J'ai l'impression d'être dans un fiacre fou qui dévale la Cinquième Avenue sans pouvoir s'arrêter.

Voilà tout ce que nous savons des chutes du Reichenbach. L'histoire que je dois maintenant conter commence cinq jours plus tard, au moment où trois hommes se rencontrent dans la crypte de l'église St Michael à Meiringen. Le premier est inspecteur principal à Scotland Yard, le célèbre quartier général de la police britannique. Son nom est Athelney Jones. Je suis le deuxième.

Le troisième homme est grand et mince, avec un front proéminent et des yeux enfoncés qui regarderaient le monde avec une malveillance glacée et fourbe s'il y avait en eux la moindre étincelle de vie. Or son regard est désormais vitreux et vide. L'homme, cérémonieusement revêtu d'un col cassé et d'une longue redingote, a été repêché dans le Reichenbach à quelque distance des chutes. Sa jambe gauche est cassée et il a d'autres blessures graves à la tête et à l'épaule. Mais la cause de sa mort est la noyade. La police locale a attaché une étiquette à son poignet, posé en travers du torse. L'étiquette porte un nom : James Moriarty.

Il est la raison de ma venue en Europe. Apparemment, je suis arrivé trop tard.

- 2 -

L'INSPECTEUR JONES

— Êtes-vous absolument certain que c'est lui ?

— Aussi certain qu'il me soit possible de l'être, Mr Chase. Mais laissons de côté nos convictions personnelles pour examiner les preuves. L'apparence physique de cet homme et les circonstances de son arrivée ici correspondent aux éléments dont nous disposons. Et si ce n'est pas Moriarty, nous sommes obligés de nous demander qui il est, comment il a été tué et, bien sûr, ce qu'il est advenu de Moriarty lui-même.

— On a repêché un seul corps ?

— C'est ce que l'on m'a dit, oui. Pauvre Mr Holmes... Se voir ainsi privé de la consolation de l'enterrement chrétien auquel tout homme a droit. Mais nous sommes sûrs d'une chose. Son nom survivra. Cela au moins est réconfortant.

Cette conversation avait lieu dans le sous-sol humide et sinistre de l'église, inaccessible à la chaleur et aux senteurs de cette journée printanière. À côté de moi, l'inspecteur Jones était penché au-dessus du noyé, les mains étroitement serrées derrière son dos comme s'il avait peur d'être contaminé. Son regard gris et sombre balaya toute la longueur du cadavre, de la tête jusqu'aux pieds, dont l'un avait perdu sa chaussure. Visiblement, Moriarty avait eu un penchant pour les chaussettes de soie brodées.

Jones et moi venions à peine de faire connaissance dans le commissariat de Meiringen. J'étais sincèrement étonné qu'un minuscule village perché au milieu des montagnes suisses, entouré de chèvres et de boutons d'or, eût besoin d'un poste de police. Mais, comme je l'ai déjà mentionné, l'endroit était une destination touristique prisée et, avec l'installation récente du chemin de fer, un nombre croissant de visiteurs s'y rendait. Deux policiers étaient de service, l'un et l'autre vêtus d'un uniforme bleu foncé, assis derrière le guichet en bois qui fendait la première salle de part en part. L'un deux était l'infortuné sergent Gessner, qui avait été appelé aux chutes – il était déjà clair à mes yeux qu'il aurait préféré s'occuper de passeports perdus, de tickets de train, ou de touristes égarés, plutôt que de se casser la tête sur une affaire de meurtre.

Son collègue et lui parlaient à peine ma langue, et j'avais été contraint de m'expliquer en me servant des images et des gros titres d'un journal anglais que j'avais apporté dans ce but. J'avais appris par la presse qu'un corps avait été repêché en contrebas des chutes du Reichenbach et j'avais demandé à le voir, mais la police suisse était obstinée, comme tant de personnes en uniforme investies d'un pouvoir limité. Parlant en même temps et avec force gesticulations, les deux policiers m'avaient fait comprendre qu'ils attendaient l'arrivée d'une sommité de la police venue exprès d'Angleterre, et que la décision lui reviendrait. Je leur avais dit que je venais moi-même de beaucoup plus loin et que l'affaire qui m'occupait était tout aussi sérieuse, mais rien n'y fit. *Je suis désolé, mein Herr.* Ils ne pouvaient pas m'aider.

Je tirai ma montre. Déjà onze heures. La moitié de la matinée était perdue, et je commençais à craindre qu'il en soit de même pour toute la journée lorsque, soudain, la porte s'ouvrit. Sentant un léger courant d'air sur ma nuque, je me retournai et aperçus une silhouette se découper dans la lumière matinale. L'homme ne dit rien mais, quand il avança, je vis qu'il avait à peu près le même âge que moi, peut-être un peu plus jeune, avec des cheveux sombres plaqués sur le front, et des yeux gris curieux de tout. Il dégageait une impression de gravité. Quand il entrait dans une pièce, on ne pouvait pas manquer de le remarquer. Il portait un complet veston avec un pardessus clair non boutonné sur les épaules. On voyait immédiatement qu'il avait été malade et perdu du poids. Cela se remarquait à ses vêtements qui flottaient sur lui, à la pâleur de son teint et à ses traits tirés. Il tenait à la main une canne en bois de rose, avec un pommeau d'argent ornementé. S'étant approché du guichet, il s'y appuya pour se soutenir.

— *Können Sie mir helfen ?* demanda-t-il. (Il parlait l'allemand couramment mais sans chercher à en imiter l'accent, comme s'il avait appris les mots sans jamais les entendre.) *Ich bin Inspector Athelney Jones von Scotland Yard.*

Il m'avait jeté un bref coup d'œil, enregistrant ma présence pour un usage ultérieur. Son nom produisit un effet instantané sur les deux policiers suisses.

— Jones. Inspecteur Jones, répétèrent-ils.

Et quand il leur tendit sa lettre d'introduction, ils la prirent avec moult courbettes et sourires, puis, après lui avoir demandé de patienter un moment, ils notèrent ses coordonnées dans le registre, avant de se retirer dans un bureau à l'arrière et de nous laisser seuls.

Il nous était impossible de nous ignorer, et le nouveau venu fut le premier à rompre le silence, traduisant pour moi ce qu'il venait de dire aux deux policiers.

— Je m'appelle Athelney Jones.

— Ai-je bien entendu ? Vous êtes de Scotland Yard ?

— En effet, oui.

— Je me présente. Frederick Chase.

Nous nous serrâmes la main. La sienne était étrangement lâche, comme si elle était à peine reliée au poignet.

— C'est un endroit magnifique, reprit-il. Je n'avais jamais eu le plaisir de voyager en Suisse. En fait, c'est la troisième fois seulement que je quitte mon pays. (Il porta brièvement son attention sur ma malle-cabine – n'ayant pas encore d'hôtel, j'avais dû la garder avec moi.) Vous venez d'arriver ?

— Il y a une heure. Nous étions sans doute dans le même train, dis-je.

— Et vous venez pour… ?

J'hésitai. L'aide d'un officier de police était essentielle pour l'affaire qui m'avait conduit à Meiringen, toutefois je ne voulais pas me montrer trop hardi. En Amérique, il y avait souvent des conflits d'intérêt entre l'agence Pinkerton et les services gouvernementaux. Pourquoi en serait-il autrement ici ?

— Je suis ici pour une affaire privée, commençai-je.

Il sourit, pourtant je décelai dans son regard quelque chose qui ressemblait à de la souffrance.

— Dans ce cas, Mr Chase, vous me permettrez de répondre pour vous.

Il réfléchit un instant avant de poursuivre :

— Vous êtes un agent de l'agence Pinkerton et, la semaine dernière, vous êtes allé à Londres afin de voir le Professeur James Moriarty. Il avait reçu une communication importante à vos yeux, que vous espériez découvrir sur sa personne. L'annonce de sa mort vous a causé un choc et vous êtes venu directement ici. Je constate aussi que vous avez une piètre opinion de la police helvétique.

— Attendez un peu ! m'exclamai-je en levant une main. M'avez-vous espionné, inspecteur Jones ? Avez-vous télégraphié à mon bureau ? Je trouve assez déplaisant que la police britannique prenne des renseignements derrière mon dos et fouine dans mes affaires.

— Inutile de vous inquiéter, répliqua Jones avec le même sourire étrange. Ce que je viens de vous dire, je l'ai seulement déduit de mes observations ici même, dans cette pièce. Je pourrais ajouter d'autres détails si vous voulez.

— Pourquoi pas ?

— Vous habitez un appartement dans un immeuble ancien, à un étage élevé. Vous pensez que vos employeurs ne prennent pas assez soin de vous, d'autant que vous êtes un de leurs meilleurs agents. Vous êtes célibataire. Je suis navré de voir que la traversée en bateau a été particulièrement désagréable, et pas seulement à cause du mauvais temps qui a sévi le deuxième ou peut-être le troisième jour. Vous considérez que tout ce voyage n'est qu'une perte de temps. J'espère pour vous qu'il ne le sera pas.

Il se tut, et je le regardai comme si je le voyais pour la première fois.

— Vous avez deviné juste sur presque tous les points, dis-je, la voix rauque. Mais comment diable avez-vous fait ? Franchement, ça me dépasse. Vous voulez bien m'expliquer ?

— C'est tout ce qu'il y a de plus simple, répondit-il. Je dirais même : « élémentaire ».

Il choisit ce dernier mot avec soin, comme s'il avait pour lui une signification particulière.

— Facile à dire !

Je jetai un coup d'œil à la porte qui nous séparait maintenant des deux policiers suisses. Le sergent Gessner semblait parler au téléphone. J'entendais sa voix qui ne cessait de ronronner. Le guichet vide se dressait comme une barrière entre eux et nous.

— S'il vous plaît, inspecteur Jones. Voulez-vous bien me dire comment vous êtes arrivé à ces conclusions ?

— D'accord. Mais, je vous préviens, cela vous paraîtra tristement évident une fois que vous le saurez. (Il déplaça le poids de son corps sur sa canne pour chercher une position plus confortable.) Le fait que vous soyez américain s'entend à votre accent et se voit à vos vêtements. Votre gilet, en particulier, avec ses rayures et ses quatre petites poches, serait quasiment introuvable à Londres. Il y a aussi votre accent. Ma connaissance en ce domaine est limitée mais le vôtre m'évoque la côte est de l'Amérique.

— Je suis en effet né à Boston. Et je vis actuellement à New York. Je vous en prie, continuez !

— À mon arrivée, vous regardiez votre montre à gousset. Et bien qu'elle ait été un peu cachée par vos doigts, j'ai nettement vu le symbole gravé sur le boîtier : un œil avec ces mots « Nous ne dormons jamais. » C'est, bien entendu, la devise de l'agence Pinkerton. Par ailleurs, que vous ayez pris le bateau à New York est évident grâce au tampon des autorités portuaires imprimé sur votre malle. (Il jeta un nouveau coup d'œil à mon bagage, que j'avais déposé sous la photographie d'un homme à la mine patibulaire, probablement quelque vaurien local.) Quant à votre dédain pour la police helvétique… Pourquoi regarder votre montre alors qu'il y a une pendule en parfait état de marche sur le mur ? Vous n'avez pas confiance. Ils vous ont, je suppose, peu aidé.

— Vous avez parfaitement raison, inspecteur. Mais comment avez-vous deviné mon lien avec le Professeur Moriarty ?

— Pour quelle autre raison seriez-vous venu à Meiringen ? Je parierais que sans les événements de la semaine dernière, vous n'auriez jamais entendu parler de ce village perdu.

— Ma mission aurait pu concerner Sherlock Holmes.

— Dans ce cas, vous seriez resté à Londres et auriez commencé vos recherches à Baker Street. Il n'y a rien, ici, sinon le cadavre d'un homme. Quel qu'il soit, il n'est certainement pas Sherlock Holmes. Non. De New York, vous avez probablement débarqué à Southampton – ce que confirme le numéro du *Hampshire Echo* que je vois dépasser de la poche droite de votre veste. La date que j'aperçois est le jeudi 7 mai, ce qui suggère que vous avez acheté ce journal sur le port, et que vous avez décidé de repartir aussitôt pour le continent. Or quelle information pouvait vous conduire ici ? Un seul sujet était digne d'intérêt ce jour-là. C'était forcément Moriarty. (Il sourit.) Je suis étonné de ne pas vous avoir croisé plus tôt. Car, ainsi que vous l'avez fait remarquer, nous sommes très certainement venus par le même train.

— Vous avez mentionné quelque chose que Moriarty aurait reçu.

— Moriarty ne peut plus rien vous apprendre. Il est mort. Et il est peu probable que vous puissiez l'identifier. Très peu de gens ont vu son visage. Donc, ce qui vous intéresse, c'est quelque chose qu'il a. Quelque chose que vous espériez trouver sur lui. Une lettre, un objet envoyé d'Amérique. Je présume que c'est ce dont vous discutiez avec la police avant mon arrivée.

— Je leur demandais de me laisser examiner le corps.

— Il n'y a rien de plus à ajouter.

— Et la traversée en bateau ?

— Vous avez sans doute partagé une cabine avec un autre passager.

— Comment le savez-vous ? m'exclamai-je.

— Vos ongles et vos dents suggèrent que vous ne fumez pas, pourtant je détecte une forte odeur de tabac sur vous. Cela indique que, bien que vos employeurs aient certainement choisi le meilleur de leurs agents pour cette mission, quelle qu'elle soit – après tout, ils vous envoient de l'autre côté de l'Atlantique –, ils ne sont pas disposés à vous offrir une cabine particulière.

Ça n'a pas dû être très plaisant pour vous de cohabiter avec un fumeur.

— En effet.

— Et les conditions climatiques n'ont rien arrangé. (Il leva une main, comme pour chasser ma question avant que j'aie pu la poser.) C'est une vilaine entaille que vous avez dans le cou. Se raser à bord d'un bateau, surtout pendant une tempête, n'est pas aisé.

J'éclatai de rire.

— Inspecteur Jones ! Je suis un homme simple. J'ai accompli ce que j'ai accompli à force de travail et de zèle. Les techniques que vous employez me sont inconnues et j'ignorais que les policiers britanniques y étaient formés.

— Pas tous, répondit Jones tranquillement. Disons que j'ai reçu un entraînement spécial, et que j'ai appris auprès du meilleur des professeurs.

— Une dernière chose. Vous ne m'avez pas dit comment vous avez deviné ma situation familiale et l'endroit où j'habite à New York.

— Vous ne portez pas d'alliance, ce qui en soi n'est pas concluant mais, si je peux me permettre, aucune épouse ne laisserait sortir son mari avec ces taches sur ses manchettes, ni ces chaussures dont les talons éculés ont cruellement besoin de ressemelage. Quant à votre appartement, il s'agit là encore d'une simple question d'observation et de déduction. Je remarque que l'étoffe de votre veste, sur la manche droite, est très élimée. Comment cela a-t-il pu se produire sinon par l'habitude que vous avez de gravir plusieurs étages à pied, en frottant machinalement votre manche contre une rampe métallique ? Dans les bureaux de votre agence, il y a un ascenseur, je présume. Mais pas dans un vieil immeuble d'habitation.

Il se tut, et je m'aperçus que la conversation l'avait fatigué car il s'appuyait plus lourdement sur sa canne. Pour ma part, je le regardais avec une admiration que je ne cherchais pas à dissimuler, et j'aurais pu rester là encore un long moment si la porte ne s'était soudain ouverte sur les deux policiers suisses. Ils parlèrent rapidement en allemand et, même si le sens de leurs paroles m'échappa, leur ton amical m'indiqua qu'ils étaient prêts à escorter l'envoyé de Scotland Yard à l'endroit où reposait le cadavre du noyé. Je ne me trompais pas. Jones se redressa et commença à se diriger vers la porte.

— Puis-je dire un mot ? risquai-je. Bien entendu, vous avez des ordres, inspecteur Jones, mais je pense que je pourrais vous être utile. Tout ce que vous m'avez dit au cours de votre remarquable démonstration était rigoureusement exact. J'ai suivi Moriarty jusqu'ici à cause d'un message, envoyé il y a trois semaines, qui pourrait avoir de graves conséquences pour vous et pour moi. Il est vrai que je ne suis pas en mesure de l'identifier, mais il est de la plus haute importance que je puisse au moins voir le corps.

L'émissaire de Scotland Yard s'arrêta, la main crispée sur le pommeau de sa canne.

— Vous comprenez, monsieur, que j'obéis aux ordres de mes supérieurs.

— Vous avez ma parole que je n'interférerai en aucune manière.

Les deux policiers suisses nous attendaient. Jones prit sa décision et hocha la tête.

— *Er kommt mit uns*, leur dit-il avant de se tourner vers moi. Venez avec nous.

— Je vous suis très reconnaissant. Et je vous promets que vous ne le regretterez pas.

Je laissai mon bagage au poste de police et nous traversâmes le village par la rue principale, en passant devant les quelques maisons dispersées. En chemin, Gessner et Jones ne cessèrent de discuter à voix basse en allemand. Nous arrivâmes enfin à l'église St Michael, un étrange petit édifice au toit rouge étincelant et au lourd clocher déséquilibré. Les policiers ouvrirent la porte avec une clé et s'écartèrent pour nous laisser entrer. Je m'inclinai devant l'autel, mais l'inspecteur Jones ne m'imita pas. Nous descendîmes ensuite une volée de marches menant à la crypte, et il fit signe qu'il souhaitait continuer seul avec moi. Gessner ne se fit pas prier pour rester en arrière. Même dans la fraîcheur de l'église, avec ses épaisses parois en pierre, l'odeur de la mort était déjà perceptible.

Le cadavre était tel que je l'ai décrit précédemment. Vivant, l'homme maintenant étendu devant nous avait dû être exceptionnellement grand, malgré ses épaules voûtées. On l'imaginait assez bien bibliothécaire, ou conférencier dans une université. Ce que, d'ailleurs, Moriarty avait été autrefois. Ses vêtements, noirs et démodés, étaient accrochés sur lui comme des algues – je supposai même qu'ils étaient encore mouillés. Il existe bien des façons de mourir, mais peu laissent une trace aussi vilaine sur le corps que la noyade. Sa chair était boursouflée et nauséabonde. Sa couleur hideuse.

— On ne peut affirmer qu'il s'agisse de Moriarty, dis-je. Vous aviez raison en disant que je n'étais pas capable de l'identifier. Mais vous, l'êtes-vous ?

Jones fit non de la tête.

— Je ne l'ai jamais vu de mes yeux. Pas plus que mes collègues. Moriarty a vécu dans l'ombre toute sa vie et s'en est fait une devise. Nous finirons peut-être par trouver quelqu'un qui a travaillé avec lui lorsqu'il était professeur de mathématiques, et soyez certain que j'enquêterai dès mon retour. Pour l'instant, je peux dire ce que je vois. Cet homme, devant nous, a l'âge qui correspond. Et les vêtements qu'il porte sont indubitablement anglais. Vous voyez sa montre à gousset ? Le boîtier est en argent et gravé du nom du joaillier : « John Myers of London ». Il n'est pas venu ici pour profiter des beautés de la nature. Il est mort en même temps que Sherlock Holmes. Alors, je repose la question. Qui d'autre que Moriarty peut-il être ?

— A-t-on fouillé le corps ?

— La police suisse a inspecté ses poches, oui.

— Il n'y avait rien ?

— Quelques pièces de monnaie. Un mouchoir. Rien de plus. Qu'espériez-vous trouver ?

J'attendais cette question. Je n'hésitai pas. Je savais que tout, notamment mon avenir immédiat, était suspendu à ma réponse. Je nous revois encore, seuls dans la crypte avec le cadavre étendu devant nous.

— Moriarty a reçu une lettre le 22 ou le 23 avril, expliquai-je. Une lettre écrite par un criminel bien connu de l'agence Pinkerton, tout aussi retors et dangereux que Moriarty, dans laquelle il invitait celui-ci à le rencontrer. Même si la mort de Moriarty se trouvait confirmée, j'espérais découvrir cette lettre. Sur lui ou à l'endroit où il réside.

— Est-ce l'auteur de la lettre et non Moriarty qui vous intéresse ?

— En effet. Il est la raison de ma venue ici.

Jones secoua la tête.

— Le sergent Gessner m'expliquait en chemin que la police a déjà enquêté mais n'a pas réussi à découvrir où logeait Moriarty. Il a pu établir sa base dans un village voisin, mais, si c'est le cas, il a utilisé un faux nom. Il serait vain de chercher. Qu'est-ce qui vous fait croire qu'il a la lettre sur lui ?

— Je me raccroche peut-être à un faux espoir, répondis-je. J'en conviens. C'est un fil très fragile que j'essaie de tirer. Je me fonde sur la façon dont travaillent ces individus. Ils utilisent parfois des signes et des symboles pour se reconnaître. La lettre elle-même pourrait être une sorte de passeport. Dans ce cas, Moriarty la conserverait à portée de main.

— Si vous le désirez, nous pouvons le fouiller une fois encore.

— Oui, je crois que nous devrions.

C'était une tâche macabre. Le corps, froid et gorgé d'eau, n'avait rien d'humain. En le retournant, j'eus l'impression que les chairs allaient se détacher des os. Les vêtements étaient visqueux. Je glissai une main sous la veste et m'aperçus que la chemise était retroussée ; je sentis le contact de sa peau morte et blanche. Sans nous être consultés, je me retrouvai à explorer le haut du corps du noyé, tandis que Jones se chargeait du bas. Nous n'eûmes pas plus de chance que les policiers avant nous. Les poches étaient vides. Si elles avaient contenu d'autres objets que ceux mentionnés par Jones, les eaux fougueuses du Reichenbach les en avaient arrachés. Nous nous affairions en silence. Finalement, je reculai, le cœur au bord des lèvres.

— Il n'y a rien, inspecteur Jones. Vous aviez raison. C'est une perte de temps.

— Un instant.

Jones avait remarqué quelque chose. Il tendit la main et saisit la veste du mort pour examiner l'ourlet autour de la poche de poitrine.

— J'ai vérifié, lui dis-je. Cette poche est vide.

— Pas la poche. Regardez la couture. Ces points n'ont aucune raison d'être. Ils ont été rajoutés. (Il frotta le tissu entre ses doigts.) Il y a quelque chose à l'intérieur de la doublure.

Je me penchai pour mieux voir. C'était vrai. Des points avaient été cousus quelques centimètres au-dessus de la poche.

— J'ai un couteau, proposai-je.

Je sortis le canif dont je ne me séparais jamais et le tendis à mon nouvel ami.

Jones inséra la pointe dans la couture et coupa doucement le fil. Le tissu céda. Il y avait une poche secrète dans la veste du mort, et quelque chose à l'intérieur. Jones sortit un papier plié en quatre. Il était mouillé et aurait pu se désintégrer s'il n'avait été manipulé avec une extrême précaution. Utilisant le plat de la lame, Jones posa le papier sur la table à côté du cadavre. Puis il le déplia avec soin. Apparut alors une page recouverte d'une écriture qui aurait pu être celle d'un enfant.

Voici ce qui était écrit :

HoLmES N'éTAiT pAs UN HOMmE
DIFFiCilE à VivrE. D'UN nATuREL
cALme, Il AvAiT dES hABITudeS
réguLIèREs. Il SE CoucHAiT rarEmEnT
aprÈs DIX HEuREs Du soir. IL pRenaIT
Son peTIT DÉjEUNER Et SOrTaIt
InvaRIableMENt AVANt QuE jE nE
FuSse lEVÉ. IL pASsAIT SEs JouRnées
aU LaBORaToiRE DE CHImie OU
DAnS La SALlE De DISSECTiOn.
DE TEmpS À AuTrE, il FAiSAiT De
lONGUes PrOMenadES à piEd qui Le
coNdUISAIeNT daNS lES BaS-quARTIeRs
DE lA ViLLE. RiEN N'entAmAiT sON
ÉNERgIE lOrSquE Il TravaIlLAIT.

Si Jones était déçu, il n'en montra rien. Mais ce n'était pas la lettre à laquelle je pensais. C'était sans aucun rapport.

— Qu'en dites-vous ?

— Je… je ne sais quoi dire. (Je relus la lettre une seconde fois.) Je connais ce texte… Mais oui, je le connais. C'est une partie d'un récit écrit par le Dr John Watson. Il a été publié dans le *Lippincott's Magazine*.

— Il me semble qu'il s'agissait du *Beeton's Christmas Annual*, me corrigea Jones. C'est tiré du troisième chapitre d'« Une Étude en rouge ». Mais cela ne rend pas la chose moins mystérieuse. Et je suppose que ce n'est pas ce que vous espériez.

— C'est même la dernière chose à laquelle je m'attendais.

— Très curieux, en effet. Mais nous sommes ici depuis trop longtemps, vous ne trouvez pas ? Je propose que nous quittions cet endroit sinistre et allions nous revigorer avec un verre de vin.

Je jetai un dernier regard à l'homme mort étendu sur la table d'autopsie et suivis Jones qui montait l'escalier en boitant.

- 3 -

LA RONDE DE NUIT

Athelney Jones avait réservé une chambre à l'*Englischer Hof* et me suggéra de faire de même. Après avoir pris congé des deux policiers suisses, nous retraversâmes le village inondé de soleil sous un ciel sans nuages. Tout était silencieux hormis le bruit de nos pas et, de temps à autre, le tintement des clochettes des chèvres et des moutons qui paissaient sur les monts avoisinants. Jones réfléchissait au document que nous avions découvert dans la poche du noyé. Que pouvait bien faire Moriarty, pendant un voyage en Suisse, avec un extrait d'une des aventures de Sherlock Holmes dans sa poche ? Cherchait-il à mieux comprendre le mode de pensée de son adversaire avant leur confrontation aux chutes du Reichenbach ? Ou bien ce texte était-il le message dont j'avais parlé à Jones et qui avait motivé mon périple ? Recelait-il un secret qui nous échappait à l'un et à l'autre ? Jones ne posait aucune de ces questions à voix haute mais je sentais qu'elles l'obnubilaient.

L'hôtel était petit et charmant, avec des motifs découpés dans les volets et des fleurs suspendues aux fenêtres ; l'image idéale d'un chalet suisse que tout voyageur anglais rêve de trouver. Par chance, il y avait une chambre disponible, et un garçon fut envoyé au poste de police chercher mon bagage. Jones et moi nous quittâmes en bas de l'escalier. Il tenait le papier à la main.

— Si cela ne vous ennuie pas, j'aimerais l'examiner un peu plus longuement, dit-il.

— Vous pensez pouvoir en tirer quelque chose ?

— Je peux au moins lui accorder toute mon attention et… qui sait ?

Il semblait fatigué. Le trajet à pied depuis l'église n'était pas long mais, combiné à l'altitude, l'effort l'avait épuisé.

— Bien sûr, répondis-je. Voulez-vous que nous nous retrouvions ce soir ?

— Dînons ensemble. Disons huit heures ?

— C'est parfait pour moi, inspecteur Jones. Cela me donne le temps d'aller faire un tour aux chutes du Reichenbach. Je n'aurais jamais imaginé venir un jour en Suisse, et ce village est réellement pittoresque. On le croirait sorti d'un conte de fées.

— Vous pourrez en profiter pour poser des questions sur Moriarty. Dans l'éventualité où il serait descendu dans un hôtel, une pension de famille, ou chez l'habitant, quelqu'un l'aura peut-être aperçu avant sa rencontre avec Holmes.

— La police suisse n'a-t-elle pas déjà interrogé tout le monde ?

— Le gendarme Gessner ? Un homme admirable qui fait de son mieux. Mais poser des questions n'est jamais inutile.

— Très bien. Je verrai ce que je peux faire.

Je fis ce qu'il m'avait demandé et parcourus le village pour interroger les rares habitants qui parlaient ma langue. Il y avait deux mots que tous, cependant, connaissaient parfaitement : « Sherlock Holmes ». À la mention de son nom, ils prenaient un air grave et s'animaient. Qu'un tel homme fût venu à Meiringen était déjà extraordinaire, mais qu'il y fût mort était inconcevable. Ils voulaient m'aider. Malheureusement, personne n'avait aperçu Moriarty. Aucun étranger n'avait loué une chambre chez eux. Ils n'avaient rien à m'offrir qu'un anglais hésitant et leur sympathie. Finalement, je revins dans ma chambre à l'hôtel. Je n'avais nulle envie d'aller aux chutes du Reichenbach, qui se trouvaient à deux heures de marche. Je ne pouvais les imaginer sans frissonner, et me rendre sur place ne m'aurait rien appris que je ne savais déjà.

Athelney Jones et moi dînâmes assez tard ce soir-là, et je constatai avec plaisir qu'il avait recouvré ses forces. Nous prîmes place dans la salle de restaurant douillette aux tables étroitement serrées, avec les têtes d'animaux empaillées sur les murs et le feu de bois rugissant dans la cheminée disproportionnée. Malgré la saison, la flambée n'était pas superflue car, avec la tombée de la nuit, un violent courant de vent froid s'était engouffré par les cols des montagnes pour s'abattre sur le village. Après tout, nous étions seulement au mois de mai, et à une altitude de près de sept cents mètres. Les clients étaient peu nombreux et nous avions choisi une table près de la grande cheminée à l'ancienne pour pouvoir parler sans être dérangés.

Une petite femme aux épaules voûtées, vêtue d'une robe tablier avec des manches bouffantes et un châle, nous accueillit. Elle nous apporta d'emblée une corbeille de pain et un pichet de vin rouge, et se présenta comme étant Greta Steiler, l'épouse de notre hôtelier anglais.

— Ce soir, nous avons seulement de la soupe et du rôti de bœuf, expliqua-t-elle. (Elle parlait un anglais excellent et j'espérai que la cuisine était de même niveau.) Mon mari est seul aux fourneaux, aujourd'hui. Heureusement, la salle n'est pas pleine. S'il y avait plus de clients, je ne sais pas comment nous ferions.

— Qu'est-il arrivé à votre cuisinier ? demanda Jones.

— Il est allé rendre visite à sa mère à Rosenlaui. Elle ne se sentait pas bien. Il aurait dû revenir depuis près d'une semaine mais nous n'avons aucune nouvelle de lui. Pourtant il travaillait chez nous depuis cinq ans ! Ça tombe mal, avec toute l'agitation causée par ce drame. Les policiers et les journalistes qui venaient nous poser des questions. J'attends avec impatience que Meiringen reprenne sa vie normale.

Elle s'en alla d'un air affairé et je me servis un verre de vin mais Jones refusa. Il préférait boire de l'eau.

— Le document… ? dis-je.

Je brûlais de lui poser la question depuis que nous étions assis.

— Je pense pouvoir éclairer un peu le mystère, répondit Jones. Pour commencer, c'est sans doute le message dont vous parliez. Il a certainement été écrit par un Américain.

— Comment pouvez-vous le savoir ?

— L'examen de la feuille montre qu'il s'agit de papier à la pulpe de bois couché au kaolin, et donc très probablement d'origine américaine.

— Et le contenu ?

— Nous allons y venir. Mais d'abord, passons un marché. (Jones leva son verre. Il le fit tourner et je vis le feu de bois se refléter dans le liquide.) Je suis ici en tant que représentant de la police britannique. Dès que nous avons appris la mort de Sherlock Holmes, il nous a paru évident que l'un d'entre nous devait venir sur place, ne fût-ce que par courtoisie. Sherlock Holmes, vous en êtes sûrement conscient, nous a aidés à maintes occasions. Et tout ce qui est lié aux activités du professeur James Moriarty nous intéresse naturellement au plus haut point. Ce qui s'est produit aux chutes du Reichenbach semble relativement simple, néanmoins, pour reprendre une expression de Sherlock Holmes, il se trame quelque chose. Votre présence ici, ajoutée à la possibilité, comme vous le suggérez, que Moriarty ait été en contact avec un membre de la pègre américaine…

— Pas un simple membre. Le maître.

— Tout cela m'incite à penser que nos intérêts se rejoignent et que nous pourrions être amenés à travailler ensemble. Mais je dois vous prévenir que, d'une manière générale, Scotland Yard rechigne à collaborer avec des agences privées étrangères. Ce n'est pas très efficace mais c'est ainsi. Donc, pour soumettre l'affaire à mes supérieurs, il me faut en savoir davantage. En bref, vous devez tout me raconter sur vous-même et sur les événements qui vous ont conduit ici. Vous pouvez le faire en toute confiance. Mais c'est la portée de ce que vous me direz qui influera sur ma décision.

— Je vais tout vous dire, inspecteur Jones. Et je ne nierai pas que j'ai grand besoin de l'aide que vous et la police britannique pourrez m'apporter.

Je m'interrompis un instant, tandis que Frau Steiler déposait devant nous deux bols de soupe aux spätzle, autrement dit de petites pâtes flottant dans un liquide brunâtre. C'était plus agréable à humer qu'à regarder. Et c'est avec le fumet du poulet bouilli aux herbes flattant mes narines que j'entamai mon récit.

— Comme je vous l'ai dit, inspecteur Jones, je suis né à Boston. Mon père possédait un cabinet juridique très respecté, dont les bureaux se trouvaient à Court Square. Mes souvenirs d'enfance sont ceux d'une famille convenable en tous points, avec des domestiques et une nounou noire, Tilly, que j'adorais.

— Vous étiez enfant unique ?

— Non. Le cadet de deux garçons. Mon frère aîné, Arthur, avait quelques années de plus que moi et nous n'avons jamais été proches. Mon père était affilié au parti républicain de Boston et passait une grande partie de son temps entouré de messieurs de même sensibilité politique, qui s'enorgueillissaient des valeurs qu'ils avaient importées d'Angleterre et qui faisaient d'eux une élite distincte de la masse. Ils étaient membres du Somerset Club, du Myopia Club, et de bien d'autres. Ma mère était malheureusement de santé fragile et restait souvent alitée. En conséquence de quoi je voyais très peu mes parents, ce qui explique peut-être pourquoi, à l'adolescence, j'affirmais un caractère rebelle et finis par quitter la demeure familiale dans des circonstances que je regrette encore.

« Mon frère avait déjà rejoint le cabinet juridique familial, et l'on attendait de moi la même chose. Cependant, je n'avais aucune aptitude pour le droit. Je trouvais les textes arides et presque indéchiffrables. Par ailleurs, j'avais d'autres ambitions. J'ai du mal à dire ce qui m'attira au début vers le monde criminel… Peut-être des histoires publiées dans le *Robert Merry's Museum*. C'était un magazine pour la jeunesse que lisaient tous les enfants. Mais il y eut aussi un incident que j'ai gardé très nettement en mémoire. Mes parents faisaient partie de la congrégation de l'Église baptiste de Warren Avenue. Nous ne manquions jamais un service religieux et c'était le seul endroit où notre famille se trouvait réunie. J'avais à peine vingt ans quand on découvrit que le sacristain de la paroisse, un certain Thomas Piper, avait commis une série de meurtres particulièrement odieux.

— Piper ? (Jones plissa les yeux.) Oui, je me souviens de ce nom. Sa première victime était une fillette.

— C'est exact. L'affaire a fait grand bruit en dehors de l'Amérique. Pour ma part, alors que toute notre communauté poussait des hauts cris, j'avoue que j'étais assez excité d'apprendre qu'un tel homme s'était dissimulé parmi nous. S'il était vraiment coupable, pouvait-on se fier à des citoyens qui se proclamaient audessus de tout soupçon ?

« C'est à ce moment-là, je crois, que j'ai découvert ma vocation. Le vocabulaire austère du droit n'était pas pour moi. Je voulais devenir détective. J'avais entendu parler des Pinkerton. Ils étaient célèbres dans toute l'Amérique. Quelques jours à peine après le scandale du sacristain, j'annonçai à mon père mon intention d'aller à New York travailler pour l'agence Pinkerton.

Je me tus. Jones me dévisageait avec une intensité que j'allais apprendre à connaître, et je savais qu'il pesait chacune de mes paroles. Une partie de moi regimbait à me dévoiler de cette façon mais, en même temps, je savais qu'il n'en exigerait pas moins de moi.

— Mon père était un homme calme et très cultivé, poursuivis-je. Il n'avait jamais élevé la voix contre moi mais, ce jour-là, il s'emporta. Pour un homme raffiné comme lui, le travail de policier et de détective – il ne voyait aucune différence entre les deux – était vil et répugnant. Il me demanda de revenir sur ma décision. Je refusai. Une dispute éclata et, finalement, je quittai la maison avec quelques dollars en poche et la peur grandissante, à mesure que je m'éloignais de ma famille, de commettre une terrible erreur.

« Je pris le train pour New York. J'aurais bien du mal à exprimer mes premières impressions lorsque, quittant la gare de Grand Central, je me retrouvai dans une ville d'une extrême opulence et d'une abjecte pauvreté, d'une élégance époustouflante et d'une profonde dépravation. Les deux aspects cohabitaient si étroitement qu'il suffisait de tourner la tête pour passer de l'un à l'autre. Je réussis à trouver mon chemin jusqu'à Lower East Side, un quartier qui évoquait la tour de Babel, car s'y côtoyaient des Polonais, des Italiens, des Juifs, des Bohémiens, chacun parlant sa propre langue et observant ses propres coutumes. Même les odeurs dans les rues étaient nouvelles pour moi. Après une enfance protégée et choyée comme la mienne, j'avais la sensation de découvrir le monde pour la première fois.

« Trouver une chambre ne présentait aucune difficulté. Il y avait un panneau « À louer » à chaque porte. Je passai ma première nuit dans un endroit sombre et confiné, sans meubles, avec un minuscule réchaud et une lampe à pétrole. Et j'avoue que je fus heureux de voir les premières lueurs de l'aube.

« J'avais envisagé de m'engager d'abord dans la police de New York, pensant qu'il me faudrait une petite expérience de gardien de l'ordre avant de pouvoir postuler chez Pinkerton. Mais je découvris bientôt que ce plan était quasiment irréalisable. Sans lettre de recommandation, sans relation haut placée ni appui, il était inenvisageable de mettre le pied dans la porte. La police manquait de moyens et la corruption était monnaie courante. Quant à savoir si la célèbre agence « L'œil qui ne dort jamais » recevrait un jeune effronté inexpérimenté, le mieux était de s'y présenter directement. Ce que je fis.

« La chance me sourit. Allan Pinkerton, le plus illustre détective d'Amérique et fondateur de l'agence, et ses deux fils, Robert et William, cherchaient à recruter. Vous serez peut-être étonné d'apprendre qu'une expérience policière n'était pas requise. En fait, c'était l'inverse. De nombreux officiers de police de haut rang en Amérique avaient appris leur métier chez Pinkerton. Honnêteté, intégrité, fiabilité, telles étaient les qualités recherchées, et je fus reçu pour un entretien d'embauche avec d'anciens bottiers, instituteurs, négociants en vin, qui tous espéraient améliorer leur situation en entrant chez Pinkerton. Même ma jeunesse ne fut pas un handicap. Je présentais bien, j'avais une bonne connaissance de la loi. À la fin de la journée, je fus engagé comme détective privé, avec un salaire provisoire de base de 2,50 dollars par jour, plus le gîte et le couvert. Les horaires étaient extensibles et l'on ne me cacha pas que je serais renvoyé si mon travail laissait à désirer. J'étais bien décidé à donner satisfaction.

Je remuai brièvement ma soupe avec ma cuiller. Un homme assis à une table éloignée éclata soudain de rire, apparemment de sa propre plaisanterie. Il me sembla qu'il riait d'une manière toute germanique, mais c'était là une pensée indigne, je m'en aperçus aussitôt.

Je repris mon récit.

— Je vais aller un peu plus vite, Mr Jones, car ma vie personnelle ne doit guère vous intéresser.

— Au contraire, je suis captivé.

— Bien, disons simplement que mon travail chez Pinkerton parut satisfaisant et que, au fil des années, je montai en grade. Précisons que je retournai un jour à Boston et renouai avec mon père, même s'il ne me pardonna jamais tout à fait. Il est mort il y a quelques années, léguant le cabinet à mon frère, et à moi une petite somme d'argent. Celle-ci s'est révélée utile car, bien que je ne me plaigne pas, je n'ai jamais été grassement rémunéré.

— Les représentants de la loi le sont rarement, quel que soit le pays, dit Jones. On peut même ajouter que le crime paie davantage. Mais, veuillez m'excuser, je vous ai interrompu.

— J'ai enquêté sur toutes sortes d'affaires. Escroqueries, meurtres, contrefaçons, attaques de banque, personnes disparues. Toutes choses très répandues à New York. Je ne dirai pas que j'ai utilisé les mêmes méthodes, la même intelligence extraordinaire dont vous m'avez fait la démonstration aujourd'hui. Je suis tenace dans ma démarche. Méticuleux. Je peux lire une centaine de témoignages avant de détecter deux remarques contradictoires qui me conduiront à la vérité. Et c'est cela, plus que toute autre chose, qui m'a fréquemment mené au succès et fait remarquer de mes supérieurs. Mais parmi ces nombreuses enquêtes, il en est une, très spéciale, dont je voudrais vous parler plus en détail. Elle m'a été confiée au printemps 1889. Je l'ignorais à l'époque, mais c'est elle qui, en fin de compte, m'a conduit ici aujourd'hui.

« Nous avions un client, William Orton, qui était président de la Western Union. Il était venu demander notre aide parce que les lignes télégraphiques de sa compagnie avaient été interceptées, et qu'une série de messages totalement faux et préjudiciables avait été envoyée à la Bourse de New York, avec des conséquences dramatiques. Plusieurs grandes entreprises avaient frôlé la banqueroute, des investisseurs avaient subi des pertes s'élevant à plusieurs millions, le président d'une compagnie minière du Colorado, en recevant un de ces télégrammes, s'était suicidé. Selon Orton, c'était l'œuvre d'un farceur malveillant et impitoyable. Il m'a fallu trois mois d'enquête et un nombre incalculable de témoignages pour découvrir la vérité. En fait, il s'agissait d'un détournement de fonds remarquable et tout à fait original. Un groupe d'agents de change travaillant à Wall Street achetaient les actions des entreprises fragilisées pour des sommes défiant évidemment toute concurrence. Et ils bâtissaient ainsi des fortunes. L'opération exigeait du sang-froid, de l'imagination, de la ruse, et la réunion d'un grand nombre de talents criminels. Chez Pinkerton, nous n'avions jamais rencontré un tel phénomène. Nous avons fini par arrêter la bande, mais l'initiateur de l'entreprise nous a filé entre les doigts. Son nom est Clarence Devereux.

« Il faut comprendre que l'Amérique est encore un pays jeune et, à bien des égards, peu civilisé. J'ai moi-même été choqué, en arrivant la première fois à New York, par le non-respect des lois. J'aurais pourtant dû m'y attendre. Comment une agence comme Pinkerton serait-elle devenue si célèbre si l'on n'avait pas eu besoin d'elle ? L'immeuble où je logeais était cerné de bordels, de tripots, de bars où les criminels se retrouvaient et se vantaient ouvertement de leurs exploits. Aux faussaires et braqueurs de banques que j'ai déjà mentionnés, il faut ajouter les innombrables détrousseurs qui rendaient dangereuses les promenades nocturnes, et les pickpockets qui opéraient au grand jour.

« Il y avait des malfaiteurs partout. Un millier de voleurs, deux mille prostituées. Mais une chose nous sauvait : les malfrats étaient dispersés, désorganisés, et travaillaient généralement seuls. Bien entendu, il y avait des exceptions. Jim Dunlap et Bob Scott dirigeaient un groupe qui se rendit célèbre sous le nom de The Ring, et qui amassa une fortune colossale de trois millions de dollars en attaquant des banques à travers tout le pays. D'autres gangs, comme les Dead Rabbits ou les Bowery Boys, se formaient puis disparaissaient. À Baltimore sévissaient les Plug Uglies. Je lisais tous les dossiers. Mais Clarence Devereux fut le premier à voir les avantages d'un réseau criminel étendu, avec son propre mode opératoire et une chaîne de commandement parfaitement rodée. On entendit vraiment parler de lui à l'occasion de l'affaire de la Western Union, mais il s'était déjà fait connaître comme le plus brillant et le plus prospère des criminels de sa génération.

— Et c'est pour cet homme que vous êtes venu ici ? demanda Jones. Est-il l'auteur de la lettre envoyée au défunt Professeur Moriarty ?

— Je le crois, oui.

— Poursuivez, je vous en prie.

Je n'avais même pas goûté la soupe posée devant moi. Jones me regardait toujours fixement. C'était un dîner peu commun. Ces deux étrangers attablés dans un restaurant et qui ne mangeaient pas. Je me demandai depuis combien de temps je parlais. Dehors, la nuit était noire et les flammes crépitaient dans la cheminée. Je repris mon récit.

— J'avais alors été promu détective en chef. Et Robert Pinkerton me chargea personnellement de l'arrestation de Devereux. On me donna une équipe spéciale, composée de trois enquêteurs, un trésorier, une secrétaire, deux sténographes et un garçon de bureau. Elle fut bientôt surnommée « La Ronde de nuit » en raison de nos horaires de travail. Notre bureau, situé au sous-sol, était envahi de papiers, de correspondances, et pas un seul centimètre de mur n'était visible sous la galerie de portraits de bandits. Des rapports nous parvenaient de Chicago, de Washington, de Philadelphie. Lentement, méthodiquement, nous examinions des centaines de pages. C'était une tâche exténuante mais, au début de cette année, un visage a commencé à se dessiner. Enfin... pas vraiment un visage, disons plutôt une présence.

— Clarence Devereux.

— Je ne peux même pas affirmer que c'est son véritable nom. On ne l'a jamais vu. Aucune illustration, aucune photo de lui n'existe. On dit qu'il a environ quarante ans, qu'il est venu d'Europe pour s'installer en Amérique, qu'il est issu d'une famille aisée, séduisant, très cultivé et philanthrope. Oui, oui. Je vous vois sursauter. Mais je sais par exemple qu'il a donné des sommes substantielles à l'hospice pour enfants trouvés de New York, ainsi qu'au foyer de personnes isolées. Il a doté l'université de Harvard d'une bourse importante. Il est également l'un des mécènes du Metropolitan Opera.

« Pourtant, il n'existe pas en Amérique un être plus malfaisant. Clarence Devereux est un criminel hors pair, impitoyable, aussi redouté par les gangsters qui travaillent pour lui que par les victimes dont il a ruiné la vie. Il n'y a pas une seule forme de turpitude, pas une infamie à laquelle il ne s'adonne. Il prend un tel plaisir à organiser et exécuter ses plans que nous en sommes venus à penser qu'il commet ses crimes autant pour s'amuser que pour jouir des profits qu'il en tire. Il a déjà amassé une fortune. C'est un homme de spectacle, un Monsieur Loyal qui jette le malheur sur tous ceux qu'il touche, et laisse ses empreintes sanglantes partout où il passe.

« Je l'ai étudié. Je l'ai poursuivi. Il représente tout ce que je hais et abomine, et mettre fin à ses activités serait le couronnement de ma carrière. Pourtant il reste hors de ma portée. Quelquefois, j'ai l'impression qu'il connaît tous mes faits et gestes, qu'il joue avec moi. Clarence Devereux est très prudent. Il se cache sous une fausse identité. Jamais il ne s'expose ni ne se met en danger. Il planifie un crime – une attaque de banque, un cambriolage, un meurtre, il peaufine les détails, recrute les exécutants, empoche le butin… mais il reste toujours à distance. Invisible. Il a pourtant un trait de caractère qui pourrait me permettre un jour de l'identifier. Selon la rumeur, il souffre de cette étrange affection appelée agoraphobie. Autrement dit, il a une peur morbide des lieux publics et des grands espaces. Il reste confiné et ne voyage que dans une voiture couverte.

« Il y a autre chose. En avançant dans nos recherches, nous avons pu localiser trois individus qui connaissent sa véritable identité, et qui ont très certainement travaillé pour lui. Ses plus proches lieutenants, ses gardes du corps. Ils formaient un satellite autour de lui. Ils sont tous trois de redoutables criminels. Deux d'entre eux sont frères : Edgar et Leland Mortlake. Le troisième a débuté sa carrière comme simple pickpocket, ce que nous surnommons un voleur de mouchoirs, mais il s'est vite perfectionné dans le perçage de coffres-forts et le vol qualifié. Il s'appelle Scotchy Lavelle.

— Vous ne pouvez pas les arrêter ?

— Nous les avons arrêtés plusieurs fois. Ils sont tous diplômés de Sing Sing et de The Tombs, la prison de New York. Mais, depuis quelques années, ils font en sorte de ne pas se salir les mains. Ils se posent comme de respectables hommes d'affaires et nous n'avons aucun élément pour prouver le contraire. Les arrêter de nouveau n'avancerait à rien. La police les interroge régulièrement, mais rien en ce monde ne les forcerait à parler. Ils représentent la nouvelle race de gangsters, celle que Pinkerton craint le plus. Ils n'ont pas peur de la loi. Ils se croient au-dessus.

— Vous les avez déjà vus ?

— Je les ai observés à distance, à travers un grillage. J'ai toujours jugé préférable de ne pas faire leur connaissance. Si Devereux veut me cacher son visage, il me semble juste de lui rendre la politesse.

Mrs Steiler passa près de nous pour remettre une bûche dans la cheminée, bien que la température de la salle fût déjà étouffante. J'attendis qu'elle se fût éloignée pour terminer mon récit.

— Depuis deux ans, nous traquions Clarence Devereux sans grand succès. Mais, il y a quelques mois, nous avons fait une avancée capitale. L'un de mes enquêteurs était un jeune homme appelé Jonathan Pilgrim.

— Je connais ce nom, murmura Jones.

— Il avait tout juste une vingtaine d'années lorsque je l'ai rencontré. Son enthousiasme et sa politesse me faisaient penser à moi à son âge. C'était un garçon remarquable, originaire de l'Ouest. Excellent joueur de violoncelle et de base-ball. Je l'ai vu jouer une fois à Bloomingdale Park. À dix-neuf ans, il avait accompagné un troupeau de chevaux à travers le Texas. Il avait connu la vie dans les ranchs, dans les mines. Il avait même navigué sur les bateaux du Mississippi. Il a rejoint notre équipe à New York et, en travaillant en solitaire, il a réussi à approcher Leland Mortlake. Il faut préciser que l'aîné des frères Mortlake a toujours aimé la compagnie des jeunes et beaux garçons. Et Jonathan Pilgrim, avec ses cheveux blonds et ses yeux bleus, était très beau. Il est devenu le secrétaire de Mortlake et son compagnon de voyage. Ils dînaient ensemble, allaient au théâtre et à l'opéra, traînaient dans les bars. Bref, en janvier, Mortlake a annoncé qu'il allait s'installer à Londres et il a invité Jonathan Pilgrim à partir avec lui.

« C'était une occasion en or. Nous avions un agent infiltré dans la bande et, même si Jonathan n'avait jamais rencontré Devereux (sinon, notre tâche aurait été simplifiée !), il avait accès à la correspondance de Mortlake. Malgré le danger que cela représentait pour lui, il épiait les conversations, surveillait tous ceux qui entraient et sortaient, prenait des notes détaillées sur les activités du gang. Je voyais Jonathan en secret, le troisième dimanche de chaque mois, au Haymarket, un dancing sur la 30e Rue. Il me faisait son rapport sur ce qu'il avait appris.

« Grâce à lui, j'ai découvert que Clarence Devereux exerçait un contrôle presque total sur la pègre américaine mais que cela ne lui suffisait pas. Il commençait à tourner ses regards vers l'Angleterre. Il était en communication avec un certain Professeur James Moriarty afin d'explorer la possibilité de créer ce que l'on pourrait qualifier d'alliance transatlantique. Vous imaginez cela, inspecteur Jones ? Une association criminelle dont les tentacules s'étendraient de la côte ouest de la Californie jusqu'au cœur de l'Europe ! Une confédération internationale. La réunion de deux génies du mal.

— Vous connaissiez Moriarty ?

— De nom et de réputation, bien sûr. Même s'il est vrai, malheureusement, que Scotland Yard ne s'est pas toujours montré très coopératif dans ses relations avec Pinkerton, nous conservons des contacts avec la police de New York, comme d'ailleurs avec la Sûreté française et la Rijkswacht belge. Nous avons toujours redouté que Moriarty vienne chez nous, or apparemment c'est l'inverse qui s'est produit.

« Scotchy Lavelle, Leland et Edgar Mortlake étaient déjà installés à Londres au début de cette année. Jonathan les avait accompagnés et, quelques semaines plus tard, il nous a adressé un télégramme annonçant aussi l'arrivée de Clarence Devereux. C'était ce que nous attendions. Les riches Américains de quarante ans, ça ne court pas les rues à Londres. Et son agoraphobie pouvait aussi nous aider à l'identifier. Notre équipe s'est aussitôt penchée sur les listes des passagers de tous les navires ayant traversé l'Atlantique entre l'Amérique et l'Angleterre au cours du mois précédent. C'était une tâche immense, car il y avait des centaines de noms, mais il était néanmoins possible de les filtrer. À moins que Clarence Devereux n'ait trouvé un moyen de voler, il devait figurer parmi ces passagers et nous avons travaillé jour et nuit pour le repérer.

« Pendant ce temps, nous avons reçu un deuxième télégramme de Jonathan Pilgrim nous informant qu'il avait personnellement remis à Moriarty une missive destinée à arranger une rencontre entre lui et Devereux. Oui ! Notre agent avait vraiment vu Moriarty. Il lui avait parlé. Mais le lendemain même, avant qu'il ait pu nous en dire plus, le drame s'est produit. Jonathan a sans doute été démasqué par la bande. Peut-être est-ce le dernier télégramme qui l'a perdu. Toujours est-il qu'il a été sauvagement assassiné.

— Ligoté et abattu. Je me souviens du rapport de police, dit Jones.

— Oui, inspecteur. C'était une exécution plutôt qu'un meurtre. Les gangsters new-yorkais utilisent souvent cette méthode pour éliminer les informateurs.

— Néanmoins, vous l'avez suivi outre-Atlantique.

— Je pensais qu'il serait plus facile de trouver Devereux à Londres qu'à New York, et que si je parvenais à localiser le lieu de rendez-vous entre lui et Moriarty, je ferais un doublé. L'arrestation des deux plus grands criminels de la planète en un seul coup.

« Aussi vous imaginez ma déception lorsque, en débarquant du bateau, au moment où je posais pour la première fois le pied en Angleterre, j'ai vu les gros titres des journaux annonçant la mort de Moriarty. C'était le 7 mai. Mon premier réflexe a été de venir directement à Meiringen, un village inconnu dans un pays où je n'étais jamais venu. Pourquoi ? À cause de la lettre. Si Moriarty l'avait encore sur lui, elle pourrait me mener à Devereux. L'idée m'a même effleuré que Devereux serait peut-être là et que sa présence pouvait avoir un lien, de près ou de loin, avec les événements des chutes du Reichenbach. De toute façon, je n'avais rien à gagner à rester à Southampton. J'ai traversé la Manche, pris le premier train pour Paris, puis un autre pour la Suisse, où j'ai essayé d'obtenir un semblant de coopération avec la police locale, sans grand succès. C'était ce matin, juste avant votre arrivée.

Je me tus. Il était trop tard pour goûter à la soupe refroidie. À la place, je bus une gorgée de vin, qui me parut sucré et épais. L'inspecteur Jones avait écouté mon long exposé comme si nous avions été seuls dans la salle. Je savais qu'il avait assimilé tous les détails, qu'il n'avait rien manqué et que, si on le lui avait demandé, il aurait été capable de tout répéter au mot près. Toutefois, ce n'était pas sans un effort de sa part. Je l'avais déjà classé parmi les hommes qui recherchent l'excellence pour eux-mêmes mais n'y parviennent qu'avec beaucoup de persévérance et de courage. C'était comme s'il était en guerre avec lui-même.

— Votre informateur, Jonathan Pilgrim, savez-vous où il logeait ?

— Il avait loué une suite dans un club. Le Bostonian. Je crois qu'il est situé dans un quartier de Londres nommé Mayfair. S'il avait un défaut comme agent, c'est son indépendance d'esprit. Il se confiait peu et, j'en suis certain, n'aura rien laissé derrière lui.

— Et les autres ? Les frères Mortlake et Scotchy Lavelle ?

— À ma connaissance, ils sont toujours à Londres.

— Puisque vous savez à quoi ils ressemblent, pouvez-vous les utiliser pour atteindre Devereux ?

— Ils sont bien trop prudents. S'ils se rencontrent, c'est en secret, et derrière des portes closes. Ils communiquent uniquement par télégrammes et codes secrets.

Jones médita sur ce que je venais de lui apprendre. Je regardai les flammes dévorer les bûches dans la cheminée et attendis qu'il parle.

— Votre histoire est du plus haut intérêt, dit-il enfin. Et je ne vois aucune raison de ne pas vous offrir mon aide. Toutefois, il se peut qu'il soit trop tard.

— Pourquoi ?

— Maintenant que Moriarty est mort, pourquoi Clarence Devereux voudrait-il rester à Londres ?

— Parce qu'une belle occasion se présente à lui. Devereux suggérait à Moriarty une sorte de partenariat. Moriarty hors jeu, il peut tout avoir pour lui. Hériter de l'organisation de Moriarty.

Jones fit la moue.

— Nous avons coffré une grande partie de la bande avant que Moriarty vienne à Meiringen. Et Sherlock Holmes lui-même avait laissé une enveloppe contenant les identités et les adresses de nombre des complices de Moriarty. Clarence Devereux est peut-être venu en Angleterre chercher un associé, mais il aura vite compris qu'il a fait le voyage pour rien. Il en va de même pour vous, je le crains.

— Et le papier que nous avons trouvé dans la poche de Moriarty, inspecteur ? Vous disiez qu'il apporterait des lumières sur cette histoire ?

— En effet.

— Vous avez résolu le mystère ?

— Oui.

— Dans ce cas parlez, pour l'amour du ciel ! Moriarty est peut-être hors jeu mais Devereux ne l'est pas. Et s'il y a une chose que vous ou moi puissions faire pour débarrasser le monde de cet individu nuisible, il ne faut pas hésiter.

Jones avait terminé sa soupe. Il écarta l'assiette pour libérer l'espace et sortit de sa poche la feuille de papier, qu'il déplia et posa devant moi. J'eus l'impression que la salle de restaurant était soudain devenue plus silencieuse. Les bougies jetaient des ombres mouvantes sur la table. Les têtes d'animaux empaillées étiraient leur cou au-dessus de nous comme pour écouter.

Je relus le passage écrit en majuscules et minuscules mêlées.

— Cela n'a toujours aucun sens pour vous ? dit Jones.

— Pas le moindre.

— Alors laissez-moi vous expliquer.

- 4 -

LA LETTRE

**HoLmES N'éTAiT pAs UN HOMmE
DIFFiCilE à VivrE. D'UN nATuREL
cALme, Il AvAiT dES hABITudeS
réguLIèREs. Il SE CoucHAiT rarEmEnT
aprÈs DIX HEuREs Du soir. IL pRenaIT
Son peTIT DÉjEUNER Et SOrTaIt
InvaRIableMENt AVANt QuE jE nE
FuSse lEVÉ. IL pASsAIT SEs JouRnées
aU LaBORaToiRE DE CHImie OU
DAnS La SALlE De DISSECTiOn.
DE TEmpS À AuTrE, il FAiSAiT De
lONGUes PrOMenadES à piEd qui Le
coNdUISAIeNT daNS lES BaS-quARTIeRs
DE lA ViLLE. RiEN N'entAmAiT sON
ÉNERgIE lOrSquE Il TravaIlLAIT.**

— Vous croyez vraiment qu'il y a un message secret dissimulé dans cette page, inspecteur ?

— Non seulement je le crois, mais j'en suis certain.

Je pris le papier et l'examinai à la lumière.

— Serait-il écrit avec une sorte d'encre invisible ?

Jones sourit. Il reprit délicatement la feuille et la posa entre nous sur la nappe blanche. Nous avions totalement oublié la présence des autres clients du restaurant.

— Vous savez peut-être que Mr Sherlock Holmes est l'auteur d'une monographie sur les codes et les écritures cryptées, dit-il.

— Non, je l'ignorais.

— J'ai lu tout ce qu'il a généreusement mis à la disposition du public. Sa monographie étudie pas moins de cent soixante formes de communications codées et, surtout, les méthodes avec lesquelles il a pu les déchiffrer.

— Veuillez me pardonner, inspecteur, l'interrompis-je. Quelle que soit l'importance de cette lettre, elle ne peut être codée. Nous en connaissons l'un et l'autre le contenu. Vous l'avez dit vous-même. C'est le texte, mot pour mot, écrit par le Dr Watson.

— En effet. Mais il présente une particularité. Pourquoi, à votre avis, l'a-t-on recopié de cette façon ? Pourquoi le rédacteur de cette lettre a-t-il pris autant de soin pour le calligraphier ainsi ?

— Cela me paraît évident, non ? Pour déguiser son écriture.

— Je ne pense pas. Après tout, Moriarty savait de qui venait la lettre. Inutile donc de masquer l'expéditeur. Non. Je crois que les majuscules et les minuscules sont au cœur de ce qui nous occupe, et qu'il n'y a aucun hasard dans leur agencement. J'ai tout de suite remarqué à quel point le texte avait été rédigé avec application et méthode. C'est un véritable exercice de copiste. Une tentative délibérée de communiquer un message à Moriarty, qui restera secret pour le cas où il tomberait en de mauvaises mains.

— Ainsi, il y a un code !

— Absolument.

— Et vous avez réussi à le déchiffrer !

— Après bien des tâtonnements et des erreurs, acquiesça Jones. Je n'en tire d'ailleurs aucune gloire, croyez-le. Je me suis contenté de suivre les principes élaborés par Holmes.

— Alors, que dit le message ?

— Je vais vous l'expliquer, Chase. Pardonnez ma familiarité, mais je commence à croire que vous et moi sommes unis dans une quête commune.

— Je l'espère, Jones.

— Très bien. Comme vous l'avez dit, les lettres seules ne peuvent rien signifier car elles reproduisent fidèlement le récit du Dr Watson. Il nous reste donc un ensemble de majuscules et de minuscules qui semblent jetées au hasard. Mais supposons qu'il n'y ait pas de hasard. Il y a exactement 390 caractères sur la page. Un nombre très intéressant en soi puisqu'il est divisible par cinq. Donc, nous pouvons commencer à répartir les lettres en groupe de cinq.

— Une minute. C'est aussi divisible par six.

— Six nous donnerait beaucoup plus de combinaisons que nécessaire, dit Jones en se renfrognant. De toute façon, j'ai essayé sans succès. Essayé et échoué. Je ne suis pas Sherlock Holmes et il est parfois nécessaire de prendre la route la plus longue. (Jones sortit une seconde feuille de papier et la posa à côté de la première.) Il faut ignorer les espaces entre les mots. Ignorer tout sauf le fait que la lettre est ou non une majuscule. Auquel cas, le message donnera ceci :

MmMmM MMmMM mMmMm MMMMM mMMMM
MmMmm MmMmm mMMMM mMMmM MMmMM
mmMmM mMmMm MMmMM MMmmm Mmmmm
MMmMM mMmMM MmmmM MmMmm mMmMm
MmmmM mMMMM MmMMm Mmmmm mMMmM
mmmMM Mmmmm MMMMM mMMMM MMmMM

mMmMm MmmmM Mmmmm MMMmM MMMmM
mMmMm MMmMm mmMMM MMmMM mMMMM
MmMmm Mmmmm mMMmM MMmMm mMMMM
MMMmm mMMMM mMMmM MMmMM mMMMM
MMMmM mMMMM mmMMM mMmMm mMMmM
MmMMm mMMMM mmMmM Mmmmm MMmmm
Mmmmm MmmmM mMMMM MmMMm mMMmM
MMmMm mMMMM mMmMM mMMmM MMMmM
MMmmm MmMmM mMMMM MMmMM mMmMm
mMMmM mmmmM mMMMM

Jones avait scrupuleusement écrit les groupes de lettres sur la page. Je les examinai et m'écriai :

— Mais c'est le système du télégraphe électrique !

— Quelque chose de très similaire, acquiesça l'inspecteur. Une sorte de code morse, où chaque groupe représente une lettre. Et vous remarquerez, Chase, que certains groupes se répètent plusieurs fois. mMMMM, par exemple, revient quatorze fois.

— Une voyelle ?

— Probablement. Mais, disposés ainsi, les groupes sont incompréhensibles. La deuxième étape a consisté à assigner un nombre à chacun d'eux, ce qui simplifie un peu ce que nous avons devant les yeux. Nous sommes aidés par le fait que seulement dix-neuf lettres de l'alphabet sont utilisées au lieu de vingt-six.

Il sortit une troisième feuille de papier, sur laquelle il avait écrit ceci :

1 2 3 4 5 6 6 5 7 2 8 3 2 9 10 2 11
12 6 3 12 5 13 10 7 14 10 4 5 2 3 12
10 15 15 3 16 17 2 5 6 10 7 16 5 18 5

7 2 5 15 5 17 3 7 13 5 8 10 9 10 12
5 13 7 16 5 11 7 15 9 1 5 2 3 7 19 5

— Chaque chiffre représente un groupe. Ainsi, 1 égale MmMmMm. 2 égale MMmMM. Et ainsi de suite.

— Je vois, oui.

— Et qu'est-ce que cela nous apprend ?

C'était un tout autre Athelney Jones que celui que j'avais vu plus tôt dans la journée, épuisé par le trajet à pied depuis l'église. Impossible de ne pas sentir l'énergie qui émanait de lui et l'excitation qui étincelait dans ses yeux.

— Bien, dis-je. Chaque nombre correspond à une lettre. Mais il y a beaucoup de nombres, dix-neuf avez-vous dit, et l'absence d'espaces ne nous aide pas. Comment savoir où un mot commence et où il finit ?

— C'est en effet le problème, acquiesça Jones. Nous pouvons néanmoins repérer que certains nombres reviennent plus souvent que d'autres. Ce sont probablement les voyelles et les consonnes les plus usitées. T, R ou S, par exemple. Mais, vous avez raison, sans espaces on ne peut pas repérer les mots fréquents tels que « un » ou « le ». C'est un inconvénient.

— Alors comment avez-vous pu poursuivre ?

— À force d'assiduité et de chance. J'ai commencé par me demander s'il existait dans ce message un seul mot que je serais capable de reconnaître par sa forme. Plusieurs me sont venus à l'esprit. SHERLOCK HOLMES, par exemple. PINKERTON. Mais j'ai fini par opter pour MORIARTY. S'il était le destinataire de la lettre, il n'était pas déraisonnable de penser que son nom pouvait apparaître. J'ai donc cherché une séquence de huit chiffres dans laquelle un seul était le même à la troisième et à la sixième place comme c'est le cas pour le R dans MORIARTY.

Ainsi, il y a une séquence 3.4.5.6.6.5.7.2, dans laquelle le 5 pourrait être le R. Mais ça ne peut pas être MORIARTY à cause du double 6.

« En fait, dans l'ensemble du texte, la formulation correcte n'apparaît qu'une fois, vers la fin de la première ligne. Nous avons 8.3.2.9.10.2.11.12. Ici, le 2 est un R, et aucune autre lettre n'est répétée. Si donc nous supposons que cela veut dire MORIARTY, quelque chose d'intéressant se dessine. Car si nous examinons ce qui précède, nous obtenons :

1.R.O.4.5.6.6.5.7.R

— Cela pourrait être plus qu'un seul mot.

— Je ne le pense pas. Regardez le R répété. Et le double 6, quelle que soit la lettre. Après réflexion, je ne vois qu'un mot de cette forme. Et il faut aussi considérer le contexte. C'est une salutation adressée au destinataire du message.

— Professeur ! m'exclamai-je.

— Exactement. Professeur Moriarty. Ce sont les deux premiers mots du message. Et partant de cette base on peut reconstituer d'autres éléments du texte.

P R O F E S S E U R M O R I A R T Y
S O Y E 13 A U 14 A F E R O Y A 15
15 O 16 17 R E S A U 16 E 18 E U
R E 15 E 17 O U Z E M A I A Y E
13 U 16 E T U 15 I P E R O U 19 E

— Professeur Moriarty… soyez au…, ânonnai-je. Café Royal ?

— Exactement. « Soyez au Café Royal. »

— Vous connaissez ?

— Je n'en vois qu'un seul. Le Café Royal est un célèbre restaurant dans le centre de Londres. Comme vous, Clarence Devereux n'en a peut-être pas entendu parler, mais c'est un endroit facile à trouver.

— Quel serait donc le mot suivant ?

— Là, c'est assez simple. Nous avons maintenant le L puis O 16 17 R E S.

— Londres. Le Café Royal, Londres.

— Nous sommes d'accord. C'est le lieu de rendez-vous. Voyons la suite. A U 16 E Nous connaissons maintenant le 16 : N. A UNE. Ensuite : 18 E U R E L E D O U Z E MAI.

— Facile. À une heure le douze mai.

— C'est dans trois jours. Vous voyez comme le code se déroule de lui-même. Allons jusqu'à la fin.

— A Y E Z U N E...

— N'oubliez pas que Moriarty et Devereux ne se sont jamais vus. Ils prennent soin l'un et l'autre de ne jamais montrer leur visage. Donc, Devereux demande à Moriarty de porter quelque chose qui lui permettra de l'identifier.

— T U L I... P E R O U 19 E. Non. Tulipe ! Une tulipe rouge !

— Vous y êtes, Chase. Voici ce que cela donne : PROFESSEUR MORIARTY, SOYEZ AU CAFÉ ROYAL, LONDRES, À UNE HEURE, LE DOUZE MAI. AYEZ UNE TULIPE ROUGE. Nous avons eu de la chance. Le Professeur Moriarty était la clé de tout. Si Devereux avait omis les salutations d'usage, nous faisions chou blanc.

— Vous êtes remarquable, inspecteur Jones. Je ne sais comment vous exprimer mon admiration. Jamais je n'aurais su par où commencer.

— Bah, ce n'était pas si compliqué. Je suis sûr que Sherlock Holmes aurait résolu cela en moitié moins de temps.

— Ce message est exactement ce que j'espérais, dis-je. Il justifie amplement mon voyage en Europe. Et les frais engagés. Clarence Devereux ira au Café Royal dans trois jours. Il abordera un homme portant une tulipe rouge et, ce faisant, se démasquera.

— S'il sait que Moriarty est mort, Devereux ne viendra pas, objecta Jones.

— C'est juste. (Je réfléchis un instant, puis repris.) Supposons que vous déclariez que, à votre avis, Moriarty n'est pas mort. Après tout, vous êtes allé enquêter aux chutes du Reichenbach. Vous pouvez très bien dire que d'autres indices vous portent à croire que Moriarty n'a pas pris part au duel.

— Et le corps dans la crypte ?

— Il suffirait de dire qu'il s'agit de quelqu'un d'autre. (À cet instant, notre hôtesse s'approcha de notre table pour enlever nos assiettes.) Mrs Steiler, pouvez-vous me dire le nom de votre cuisinier dont la mère était souffrante ?

— Franz Hirzel. (Elle jeta un regard au bol de soupe que j'avais à peine touché.) Ce n'était pas bon ?

— Délicieux, répondis-je. (J'attendis qu'elle fût repartie à la cuisine.) Voilà un nom, si vous en avez besoin. Le noyé pourrait être notre cuisinier disparu. Il revenait de chez sa mère. Il était ivre. Il est tombé dans la cascade. C'est une pure coïncidence si son corps a réapparu en même temps. Dites à la presse que Moriarty est vivant et laissez Devereux tomber dans le piège. (Jones baissait la tête, les lèvres pincées.) Je vous connais depuis peu, inspecteur, pourtant je vois que l'idée de travestir la vérité vous dérange. Je ressens la même chose. Mais fiez-vous à moi quand je vous dis que vous ne mesurez pas le fléau qui va s'abattre sur votre ville. Vous avez le devoir envers vos concitoyens de tout faire pour l'en débarrasser. Croyez-moi. Moriarty disparu, c'est notre seul espoir. Nous devons être là. Voir ce qui se passe.

Mrs Steiler revint avec deux assiettes d'agneau rôti, le plat principal. Je pris mon couteau et ma fourchette, bien décidé cette fois à manger.

Jones opina lentement.

— Vous avez raison, Chase. Je vais envoyer un télégramme à Scotland Yard et nous partirons dès demain. Si les horaires de train nous sont favorables, nous arriverons juste à temps.

Je levai mon verre.

— Trinquons à la capture de Clarence Devereux. Et si je puis me permettre, à nous deux. À la collaboration de Scotland Yard et de Pinkerton.

Ainsi débuta notre association. Mais combien le vin nous aurait paru amer et combien nous aurions hésité à poursuivre si nous avions su ce qui nous attendait.

- 5 -

AU CAFÉ ROYAL

Peu d'Américains ont la chance de voyager à travers l'Europe, pourtant je serais bien en peine de décrire par le détail tout ce que j'ai vu. La plupart du temps, le visage collé contre la vitre, je regardais défiler les petites fermes éparpillées sur les collines, les cours d'eau impétueux, les vallées colorées par les premières fleurs d'été, mais j'étais mal à l'aise, incapable de me concentrer sur le paysage. Le périple fut interminable et, dans notre compartiment de seconde classe, assez inconfortable. J'étais rongé par la peur d'arriver trop tard car, ainsi que l'avait dit Jones, nous avions quelque huit cents kilomètres à parcourir, en prenant quatre trains et un bateau à vapeur. Nous ne pouvions pas nous permettre de manquer une correspondance. De Meiringen, notre itinéraire nous mena vers l'ouest, à Interlaken, puis à Berne. De là, Jones envoya le câble dont nous avions discuté ensemble, annonçant que le Professeur Moriarty avait miraculeusement échappé à la catastrophe des chutes du Reichenbach et probablement regagné l'Angleterre. La poste étant à quelque distance de la gare, nous faillîmes rater le prochain train tant Jones peinait à marcher. Il était très pâle et visiblement éprouvé lorsqu'il s'assit enfin dans notre voiture.

Nous restâmes silencieux l'un et l'autre pendant une heure ou deux, chacun absorbé par ses pensées. Mais à l'approche de la frontière française, à Moutier, nous devînmes plus diserts. Je racontai à Jones quelques anecdotes sur l'histoire des Pinkerton – il s'intéressait aux méthodes d'investigation des forces de police étrangères, bien ternes en comparaison des siennes –, et je lui narrai par le menu l'intervention dans la grève de la ligne de chemin de fer Burlington qui avait eu lieu quelques années auparavant. L'agence Pinkerton avait été accusée d'incitation aux émeutes et même de meurtre de grévistes, alors que, comme je le lui assurai, son rôle avait simplement consisté à protéger les biens de la compagnie et à maintenir la paix. En tout cas, c'était la rumeur qui avait couru.

Ensuite, Jones s'immergea dans un opuscule qu'il avait sorti de son sac et qui s'avéra être une monographie de Sherlock Holmes, pas moins, consacrée à l'étude des cendres. Selon Jones, Holmes était capable de différencier cent quarante types de cendres de cigares, de cigarettes et de tabac à pipe, alors que lui-même n'en distinguait que quatre-vingt-dix. Pour lui faire plaisir, j'allai jusqu'au salon du wagon-restaurant et prélevai cinq spécimens de cendres sous les yeux de passagers médusés. Jones m'en fut très reconnaissant, et il passa une heure entière à les examiner avec la loupe dont il ne se séparait jamais.

— Comme j'aurais aimé rencontrer Sherlock Holmes ! m'exclamai-je lorsque, finalement, il écarta les cendres d'un geste, comme s'il les congédiait. L'avez-vous connu ?

— Oui.

Il se tut et je vis, à ma surprise, que ma question l'avait offensé. C'était assez étrange, car tout ce qu'il m'avait dit dans le peu de temps que nous avions passé ensemble m'avait conduit à croire qu'il était un fervent admirateur du célèbre détective.

— En réalité, je l'ai rencontré à trois reprises, poursuivit Jones. (Il s'interrompit de nouveau, comme s'il ne savait par où commencer.) La première fois, ce n'était pas à proprement parler une rencontre car je me trouvais au milieu d'une nombreuse assemblée. Il était venu à Scotland Yard donner une conférence, dont les conclusions conduisirent directement à l'arrestation du voleur de bijoux de Bishopsgate. Jusqu'à aujourd'hui, je suis enclin à penser que Mr Holmes s'est davantage fondé sur des hypothèses que sur la pure logique. Il ne pouvait pas savoir que l'homme était né avec un pied-bot. La deuxième fois, c'était très différent, et notre rencontre a été rapportée par le Dr Watson, qui mentionne mon nom. Je ne peux pas dire, d'ailleurs, que le portrait qu'il dresse de moi soit très flatteur.

— Je suis navré de l'apprendre.

— Vous n'avez pas lu le récit de Watson sur l'enquête qu'il a intitulée « Le Signe des Quatre » ? C'était une affaire très singulière.

Jones sortit une cigarette et l'alluma. Je ne l'avais pas encore vu fumer et il semblait avoir oublié notre première conversation sur mon compagnon de cabine. Soudain, elle lui revint en mémoire et il dit en matière d'excuse :

— Désolé de vous infliger cela encore une fois. Il m'arrive de me laisser tenter. Cela ne vous dérange pas ?

— Pas du tout.

Il éteignit l'allumette et la jeta négligemment avant de reprendre son récit.

— À l'époque, il n'y avait pas très longtemps que j'étais inspecteur de police. Je venais d'être promu. Si le Dr Watson l'avait su, peut-être se serait-il montré plus charitable. Quoi qu'il en soit, je me trouvais à Norwood, un soir de septembre 1888, et j'enquêtais sur une affaire insignifiante. Une domestique accusée de vol par sa maîtresse. Je venais de finir de l'interroger lorsque l'on vint me prévenir qu'un meurtre avait été commis dans une maison des environs. Étant l'officier de police le plus gradé dans les parages, c'était mon devoir d'y aller.

« C'est ainsi que j'arrivai à Pondichéry Lodge, une sorte d'immense caverne d'Ali Baba toute blanche, avec un jardin qui aurait pu être un cimetière tant il était creusé de trous. Le propriétaire était un certain Bartholomew Sholto. Jamais je n'oublierai ma première vision de cet homme, assis sur un fauteuil en bois dans un bureau qui ressemblait à un laboratoire, au troisième étage de la maison, tout ce qu'il y avait de plus mort, un atroce rictus sur le visage.

« Sherlock Holmes était présent. Il avait fracturé la porte pour s'introduire dans la pièce, ce que, n'étant pas de la police, il n'avait pas le droit de faire. C'était la première fois que je voyais le grand homme de près et en action, car il avait déjà commencé son enquête. Que vous dire, Chase ? Holmes était plus grand que dans mon souvenir, d'une minceur d'ascète, comme s'il s'astreignait à un régime draconien. Cela mettait son menton et ses pommettes en relief. Surtout, ses yeux semblaient se poser sur toute chose comme s'ils la dépeçaient pour absorber toutes les informations qu'elle recelait. Il émanait de lui une énergie, une nervosité que je n'ai jamais ressenties chez personne. Il était vif, économe de ses mouvements. Il vous donnait l'impression qu'il n'avait pas de temps à perdre. Il portait une redingote sombre, pas de chapeau. En entrant dans la pièce, je l'ai vu qui enroulait un mètre ruban.

— Et le Dr Watson ?

— Je l'ai moins remarqué. Il se tenait dans l'ombre. J'ai vu un homme de petite taille, le visage rond, l'air cordial. Je ne vais pas vous détailler l'affaire. Si cela vous intéresse, vous pouvez en lire le compte rendu. La victime était donc Bartholomew Sholto. On disait que son frère jumeau Thaddeus et lui avaient hérité d'un grand trésor de leur père. L'ennui, c'est qu'ils avaient du mal à le trouver. D'où les trous dans le jardin. Mais les faits me paraissaient assez simples. Les deux frères s'étaient disputés, comme le font souvent les hommes confrontés à une fortune inattendue. Thaddeus avait tué Bartholomew à l'aide d'une sarbacane et d'une fléchette empoisonnée. J'aurais dû vous préciser que la maison était remplie de curiosités indiennes. Je l'ai arrêté, ainsi que son domestique, un dénommé McMurdo, pour complicité.

— Et vous aviez raison ?

— Non. En réalité j'avais tort. Je m'étais ridiculisé. Et même si je n'étais pas le seul – plusieurs de mes collègues étaient arrivés à la même conclusion que moi –, c'était une maigre consolation.

Jones se tut et tourna les yeux vers la vitre derrière laquelle défilait la campagne française, mais je ne suis pas certain qu'il la voyait.

— Et la troisième fois ?

— C'était il y a quelques mois. Pour cette curieuse affaire Abernetty. Mais je n'en dirai rien, si vous me permettez. Cela me tracasse encore. C'était au départ un simple cambriolage, bien que très inhabituel. Tout ce que je peux dire c'est que, là aussi, l'essentiel m'a échappé, et que je suis resté sans rien faire tandis que Mr Holmes procédait à l'arrestation. Cela ne se reproduira plus, Mr Chase. Je vous le promets.

Au cours des heures qui suivirent, c'est à peine si Jones m'adressa la parole. Notre correspondance à Paris s'effectua très facilement. C'était la deuxième fois que je traversais cette ville sans même apercevoir la tour Eiffel. Mais quelle importance ? Londres nous attendait et je me sentais déjà fébrile. J'avais l'impression qu'une ombre était tombée sur nous, mais je n'aurais pas su dire à qui elle appartenait. Holmes ? Devereux ? Moriarty ?

*

Londres.

On raconte que les bons Américains, quand ils meurent, vont à Paris. Peut-être que ceux d'une espèce moins respectable finissent comme moi, en traînant leur malle à la gare de Charing Cross au milieu des chauffeurs qui braillent, des jeunes mendiants qui rôdent et des flots de voyageurs qui se déversent. Car c'est là que nous nous quittâmes, l'inspecteur Jones et moi, lui pour rentrer dans sa maison à Camberwell, moi pour chercher un hôtel convenant au budget d'un agent de Pinkerton en déplacement. J'avais été surpris d'apprendre que Jones avait femme et enfant. Je l'imaginais célibataire et solitaire. Mais à Paris, il avait fait allusion à sa famille et, en débarquant du bateau à Douvres, il serrait sous un bras une marionnette de Flageolet, le gendarme de Guignol, qu'il avait achetée près de la gare du Nord. Cette découverte me troubla mais je n'y fis aucune allusion jusqu'à la fin de notre voyage.

— Vous me pardonnerez, inspecteur, lui dis-je au moment de nous séparer. Je sais que ce n'est pas à moi de dire cela mais je me demande si nous ne devrions pas tout reconsidérer.

— Reconsidérer quoi ?

— Toute cette aventure. La traque de Devereux. Je n'ai peut-être pas été assez clair en vous disant à quel point cet homme est abject et impitoyable. Il ne fait pas bon l'avoir pour ennemi, vous pouvez me croire. Clarence Devereux a laissé un sillage de mort et de sang derrière lui à New York et s'il est à Londres, il fera de même. Regardez ce qui est arrivé à ce pauvre Jonathan Pilgrim. Je suis payé pour poursuivre Devereux, et je n'ai pas de famille à charge. Ce n'est pas votre cas. Je m'en veux de vous exposer à ce danger.

— Ce n'est pas vous qui m'avez amené ici, Chase. Je mène l'enquête que m'ont confiée mes supérieurs de Scotland Yard.

— Devereux n'aura aucun respect pour Scotland Yard ni pour vous. Votre grade et votre plaque ne vous protégeront pas.

— Cela ne fait aucune différence pour moi, Chase. (Il leva les yeux vers le ciel morne de l'après-midi, car Londres nous avait accueillis avec des nuages et du crachin.) Si cet homme est venu à Londres et projette d'y poursuivre ses activités criminelles, comme vous le pensez, c'est mon devoir de l'arrêter.

— Il y a beaucoup d'autres policiers.

— Mais c'est moi que l'on a envoyé à Meiringen, dit Jones avec un sourire. Je comprends vos sentiments, Chase, et ils vous honorent. C'est vrai, j'ai une famille. Je ne ferais jamais rien qui nuise à leur bien-être, pourtant le choix ne m'appartient pas. Pour le meilleur et pour le pire, vous et moi sommes embarqués ensemble, et nous le resterons. Si cela peut vous mettre à l'aise, j'ajouterai, en confidence, que je n'aimerais pas voir Lestrade, Gregson ni aucun de mes collègues et amis me voler le mérite de pourchasser ce criminel. Ah, mais voilà un cab ! Je dois vous laisser.

Je le vois encore se hâter, la marionnette de gendarme coincée sous le bras. Et je me demande maintenant, comme je me le demandais alors, comment le Dr Watson avait pu le tourner en ridicule. Depuis, j'ai lu « Le Signe des Quatre » et je dois dire que le Athelney Jones décrit dans cette aventure présente peu de ressemblances avec l'homme que je connaissais et qui n'avait pas son égal à Scotland Yard.

Il y avait plusieurs hôtels aux alentours de la gare sur Northumberland Avenue : le *Grand Hotel*, le *Victoria*, le *Metropole*, mais leurs seuls noms me suffisaient à les imaginer au-dessus de mes moyens, et je finis par en choisir un sur le quai, tout près du pont. Si près même que toute la bâtisse vibrait à chaque passage de train. L'hôtel Hexam était crasseux et délabré. Les tapis élimés, les lustres de guingois. Mais les draps étaient propres, la chambre ne coûtait que deux shillings la nuit, et une fois que j'eus nettoyé la suie de la fenêtre, je fus récompensé par un coin de vue sur le fleuve où passait lentement une péniche chargée de charbon. Je dînai dans le restaurant de hôtel, seul, à l'exception d'une serveuse renfrognée et d'un garçon d'hôtel maussade, puis montai lire dans ma chambre jusqu'à minuit, avant de sombrer dans un sommeil agité.

L'inspecteur Jones et moi étions convenus de nous retrouver le lendemain à midi devant le Café Royal, dans Regent Street, soit une heure avant le rendez-vous fixé par Devereux. Après réflexion – nous avions passé une trentaine d'heures ensemble dans le train –, nous avions établi un plan qui nous semblait englober toutes les éventualités. Je porterais la tulipe rouge afin de me faire passer pour Moriarty, tandis que Jones prendrait place à une table proche pour épier la conversation. Nous pensions l'un et l'autre qu'il y avait peu de chances que Devereux vienne en personne. En dehors même du risque inutile de s'exposer au danger, son agoraphobie rendait une sortie à Regent Street, même dans une voiture fermée, hautement improbable. Il enverrait sûrement un émissaire, et cette personne s'attendrait à trouver Moriarty seul.

Et ensuite ? Il y avait trois possibilités.

La plus favorable serait qu'un homme de Devereux m'aborde et m'escorte jusqu'à la maison ou l'hôtel où il résidait. Dans ce cas, Jones nous suivrait, veillerait à ma sécurité, et, bien sûr, relèverait l'adresse. Autre hypothèse : le complice de Devereux saurait à quoi ressemblait Moriarty. Il verrait immédiatement que j'étais un imposteur et s'en irait. Jones s'esquiverait discrètement et le suivrait, ce qui nous donnerait une petite chance de savoir où se terrait Devereux. Enfin, il se pouvait que personne ne vînt au rendez-vous. Pourtant, le fait que Moriarty eût survécu aux chutes du Reichenbach avait été largement commenté dans les journaux londoniens et nous avions toutes les raisons de penser que Devereux supposait Moriarty en vie.

J'avais acheté une tulipe rouge à un kiosque de fleuriste devant la gare et je la portais à la boutonnière en approchant du Café Royal, en plein cœur de Londres. Chicago avait sa State Street, New York avait Broadway, mais aucune des deux villes, oserais-je dire, n'approchait l'élégance et le charme de Regent Street, avec son atmosphère éclatante et ses belles façades classiques. Des fiacres et des cabriolets circulaient en un flot sans fin sur l'avenue incurvée. Les trottoirs fourmillaient d'oisifs et de gamins des rues, de gentlemen anglais et de visiteurs étrangers mais, surtout, de dames élégantes, accompagnées de serviteurs qui ployaient sous le poids de leurs emplettes. Et qu'avaient-elles acheté ? Les vitrines regorgeaient de parfums, de gants, de bijoux, de chocolats fins et de pendules en bronze doré. Il me semblait que tous les articles vendus ici étaient hors de prix et futiles.

Jones m'attendait, vêtu d'un costume et s'appuyant sur son éternelle canne.

— Dans quel hôtel êtes-vous descendu ? me demanda-t-il. (Je lui indiquai l'adresse.) Vous n'avez pas eu de mal à le trouver ?

— Ce n'est pas loin de la gare et on m'a bien renseigné.

— Parfait.

Jones jeta un regard hésitant vers le Café Royal.

— Joli lieu de rendez-vous, n'est-ce pas ? dit-il à mi-voix. Je me demande comment notre homme va vous repérer. Et moi le suivre sans me faire voir.

Il avait raison. Le seul accès sur Regent Street – trois jeux de portes derrière des colonnes – supposait beaucoup trop de voies d'entrée et de sortie. Et, une fois à l'intérieur, comment étions-nous censés nous trouver puisque l'établissement était un labyrinthe de couloirs, d'escaliers, de bars, de restaurants et de salons, dont certains étaient masqués par des écrans et d'autres par de grands bouquets de fleurs ? Autre inconvénient, il semblait que tout Londres s'était donné rendez-vous ici pour déjeuner. Jamais je n'avais vu une telle assemblée de gens riches. Clarence Devereux et tout son gang auraient pu être déjà sur place, en train de planifier leur prochain crime ou une attaque contre la banque d'Angleterre, sans que quiconque les remarquât. Et il y avait tellement de bruit qu'on n'aurait même pas pu les entendre.

Nous optâmes pour le café du rez-de-chaussée. Celui-ci, avec son haut plafond et son ambiance ouverte, animée, paraissait l'endroit le plus naturel pour un rendez-vous entre deux étrangers. C'était une salle splendide, avec des piliers turquoise et des ornements dorés. Partout l'on voyait des chapeaux hauts-de-forme et des chapeaux melons accrochés aux patères, des clients assis à des guéridons de marbre autour desquels les serveurs en queue de pie sombre et long tablier blanc évoluaient tels des artistes de cirque avec leurs plateaux surchargés qui semblaient flotter au-dessus de leurs épaules. Nous réussîmes à trouver deux tables libres côte à côte. Depuis notre entrée dans l'établissement, Jones et moi n'avions échangé aucune parole. Pour toutes les personnes présentes, nous étions deux inconnus l'un pour l'autre. Je commandai un petit verre de vin. Pendant ce temps, Jones sortit de sa poche un journal français et demanda une tasse de thé.

Nous prenions soin de nous ignorer et regardions l'aiguille des minutes progresser sur la pendule murale. À mesure que l'heure approchait, je sentais l'inspecteur se crisper de plus en plus. Il s'était déjà persuadé que notre attente serait déçue et que notre course à travers l'Europe avait été vaine. Pourtant, à une heure précise, je vis une silhouette s'immobiliser sur le seuil et scruter la salle. Près de moi, Jones se raidit.

Le nouvel arrivé était un adolescent d'environ quatorze ans, joliment vêtu de la veste bleu vif et du képi des télégraphistes. Il semblait un peu emprunté, comme s'il n'était pas habitué à porter ce costume et l'avait revêtu par obligation. D'ailleurs l'uniforme ajusté et soigné lui seyait assez mal car il était son exact opposé : avec son estomac rebondi, ses jambes courtes et ses joues rondes, il faisait davantage penser aux chérubins qui ornaient la salle où nous étions assis.

Il me vit – ou plutôt la tulipe à ma boutonnière –, esquissa une mimique de reconnaissance et se fraya un passage dans ma direction. Arrivé devant ma table, il s'assit sans en demander la permission et croisa les jambes, un pied posé sur un genou. Ce simple geste était en soi une manifestation d'arrogance inconvenante pour un télégraphiste, mais, à le voir de près, il était évident qu'il n'avait jamais occupé cet emploi. Il était trop malin. Une lueur étrange dans ses yeux humides et vides laissait penser qu'ils n'avaient jamais rien vu d'autre que la laideur et le mal. Cependant il avait de longs cils, les dents blanches, des lèvres charnues, de sorte que l'ensemble de sa personne était à la fois plaisant et repoussant.

— Vous attendez quelqu'un ? demanda-t-il d'une voix rauque, presque celle d'un homme.

— Cela se pourrait, répondis-je.

— Jolie tulipe. Ça ne se voit pas tous les jours, pas vrai ?

— Est-ce qu'une tulipe rouge a un sens pour toi ?

— P't-être que oui, p't-être que non.

Il se tut.

— Quel est ton nom ? demandai-je.

— J'ai besoin d'un nom ? (Il m'adressa un clin d'œil malicieux.) J'crois que non, monsieur. À quoi bon un nom si on ne doit pas faire connaissance ? Mais si vous y tenez, vous n'avez qu'à m'appeler… Perry.

L'inspecteur Jones feignait toujours de lire son journal, mais je savais qu'il ne perdait pas un mot de la conversation. Il avait très légèrement abaissé le journal afin de voir le faux télégraphiste, tout en affichant un air de parfaite indifférence.

— Très bien, Perry. J'attendais quelqu'un mais je constate que ce n'est pas toi.

— Sûr que non, monsieur. Mon travail est de vous conduire à lui. Mais d'abord je dois être certain que vous êtes qui vous dites être. Vous avez la tulipe, d'accord. Mais avez-vous une certaine lettre que vous a envoyée mon maître ?

J'avais sur moi la lettre recelant le message codé. C'était Jones qui avait suggéré qu'on me demanderait peut-être de la montrer. Je la sortis de ma poche et la posai sur la table.

Le garçon y jeta à peine un regard.

— Vous êtes le professeur ?

— Oui, dis-je en baissant la voix.

— Le Professeur Moriarty ?

— Oui.

— Vous ne vous êtes pas noyé dans la cascade de Rechen… machinchose ?

— Pourquoi ces questions idiotes ? (Je me disais que c'était ainsi qu'aurait parlé Moriarty.) C'est ton maître qui a arrangé ce rendez-vous. Si tu continues de me faire perdre mon temps, tu en subiras les conséquences, crois-moi.

Mais Perry n'était pas du tout intimidé.

— Dites-moi combien de corbeaux se sont envolés de la Tour de Londres.

— Pardon ?

— Les corbeaux. La Tour. Combien ?

C'était l'éventualité que nous avions le plus redoutée. En revoyant notre plan dans le train, Jones et moi avions envisagé la possibilité d'un signal de reconnaissance. Deux criminels de l'envergure de Devereux et de Moriarty ne se livreraient pas aux mains l'un de l'autre sans la certitude d'être en sécurité. C'était la précaution finale, une énigme prenant la forme d'un échange de mots qui avaient dû faire l'objet d'un message séparé.

J'écartai la question d'un geste.

— Assez de ces jeux stupides, dis-je. J'ai fait un long voyage pour rencontrer Clarence Devereux. Tu sais de qui je parle, ne prétends pas le contraire ! Je le vois dans tes yeux.

— Erreur, monsieur. J'ai jamais entendu ce nom.

— Alors pourquoi es-tu ici ? Tu me connais. Tu connais la lettre. Inutile de feindre.

Soudain, le faux télégraphiste paraissait impatient de s'en aller. Je vis son regard glisser vers la porte et, un instant plus tard, il écarta sa chaise pour se lever. Mais avant qu'il eût le temps de s'esquiver, je lui saisis la main et la tordis pour l'obliger à se rasseoir.

— Dis-moi où je peux le trouver.

Je parlais à mi-voix pour ne pas alarmer les clients qui, tout autour de moi, sirotaient leur café ou leur vin, commandaient un plat, bavardaient avec animation en entamant leur déjeuner. Près de moi, mais totalement séparé, Athelney Jones continuait de lire son journal. Personne dans la salle ne nous avait remarqués. À l'instant où se déroulait cette petite scène, nous étions parfaitement isolés.

— Inutile de jouer les méchants, monsieur, souffla Perry, d'une voix également basse mais venimeuse et chargée de menace.

— Tu ne partiras pas d'ici avant de m'avoir dit ce que je veux savoir.

— Vous me faites mal !

Il avait des larmes dans les yeux, comme pour me rappeler que, après tout, il était un jeune garçon. Il profita de mon hésitation pour se contorsionner et, soudain, je sentis quelque chose de coupant se poser contre ma gorge. Comment il avait réussi à sortir cela d'une seule main reste pour moi un mystère, mais je sentais la lame entailler ma peau sans qu'il fût obligé d'exercer la moindre pression. Je baissai les yeux et découvris l'arme. C'était un ustensile horrible : un bistouri de chirurgien à manche noir avec une lame d'au moins douze centimètres. Il le tenait avec précaution, de sorte que seuls lui et moi pouvions le voir. Quant au gentleman assis à la table voisine, il l'aurait sûrement remarqué aussi s'il ne s'était, inexplicablement, replongé dans la lecture de son journal français.

— Laissez-moi partir, dit Perry. Sinon je vous tranche la gorge ici, et tous ces braves gens en auront l'appétit coupé. J'ai vu le sang gicler à deux mètres, la dernière fois que je l'ai fait.

Il exerça une légère pression sur la lame et je sentis un filet de sang couler le long de mon cou.

— Tu commets une grave erreur, soufflai-je. Je suis Moriarty…

— Fini de jouer, monsieur. Les corbeaux vous ont trahi. Je vais compter jusqu'à trois…

— Ce n'est pas la peine !

— Un…

— Puisque je te dis…

— Deux…

Il n'alla pas jusqu'à trois. Je le lâchai avant. C'était un garçon diabolique et il avait clairement dit qu'il se ferait un plaisir de commettre un meurtre, même dans un lieu public. Pendant ce temps, Jones n'avait rien fait pour montrer qu'il avait vu ce qui se passait. M'aurait-il laissé assassiner en pleine lumière pour parvenir à ses fins ?

Le télégraphiste détala au milieu de la foule. Je pris une serviette de table et la pressai contre mon cou. Lorsque je relevai les yeux, Jones avait disparu.

— Tout va bien, monsieur ?

Un serveur avait surgi de nulle part et se penchait vers moi, une expression inquiète sur le visage.

J'écartai la serviette tachée de sang rouge clair.

— Ce n'est rien, dis-je. Un petit accident.

Je me précipitai vers la porte, mais quand j'atteignis la rue, il était trop tard. L'inspecteur Jones et le garçon qui se faisait appeler Perry avaient tous deux disparu.

- 6 -

BLADESTON HOUSE

Je ne revis pas Jones avant le lendemain. Il arriva en hâte à mon hôtel, débordant de la même énergie dont je l'avais vu faire preuve le jour où il avait déchiffré le message trouvé dans la poche du noyé. Je venais de terminer mon petit déjeuner quand il s'assit en face de moi.

— Alors, c'est ici que vous logez, Chase ?

Il jeta un regard circulaire sur le papier peint minable et les quelques tables serrées l'une contre l'autre sur le tapis élimé. J'avais passé la moitié de la nuit éveillé à cause de la toux convulsive de l'homme qui occupait regrettablement la chambre voisine de la mienne. Je m'étais attendu à le voir dans la salle à manger, mais il ne s'était pas encore montré. À l'exception de ce mystérieux tousseur, j'étais l'unique client de l'hôtel et, pour être franc, cela ne me surprenait guère. Le Hexam n'était pas le genre d'auberge que signalent les guides touristiques, sinon pour recommander de les éviter. Jones et moi avions donc la salle pour nous seuls.

— Bah… je suppose que cela fera l'affaire, n'est-ce pas ? reprit Jones. Après tout, avec un peu de chance, dans quelques semaines vous serez de retour à New York. (Il posa sa canne contre la table et se montra soudain plus compatissant.) Vous n'avez pas été blessé, j'espère ? J'ai vu le télégraphiste sortir son couteau et je ne savais quoi faire.

— Vous auriez pu l'arrêter.

— Et nous démasquer ? À en juger par son attitude, il n'était pas du genre à céder sous la pression. L'arrêter n'aurait avancé à rien.

Je fis courir mon index sur la marque que Perry m'avait laissée sur le cou.

— Il s'en est fallu de peu, dis-je. Il aurait pu me trancher la gorge.

— Pardonnez-moi, mon ami. J'ai dû me décider très vite. Je n'avais pas le temps de réfléchir.

— Eh bien, je suppose que vous avez agi pour le mieux. Mais vous comprenez à présent, inspecteur, ce que j'ai essayé de vous expliquer. Ce sont des individus farouches et sans aucun scrupule. Un garçon de quatorze ans à peine ! Dans un restaurant bondé ! Cela défie l'entendement. Une chance qu'il ne m'ait pas fait mal. Mais le plus important est de savoir s'il vous a mené à Devereux.

— Pas à Devereux. Non. Cela a été une jolie filature à travers Londres, vous pouvez me croire. De Regent Street à Oxford Circus, puis vers l'est jusqu'à Tottenham Court Road. J'aurais pu le perdre au milieu de la foule. Heureusement, il avait sa veste bleu vif. Néanmoins je gardais mes distances, et bien m'en a pris car il s'est retourné plusieurs fois pour vérifier qu'il n'était pas suivi. Ensuite il est monté dans un omnibus. Je l'ai aperçu juste quand il allait s'asseoir en haut, sur l'impériale.

— Une chance qu'il n'ait pas trouvé de place à l'intérieur.

— Peut-être, oui. J'ai hélé un fiacre qui roulait dans la bonne direction et nous avons suivi l'omnibus. J'avoue que j'étais content de ne plus avoir à marcher, surtout quand nous avons gravi la côte des faubourgs nord.

— C'est là qu'il est allé ?

— Absolument. Perry, à supposer que ce soit son nom, m'a conduit à l'Archway Tavern. De là, il a pris le funiculaire pour monter à Highgate Village. J'ai fait le trajet avec lui, lui dans le compartiment de devant, moi à l'arrière.

— Et ensuite ?

— Eh bien, après le funiculaire, il a redescendu un peu la colline et pris Merton Lane. Le nom de la rue m'a un peu alarmé, je dois l'admettre. N'est-ce pas l'endroit où l'on a retrouvé le corps de votre agent, Jonathan Pilgrim ? Quoi qu'il en soit, Perry a continué jusqu'à une maison entourée d'un haut mur, juste en bordure de Southampton Estate. Et c'est là, finalement, que je l'ai perdu. En approchant de sa destination, il a pressé le pas. Vous aurez observé, Chase, que je ne jouis pas d'une excellente santé, et j'étais encore assez loin lorsque je l'ai vu disparaître derrière le mur. J'ai couru, mais le temps de tourner l'angle, il s'était évaporé. Je ne l'ai pas vraiment vu entrer dans la maison, toutefois il ne peut y avoir de doute. À l'arrière de la propriété, il y a un terrain vague, avec quelques buissons. Aucun signe de Perry à cet endroit. Il y a également quelques autres résidences à proximité, mais s'il s'était dirigé de ce côté, je l'aurais vu traverser. Non. Il ne peut s'agir que de Bladeston House. Il y a une porte dans le mur du fond. C'est par là qu'il a dû entrer. Elle était verrouillée.

« Bladeston House n'est pas un endroit particulièrement accueillant et, à mon avis, les occupants ont fait en sorte de lui conserver cet aspect. Le mur d'enceinte est hérissé de piques en fer. Toutes les fenêtres sont munies de barreaux. Et la porte du jardin est pourvue d'une serrure incrochetable que seul un cambrioleur accompli serait capable de forcer. Dans l'éventualité où le garçon ressortirait, je me suis tenu à bonne distance pour surveiller la maison en utilisant cet instrument qui m'a souvent été utile...

Jones esquissa un geste vers sa canne et je découvris que la poignée en argent pouvait s'ouvrir et se transformer en binoculaire.

— Comme je ne voyais plus Perry, j'en ai conclu qu'il n'était pas venu pour délivrer un message. Il devait habiter là.

— Vous n'êtes pas entré ?

— J'en avais très envie, sourit Jones. Mais il m'a semblé que nous devions y aller ensemble. Cette enquête est autant la vôtre que la mienne.

— C'est très attentionné de votre part.

— Néanmoins, je ne suis pas resté inactif. J'ai mené quelques recherches qui vous intéresseront. Bladeston House appartient à la famille de George Bladeston, l'éditeur mort l'année dernière. Des gens irréprochables. Ils ont loué la propriété il y a six mois à un homme d'affaires américain dénommé Scott Lavelle.

— Scotchy Lavelle !

— Celui-là même, poursuivit Jones. Un des lieutenants de Devereux dont vous parliez.

— Et Devereux ?

— Lavelle peut nous mener à lui. Puisque vous avez terminé votre petit déjeuner, mettons-nous en route sans tarder, si vous êtes d'accord. Croyez-moi, Chase, il se trame quelque chose.

Je n'avais pas besoin d'encouragement. Nous fîmes le même trajet que le jeune Perry avait emprunté la veille, en partant du cœur de la capitale pour rejoindre les faubourgs, et en terminant par le funiculaire qui nous hissa sans effort en haut de la colline.

— C'est un remarquable moyen de locomotion, m'exclamai-je.

— Dommage que je ne puisse vous faire visiter les environs. Il y a de jolis panoramas depuis Heath Park, qui se trouve tout près. Highgate était autrefois un vrai village. Mais je crains qu'il n'ait perdu de son charme.

— Il le retrouvera quand nous aurons fini de nous occuper de Scotchy Lavelle.

La maison était plus sinistre encore que ne l'avait décrite Jones, plus résolue que jamais à se tenir à l'écart du monde extérieur. C'était une belle bâtisse, plus haute que large, en briques grises et ternes plus appropriées à la ville qu'à la campagne. D'une architecture gothique, elle se parait d'une voûte ornementée au-dessus de l'entrée, de fenêtres en pointe agrémentées de dentelles de pierre, de gargouilles et de toutes les enjolivures propres à ce style. Jones n'avait pas exagéré les mesures de sécurité. Grilles, piques, barreaux, volets, etc. La dernière fois que j'en avais vu autant, c'était dans une prison. Un visiteur ordinaire, ou même un voleur nocturne, aurait trouvé l'accès impossible mais, connaissant ces individus, je n'en attendais pas moins.

Nous ne pouvions même pas approcher de la porte principale car un portail en fer forgé était logé dans le mur d'enceinte, lui aussi dûment fermé à clé. Jones tira la cloche.

— Vous pensez qu'il y a quelqu'un, inspecteur ?

— J'ai entrevu un mouvement derrière une fenêtre. On nous épie. Soupçonneux, ces gens-là. Ah ! Voilà quelqu'un...

Un valet vêtu de noir approcha d'un pas pesant et lent. On aurait cru qu'il s'apprêtait à annoncer qu'aucun visiteur n'était reçu car le maître de maison venait de mourir. Arrivé au portail, il nous adressa la parole à travers les barreaux.

— Vous désirez ?

— Voir Mr Lavelle, répondit Jones.

— Mr Lavelle ne reçoit pas, aujourd'hui.

— Je suis l'inspecteur Jones, de Scotland Yard. Il ne refusera certainement pas de me voir. Et si tu n'ouvres pas cette porte dans cinq secondes, Clayton, tu retourneras dans ta cellule de Newgate où est ta place.

Le domestique redressa brusquement la tête et examina mon compagnon avec attention.

— Mr Jones ! s'écria-t-il d'une voix très différente. Bon sang, je ne vous avais pas reconnu.

— Moi, je n'oublie jamais un visage, Clayton. Et revoir le tien ne me procure aucun plaisir.

Tandis que le domestique fouillait dans sa poche pour chercher les clés et ouvrait le portail, Jones se tourna vers moi et me glissa à voix basse :

— La dernière fois que je l'ai vu, il a pris six mois pour chapardage. Mr Lavelle n'est pas très regardant sur le personnel qu'il emploie.

Clayton ouvrit le battant du portail et nous conduisit dans la maison, en s'efforçant de recouvrer sa contenance.

— Que peux-tu nous dire sur ton nouveau maître, Clayton ? demanda Jones.

— Rien, monsieur. C'est un gentleman américain. Il est très discret.

— Je n'en doute pas. Depuis quand travailles-tu pour lui ?

— Depuis janvier.

— Je suppose qu'il n'a pas demandé de références, remarquai-je à mi-voix.

Clayton nous laissa dans le hall en disant :

— Je vais prévenir Mr Lavelle.

Nous restâmes seuls dans un vaste et obscur hall d'entrée, dont les murs étaient recouverts de lambris en bois sombre. Un imposant escalier, sans tapis, menait à l'étage, qui se présentait sous la forme d'une galerie ouverte des deux côtés, de sorte que l'on pouvait nous observer à notre insu depuis l'une des nombreuses portes. Les tableaux accrochés dans le hall étaient ténébreux et lugubres : des scènes de lacs gelés, d'arbres dénudés. Deux fauteuils en bois encadraient une cheminée. On imaginait difficilement quelqu'un souhaitant s'y asseoir, même un court instant.

Clayton revint et annonça :

— Mr Lavelle vous recevra dans son cabinet de travail.

Il nous mena dans une pièce remplie de livres qui, à en juger par leur air délaissé et moisi, n'avaient jamais été lus. À notre entrée, un homme assis derrière un monstrueux bureau de style XVIIe nous lança un regard noir comme s'il était prêt à nous sauter dessus. Il avait une allure de boxeur, même s'il n'en avait pas l'accoutrement. Totalement chauve, le nez épaté, des petits yeux enfoncés dans leurs orbites, il était engoncé dans un costume à motifs audacieux et portait une bague à chaque doigt ou presque : les pierres voyantes rivalisaient. Une seule aurait été acceptable, mais l'effet d'ensemble était vulgaire et étrangement déplaisant. Les plis de son cou s'empilaient comme s'ils cherchaient à mieux pénétrer sous le col. Je le reconnus aussitôt. Scotchy Lavelle. Le rencontrer pour la première fois dans le décor d'une maison des faubourgs de Londres, à des milliers de kilomètres de New York, était assez bizarre.

Deux sièges faisaient face au bureau et nous nous y assîmes sans attendre qu'il nous y invite. Cela indiquait clairement notre détermination à rester.

— Qu'est-ce qui vous amène ? dit Scotchy Lavelle. Inspecteur Jones, de Scotland Yard ? Qu'est-ce que vous cherchez ? J'ai rien à vous dire. Et lui ? ajouta-t-il en me regardant. C'est qui ?

— Je m'appelle Frederick Chase, répondis-je. Je travaille pour l'agence Pinkerton de New York.

— Pinkerton ! Un tas de bons à rien et de faux-jetons. Jusqu'où je dois aller pour ne plus les voir ? (Il parlait l'argot des bas-quartiers de Manhattan.) Il n'y a pas de Pinkerton qui tienne, ici, et je ne vous parlerai pas. Pas dans ma propre baraque, ça non. (Il se tourna vers Jones.) Scotland Yard, vous avez dit ? J'ai rien à voir avec vous non plus. J'ai rien fait de mal.

— Nous recherchons un de vos associés, expliqua Jones. Un dénommé Clarence Devereux.

— Je ne connais pas ce nom-là. Jamais entendu. C'est pas mon associé. C'est rien du tout pour moi.

Les petits yeux enfoncés de Lavelle nous défiaient.

— Nous n'avez pas fait le voyage avec lui pour venir en Angleterre ?

— Vous êtes bouché ou quoi ? Comment je pourrais voyager avec quelqu'un que je ne connais pas ?

— Votre accent me dit que vous êtes américain, essaya Jones. Pouvez-vous me dire ce qui vous amène dans notre pays ?

— Est-ce que je peux vous le dire ? Peut-être bien, mais pourquoi diable je le ferais ? (Il pointa l'index vers nous.) D'accord, d'accord. Je suis conseiller en investissement. Rien de mal à ça ! Je lève des capitaux. J'offre des opportunités d'investissement. Si vous voulez des actions dans le savon, les chandelles, les lacets de bottines ou ce qui vous chante, je suis votre homme. Je pourrais vous proposer une affaire, Mr Jones. Ou à vous, Mr Pinkerton. Une jolie petite mine d'or à Sacramento. Du charbon et du fer à Vermissa. Vous en tireriez plus de profits qu'avec un salaire de limier, je vous le promets.

Lavelle nous narguait. Nous connaissions son lien avec Devereux et il le savait. Mais sans preuve d'un délit quelconque, projeté ou commis, nous ne pouvions rien contre lui.

Jones fit une autre tentative.

— Hier, j'ai suivi un jeune homme jusqu'ici. Un adolescent, plus précisément. Blond, en uniforme de télégraphiste. Vous l'avez vu ?

— Pourquoi je l'aurais vu ? dit Lavelle d'un ton sarcastique. Peut-être que j'ai reçu un télégramme. Ou peut-être pas. Je sais pas. Demandez à Clayton.

— J'ai vu ce garçon entrer dans la maison. Et il n'en est pas sorti.

— Vous êtes là à me reluquer. Qu'est-ce que vous voulez ? Prendre mes mesures ? Il n'y a pas plus de télégraphiste ici que de beurre en broche.

— Qui réside chez vous ?

— Qu'est-ce que ça peut vous faire ? Pourquoi je vous répondrais ? Je vous le répète, je suis un respectable homme d'affaires. Renseignez-vous auprès de mon consulat. Ils répondront de moi.

— Si vous refusez de nous aider, Mr Lavelle, nous reviendrons avec un mandat et une dizaine de policiers. Et si vous êtes ce que vous affirmez être, vous répondrez à mes questions.

Lavelle bâilla et se gratta la nuque. Il nous fusillait du regard mais je voyais qu'il évaluait ses options et savait qu'il n'avait d'autre choix que de nous donner satisfaction.

— Nous sommes cinq dans la maison, dit-il. Non, six. Moi et ma femme. Clayton, la cuisinière, la femme de chambre et l'apprenti de cuisine.

— Vous disiez qu'il n'y avait pas d'enfant.

— C'est pas un enfant. Il a dix-neuf ans. Et il est rouquin, pas blond.

— Nous aimerions néanmoins le rencontrer, dis-je. Où est-il ?

— À votre avis, où est-ce qu'on trouve un apprenti de cuisine ? ricana Lavelle. Il est dans la cuisine. (Il tapota son bureau du bout des doigts et ses bagues tintèrent.) Je vais vous le chercher.

— Nous vous suivons, dis-je.

— Vous avez envie de fouiner, c'est ça ? Très bien. Mais après, vous pourrez aller vous faire pendre ailleurs. Vous n'avez aucune raison d'être ici et j'en ai assez de vous deux.

Il se leva, et son mouvement m'évoqua celui des nageurs émergeant de la mer. En se révélant à notre regard, son corps parut en même temps diminuer en taille, écrasé par les proportions du bureau. Et les couleurs criardes, la coupe ajustée de son costume, son excès de bijoux, le rétrécissaient davantage encore.

Déjà, il se dirigeait vers la porte.

— Par ici ! commanda-t-il.

Tels des solliciteurs venant de passer un interrogatoire pour un emploi de domestique, Jones et moi le suivîmes. Lavelle nous fit retraverser le hall. Cette fois, une femme descendait l'escalier. Beaucoup plus jeune que Lavelle et, comme lui, vêtue de façon extravagante, de voiles de soie rouge épousant trop étroitement ses formes amples. Son décolleté plongeant aurait suffi à causer une émeute dans les rues de Boston, sa gorge scintillait sous les feux d'un collier de diamants – vrais ou faux, je n'aurais su le dire –, et ses bras étaient nus.

— C'est qui, Scotchy ? demanda-t-elle avec un accent du Bronx.

Même à distance, je sentais le parfum de son eau de lavande.

— C'est personne, aboya Lavelle, manifestement agacé qu'elle l'ait trahi en utilisant le nom sous lequel il s'était fait connaître de moi-même et de trop nombreuses forces de police à travers l'Amérique.

— Je t'attends, poursuivit-elle d'une voix geignarde de petite fille traînée en classe contre son gré. Tu as dit qu'on sortait...

— Ferme ton clapet et arrête de jacter.

— Scotchy ?

— Attends-moi là-haut, Hen. Je te dirai quand je serai prêt.

La mine boudeuse, elle souleva ses jupes de soie rouge et remonta l'escalier en courant.

— Votre femme ? s'enquit Jones.

— Ma commodité. En quoi ça vous regarde ? Je l'ai connue dans un claque et je l'ai emmenée en voyage avec moi. Par ici.

De l'autre côté du hall, une porte conduisait aux cuisines, une salle immense où trois personnes s'affairaient activement. Clayton avait sorti l'argenterie pour l'astiquer, et chaque ustensile faisait l'objet de soins attentionnés. L'apprenti de cuisine, un rouquin dégingandé au visage grêlé par la petite vérole, ne ressemblait en rien à Perry. Assis dans l'arrière-cuisine, il épluchait des légumes. Une femme à la mine sévère, cheveux grisonnants et tablier, tournait une cuiller en bois dans une grosse marmite qui mijotait sur le fourneau. Toute la pièce embaumait le curry. Chaque surface de la cuisine avait été récurée. Le carrelage noir et blanc du sol était immaculé. Deux larges fenêtres et une porte vitrée donnant sur le jardin procuraient un éclairage naturel. Malgré cela, l'ambiance était lugubre : comme dans le reste de la maison, les fenêtres étaient obstruées de barreaux et la porte verrouillée. On aurait pu croire que ces gens étaient retenus ici contre leur gré.

Ils s'interrompirent dans leurs tâches. Le commis de cuisine se leva. Lavelle se tenait sur le seuil. Ses larges épaules touchaient presque l'encadrement de la porte.

— Ces messieurs veulent vous parler, marmonna-t-il, comme s'il jugeait inutile de leur en dire davantage.

— Merci, Mr Lavelle, dis-je. Sachant combien vous êtes occupé, nous ne vous demanderons pas de rester. Clayton nous reconduira lorsque nous aurons terminé.

Cela ne le réjouissait guère, mais il s'en alla. Jones ne dit rien, cependant je vis qu'il était étonné de la façon dont j'avais congédié Lavelle et j'en conclus que j'avais, peut-être, été un peu trop impétueux. Mais c'était aussi mon enquête et, même si Jones conservait un ascendant sur moi, j'avais le droit d'affirmer ma présence.

— Je suis l'inspecteur Jones, dit-il. J'enquête sur un homme appelé Clarence Devereux. Est-ce que ce nom vous dit quelque chose ?

Aucun des domestiques ne répondit.

— Hier, peu après deux heures de l'après-midi, j'ai vu un adolescent entrer dans cette maison. Je le suivais depuis Regent Street. Il portait une veste bleue et un chapeau melon. Je vois que le chemin mène directement à cette salle. L'un de vous était-il présent à son arrivée ?

— J'ai été là tout l'après-midi, marmonna la cuisinière. Il n'y avait que moi et Thomas. Et on n'a vu personne.

Thomas, l'apprenti cuisinier, acquiesça de la tête.

— Que faisiez-vous ? demandai-je.

Elle me jeta un regard insolent.

— La cuisine !

— Le déjeuner ou le dîner ?

— Les deux !

— Et que préparez-vous en ce moment ?

— Mr et Mrs Lavelle sortent, aujourd'hui. Je prépare le dîner de ce soir. Et ces légumes… (Elle désigna ceux qu'épluchait

Thomas.) … C'est pour demain. Et demain, nous travaillerons pour le jour suivant !

— Personne n'est entré dans la maison hier, intervint Clayton. Si on avait tiré la cloche du portail, j'aurais répondu. Et nous recevons peu de visites. Mr Lavelle ne les encourage pas.

— Le garçon ne s'est pas présenté à la porte principale, insistai-je. Il est entré par la porte du jardin.

— Impossible, rétorqua Clayton. Elle est verrouillée des deux côtés.

— J'aimerais l'examiner.

— Pour quoi faire ?

— Ce n'est pas à vous de poser les questions, Clayton. Faites ce qu'on vous dit.

— Bien, monsieur.

Il posa la fourchette qu'il était en train d'astiquer et se dirigea pesamment vers le buffet, un meuble gigantesque qui occupait tout un mur. J'avais remarqué, juste à côté, un tableau où étaient accrochées une dizaine de clés. Clayton en sélectionna une avec soin et s'en servit pour ouvrir la porte donnant sur le jardin, en l'insérant dans une de ces serrures compliquées qui assuraient la sécurité de la maison. Jones, Clayton et moi-même sortîmes dans le jardin. Une allée incurvée, bordée de pelouses et de massifs de fleurs, conduisait à la porte en bois. Les plantations dataient sans doute des anciens résidents, car les tracés étaient élaborés et symétriques mais souffraient déjà de négligence. Je marchais en tête, devant Clayton et Jones qui clopinait. Nous arrivâmes ainsi devant la porte que nous avions observée de l'extérieur. Outre la serrure incrochetable, elle était munie d'un loquet avec un deuxième verrou sur la face intérieure, qui bloquait la porte contre le chambranle. Escalader le mur était difficile à cause des piques qui en hérissaient le faîte, et l'on risquait d'être vu depuis la maison. Et si quelqu'un avait sauté, ses empreintes auraient creusé le sol.

— Avez-vous la clé ? demanda Jones en désignant le loquet en fer.

— Oui, elle est dans la cuisine, répondit Clayton. Mais on n'utilise jamais cette porte, contrairement à ce que vous avez dit. On est très prudents, dans cette maison. Personne n'y entre sauf par la grande porte, et les clés sont à l'abri. Vous voulez vraiment que je l'ouvre ?

— Deux serrures. Une à l'intérieur, l'autre à l'extérieur. Toutes deux installées récemment, autant que je puisse en juger, dis-je. Que craint donc votre employeur, Clayton ?

— Mr Lavelle ne discute pas de ses affaires avec moi, répondit Clayton avec un rictus méprisant. Vous en avez assez vu ?

Ses manières à mon égard étaient délibérément insolentes. Même s'il avait croisé le chemin de Jones dans une vie précédente, moi, il ne me craignait absolument pas.

— Je ne vous dirai pas ce que j'ai vu et pas vu, rétorquai-je.

Mais il avait raison. Il était inutile de rester là plus longtemps.

Nous revînmes dans la cuisine. Cette fois encore, je marchais devant. La cuisinière et l'apprenti étaient retournés à leurs occupations comme s'ils avaient oublié notre présence. Thomas était dans l'arrière-cuisine et la vieille cuisinière l'avait rejoint. Elle sélectionnait des oignons sur l'étagère comme si elle les soupçonnait d'être des faux. Jones entra derrière moi, Clayton referma la porte à clé et remit la clé en place sur le tableau. Il était clair qu'il n'y avait rien à ajouter. Nous aurions pu demander à visiter le reste de la maison pour chercher le télégraphiste, mais à quoi bon ? Une bâtisse de cette taille devait receler mille cachettes et probablement des portes dérobées. Jones fit un signe de tête à Clayton et nous sortîmes.

— Je ne crois pas que Perry soit venu ici, dis-je à Jones une fois de l'autre côté du portail.

— Pourquoi ?

— J'ai examiné les abords de la porte du jardin. Il n'y a aucune empreinte de pas, d'homme ou d'adolescent. Et il n'aurait pas pu ouvrir la porte de l'extérieur puisqu'il y a un loquet en fer à l'intérieur.

— Je l'ai remarqué aussi, Chase. Et j'admets qu'il semble impossible que le garçon soit passé par là. Sauf, bien sûr, si le loquet était ouvert en prévision de sa venue. Et n'oubliez pas ceci : je l'ai suivi et il m'a, involontairement, conduit tout droit à la maison occupée par Scott Lavelle, un homme qui vous est familier et qui est le complice notoire de Clarence Devereux. C'est donc dans cette maison qu'il est venu, à moins que Clarence Devereux lui-même n'habite dans les parages. Comme je vous l'ai dit, Perry n'a pas pu aller ailleurs. Lorsque les indices vous mènent à une seule conclusion possible, aussi invraisemblable soit-elle, celle-ci ne peut qu'être la bonne. Je pense que le télégraphiste est entré dans cette maison. Je pense qu'il pourrait encore s'y trouver.

— Dans ce cas, que faisons-nous ?

— Nous pourrions demander un mandat officiel et revenir fouiller les lieux.

— Si le garçon sait que nous le recherchons, il risque de filer.

— Peut-être. Mais j'aimerais beaucoup m'entretenir avec cette dame. Henrietta, c'est ça ? Il se peut qu'elle craigne davantage la police que Lavelle. Quant à Clayton, il est trop effrayé pour parler pour l'instant, mais je le ramènerai à la raison. Faites-moi confiance, Chase. Nous trouverons quelque chose ici qui nous guidera vers la prochaine étape.

— À Clarence Devereux !

— Précisément. Si les deux hommes sont en contact, ce qui est logique, nous trouverons le lien.

Comme prévu, nous revînmes le lendemain. Mais pas pour effectuer la perquisition projetée par Jones. Car lorsque le soleil se leva de nouveau sur Highgate Hill, Bladeston House était devenue la scène d'un crime particulièrement horrible et hautement déconcertant.

- 7 -

SANG ET OMBRES

C'est la femme de chambre qui trouva les corps et réveilla le voisinage avec ses hurlements le lendemain matin. Contrairement à ce que nous avait dit son employeur, Miss Mary Stagg ne logeait pas dans la maison, et c'est pour cette simple raison qu'elle échappa à la mort. Mary habitait Highgate Village avec sa sœur, elle aussi domestique, dans un petit cottage hérité de leurs parents. Elle n'était pas à Bladeston House lors de notre visite : c'était son jour de congé et elle était allée faire des courses avec sa sœur. Elle s'était présentée le lendemain à l'aube, comme d'habitude, pour nettoyer les âtres des cheminées et aider à la préparation du petit déjeuner, et avait eu la surprise de trouver le portail et la porte principale ouverts. Une défaillance si inhabituelle dans les règles de sécurité aurait dû l'alerter, mais elle était entrée sans trop se poser de questions, peut-être même en fredonnant une ritournelle, et avait découvert une scène d'horreur dont elle se souviendrait toute sa vie.

Moi-même je dus m'armer de courage en descendant de la calèche qui était venue me chercher. Athelney Jones m'attendait à la porte et la vue de son visage pâle et empreint de dégoût suffit à m'indiquer qu'il n'avait jamais vu spectacle aussi atroce de toute sa longue carrière.

— Quel nid de serpents avons-nous dérangé, Chase ? dit-il en m'accueillant. Quand je pense que vous et moi étions ici hier… Est-ce notre visite qui a involontairement déclenché ce bain de sang ?

— Lavelle… ?

— Tous ! Clayton, l'apprenti de cuisine, la cuisinière, la maîtresse… Tous assassinés.

— Comment ?

— Vous verrez. Quatre sont morts dans leur lit. Tant mieux pour eux. Mais Lavelle… (Il prit sa respiration.) C'est un meurtre aussi sauvage que ceux de Swallow Gardens ou de Pinchin Street. Le pire du pire.

Nous entrâmes ensemble dans le hall. Sept ou huit policiers étaient là, se mouvant lentement et silencieusement dans la pénombre comme s'ils espéraient s'esquiver. Le grand vestibule, qui m'avait semblé obscur la veille, était encore plus sombre et il y flottait une odeur de boucherie. Je ne tardai pas à prendre conscience du bourdonnement des mouches et, en même temps, de ce qui aurait pu être une épaisse flaque de goudron sur le sol.

— Dieu du ciel !

Je levai instinctivement une main devant mes yeux pour masquer la scène qui s'offrait à ma vue.

Scotchy Lavelle était assis dans l'un des lourds fauteuils en bois que j'avais remarqués la veille, et que l'on avait tiré tout exprès à cet endroit. Il était vêtu d'une chemise de nuit en soie qui lui tombait aux chevilles, pieds nus, et il faisait face à un miroir. Son meurtrier avait tenu à ce qu'il vît ce qui allait lui arriver.

On ne l'avait pas ligoté sur le fauteuil. On l'y avait cloué. Des carrés de métal dentelés dépassaient de ses mains brisées qui, même dans la mort, restaient crispées sur les accoudoirs comme si elles refusaient de les lâcher. Le marteau utilisé pour cette tâche macabre était devant la cheminée, à côté d'un vase en porcelaine de Chine renversé. Je vis également, jetés sur le sol, deux rubans de couleur vive qu'on avait dû apporter de la chambre.

La gorge de Scotchy Lavelle avait été tranchée nettement et violemment, d'une manière qui me rappela malgré moi le bistouri de chirurgien dont Perry m'avait si allègrement menacé au Café Royal. Je me demandai si Jones était arrivé à la même conclusion inévitable : ce meurtre épouvantable était peut-être l'œuvre d'un enfant. Mais l'assassin n'avait pas agi seul. Il avait fallu au moins deux personnes pour traîner Lavelle dans le hall. Et qu'en était-il du reste de la maisonnée ?

— Tués dans leur sommeil, murmura Jones, comme s'il lisait dans mes pensées. La cuisinière, l'apprenti, la femme appelée Henrietta. Sur eux, il n'y a aucune marque de lutte. Clayton, lui, dormait au sous-sol. Il a reçu un coup de couteau dans le cœur.

— Aucun d'eux ne s'est réveillé ? Vous voulez dire qu'ils n'ont rien entendu, inspecteur ?

— Je crois qu'ils ont été drogués.

J'absorbai cette information et, tout en réfléchissant à haute voix, je savais que Jones m'avait devancé.

— Le curry ! m'exclamai-je. Vous vous souvenez, Jones ? J'ai demandé à la cuisinière ce qu'elle préparait et elle m'a répondu que c'était pour le dîner. Ils ont dû tous en manger et celui qui est venu, quel qu'il soit, n'a eu aucune difficulté pour y ajouter une drogue puissante, peut-être de la poudre d'opium. Le curry en aura masqué le goût.

— Mais d'abord, il fallait que l'intrus parvienne dans la cuisine, marmonna Jones.

— Nous devrions examiner la porte.

Nous contournâmes le corps de Lavelle, mais à distance car le sang et les ombres tendaient à se fondre et il fallait faire attention où nous mettions les pieds. C'est seulement dans le sanctuaire relatif de la cuisine que nous commençâmes à respirer plus librement. Pour la seconde fois, je me surpris à examiner le plan de travail et le carrelage du sol immaculés, l'arrière-cuisine aux étagères impeccablement rangées. La marmite où avait mijoté le curry y trônait, sombre et vide, tel un secret honteux. La seule domestique survivante était là, recroquevillée sur une chaise et sanglotant dans son tablier, sous l'œil d'un policier en uniforme.

— Sale affaire, dis-je.

— Qui a pu faire une chose pareille et pourquoi ? Ce doit être notre premier souci. (Je voyais que Jones, déstabilisé par la sauvagerie des meurtres, s'efforçait de recouvrer la maîtrise de soi dont il avait fait preuve à Meiringen.) Nous savons que Scott Lavelle, ou Scotchy, faisait partie d'un gang dirigé par Clarence Devereux.

— Sur ce point, il n'y a aucun doute, acquiesçai-je.

— Il arrange une rencontre avec le Professeur Moriarty et, à cette fin, envoie un adolescent, Perry, au Café Royal. Un homme se faisant passer pour Moriarty l'y attend mais la mystification échoue. Le garçon comprend que vous n'êtes pas celui que vous prétendez être…

— À cause des corbeaux dans la tour…

— Fin de l'histoire. Le garçon fait le long trajet jusqu'à Highgate pour faire son rapport à ceux qui l'ont envoyé. Contrairement à ce qui était prévu, il n'y aurait pas de rencontre avec Moriarty. Moriarty est peut-être vraiment mort, après tout. C'est en tout cas ce qu'ils concluent.

— Sur ces entrefaites, nous apparaissons.

— Oui. Deux enquêteurs de deux pays différents. Nous connaissons le garçon, nous posons des questions, mais, en fin de compte, nous apprenons peu de choses. J'imagine que Lavelle souriait quand nous sommes partis.

— Plus maintenant, dis-je, sans pouvoir m'empêcher de penser que la grande entaille rouge dans sa gorge avait la forme d'un sourire démoniaque.

— Pourquoi l'a-t-on tué ? Pourquoi maintenant ? Mais voici notre premier indice sur le comment. La porte n'est pas verrouillée.

Athelney Jones avait raison. La porte donnant sur le jardin, que Clayton avait ouverte puis refermée pour nous à l'aide d'une clé prise sur le tableau, n'était pas close. Jones tourna la poignée et, soulagé de retrouver l'air frais, je lui emboîtai le pas sur la pelouse négligée que nous avions traversée la veille.

Au fond du jardin, la porte en bois n'était pas verrouillée non plus. La serrure incrochetable avait été ouverte de l'extérieur. Un trou circulaire avait été foré dans le bois, à la hauteur exacte de la serrure intérieure. Celle-ci avait été percée et le loquet en fer enlevé. Jones inspecta l'œuvre des malfaiteurs.

— La serrure incrochetable n'est pas endommagée, constata-t-il. Si elle avait été forcée, nos intrus auraient démontré des talents supérieurs à ceux d'un cambrioleur ordinaire. Il est possible qu'ils se soient procurés un double de la clé. Nous verrons. L'autre serrure, celle munie d'un loquet, présente un intérêt tout particulier. Vous remarquerez qu'ils ont percé un trou dans la porte, peut-être à l'aide d'une mèche à trois points. Cela fait très peu de bruit. Mais voyez où ils ont percé !

— Juste au niveau de la serrure, dis-je.

— Exactement. C'est au millimètre près. Une seconde mèche a été utilisée pour percer le chambranle et dégager les fentes du mécanisme. Un travail de professionnel. Mais cela n'aurait pas été possible si les intrus ne s'étaient pas tenus où nous sommes en ce moment pour noter avec précision l'emplacement de la serrure.

— Quelqu'un de la maison a pu les aider.

— Tous les habitants de la maison sont morts, hormis la femme de chambre. Non, je serais enclin à penser qu'ils ont agi seuls.

— Vous parlez d'intrus au pluriel, Jones. Vous êtes donc certain qu'ils étaient plusieurs ?

— Sans le moindre doute. Il y a des traces.

Jones pointa sa canne sur le sol et je distinguai deux séries d'empreintes parallèles se dirigeant vers la maison.

— Un adolescent et un homme, reprit-il. On peut voir que le garçon est insouciant. Il marche presque d'un pas léger. L'homme a laissé des empreintes plus profondes. Il est grand, plus d'un mètre quatre-vingts, et il portait des souliers inhabituels. Vous voyez le bout carré ? Il marchait en retrait, le garçon courait devant.

— Le garçon était déjà venu.

— Il est vrai que sa démarche pourrait suggérer une familiarité avec les lieux. Notez aussi qu'il emprunte la voie la plus directe vers la cuisine. La lune était claire, je crois, mais il ne craignait pas d'être vu.

— Il savait toute la maisonnée endormie.

— Droguée et plongée dans un sommeil profond. Reste la question de savoir comment il a pénétré dans la maison. Je parierais qu'il a grimpé le long de la gouttière pour entrer par le premier étage.

Athelney Jones déplia le binoculaire de sa canne et examina la partie haute de la bâtisse. Il y avait en effet, près de la porte de la cuisine, un mince chéneau qui n'aurait pas supporté le poids d'un adulte. Peut-être était-ce la raison pour laquelle Lavelle n'avait pas considéré cela comme une faille dans ses défenses.

Mais pour un garçon, se hisser le long du chéneau était aisé, et une fois au premier étage…

— Les fenêtres n'ont pas de verrou. Il n'était pas difficile de glisser une lame dans la feuillure. Ensuite, il lui suffisait de descendre l'escalier pour ouvrir la porte à son complice.

— Le garçon dont nous parlons… c'est sans doute le même.

— Perry ? Indubitablement, dit Athelney Jones en baissant sa canne. D'ordinaire, jamais je n'associerais un enfant à des crimes aussi odieux, mais je l'ai vu avec vous. J'ai vu son arme. Il est venu ici. Je l'ai suivi moi-même. Il est entré par la porte du jardin, puis dans la cuisine, et il a vu le curry mijoter. C'est à ce moment-là, je suppose, qu'il a préparé son coup, pensant revenir la nuit avec son acolyte. Mais il subsiste une question. Pourquoi Lavelle nous a-t-il menti ? Pourquoi ont-ils tous prétendu ne pas avoir vu le faux télégraphiste ? Il nous a été envoyé. Sinon, il n'avait aucune raison de se montrer au Café Royal. Mais quand il est revenu seul à la maison, que s'est-il passé ?

— Et pourquoi, s'il travaillait pour Lavelle, s'est-il retourné contre son maître en participant à son assassinat ?

— J'espérais que vous m'éclaireriez sur ce point. Vous travaillez en Amérique…

— Je ne peux que répéter ce que je vous ai déjà dit, inspecteur. Le gangster américain n'a aucun discernement et aucun sens de la loyauté. Avant d'arriver au premier plan de la scène, Devereux travaillait seul, sans organisation ni structure. Même après, il est resté sournois, perfide, imprévisible. À New York, les meurtres sont souvent aussi sanglants que celui-ci est incompréhensible. Des frères peuvent se fâcher pour une broutille et l'un d'entre eux, ou les deux, y laisser la vie. Les sœurs aussi. Vous comprenez, maintenant ? J'ai essayé de vous alerter. Les événements de Bladeston House ne sont que le commencement, les signes avant-coureurs du poison qui s'est infiltré dans le système sanguin de votre pays. Devereux est peut-être le responsable. Ou bien notre visite d'hier – car vous pouvez être sûr qu'il en a été informé – a suffi à le convaincre qu'il fallait réduire Lavelle au silence. Je ne sais pas. Tout cela me donne la nausée. Mais je crains que beaucoup de sang ne coule encore avant que nous découvrions la vérité.

Il était inutile de s'attarder plus longtemps dans le jardin, et nous rentrâmes avec réticence dans le charnier qu'était devenue la maison. L'unique survivante, Mary Stagg, était encore dans la cuisine. Elle avait peu à nous apprendre.

— Avant, je travaillais pour Mr et Mrs Bladeston, expliqua-t-elle entre deux sanglots. Et je serai franche, messieurs, j'étais beaucoup plus heureuse. C'était une bonne famille. Avec eux, on savait où on allait. Puis Mr Bladeston est mort. Quand on a décidé de mettre la maison en location, Mrs Bladeston m'a persuadée de rester. Elle disait que ça la rassurerait de me savoir sur place.

« Le monsieur américain, il m'a déplu tout de suite. Il était méchant. Et vous auriez entendu son langage ! Ce n'est pas un vocabulaire de gentleman. La cuisinière a été la première à partir. Elle ne le supportait pas. Puis c'est Sykes qui en a eu assez. Mr Clayton l'a remplacé. Lui, je ne l'aimais pas beaucoup non plus. Et j'ai dit à Annie… c'est ma sœur… que moi aussi je pensais à donner ma démission. Et maintenant, ça !

— La porte du jardin était-elle toujours fermée à clé ? demanda Jones une fois la femme un peu calmée.

— Toujours, monsieur. Toutes les portes et toutes les fenêtres. Dès son arrivée, Mr Lavelle a été très clair. Tout devait être verrouillé, et les clés conservées à leur place. Personne ne franchissait le seuil en l'absence de Mr Clayton, pas même le livreur. Du temps de Mr Bladeston, on recevait beaucoup. C'était une maison joyeuse. Mais depuis quelques mois, Mr Lavelle en avait fait une prison. Avec lui comme principal prisonnier, car il sortait rarement.

— Et Mrs Lavelle ? Aviez-vous affaire à elle ?

Mary Stagg tressaillit et ne put masquer l'expression de dédain qui traversa son visage. Je compris alors combien sa position avait dû être difficile depuis l'arrivée de Scotchy et de son entourage.

— Pardonnez-moi, monsieur, mais je ne crois pas qu'ils étaient mariés. Nous l'appelions seulement « madame », et c'était une vraie pimbêche. Elle n'était jamais contente. Mais elle faisait ce que Mr Lavelle lui disait. Elle ne sortait pas sans son autorisation.

— Ils ne recevaient pas ?

— Deux messieurs venaient de temps en temps. Je ne les ai pas beaucoup vus. Grands, bien bâtis, avec des cheveux noirs. L'un avait une moustache. En dehors de la moustache, ils se ressemblaient comme deux gouttes d'eau. Des frères, c'est sûr.

— Leland et Edgar Mortlake, glissai-je à Jones.

— Avez-vous entendu mentionner un certain Clarence Devereux, Miss Stagg ? poursuivit l'inspecteur.

— Non, monsieur. Mais il y avait un homme dont ils parlaient tout le temps. Quand ils prononçaient son nom, c'était à voix basse. Celui-là, je ne risque pas de l'oublier. (La femme de chambre s'interrompit et tordit son mouchoir entre ses mains.) Un jour, je suis passée devant le cabinet de travail au moment où Mr Lavelle discutait avec Mr Clayton... Du moins je pense que c'était lui. Je ne pouvais pas voir, et c'est mal d'écouter aux portes. Ils étaient en grande conversation. Au moment où je passais, j'ai entendu Mr Lavelle dire : « Il faut se préparer pour Moriarty. » Je ne sais pas pourquoi ça m'a fait autant d'impression. Une autre fois, alors que j'avais laissé la porte ouverte,

Mr Clayton a plaisanté. « Vous ne devriez pas faire ça, Mary. Sinon le Professeur Moriarty vous attrapera. » C'est un nom horrible. Il m'arrivait parfois d'y penser au moment de m'endormir, et ce nom tournait et retournait dans ma tête. Il me semblait que toute la maison avait peur de ce Moriarty. Et à juste titre, quand on voit ce qui vient de se passer !

Mary Stagg n'avait rien de plus à nous apprendre et, après lui avoir fait promettre de ne rien révéler de ce qu'elle avait vu, Athelney Jones la renvoya chez elle sous l'escorte d'un agent de police. La brave femme n'avait d'autre envie que de quitter la maison et je doutais qu'elle y revienne un jour.

— Moriarty pourrait-il être l'assassin ? demandai-je.

— Moriarty est mort, répliqua Jones.

— Il a pu avoir des associés, des amis gangsters, des membres de son gang. Vous avez vu de quelle manière Lavelle a été tué, inspecteur Jones. Selon moi, c'est rien moins qu'un message écrit dans le sang. Un avertissement.

Jones médita un instant sur mes paroles.

— Vous disiez que Devereux et Moriarty projetaient de se rencontrer dans le but de créer une association criminelle.

— En effet.

— Or ils ne se sont jamais rencontrés. Nous le savons grâce au message codé découvert à Meiringen. À notre connaissance, ils ne faisaient aucune affaire ensemble. Alors pourquoi l'un voudrait éliminer l'autre ?

— Devereux est peut-être mêlé au drame des chutes de Reichenbach.

— Rien n'a de sens, dit Jones en secouant la tête. Il me faut un peu de temps pour réfléchir et clarifier mes pensées. Mais pas ici. Pour le moment, nous devons fouiller pour voir quels secrets, s'il y en a, recèlent les pièces de cette maison.

Nous nous attelâmes donc à cette tâche ingrate. Nous avions l'impression d'explorer des catacombes. Chaque porte ouvrait sur un cadavre. À commencer par le commis de cuisine, Thomas, qui avait fermé les yeux pour la dernière fois dans un réduit miteux près de l'arrière-cuisine. Le voir allongé là, encore vêtu de sa tenue de travail, ses pieds nus sur le drap, sembla affecter Jones. Le jeune homme avait été étranglé. La cordelette était encore autour de son cou. Plus loin, une demi-douzaine de marches descendaient au sous-sol où Clayton avait logé, et péri. Un couteau à découper, probablement pris dans la cuisine, avait été plongé dans son cœur et s'y trouvait encore ; la lame paraissait l'épingler au lit, comme un insecte dans un laboratoire. Nous montâmes ensuite au grenier, où la cuisinière – dont nous savions désormais qu'elle s'appelait Mrs Winters – gisait, l'air aussi renfrogné dans la mort que dans la vie. Étranglée, comme Thomas.

— Pourquoi les assassins voulaient-ils les tuer tous ? demandai-je. Certes, ils travaillaient pour Lavelle mais ils étaient innocents.

— Les meurtriers ne pouvaient courir le risque de les réveiller, murmura Jones. Et une fois Lavelle mort, les domestiques n'avaient plus aucune raison de taire ce qu'ils savaient. En les tuant, on les empêchait de nous parler.

— Le commis et la cuisinière ont été étranglés, mais Clayton poignardé.

— Il était le plus fort des trois et, même drogué, il aurait pu se débattre. Les tueurs n'ont pris aucun risque. Avec lui, ils ont préféré le couteau.

Je me détournai. J'en avais assez vu.

— Et maintenant ?

— La chambre, dit Jones.

La femme aux cheveux de feu que Lavelle avait appelé « Hen » était étalée sur son matelas de plumes d'oie, vêtue d'une chemise de nuit en batiste rose, avec de la dentelle au col et aux manches. La mort paraissait l'avoir vieillie de dix ans. Son bras gauche était allongé, tendu vers l'homme qui avait été couché à son côté, comme s'il pouvait encore lui apporter un réconfort.

— Elle a été étouffée, déclara Jones.

— Comment le savez-vous ?

— Il y a des marques de rouge à lèvres sur l'oreiller. C'est l'arme du crime. Remarquez aussi les hématomes autour du nez et de la bouche.

— Dieu du ciel, murmurai-je. (Je regardai l'espace vide dans le lit où la couverture avait été repoussée.) Et Lavelle ?

— Il est la raison de ce carnage.

Une rapide inspection de la chambre à coucher nous apprit peu de choses. « Hen » avait une prédilection pour les bijoux de pacotille et les robes de luxe : les armoires débordaient de soie et de taffetas. Sa salle de bains contenait plus de parfums et de produits de beauté que l'étage entier du grand magasin Lord & Taylor à Broadway. J'en fis la remarque à Jones. Mais nous savions tous deux qu'en nous attardant ici, nous différions l'inévitable, et c'est le cœur lourd que nous redescendîmes au rez-de-chaussée.

Scotchy Lavelle nous attendait, entouré de quelques policiers qui rôdaient autour de lui en rêvant d'être n'importe où plutôt que là. J'observai Jones examiner le cadavre. Appuyé sur sa canne et penché en avant, il prenait soin de rester à distance. Je gardais en mémoire la colère et l'hostilité avec lesquelles Scotchy nous avait accueillis. « Vous voulez fouiner, c'est ça ? » Si Lavelle s'était montré plus obligeant, aurait-il échappé à cette triste fin ?

— Il a été traîné ici à demi conscient, marmonna Jones. De nombreux indices témoignent de ce qui s'est passé. D'abord, le fauteuil a été tiré ici et on l'a ligoté dessus.

— Les rubans !

— Leur présence n'a pas d'autre raison. Les tueurs les ont descendus de la chambre dans ce seul but. Ils ont attaché Lavelle au fauteuil puis, s'étant assurés que tout était en place comme ils le souhaitaient, ils lui ont jeté de l'eau à la figure pour le réveiller. On ne voit pas très bien, avec tout ce sang, mais je dirais que le col et les manches de sa chemise de nuit sont humides. De toute façon, nous avons le vase renversé comme preuve. Je l'ai aperçu hier dans la cuisine.

— Et ensuite ?

— Lavelle se réveille. Je ne doute pas qu'il reconnaisse ses agresseurs. Au moins l'adolescent, qu'il a dû rencontrer auparavant. (Jones se tut un instant avant de reprendre.) Mais j'ai tort de vous décrire tout cela. Je suis certain que vous avez vous-même observé ces détails.

— Observé, oui. Mais je n'ai pas la même facilité que vous pour compléter le tableau, inspecteur. Je vous en prie, continuez.

— Très bien. Lavelle est donc ligoté et impuissant. Il ne le sait pas, mais tous ceux qui vivent sous son toit ont été assassinés. C'est maintenant que son propre martyre commence. L'homme et le garçon veulent des renseignements. Ils se mettent à le torturer.

— Ils lui clouent les mains sur les accoudoirs du fauteuil.

— Plus que cela. Je n'ai pas le courage de l'examiner de plus près, mais je dirais qu'ils ont utilisé le même marteau pour lui briser le genou. Regardez la façon dont pend le tissu de son pantalon. Ils lui ont aussi écrasé le talon du pied gauche.

— C'est écœurant. Révoltant.

— Ce que je me demande, c'est ce qu'ils cherchaient à lui faire dire.

— Des informations en rapport avec l'organisation pour laquelle il travaillait.

— Et il a parlé, à votre avis ?

Jones réfléchit.

— C'est quasiment impossible à dire, mais nous devons supposer que oui. S'il avait gardé le silence, il porterait bien d'autres marques de torture.

— Et pourtant ils l'ont tué.

— J'imagine que la mort a été pour lui un soulagement, soupira Jones. Je n'ai jamais été confronté à un crime de ce genre en Angleterre. Les « Meurtres de White Chapel », qui me sont venus à l'esprit dès mon arrivée ici, étaient barbares et odieux. Toutefois ils n'avaient pas la cruauté et le froid calcul que l'on constate ici.

— Où allons-nous, à présent ?

— Dans le cabinet de travail. Là où Lavelle nous a reçus hier. S'il y a des lettres ou des documents d'un quelconque intérêt, c'est probablement là.

On avait tiré les doubles rideaux pour laisser pénétrer la lumière du jour et pourtant, privée de son maître, la pièce semblait sombre et désertée comme une maison abandonnée depuis longtemps. La veille encore, le bureau et le fauteuil avaient servi de scène de théâtre, où notre acteur principal avait joué son rôle. À présent, les meubles étaient inutiles, et les livres non lus avaient l'air plus incongrus que jamais. Jones et moi fouillâmes les tiroirs. Les étagères. Jones était persuadé que Scott Lavelle avait laissé derrière lui quelque chose d'important.

Je pensais le contraire. Je savais qu'une organisation dirigée par un individu tel que Clarence Devereux ne courait aucun risque quand il s'agissait de sa protection. Aucune lettre n'aurait été obligeamment oubliée dans la corbeille à papier, aucune adresse griffonnée au dos d'une enveloppe. La maison tout entière avait été conçue pour préserver ses propres secrets et tenir le monde à distance. Lavelle s'était présenté comme un conseiller en investissement, or il n'y avait dans cette pièce pas la moindre trace pour étayer ses dires. Il était invisible, sans passé et sans futur. Ses projets, ses stratégies, ses conspirations, il les emporterait avec lui dans la tombe.

Athelney Jones s'efforçait de masquer sa déception. Tous les papiers que nous trouvions étaient vierges. Il y avait un chéquier sans mention sur les talons, une poignée de reçus pour des achats domestiques sans intérêt, quelques lettres de crédit et billets à ordre d'apparence parfaitement respectable, une invitation à une réception à la légation américaine pour « célébrer les activités commerciales américaines et britanniques ». Ce fut seulement lorsqu'il feuilleta page à page l'agenda de Lavelle que Jones se figea soudain et attira mon attention sur un simple mot et un nombre écrits en majuscules et encerclés.

HORNER 13

— Cela vous inspire quelque chose ? me demanda-t-il.

— Horner ? (Je réfléchis.) Vous pensez qu'il pourrait s'agir de Perry ? Il avait environ treize ans.

— Je le crois plus vieux, dit Jones en enfonçant la main au fond d'un tiroir.

Il y avait quelque chose. Quand il ressortit sa main, je vis qu'il tenait une barre de savon à raser toute neuve, encore enveloppée dans son papier.

— Étrange endroit pour ranger du savon à barbe, remarqua-t-il.

— Cela a une signification, à votre avis ?

— Peut-être, mais je ne vois pas laquelle.

— Il n'y a rien, dis-je. Rien ici pour nous. Je commence à regretter que nous ayons même découvert cette maison. Elle est entourée de mystère et de mort, et ne nous mène à rien.

— Ne perdez pas espoir, répondit Jones. Nous progressons sur un chemin certes trouble, mais notre ennemi s'est montré. Au moins, les lignes de combat se sont dégagées.

À peine venait-il de finir sa phrase qu'une agitation dans le hall nous fit sursauter. Quelqu'un venait d'entrer. Les officiers de police tentaient d'empêcher les nouveaux venus d'avancer. On entendait des éclats de voix et, parmi elles, un accent que j'identifiai comme américain.

Jones et moi nous précipitâmes dans le hall et nous trouvâmes face à un homme à l'air un peu indolent, avec des cheveux noirs plaqués sur le front en une mèche huileuse, de petits yeux et une moustache étudiée tombant sur la lèvre. Si Scotchy Lavelle avait exsudé la violence, cet homme donnait plutôt une impression de menace raisonnée. Il tuerait mais seulement après réflexion. Les nombreuses années qu'il avait passées en prison avaient laissé leur marque : il avait le teint d'une pâleur inhabituelle et morbide. Et cette pâleur était renforcée par le noir de ses vêtements : une redingote ajustée, des bottines en cuir verni, et une canne, noire également, qu'il brandissait presque comme une arme pour tenir en respect les deux policiers qui s'étaient avancés pour l'obliger à reculer. Il n'était pas venu seul. Trois jeunes hommes étaient entrés à sa suite et l'encadraient. Des jeunes voyous, visiblement, âgés d'une vingtaine d'années, le visage blafard, déguenillés, chaussés de gros souliers et munis de bâtons.

Tous avaient vu ce qu'il était advenu à Scotchy Lavelle. Comment manquer le spectacle ? Le moustachu contemplait le cadavre d'un air dégoûté, comme si le fait qu'une telle chose pût exister était une insulte personnelle intolérable.

— Bon sang, mais qu'est-ce qui s'est passé ici ? s'exclama-t-il. (Il se retourna au moment où Jones émergeait du cabinet de travail.) Qui êtes-vous ?

— Je m'appelle Athelney Jones, et je suis inspecteur à Scotland Yard.

— Un inspecteur ! Eh bien, on dirait que vous arrivez un peu tard. Vous savez qui a fait ça ?

C'était son accent que j'avais remarqué un instant plus tôt. Moins vulgaire que celui de Lavelle, mais indubitablement new-yorkais.

— Je suis arrivé ici il y a peu, en effet, répondit Jones. Vous connaissez cet homme ?

— Je le connaissais, oui.

— Je ne crois pas avoir entendu votre nom.

— Je ne suis pas sûr d'être disposé à vous le donner.

— Vous ne quitterez pas cette maison avant, monsieur. (Athelney Jones s'était redressé de toute sa taille en prenant appui sur sa canne. Il regardait l'Américain les yeux dans les yeux.) Je suis officier de la police britannique, poursuivit-il. Vous pénétrez sur la scène d'un crime particulièrement abject et inexplicable. Si vous avez des informations sur la victime, il est de votre devoir de m'en faire part. Si vous refusez, je vous promets que vous passerez la nuit à la prison de Highgate. Vous et les petits truands qui vous accompagnent.

— Je sais qui est cet homme, dis-je en m'avançant. Il s'appelle Edgar Mortlake.

Mortlake tourna ses petits yeux vers moi.

— Vous me connaissez mais moi je ne vous connais pas. (Il huma l'air.) Vous êtes un Pinkerton ?

— Comment l'avez-vous deviné ?

— Je reconnaîtrais cette odeur partout. New York ? Chicago ? Ou peut-être Philadelphie ? Peu importe. Vous êtes un peu loin du bercail, non ?

L'Américain avait un sourire confiant qui donnait froid dans le dos. Il paraissait indifférent à l'odeur du sang et à la vue du cadavre mutilé assis juste à côté.

— Quelles affaires vous amènent ici ? questionna Athelney Jones.

— Des affaires personnelles, répliqua Mortlake avec un rictus de défi. Et qui ne vous regardent pas.

Jones pivota vers l'agent de police le plus proche, qui avait assisté à cet échange avec une inquiétude croissante.

— Arrêtez cet homme, ordonna Jones au policier. Pour obstruction à l'enquête. Je l'interrogerai devant le juge avant ce soir. (Le policier hésita.) Faites votre devoir, insista Jones.

Jamais je n'oublierai cet instant. Jones et Mortlake face à face, cernés par une demi-douzaine de policiers devant lesquels se dressaient les trois jeunes truands. On aurait cru qu'une guerre allait éclater. Et au milieu de cette scène, Scotchy Lavelle, silencieux, cause involontaire de l'affrontement et pourtant momentanément presque oublié.

Ce fut Mortlake qui céda.

— Inutile de vous emballer, dit-il en s'efforçant d'éclairer son visage macabre de l'ombre d'un sourire. Pourquoi ferais-je obstruction à la police britannique ? (Il désigna le cadavre d'un mouvement de sa canne.) Scotchy et moi étions en affaires.

— Il nous a dit être conseiller en investissement.

— C'est ce qu'il vous a dit ? Eh bien, Scotchy s'occupait de beaucoup de choses. Il a investi dans un petit club que j'ai, à Mayfair. On était comme qui dirait cofondateurs.

— Ce club serait-il le Bostonian ? demandai-je.

C'était le club où avait résidé Jonathan Pilgrim pendant son séjour en Angleterre.

Ma question avait pris Mortlake par surprise, bien qu'il essayât de le cacher.

— En effet, c'est le Bostonian. Je vois que vous n'avez pas perdu votre temps, Pinkerton. À moins que vous ne soyez membre du club ? Nous avons beaucoup de visiteurs américains. Mais je doute que ce soit dans vos moyens.

Je ne relevai pas son ironie.

— Clarence Devereux est-il lui aussi associé dans cette petite entreprise ?

— Je ne connais pas de Clarence Devereux.

— Je crois que si.

— Vous faites erreur.

Cette fois, j'en avais assez.

— Je sais qui vous êtes, Edgar Mortlake. J'ai lu votre dossier. Braquage de banque. Perçage de coffres-forts. Un an de prison à Tombs pour attaque à main armée. Et ce ne sont que vos méfaits les plus récents.

— Attention à vos paroles, Pinkerton ! (Mortlake fit deux pas vers moi et ses acolytes resserrèrent nerveusement les rangs autour de lui, guettant ce qu'il allait faire.) Tout ça, c'est du passé, reprit-il en grondant. Je suis en Angleterre, maintenant... Un citoyen américain avec une entreprise respectable. Et votre boulot est de me protéger, pas de me chercher noise. (Il jeta un regard au cadavre de Lavelle.) Un devoir auquel vous avez manqué dans le cas de mon défunt associé. Où est la femme ?

— Vous parlez sans doute de Henrietta ? dit Jones. Elle est en haut. Morte, elle aussi.

— Et les autres ?

— Tout le monde a été tué.

Pour la première fois, Mortlake parut décontenancé. Il jeta un dernier coup d'œil à la flaque de sang, et sa lèvre se retroussa dans une moue de dégoût.

— Je n'ai plus rien à faire ici, dit-il. Messieurs, je vous laisse fouiner.

Et avant que quiconque pût l'en empêcher, Edgar Mortlake s'en alla, aussi effrontément qu'il était entré, les trois truands dans son sillage. Leur premier souci était de le protéger, d'ériger un mur vivant entre lui et ses ennemis du monde extérieur.

— Edgar Mortlake, dis-je à Jones. Le gang surgit de lui-même au grand jour.

— Et cela pourrait nous être utile, ajouta Jones les yeux sur la porte.

Mortlake avait déjà atteint le fond du jardin et s'apprêtait à franchir le portail. Nous le vîmes monter dans le fiacre qui l'avait amené, suivi de ses trois défenseurs, et, dans un claquement de fouet, l'équipage disparut vers Highgate Hill. Il m'apparut alors que si le meurtre de Scotchy Lavelle et de son entourage était destiné à envoyer un message, celui-ci avait été clairement reçu.

- 8 -

SCOTLAND YARD

L'un des avantages de l'hôtel – et la liste n'était pas longue – c'était sa proximité du centre de Londres. La salle à manger était de nouveau déserte. Sitôt mon petit déjeuner terminé, j'abandonnai la femme de chambre revêche et le garçon d'étage maussade, et quittai l'hôtel avec l'intention de suivre l'Embankment, itinéraire que Jones m'avait recommandé la veille.

La Tamise scintillait derrière une longue rangée d'arbres qui embellissaient le boulevard. Une fraîche brise printanière soufflait et, au moment où je m'éloignais de l'hôtel, j'aperçus un bateau à vapeur à la coque noire passer en direction du port de Londres. Je m'arrêtai pour l'admirer et, au même instant, j'eus la sensation étrange d'être observé. Il était encore tôt et il y avait peu de passants alentour : une femme poussant un landau, un homme en chapeau melon promenant un chien. Je pivotai et jetai un coup d'œil vers l'hôtel. C'est alors que je le vis, derrière une fenêtre du deuxième étage, qui regardait dans la rue. Il me fallut une seconde pour comprendre qu'il occupait la chambre voisine de la mienne. C'était l'homme que j'entendais tousser la nuit. Il était trop loin, et la fenêtre trop sale, pour le distinguer clairement. Je vis simplement qu'il avait les cheveux noirs et un costume sombre. Il se tenait anormalement immobile. Peut-être était-ce un effet de mon imagination, mais j'eus l'impression que ses yeux étaient fixés sur moi. Ensuite il leva une main et tira le rideau. J'essayai de le chasser de mon esprit et repris mon chemin, mais le plaisir de la promenade s'était estompé. Je me sentais mal à l'aise sans savoir pourquoi.

Quinze minutes plus tard, j'arrivais à destination. Scotland Yard, nom sous lequel on le connaissait déjà (bien qu'il fût en réalité situé à Whitehall Place), était une bâtisse imposante, à cheval sur le terrain situé entre Victoria Embankment et Westminster. Imposante et laide furent les deux mots qui me vinrent à l'esprit quand je traversai le boulevard à la recherche de l'entrée principale. On aurait cru que l'architecte avait changé d'avis après le début de la construction. Deux étages de granit austère cédaient soudain la place à une façade de briques rouges et blanches, avec des croisées ornementées et des tourelles de style flamand, ce qui donnait l'impression de deux édifices distincts écrasés l'un sur l'autre. L'endroit évoquait aussi une prison. Ses quatre ailes encadraient une cour que le soleil peinait à atteindre. Les détenus de Newgate appréciaient probablement leur cour plus que les infortunés policiers enfermés ici.

Athelney Jones m'attendait et leva une main pour m'accueillir.

— Vous avez eu mon message ! Parfait. La conférence va bientôt commencer. C'est vraiment remarquable. Je dirais même que c'est un événement presque unique dans ma carrière. Pas moins de quatorze des inspecteurs de police les plus chevronnés unissent leurs compétences à la suite des meurtres de Highgate. Nous ne pouvons pas tolérer une chose pareille, Chase. C'est proprement inadmissible.

— Et je suis autorisé à assister à cette réunion au sommet ?

— Ça n'a pas été facile, je ne prétendrai pas le contraire. Lestrade y était opposé. Gregson aussi. Je vous l'ai dit lors de notre première rencontre : il y en a beaucoup, ici, qui pensent que nous ne devrions pas collaborer avec une agence d'enquêtes privée telle que Pinkerton. À mon avis, c'est idiot de ne pas coopérer lorsque les buts sont communs. Néanmoins, cette fois, j'ai réussi à les convaincre de l'importance de votre présence. Venez, il faut y aller.

Une volée de marches nous conduisit dans un hall où plusieurs agents en uniforme derrière de hauts bureaux examinaient les lettres d'introduction et les passeports des visiteurs. Jones avait déjà préparé le terrain pour moi et nous nous dirigeâmes sans attendre vers un escalier bondé de policiers en uniforme, d'employés et de messagers qui montaient et descendaient sans cesse.

— Les locaux sont déjà trop petits pour nous, se plaignit Jones. Et nous sommes ici depuis seulement un an ! On a découvert le cadavre d'une femme assassinée pendant la construction.

— Qui l'a tuée ?

— On l'ignore. Personne ne sait qui elle était ni comment elle est arrivée là. Vous ne trouvez pas ça étrange, Chase, que la meilleure police d'Europe ait choisi de bâtir son quartier général sur la scène d'un crime non élucidé ?

Au troisième étage, alors que nous passions devant une série de portes espacées à intervalles réguliers, Jones en désigna une.

— Mon bureau, dit-il. Les meilleurs ont une vue sur la rivière.

— Et le vôtre ?

— Le mien donne sur la cour, répondit-il avec un sourire. Peut-être que, lorsque vous et moi en aurons terminé avec cette affaire, on songera à me déménager. Au moins, je suis tout près de la salle des archives et de celle du télégraphe !

Nous venions en effet de dépasser une pièce où une douzaine d'hommes en costume sombre, assis à des tables ou devant un haut comptoir, étaient penchés sur des télégraphes, entourés de papiers et de bandes imprimées.

— En combien de temps pouvez-vous envoyer un message en Amérique ? demandai-je.

— Pour un message normal, quelques minutes. L'impression prend un peu plus longtemps, et s'il y a trop d'encombrement, cela peut prendre des jours. Vous voulez correspondre avec votre bureau ?

— Je devrais leur envoyer mon rapport. Ils n'ont pas de nouvelles de moi depuis mon départ.

— Dans ce cas, je vous conseille de passer plutôt par le service central de télégraphie à Newgate Street. Les employés seront plus serviables.

Après avoir longé une série de portes closes, nous entrâmes dans une salle spacieuse mais sans air, dont les fenêtres encastrées semblaient retenir la lumière. Une longue table, arrondie aux extrémités, occupait tout l'espace et paraissait avoir été conçue non pas pour réunir des gens mais plutôt pour les tenir à distance. Jamais je n'avais vu une telle surface de bois ciré. Neuf ou dix hommes étaient déjà installés et parlaient à voix basse, un ou deux fumaient leur pipe. Les âges allaient de vingt-cinq à cinquante ans environ. Aucun ne portait d'uniforme. La majorité d'entre eux étaient élégamment vêtus de redingotes, un seul portait un costume en tweed, un autre arborait une tenue inhabituelle : caban vert et foulard noué autour du cou.

Ce fut lui qui nous vit le premier. Il se dirigea vers nous à grands pas comme s'il allait procéder à une arrestation. Il aurait été difficile de l'imaginer exerçant un autre métier que celui d'officier de police. Svelte, sérieux, des yeux noirs et inquisiteurs qui m'examinèrent comme si j'avais quelque chose à cacher – ainsi sans doute que toutes les personnes qu'il croisait. Il y avait dans sa voix un tranchant délibérément inamical.

— Eh bien, Jones, je suppose que c'est le gentleman dont vous parliez.

— Je suis Frederick Chase, dis-je en tendant la main.

Il me la serra brièvement.

— Lestrade, dit-il, avec une lueur dans ses yeux. Je vous souhaiterais volontiers la bienvenue à notre petite réunion, Mr Chase, mais je ne suis pas certain que « bienvenue » soit le terme approprié. C'est une période étrange. Et cette tuerie de Bladeston House… une bien sale affaire. Je ne sais pas trop ce qu'elle présage.

— Je suis ici pour vous apporter toute l'aide possible, lui assurai-je avec chaleur.

— Qui a le plus besoin d'aide, je me le demande. Eh bien, nous verrons.

Plusieurs autres inspecteurs étaient entrés dans la salle et, enfin, on ferma la porte. Jones me fit signe de m'asseoir à côté de lui.

— Ne dites rien pendant un moment, me souffla-t-il. Et prenez garde à Lestrade et à Gregson.

— Pourquoi ?

— Vous ne pouvez pas être d'accord avec l'un sans vous opposer à l'autre. Youghal, qui est là-bas, est un brave type mais il n'est pas encore acclimaté. Et à coté de lui… (Il désigna un homme doté d'un front haut et bombé, au regard intense, assis à l'extrémité de la table, qui dégageait une grande force intérieure.) Alec MacDonald, poursuivit Jones. C'est le plus intelligent de tous, et si quelqu'un peut orienter l'enquête dans la bonne direction, c'est lui.

Un homme corpulent et essoufflé se laissa choir sur le siège à côté de moi. Son torse était boudiné dans sa veste à brandebourgs.

— Bradstreet, marmonna-t-il à mon attention.

— Frederick Chase.

— Ravi.

Il sortit de sa poche une pipe vide et la tapota sur la table devant lui.

Lestrade entama la réunion avec une autorité naturelle, qui le désignait comme d'un rang supérieur.

— Messieurs, avant d'en venir à l'affaire sérieuse qui nous a rassemblés ici, il est juste de rendre hommage à un très bon ami et confrère qui nous a récemment quittés. Je veux parler bien entendu de Mr Sherlock Holmes, bien connu de nombre d'entre nous et du grand public. Il m'a apporté une aide non négligeable à une ou deux occasions, je dois l'admettre, notamment lors de cette affaire de Lauriston Gardens, il y a quelques années. Il avait des manières étranges, c'est vrai, avec ses théories subtiles qu'il tissait comme des fils d'araignée dans le vide. Et bien que quelques-unes n'aient été que pures conjectures, aucun de nous ici ne niera qu'il était souvent brillant, et je suis certain qu'il nous manquera à tous, après sa triste fin aux chutes du Reichenbach.

— Y a-t-il une chance qu'il ait survécu ? demanda un homme jeune et habillé avec soin, assis vers le milieu de la longue table. Après tout, on n'a pas retrouvé son corps.

— C'est exact, Forester, acquiesça Lestrade. Mais nous avons tous lu la lettre.

— Je me suis rendu dans cet endroit terrible, intervint Jones. Si Holmes est tombé en se battant avec Moriarty, il y a peu de chances qu'il ait pu survivre, je le crains.

Lestrade secoua la tête avec solennité et reprit :

— Je reconnais avoir commis une ou deux erreurs par le passé. Notamment dans les affaires où Sherlock Holmes est intervenu. Mais cette fois, j'ai examiné les preuves et je peux affirmer sans l'ombre d'un doute qu'il est mort. Je parierais ma réputation là-dessus.

— Nous ne prétendrons pas que la perte de Sherlock Holmes est rien moins qu'une catastrophe, déclara l'homme assis en face de moi, un grand blond dont Jones me chuchota le nom : Gregson. Vous avez mentionné l'affaire de Lauriston Gardens, Lestrade. Sans Holmes, l'enquête n'aurait pas abouti. Allons donc ! Vous vouliez fouiller tout Londres à la recherche d'une fille prénommée Rachel, alors qu'en réalité il s'agissait de *Rache*, le mot allemand signifiant revanche, que la victime avait laissé comme indice avant de mourir.

Il y eut quelques sourires autour de la table, et un ou deux inspecteurs rirent à voix haute.

— À quelque chose malheur est bon, dit l'inspecteur Youghal. Au moins, nous ne serons plus caricaturés par son associé, le Dr Watson. Je trouvais que ses gribouillages nuisaient à notre réputation.

— Holmes était un type sacrément bizarre, s'exclama un cinquième homme. (Tout en parlant, il lustrait son lorgnon entre le pouce et l'index comme pour mieux voir les personnes présentes dans la salle.) J'ai travaillé avec lui sur l'affaire du cheval perdu. Silver Blaze. Un caractère singulier. Sherlock Holmes, pas le cheval. Il avait la manie de parler par devinettes. Des chiens qui aboient dans la nuit ! Je l'admirais. Je l'aimais bien. Mais je ne suis pas sûr qu'il me manquera.

— Je me suis toujours méfié de ses méthodes, renchérit Forester. À l'entendre, tout paraissait facile et nous le croyions sur parole. Mais est-il vraiment possible de déterminer l'âge d'un homme à son écriture ? Ou sa taille à la longueur de ses pas ? Il affirmait souvent des choses infondées, non scientifiques et parfois grotesques. Nous l'écoutions parce qu'il obtenait des résultats, mais ce n'était pas une base solide pour un travail d'enquêteur moderne.

— Il nous ridiculisait ! s'exclama encore un autre. Il est vrai que j'ai profité une ou deux fois de sa compétence. Mais ne trouvez-vous pas que nous commencions à devenir un peu trop dépendants de Mr Holmes ? Avons-nous jamais résolu une affaire sans lui ? (Il se tourna vers ses collègues, à gauche et à droite.) Aussi difficile que cela soit, et aussi ingrat que cela puisse paraître, nous devrions peut-être considérer sa disparition comme une opportunité pour obtenir des résultats par nous-mêmes.

— Bien dit, inspecteur Lanner, approuva MacDonald, attirant tous les regards sur lui. Je n'ai jamais rencontré Mr Holmes personnellement, poursuivit-il avec un épais accent écossais. Je pense que nous lui devons tous des remerciements et le plus grand respect, mais qu'il est temps maintenant d'avancer. Pour le meilleur ou pour le pire, il nous a laissés seuls. Nous devons prendre acte de cette réalité et nous atteler à l'affaire qui nous occupe. (Il prit une feuille de papier posée devant lui et la lut.) « Mr Scott Lavelle, torturé et la gorge tranchée. Henrietta Barlowe, étouffée. Peter Clayton, un petit criminel connu de nos services, poignardé. Thomas Jerrold et Lucy Winters, étranglés. » Tous les habitants d'une maison dans un respectable faubourg de Londres éliminés en une nuit. Nous ne pouvons pas tolérer cela, messieurs. C'est inacceptable.

Tout le monde dans la salle murmura son approbation.

— Et si j'ai bien compris, ce ne sont pas les premières atrocités qui ont entaché Highgate. Lestrade ?

— C'est exact. Une personne y a été tuée voilà un mois à peine. Un jeune homme du nom de Jonathan Pilgrim. Les mains ligotées et une balle dans la tête.

Lestrade regarda dans ma direction comme si j'étais le responsable et, un bref instant, je sentis la colère monter en moi. J'avais été proche de Pilgrim. C'était sa mort, plus que toute autre considération, qui m'avait poussé à poursuivre Clarence Devereux. Mais je compris que c'était simplement dans les manières de Lestrade. Son regard sur moi n'avait aucune signification particulière.

— Les papiers de Pilgrim indiquaient qu'il était américain et depuis peu dans notre pays, poursuivit-il. Il devait s'intéresser à Lavelle car son corps a été retrouvé non loin de Bladeston House.

Cette fois, je sentis que le moment était venu pour moi de prendre la parole.

— Pilgrim enquêtait sur Clarence Devereux. Je l'ai envoyé en Angleterre dans ce but. Devereux et Lavelle travaillaient ensemble, et ils ont sans doute démasqué mon agent. Ce sont eux qui l'ont tué.

— Dans ce cas, qui a tué Lavelle ? demanda Bradstreet.

MacDonald leva la main pour intervenir.

— Mr Chase, l'inspecteur Jones nous a amplement expliqué les raisons de votre présence à Londres, et je dois dire que ce sont uniquement les circonstances exceptionnelles de cette affaire qui motivent votre présence parmi nous aujourd'hui.

— Je vous en remercie.

— C'est lui qu'il faut remercier. Nous vous écouterons donc. Mais il me semble que pour aller au fond de ces meurtres effroyables, il faut remonter à la source. Voire même aux chutes du Reichenbach.

Il pivota vers un inspecteur qui n'avait pas encore parlé. Un individu mince, aux cheveux gris, qui rongeait nerveusement ses ongles et avait l'air de chercher à passer inaperçu.

— Inspecteur Patterson, poursuivit MacDonald, vous étiez chargé de l'arrestation de la bande de Moriarty. C'est votre intervention qui a provoqué sa fuite à l'étranger. Je pense que vous devriez nous raconter exactement ce qui s'est passé.

— Certainement, répondit Patterson sans lever les yeux, comme si son rapport était gravé dans le bois de la table. Vous savez tous que Mr Holmes est venu me trouver en février dernier, mais je pense qu'il comptait faire appel à Lestrade.

— J'étais sur une autre affaire, bougonna l'intéressé.

— À Woking, je crois. En votre absence, il a demandé ma coopération pour l'identification et l'arrestation d'une bande qui, selon lui, opérait à Londres depuis quelque temps. Un homme, en particulier.

— Le Professeur Moriarty, murmura Jones.

— Lui-même, acquiesça Patterson. Je dois avouer que, à l'époque, ce nom m'était inconnu, et lorsque Holmes m'a expliqué qu'il était célèbre dans toute l'Europe pour je ne sais quelle théorie qu'il avait inventée et, surtout, qu'il occupait la chaire de mathématiques dans une de nos plus prestigieuses universités, j'ai pensé qu'il se moquait de moi. Mais il était on ne peut plus sérieux. Il décrivait Moriarty dans les termes les plus noirs et m'a procuré la preuve que ses affirmations ne laissaient aucun doute.

« Au début du mois dernier, assisté par l'inspecteur Barton, j'ai dessiné un schéma – une carte, pourrait-on dire – de Londres, montrant un extraordinaire réseau criminel.

— Dont Moriarty était le noyau, ajouta Barton en tirant une bouffée sur sa pipe.

— Précisément. J'ajouterai que nous avons été aidés par de nombreux informateurs, qui ont subitement décidé de se manifester. Comme si, pressentant la faiblesse de Moriarty, ils en profitaient pour se venger. Car cet homme avait visiblement dirigé son réseau criminel par l'intimidation et la menace. Nous avons reçu des lettres anonymes. Des preuves de ses crimes passés, sur lesquels nous n'avions aucun renseignement. Soudain, tout s'est éclairé. Le passage de Moriarty de l'obscurité au devant de la scène a été très rapide et, au signal de Holmes, car il était très pointilleux sur le minutage, nous avons lancé notre action. En un seul week-end, nous avons procédé à des arrestations à Holborn, Clerkenwell, Islington, Westminster et Piccadilly. Nous sommes même allés jusqu'à Ruislip et Norbury. Des hommes respectables : professeurs, agents de change, et même un archidiacre, ont été jetés en prison. Le lundi, j'ai pu télégraphier à Holmes, qui se trouvait alors à Strasbourg, et l'informer que nous avions capturé toute la bande.

— À l'exception du chef, dit Barton.

Autour de la table, les inspecteurs qui avaient écouté avec attention hochèrent la tête dans un silence morose.

— Nous savons que Moriarty a suivi Holmes à la trace, conclut Patterson. Je me tiens en partie pour responsable de ce qui s'est passé ensuite mais, en même temps, je ne peux pas croire que Holmes ne l'ait pas anticipé. Sinon, pourquoi aurait-il quitté le pays si brutalement ? Quoi qu'il en soit, voici où nous en sommes. Barton et moi préparons les chefs d'inculpation contre les personnes arrêtées, et le procès devrait avoir lieu bientôt.

— Excellent travail, dit MacDonald. (Il se tut un instant et fronça les sourcils.) Mais suis-je le seul dans cette salle à détecter une anomalie ? En février de cette année, vous et Sherlock Holmes commencez à vous rapprocher de Moriarty et, à peu près à la même période, un criminel américain du nom de Clarence Devereux arrive à Londres dans le but de conclure une alliance avec Moriarty. Comment est-ce possible ?

— Devereux ignorait que Moriarty était fini, fit remarquer un autre inspecteur. Nous avons tous vu la lettre codée qu'il a envoyée. C'est seulement en avril qu'ils ont décidé d'une entrevue.

— Devereux pouvait être très utile à Moriarty, suggéra Gregson. Son arrivée ne pouvait tomber mieux. Moriarty était en fuite. Devereux aurait pu l'aider à reconstruire son empire.

— Je ne suis pas d'accord ! (Lestrade tapa du poing sur la table et jeta autour de lui un regard irrité.) Clarence Devereux ! Clarence Devereux ! Tout ça, ce ne sont que des sornettes ! Nous ne savons rien de Clarence Devereux. Qui est-il ? Où vit-il ? Est-il encore à Londres ? Existe-t-il réellement ?

— Nous ne savions rien de Moriarty avant que Sherlock Holmes attire notre attention sur lui.

— Moriarty était bien réel, lui. Je suggère que nous prenions des informations auprès de l'agence Pinkerton à New York. J'aimerais beaucoup examiner tous les éléments de preuve et les indices qu'ils détiennent sur cet individu.

— Ce ne sera pas utile, dis-je. J'ai apporté avec moi des copies de tous les dossiers et je les mettrai volontiers à votre disposition.

— Vous avez quitté l'Amérique il y a trois semaines, objecta Lestrade. Il a pu se passer beaucoup de choses depuis. Et, sans vous offenser, Mr Chase, vous êtes un jeune détective. Dans cette affaire, je ne m'adresserais pas à un agent subalterne si je voulais être tenu au courant de tout. Je préfère traiter avec ceux qui vous ont envoyé ici.

— Je suis enquêteur en chef, monsieur. Mais je ne tiens pas à polémiquer avec vous. (Je voyais qu'il était inutile de m'opposer à Lestrade.) Vous devez vous adresser à Mr Robert Pinkerton en personne. C'est lui qui m'a confié cette affaire et il la suit avec un grand intérêt.

— C'est ce que nous ferons, dit MacDonald en griffonnant une note devant lui.

— Clarence Devereux est ici, à Londres. J'en suis certain. J'ai entendu mentionner son nom et j'ai senti sa présence.

L'homme qui venait de parler était de loin le plus jeune de toute l'assistance. Je l'avais remarqué, assis bien droit sur son siège pendant tous les exposés, comme s'il se retenait à grand peine d'intervenir. Il avait des cheveux blonds coupés très court, un visage juvénile et avenant. Il ne devait pas avoir plus de vingt-cinq ou vingt-six ans.

— Je m'appelle Stanley Hopkins, se présenta-t-il. Et bien que je n'aie pas eu l'honneur de rencontrer Mr Sherlock Holmes, je regrette sincèrement qu'il ne soit pas avec nous pour relever un défi qu'aucun d'entre nous n'a jamais affronté. Je suis en contact étroit avec la pègre. Étant nouveau dans cette profession, je m'applique à maintenir une présence dans les rues de Londres, du côté de Friars Mount, Nichols Row, Bluegate Fields.

« Au cours des dernières semaines, j'ai pris conscience d'une sorte de silence, de vide. D'un sentiment de peur. Aucune des officines de paris n'est active. Ni les prêteurs sur gages, ni les escrocs au bonneteau. Les jeunes femmes de Haymarket et de Waterloo Bridge sont absentes des trottoirs. (Il rougit légèrement.) Je discute avec elles, parfois, car elles me sont utiles. Mais en ce moment je ne les vois plus. Bien sûr, on pourrait penser que c'est le magnifique travail des inspecteurs Barton et Patterson qui a engendré cet état de choses, que nous avons tous espéré, ne serait-ce que dans nos rêves. Une ville délivrée du crime. Une ville où Moriarty disparu, ses disciples démoralisés ont reflué dans les égouts d'où ils étaient sortis. Malheureusement, je sais que ce n'est pas vrai. Comme le dit le philosophe, la nature a horreur du vide. Il se peut que Devereux soit venu dans le but de s'allier avec Moriarty mais que, voyant celui-ci parti, il ait simplement pris sa place.

— C'est aussi ce que je crois, dit quelqu'un (Lanner, peut-être). La preuve est là, dans les rues…

— Des explosions de violence, marmonna Bradstreet. Cette histoire au White Swan.

— L'incendie à Harrow Road. Six morts…

— Pimlico…

— De quoi parlez-vous ? coupa Lestrade en s'adressant à Hopkins. Pourquoi imaginer que les choses ont changé ? Où sont les preuves ?

— J'avais un informateur qui était prêt à me parler et je dois admettre que, dans un sens, je l'aimais bien. C'est un garçon qui a eu des ennuis dès le jour où il est sorti du berceau. Petite délinquance, resquillage, escroquerie au bonneteau. Or, ces derniers temps, il avait gravi les échelons de l'école du crime. Il avait noué de mauvaises fréquentations et je le voyais de moins en moins. Bref, il y a une semaine, je lui ai donné rendez-vous dans un taudis près de Dean Street. J'ai vu tout de suite qu'il n'avait pas du tout envie d'être là, et qu'il était venu uniquement en souvenir du bon vieux temps, car je l'avais aidé une ou deux fois. « Je ne peux pas vous parler, Mr Hopkins, m'a-t-il dit. Tout a changé maintenant. Nous ne pouvons plus nous rencontrer. » Je lui ai demandé : « Que se passe-t-il, Charlie ? » Je voyais qu'il était tout pâle et tout tremblant. « Vous ne comprenez pas… » Et il s'est tu.

« Il s'est produit un mouvement dans la ruelle. La silhouette d'un homme se découpait devant la lumière du réverbère. Je ne peux pas affirmer avec certitude qu'il nous observait. Mais pour Charlie, cela a suffi. Il n'a pas osé prononcer le nom, mais voici ce qu'il m'a dit : « L'Américain. Il est là, maintenant, et c'est la fin de tout. » « Que veux-tu dire, Charlie ? Quel Américain ? » « Je vous ai dit tout ce que je sais, Mr Hopkins. » Deux jours plus tard, on a repêché son corps dans la Tamise. Les mains attachées derrière le dos. Mort par noyade. Je ne vous décrirai pas ses autres blessures, mais je vous dirai ceci : il ne fait pour moi aucun doute que Mr Chase dit vrai. Une vague terrible s'apprête à déferler sur nous. Il faut réagir avant qu'elle nous submerge.

Un long silence suivit les paroles de Hopkins. L'inspecteur MacDonald se tourna à nouveau vers Jones.

— Qu'avez-vous découvert à Bladeston House, Jones ? Y a-t-il des pistes d'investigation que nous puissions suivre ?

— Il y en a deux, répondit Jones. Mais je serai franc, de nombreux points concernant ces meurtres demeurent obscurs. Les indices me conduisent dans une direction, le bon sens dans une autre. Toutefois… j'ai trouvé un nom et un chiffre dans l'agenda de Lavelle. « HORNER 13 ». C'était écrit en majuscules et encerclé d'un trait. Il n'y avait rien d'autre sur la page. Sur le moment, cela m'a semblé étrange.

— J'ai arrêté un dénommé Horner, annonça Bradstreet en faisant rouler sa pipe entre ses mains. John Horner. Il était plombier au *Cosmopolitan Hotel*. Mais je m'étais trompé de coupable. Holmes m'a remis sur les rails.

— Il y a un salon de thé à Crouch End, ajouta Youghal. Il était tenu par une Mrs Horner, je crois. Mais ça remonte à longtemps.

— Dans le même tiroir que l'agenda, à Bladeston House, il avait une barre de savon à raser, rappelai-je. Je me suis demandé si cela pouvait signifier quelque chose. (Comme personne ne réagissait, je poursuivis.) Est-ce que Horner pourrait être le nom d'une droguerie ou d'une pharmacie ?

Là encore, ma question ne suscita aucune réaction.

— Quoi d'autre, inspecteur Jones ? demanda MacDonald.

— Nous avons fait la connaissance d'un désagréable personnage. Un dénommé Edgar Mortlake. Mr Chase le connaît de New York et l'a identifié comme l'un des associés de Devereux. Apparemment, il est le propriétaire d'un club à Mayfair. Le Bostonian.

Ce nom causa une agitation autour de la table.

— Je connais le Bostonian, dit l'inspecteur Gregson. Très cher. Tape à l'œil. Il a ouvert récemment.

— J'ai visité les lieux, intervint Lestrade. Pilgrim avait une chambre dans ce club au moment où il est mort. J'ai fouillé ses affaires mais je n'ai rien découvert d'intéressant.

— C'est de là qu'il m'a écrit, ajoutai-je. Et c'est grâce à lui que j'ai appris l'existence du message envoyé par Devereux à Moriarty.

— Le Bostonian est le havre de tous les Américains de Londres, continua Gregson. Les propriétaires sont deux frères : Leland et Edgar Mortlake. Ils ont leur cuisinier personnel, créent leurs propres cocktails. Le club est sur deux étages, dont le premier est réservé au jeu.

— C'est clair, non ? s'exclama Bradstreet. Si Clarence Devereux se trouve quelque part à Londres, c'est forcément là. Un club américain avec un nom américain dirigé par un gangster connu.

— Personnellement, j'aurais tendance à penser que c'est le dernier endroit où il irait, remarqua calmement Hopkins. Il est évident que Devereux n'a pas la moindre envie de se faire repérer.

— Il faut faire une descente dans ce club, déclara Lestrade, ignorant la remarque de Hopkins. Je m'en occupe personnellement. Une visite surprise d'une douzaine de policiers aujourd'hui même.

— Je suggérerais plutôt le début de soirée, dit Gregson. Au moment où il y a le plus d'animation.

— Nous surprendrons peut-être Devereux à une table de jeu. Dans ce cas, nous l'expédierons en vitesse. Nous n'allons pas nous laisser coloniser par des criminels étrangers. La violence des truands doit cesser.

La réunion prit fin peu après. Je quittai la salle avec Jones. Dans l'escalier, il se tourna vers moi.

— Et voilà, Chase, c'est décidé. Nous allons faire une descente dans un club qui n'a qu'un lien ténu avec l'homme que nous recherchons et dont plusieurs de mes collègues doutent de l'existence. Même si Clarence Devereux se trouve là, nous ne pourrions pas le reconnaître, et notre présence sur les lieux servira seulement à le prévenir que nous sommes sur ses traces. Qu'en pensez-vous ? N'est-ce pas une totale perte de temps ?

— Je n'aurais pas l'audace de dire cela, répondis-je.

— Votre réserve vous honore. Bon, je dois retourner à mon bureau. Vous pouvez passer l'après-midi à visiter la ville. Je ferai porter un message à votre hôtel pour que nous nous retrouvions ce soir.

- 9 -

LE BOSTONIAN

Jones avait tort. La descente au Bostonian se révéla utile sur un point minime mais significatif.

Il faisait déjà nuit lorsque je quittai ma chambre d'hôtel. Au moment de sortir dans le couloir, je pris conscience que la porte voisine de la mienne se refermait. Cette fois encore, je ne vis qu'une ombre disparaître rapidement, mais je me rendis compte que je n'avais pas entendu mon voisin passer. Le bruit de ses pas ne m'aurait pas échappé car le tapis était très élimé. Avait-il épié derrière ma porte tandis que je m'apprêtais ? S'était-il éclipsé à mon approche ? Je fus tenté de l'interpeller mais me ravisai. Jones avait insisté sur l'heure de notre rendez-vous. Il existait peut-être une explication parfaitement innocente au comportement de mon mystérieux voisin. Quoi qu'il en soit, il pouvait attendre.

Je retrouvai donc Jones une heure plus tard sous un réverbère à gaz au coin de Trebeck Street, dans l'attente du signal annonçant le début de l'aventure : un coup de sifflet et le piétinement d'une douzaine de bottes de cuir. Le club était devant nous : une façade étroite et blanche tout à fait ordinaire à un angle de rue. Hormis les lourds rideaux tirés devant les fenêtres et les notes de piano s'élevant de temps à autre dans la nuit, l'immeuble aurait pu abriter une banque. Jones était d'une humeur étrange. Il était resté quasiment silencieux depuis que je l'avais rejoint et paraissait plongé dans ses pensées. Il faisait froid et humide pour la saison – l'été tardait à arriver – et nous portions l'un et l'autre un manteau. Je me demandai si le climat accentuait la douleur de sa jambe. Soudain, il se tourna vers moi :

— N'avez-vous pas trouvé le témoignage de Lestrade très intéressant, Chase ?

— À quel point de vue ? demandai-je, étonné par sa question.

— Comment a-t-il su que votre agent, Jonathan Pilgrim, avait une chambre au Bostonian ?

Je réfléchis un instant avant de répondre.

— Je l'ignore. Peut-être Pilgrim avait-il la clé dans sa poche. Ou bien l'adresse du club écrite sur un papier quelconque.

— Était-il insouciant ?

— Non. Impétueux, sans doute. Audacieux. Mais il connaissait parfaitement les risques d'être découvert.

— C'est bien ce que je pensais. On dirait presque qu'il voulait nous faire venir ici. J'espère que nous ne sommes pas en train de commettre une grave erreur.

Jones se réfugia de nouveau dans le silence et je sortis ma montre. Il nous restait encore cinq minutes avant le début de l'opération et je regrettais que nous fussions arrivés avec autant d'avance. J'avais l'impression que mon compagnon évitait mon regard. Certes, il avait toujours l'air préoccupé, et je savais que la douleur de sa jambe ne lui laissait pas de répit, mais ce soir-là il paraissait plus tracassé que de coutume.

— Quelque chose ne va pas, Jones ? me décidai-je à demander.

— Non. Rien du tout. En fait… j'ai une question à vous poser.

— Je vous en prie !

— J'espère que vous ne me trouverez pas trop présomptueux. Ma femme souhaiterait vous inviter à dîner demain soir.

Je m'étonnai qu'une question aussi anodine pût le mettre dans un tel état. Il ne me laissa pas le temps de répondre et ajouta :

— Je lui ai parlé de vous. Elle brûle de vous rencontrer et de vous entendre parler de votre vie en Amérique.

— Je me ferai une joie de venir.

— Elspeth s'inquiète beaucoup pour moi, poursuivit Jones. Entre nous, elle serait plus heureuse si je trouvais un autre métier. Elle me l'a maintes fois répété. Inutile de préciser qu'elle ne sait rien des événements de Bladeston House. Je lui ai simplement dit que j'enquêtais sur un meurtre, sans lui donner de détails. Par chance, elle ne lit pas les journaux. Elspeth est d'une nature délicate et si elle avait la moindre idée du genre d'individus auxquels nous sommes confrontés, elle serait bouleversée.

— Je suis ravi de votre invitation, Jones. Je dois vous avouer que la nourriture de l'hôtel Hexam est atroce. Surtout, n'ayez aucune crainte. Je calquerai mon attitude sur la vôtre et ne répondrai aux questions de Mrs Jones qu'avec la plus grande discrétion. (Je levai brièvement les yeux dans la lumière du réverbère.) Ma très chère mère ne parlait jamais de mon travail avec moi. Cela la tracassait. Ne serait-ce que pour cette raison, je ferai très attention.

— Alors c'est entendu, dit Jones avec soulagement. Vous passerez me prendre à Scotland Yard et, de là, nous irons ensemble à Camberwell. Vous ferez aussi la connaissance de ma fille, Beatrice. Elle a six ans et elle est aussi passionnée par mon travail que ma femme y est réticente.

Je savais déjà qu'il avait un enfant. C'est sans doute à Beatrice qu'était destinée la marionnette achetée à Paris.

— Tenue habillée ? demandai-je.

— Non, venez comme vous êtes. Oublions les formalités.

Notre discussion fut brutalement interrompue par le son strident d'un sifflet. Aussitôt, la paisible rue fut envahie d'hommes en uniforme courant tous vers une simple porte. Jones et moi étions là en tant qu'observateurs. Lestrade dirigeait l'opération et il fut le premier à gravir le perron. Il saisit la poignée. La porte était verrouillée. Il recula d'un pas, chercha la sonnette et l'actionna avec impatience. Enfin la porte s'ouvrit. Lestrade et les policiers s'engouffrèrent dans la maison. Nous les suivîmes.

Je ne m'étais pas attendu à un décor aussi luxueux, malgré la description de l'inspecteur Gregson. Trebeck Street était une rue étroite et faiblement éclairée, mais la porte du club nous propulsa dans un monde étincelant de miroirs et de lustres, de sols de marbre et de plafonds décorés. Des tableaux dans des cadres dorés couvraient entièrement les murs, certains signés d'artistes américains connus : Albert Pinkham Ryder, Thomas Cole. Quiconque ayant visité un jour l'Union Club de Park Avenue ou le Metropolitan sur la 60e Rue à New York se serait senti ici chez lui, et c'était sûrement le but recherché. Un présentoir à journaux, près de l'entrée, contenait exclusivement des publications américaines. Les innombrables bouteilles disposées sur les étagères de verre immaculées étaient pour la plupart des marques américaines : bourbon Jim Beam et Old Fitzgerald, gin extra dry Fleishmann, etc. Une cinquantaine de personnes occupaient la première salle, et j'identifiai des accents de la côte Est, du Texas, de Milwaukee. Un jeune homme en queue de pie jouait du piano, dont le premier panneau relevé dévoilait les marteaux. Il s'était figé dès notre entrée et restait assis, les yeux fixés sur le clavier.

Les policiers se déplaçaient déjà dans la pièce et l'indignation était palpable dans les rangs des hommes et des femmes en tenue de soirée, contraints de s'écarter sur leur passage. Lestrade avait marché droit vers le bar comme s'il allait commander à boire, et le barman le dévisageait, bouche bée. Jones et moi nous tenions en arrière. Nous doutions de la sagesse de l'entreprise et ne savions par où commencer. Deux policiers gravissaient déjà l'escalier vers le premier étage. Les autres bloquaient toutes les issues. J'admets que j'étais impressionné par la police de Londres. Les agents étaient bien organisés et disciplinés même si, à première vue, ils ne savaient pas pourquoi ils étaient là.

Lestrade haranguait encore le barman lorsqu'une porte de côté s'ouvrit devant deux hommes. Je les reconnus aussitôt. Nous avions déjà rencontré Edgar Mortlake. Cette fois, son frère l'accompagnait. La femme de chambre de Bladeston House avait raison : ils se ressemblaient comme deux gouttes d'eau et portaient le même frac. Pourtant ils étaient étonnamment différents, comme si un peintre ou un sculpteur s'était à dessein inspiré de l'un pour créer une seconde version, plus brutale, plus farouche. Leland Mortlake avait les mêmes cheveux noirs et les mêmes petits yeux que son frère, mais pas de moustache. Il avait quelques années de plus et elles se lisaient nettement sur lui : visage plus épais, lèvres plus charnues, expression de mépris profond. Plus petit qu'Edgar, il le dominait pourtant. Edgar se tenait quelques pas en retrait, dans sa position naturelle.

Ils n'avaient pas vu Lestrade. Ou bien ils avaient décidé de l'ignorer. Mais Edgar nous avait reconnus, Jones et moi, et, donnant un coup de coude à son frère, il l'entraîna vers nous.

— Quoi ? demanda Leland, d'une voix rauque et essoufflée, comme si le seul fait de parler le fatiguait.

— Je les connais, expliqua Edgar. Celui-là, c'est un gars de chez Pinkerton. Il n'a pas pris la peine de me dire son nom.

L'autre, c'est Alan Jones, ou quelque chose de ce genre. Scotland Yard. Ils étaient à Bladeston House.

— Que voulez-vous ?

La question étant adressée à Jones, ce fut lui qui répondit.

— Nous recherchons un certain Clarence Devereux.

— Connais pas. Il n'est pas ici.

— Je vous ai déjà dit que je ne le connaissais pas, insista Edgar. Alors pourquoi vous êtes venus ? Si vous vouliez une carte de membre, il fallait me la demander quand on s'est vus à Highgate. Mais je pense que nos tarifs annuels sont au-dessus de vos moyens.

Lestrade, qui avait remarqué notre échange, arriva vers nous à grands pas.

— Vous êtes Leland Mortlake ?

— Non, moi je suis Edgar Mortlake. Leland est mon frère, si c'est à lui que vous voulez parler.

— Nous recherchons…

— Je sais qui vous recherchez. Je l'ai déjà dit. Il n'est pas ici.

— Personne ne sortira du club tant que nous n'aurons pas vérifié les identités, dit Lestrade. Je veux voir le registre de vos pensionnaires. Leurs nom et adresse. J'ai l'intention de fouiller la maison de la cave au grenier.

— Vous ne pouvez pas.

— Oh si, je peux, Mr Mortlake. Et je vais le faire.

— Au début de cette année, un homme a logé dans votre club, dis-je. Il y est resté jusqu'à fin avril. Il s'appelait Jonathan Pilgrim.

— Et alors ?

— Vous vous souvenez de lui ?

Leland Mortlake fixait le vide de ses petits yeux courroucés. Mais c'est son frère qui répondit à ma question.

— Oui, je crois que nous avons eu un client de ce nom.

— Quelle chambre occupait-il ?

— La chambre Revere. Au premier étage, dit-il avec réticence.

— La chambre a-t-elle été occupée par quelqu'un d'autre depuis ?

— Non. Il n'y a personne.

— J'aimerais la voir.

Leland se tourna vers son frère et, un bref instant, je crus qu'ils allaient protester. Mais avant que l'un ou l'autre pût parler, Jones intervint.

— Mr Chase m'accompagne et il a l'autorisation de Scotland Yard. Conduisez-nous à la chambre.

— Comme vous voudrez, dit Edgar Mortlake avec une fureur contenue. (Si nous n'avions pas été à Londres, entourés par la police britannique, je ne sais pas ce qui se serait passé.) C'est la deuxième fois que vous me donnez des ordres et je vous le dis, Mr Jones, je n'aime pas ça. Il n'y aura pas de troisième fois, je peux vous l'assurer.

— Vous nous menacez ? dis-je. Oubliez-vous qui nous sommes ?

— Je dis juste que je ne le supporterai plus, gronda Edgar en levant un doigt. Et c'est vous, peut-être, qui oubliez à qui vous parlez, Mr Pinkerton. Vous risquez de regretter amèrement votre intervention.

— Du calme, Edgar, murmura Leland.

— D'accord, Leland. Comme tu voudras.

— C'est scandaleux, reprit son frère. Mais faites ce que vous avez à faire. Nous n'avons rien à cacher.

Nous laissâmes Lestrade avec eux. Les policiers avaient déjà entrepris les fastidieux interrogatoires, notant laborieusement l'identité de chacun. Au premier étage, nous arrivâmes devant un étroit couloir courant sur la droite et sur la gauche. Sur un côté, une autre salle spacieuse était éclairée de candélabres et meublée de plusieurs tables recouvertes d'un tapis vert. La salle de jeu. Nous suivîmes le couloir dans l'autre direction. Chaque chambre portait le nom d'un Bostonien célèbre. La « Revere » se trouvait à mi-parcours. La porte n'était pas fermée à clé.

— Je ne sais pas ce que vous espérez trouver, marmonna Jones en entrant.

— Je ne suis pas certain de compter trouver quoi que ce soit. L'inspecteur Lestrade a dit être venu une fois. Et pourtant Pilgrim était un homme intelligent. S'il se croyait en danger, il y a une chance qu'il ait laissé un indice derrière lui.

— Une chose est sûre, en tout cas. Il n'y a rien à découvrir au rez-de-chaussée.

— Je suis d'accord.

Au premier regard, la pièce était peu prometteuse. Il y avait un lit, récemment fait ; une penderie, vide. Une autre porte donnait sur la salle de bains, avec un cabinet de toilette séparé et une baignoire à eau chaude. Nul doute que le club soignait ses hôtes, et je ne pouvais qu'être envieux en songeant à mon hôtel miteux. Le papier peint, les rideaux et le mobilier étaient tous de la meilleure qualité. Nous commençâmes à fouiller méthodiquement, ouvrant les tiroirs, retournant le matelas, soulevant les tableaux, mais il était évident que, depuis le départ de Jonathan Pilgrim, la pièce avait été nettoyée de fond en comble.

— C'est une perte de temps, Jones.

— À première vue, oui. Pourtant… qu'avons-nous ici ?

Tout en parlant, il feuilletait une pile de magazines posée sur une table d'appoint au pied du lit.

— Rien. J'ai déjà regardé.

C'était vrai. J'avais rapidement ouvert les magazines : *The Century, The Atlantic Monthly, The North American Review.* Mais ce n'était pas ces publications qui intéressaient Jones. Il avait tiré de l'une d'elles un petit bristol de réclame qu'il me montra. Je lus :

Assurément la meilleure lotion capillaire

« LUXURIANCE »
de Horner

**Le remède universellement connu contre la calvitie,
les cheveux gris et la moustache clairsemée**

**Médecins et spécialistes certifient la lotion sans danger et
dépourvue d'ingrédients métalliques ou préjudiciables**

**Fabricant exclusif : Albert Horner
13 Chancery Lane, Londres**

— Jonathan Pilgrim n'était pas chauve, dis-je. Il avait une belle chevelure.

Jones sourit.

— Vous voyez mais vous n'observez pas. Regardez le nom. Horner. Et l'adresse : numéro 13.

— Horner 13 ! m'exclamai-je.

Les mots qui figuraient sur une page de l'agenda de Lavelle.

— Exactement. Et si votre agent était aussi compétent que vous le suggérez, il est tout à fait possible qu'il ait laissé ce bristol ici dans l'espoir que quelqu'un le trouverait. Pour ceux qui ont fait le ménage, cela ne signifiait évidemment rien.

— Cela ne signifie rien pour moi non plus, dis-je. Quel rapport peut-il y avoir entre une lotion capillaire et Clarence Devereux, ou les meurtres de Bladeston House ?

— Nous verrons. Il semble que, chose exceptionnelle et malgré ses efforts, Lestrade nous ait réellement aidés dans notre enquête. Une fois n'est pas coutume ! Jones glissa le bristol dans sa poche. Nous ne parlerons pas de ceci, Chase. D'accord ?

— Bien sûr.

Nous quittâmes la chambre et descendîmes rejoindre les autres.

- 10 -

HORNER, CHANCERY LANE

Par chance, Horner se signalait par une enseigne de barbier rouge et blanche, sinon nous ne l'aurions peut-être pas trouvé. La boutique n'était pas vraiment dans Chancery Lane, mais dans une ruelle étroite et boueuse qui descendait de Staples Inn Gardens ; à l'angle il y avait une mercerie – Reilley & Son – et la Chancery Lane Safe Deposit Company, une banque de dépôts de valeurs. Suivait une petite rangée de maisons délabrées. Le salon de coiffure occupait la pièce en façade de l'une de ces maisons, avec un panneau au-dessus de la porte et une inscription sur la fenêtre : *Barbe : 1 p. – Coupe : 2 p.* À côté, un marchand de tabac avait fermé boutique. De l'autre côté, la maison semblait également abandonnée.

Un joueur d'orgue de Barbarie jouait dans la rue, juché sur un tabouret, coiffé d'un haut-de-forme effrangé et d'un frac informe. Il n'était pas très doué. Si j'avais dû travailler dans les parages, les gémissements dissonants de son instrument m'auraient rendu fou. Dès qu'il nous aperçut, il se dressa et cria : « Lotion capillaire pour un demi-penny et un penny ! Essayez la lotion spéciale Horner ! Faites-vous couper les cheveux et raser la barbe ici ! » C'était un curieux bonhomme, très maigre et chancelant. À notre approche, il cessa de jouer et nous tendit un bristol qu'il sortit de la sacoche qu'il portait à l'épaule. Le bristol était identique à celui que nous avions trouvé au Bostonian.

Nous entrâmes dans le salon. C'était une pièce exiguë et inconfortable, avec un unique siège de barbier face à un miroir si fêlé et poussiéreux qu'il renvoyait à peine un reflet. Deux étagères étaient garnies de flacons de lotion « Luxuriance », de divers produits antichute de cheveux et de poudre de cantharide. Le sol n'avait pas été balayé et des touffes de poils le jonchaient encore. Le spectacle était aussi déplaisant que possible, mais n'égalait pas le bol de savon à raser : une mixtion figée, incrustée de poils de barbe. J'étais en train de me dire que c'était le dernier endroit de Londres où je viendrais me faire raser lorsque le coiffeur apparut.

Il émergea d'un escalier situé au fond du salon et avança vers nous d'un pas mal assuré, en s'essuyant les mains avec un chiffon. Il était difficile de lui attribuer un âge : il était à la fois jeune et vieux, avec un visage rond plutôt plaisant, rasé de près et souriant. Mais il avait une coupe de cheveux épouvantable. On aurait dit qu'il avait été attaqué par un chat sauvage. Ses cheveux étaient longs d'un côté, courts de l'autre, avec des manques qui laissaient voir son cuir chevelu. De plus, il ne les avait visiblement pas lavés depuis quelque temps, si bien que la couleur et la texture n'étaient pas agréables à regarder.

C'était toutefois un homme affable.

— Bonjour, messieurs ! lança-t-il avec entrain. Ce vilain temps ne s'améliore guère. Avez-vous jamais vu Londres aussi humide et triste au mois de mai ? Bon, que puis-je faire pour vous ? Une coupe de cheveux ? Deux coupes ? Vous avez de la chance, c'est très calme aujourd'hui.

Il avait raison à tous points de vue. Dehors, le limonaire s'était enfin tu.

— Nous ne sommes pas ici pour une coupe de cheveux, répondit Jones en prenant un des flacons pour le humer. Êtes-vous Albert Horner ?

— Non, monsieur. Dieu merci. Mr Horner est mort depuis longtemps. J'ai repris son affaire.

— Depuis peu, visiblement, remarqua Jones.

Je lui glissai un coup d'œil intrigué. Comment était-il arrivé à cette conclusion ? À mes yeux, cet homme et la boutique étaient là depuis des années.

— L'enseigne est vieille, poursuivit Jones à mon intention. Mais je n'ai pu m'empêcher de remarquer que les vis qui la fixent au mur sont neuves. Quant aux étagères, elles sont certes poussiéreuses mais les flacons ne le sont pas. Tout concorde.

— Vous avez raison ! s'exclama le coiffeur. Nous sommes ici depuis moins de trois mois et nous avons conservé l'ancien nom. Pourquoi pas ? Le vieux Mr Horner était bien connu et apprécié. Nous avons déjà notre clientèle parmi les avocats et les magistrats qui travaillent dans le quartier. Bien que beaucoup d'entre eux portent des perruques.

— Quel est votre nom ? demandai-je.

— Silas Beckett, monsieur. À votre service.

Jones sortit le bristol de sa poche.

— Nous avons trouvé cette carte dans un club. Le Bostonian. Je suppose que ce nom ne vous dit rien, pas plus que le nom de l'homme qui y résidait ? Jonathan Pilgrim, un Américain.

— Un Américain, monsieur ? Je n'ai jamais eu de client américain ici… À part vous, dit-il avec un geste dans ma direction.

Beckett n'était pas détective. C'était mon accent qui m'avait trahi.

— Et le nom de Scott Lavelle ? Cela vous évoque-t-il quelque chose ?

— Je discute avec mes clients, monsieur. Mais ils me disent rarement leur nom. Lui aussi était américain ?

— Et Clarence Devereux ?

— Vous allez trop vite, monsieur. Tous ces noms ! Seriez-vous intéressé par un flacon de lotion capillaire ? me demanda-t-il sur un ton impertinent, comme s'il cherchait à abréger l'entrevue.

— Clarence Devereux, vous le connaissez ?

— Clarence Devereux, dites-vous ? Non, monsieur. Vous devriez peut-être vous adresser en face, à la mercerie. Je suis désolé de ne pas pouvoir vous aider. Vous et moi, nous perdons notre temps.

— C'est bien possible, Mr Beckett. Toutefois, il y a une question à laquelle vous pouvez répondre, ajouta Jones en examinant le coiffeur avec attention. Êtes-vous un homme pieux ?

La question était si inattendue que je ne saurais dire qui fut le plus étonné : Beckett ou moi.

— Pardon ? tressaillit le coiffeur.

— Allez-vous à l'église ?

— Pourquoi voulez-vous le savoir ? (Devant le silence de Jones, Beckett soupira, manifestement impatient de se débarrasser de nous.) Non, monsieur. Pour mon malheur, je ne suis pas un fervent pratiquant.

— C'est bien ce que je pensais, marmonna Jones. Vous nous avez clairement fait comprendre que vous ne pouvez pas nous aider, Mr Beckett. Je vous souhaite le bonjour.

Nous quittâmes le salon de coiffure. Derrière nous, l'orgue de Barbarie recommença à jouer. Sitôt tourné l'angle de Chancery Lane, Jones s'immobilisa et se mit à rire.

— Nous avons mis le doigt sur quelque chose d'extraordinaire, mon ami. Holmes lui-même se serait beaucoup amusé. Un coiffeur qui ne sait pas couper les cheveux, un joueur d'orgue de Barbarie qui ne sait pas jouer, et une lotion capillaire qui contient une grande quantité de benjoin. Un problème à trois pipes, mais non sans intérêt.

— Qu'est-ce que cela veut dire ? m'exclamai-je. Et pourquoi questionner Mr Beckett sur ses croyances religieuses ?

— N'est-ce pas évident ?

— Pas du tout.

— Cela le deviendra bientôt. Nous dînons ensemble, ce soir. Si vous passiez me chercher à trois heures, à Scotland Yard ? Retrouvons-nous devant la grille, comme l'autre fois. Vous verrez, tout prendra son sens.

Trois heures.

J'étais ponctuel au rendez-vous. Un cab me déposa à Whitehall alors que Big Ben sonnait l'heure, en face de Scotland Yard. Je payai le cocher. C'était un après-midi ensoleillé, sans nuages mais un peu frais.

Je dois maintenant exposer dans les moindres détails l'enchaînement des faits qui se déroulèrent alors.

Face à moi, de l'autre côté de l'avenue, j'aperçus un garçon que je reconnus aussitôt. C'était Perry, le faux télégraphiste du Café Royal qui m'avait mis un couteau sous la gorge. Je m'arrêtai et ce fut comme si tout s'était figé, comme si un peintre avait reproduit la scène sur une toile. Même de loin, une aura menaçante enveloppait Perry. Cette fois, il était habillé en cadet de marine : casquette, veste bleu foncé à double boutonnage, sacoche de cuir en travers de la poitrine. Il était toujours aussi boudiné dans ce nouvel uniforme, trop serré à la taille et à l'encolure. Au soleil de l'après-midi, ses cheveux étaient encore plus blonds.

Pourquoi était-il ici ? Que manigançait-il ?

Athelney Jones apparut, sortant de Scotland Yard. Son regard me cherchait. Je levai la main pour l'alerter. Jones me repéra, et je lui indiquai d'un geste la direction de l'adolescent qui s'éloignait vivement sur le trottoir.

Jones le reconnut aussitôt, mais il était trop loin pour faire quoi que ce soit.

Un coupé de ville attendait Perry à une cinquantaine de pas de l'endroit où je me trouvais. Quand il s'en approcha, une portière s'ouvrit. Un homme était assis à l'intérieur, à demi caché dans l'ombre. Grand, mince, tout vêtu de noir. Il m'était impossible de discerner ses traits, mais je l'entendis tousser. Jones l'avait-il vu, lui aussi ? Probablement pas, car il était trop loin devant moi et du mauvais côté de la route. Le garçon monta dans le coupé. La portière se referma derrière lui.

Sans plus réfléchir, je me mis à courir. Je vis le cocher fouetter son cheval et la voiture faire un bond en avant. Je pouvais encore le rattraper. Jones était à la lisière de mon champ de vision. Lui aussi s'était mis en mouvement, aidé de sa canne. Le coupé continua dans Whitehall en direction de Parliament Square. Il prenait de la vitesse. Je courais aussi vite que je le pouvais, sans pourtant parvenir à combler la distance qui nous séparait. Pour me rapprocher, il aurait fallu que je traverse Whitehall, mais il y avait trop de circulation. Le coupé de ville allait bientôt disparaître à l'angle.

Je quittai le trottoir pour traverser la route en diagonale.

Athelney Jones poussa un cri d'avertissement. Je ne l'entendis pas mais je l'aperçus qui levait les bras en ouvrant la bouche.

Soudain, un omnibus surgit devant moi. Je ne le vis pas tout de suite car il était masqué par ses deux chevaux : immenses, monstrueux, le regard halluciné. Ils auraient pu se fondre l'un dans l'autre telle une créature de la mythologie grecque. Ensuite, je pris conscience du véhicule qu'ils tractaient, du conducteur tirant sur les rênes, de la demi-douzaine de passagers entassés sur le toit, pris au piège, témoins horrifiés du drame imminent.

Quelqu'un hurla. Le conducteur était arc-bouté sur ses rênes. Je perçus le martèlement des sabots, le grincement des roues sur la surface dure de la chaussée, cette même surface qui jaillit vers moi lorsque je me jetai en avant. Le monde bascula et le ciel traversa mon regard.

J'aurais pu être tué, mais l'omnibus me manqua de quelques pouces, fit une embardée sur le côté et s'arrêta un peu plus loin. Je m'étais blessé à la tête et au genou mais je ne sentais pas la douleur. Je roulai sur le côté, cherchant des yeux le coupé de ville, mais il avait déjà disparu, emportant dans sa fuite le garçon et son compagnon.

Jones me rejoignit. Je ne sais pas comment il avait réussi à parcourir cette distance aussi rapidement.

— Chase ! s'écria-t-il. Mon cher ami ! Vous allez bien ? Vous avez failli passer sous les roues…

— Vous l'avez-vu ? Perry ! Le garçon du Café Royal ! Il était là. Et il y avait un homme avec lui…

— Oui.

— Vous avez vu son visage ?

— Non. Un homme de quarante ou cinquante ans, il me semble. Grand et mince. Mais il était en partie caché.

— Votre main, Jones.

Il se pencha pour m'aider à me relever. Je sentis un filet de sang couler sur mon sourcil et je l'essuyai d'un revers de la main.

— Vous y comprenez quelque chose, Jones ? Que faisaient-ils ici ?

La réponse à ma question arriva quelques secondes plus tard.

L'explosion était si proche que nous la ressentîmes autant que nous l'entendîmes. Une violente bourrasque de vent et de poussière se précipita sur nous. Alentour, les chevaux hennissaient, les cochers perdaient le contrôle de leurs véhicules. Je vis deux coupés de ville se percuter, et l'un d'eux verser sur le flanc. Les piétons s'arrêtaient, interdits, s'accrochaient les uns aux autres, alarmés. Des débris de briques et de verre se mirent à pleuvoir sur nous et une âcre odeur de brûlé se répandit dans l'air. Je regardai autour de moi. Une immense colonne de fumée s'élevait de Scotland Yard. Bien sûr ! Il ne pouvait y avoir d'autre cible !

— Les démons ! s'écria Jones.

Nous nous précipitâmes ensemble de l'autre côté de l'avenue. La circulation s'était figée. Sans même réfléchir à la possibilité d'un second engin explosif, nous nous engouffrâmes dans le bâtiment. Il fallut nous frayer un passage entre les employés, les policiers et les visiteurs qui cherchaient désespérément à fuir. Le rez-de-chaussée paraissait intact, mais nous vîmes un policier apparaître dans l'escalier, le visage noirci et du sang ruisselant d'une blessure à la tête. Jones le saisit par le bras.

— Que s'est-il passé ? Quel étage ?

— Le troisième, répondit l'agent. J'y étais. C'était si près…

Sans perdre une minute, Jones s'élança en clopinant dans l'escalier, moi derrière. Nous croisions de nombreux autres policiers et employés, la plupart blessés, qui s'entraidaient pour descendre. Un ou deux nous déconseillèrent de continuer. Plus nous montions, plus l'odeur de brûlé était forte, et la fumée était si dense qu'il devint bientôt difficile de respirer. Enfin nous atteignîmes le troisième étage et, presque aussitôt, apparut devant nous l'un des hommes qui avaient assisté à la réunion. C'était l'inspecteur Gregson. Il avait les cheveux hirsutes et se trouvait visiblement en état de choc, mais il n'avait aucune blessure apparente.

— J'étais dans la salle du télégraphe, cria-t-il. Un paquet apporté par un garçon de course a été déposé contre le mur de votre bureau, Jones. Si vous aviez été là... (Gregson se tut, horrifié.) Je crains que Stevens n'ait été tué.

Le visage de Jones se ferma.

— Combien sont morts ?

— Je ne sais pas. On nous a donné l'ordre d'évacuer.

Nous n'avions pas l'intention d'obéir. En continuant d'avancer, nous vîmes d'autres blessés. Certains boitaient, d'autres avaient leurs vêtements déchirés, beaucoup saignaient. Un silence irréel régnait au troisième étage. Personne ne criait mais il me sembla entendre le crépitement des flammes. Je suivis Jones et nous arrivâmes devant la porte de son bureau. Elle était béante. L'intérieur était une scène d'horreur.

Le bureau n'était pas très spacieux. Une simple fenêtre donnait sur la cour intérieure, comme me l'avait dit Jones. Les vestiges du mur de gauche encombraient la pièce. La table de travail en bois était recouverte de plâtre et de briques. Gregson avait raison. Si Jones s'était tenu à son bureau, il aurait été tué. Un jeune homme gisait sur le sol. Un agent en uniforme, étourdi et impuissant, était penché au-dessus de lui. Jones se précipita pour s'agenouiller près d'eux. Le jeune homme était mort, cela ne faisait aucun doute. Il avait une profonde blessure à la tête, et les doigts de sa main étendue étaient inertes.

— Stevens ! cria Jones. C'est mon secrétaire... mon assistant !

De la fumée s'engouffrait par le trou dans le mur, et je m'aperçus que les dégâts dans la salle du télégraphe étaient bien pires encore. La pièce était en feu et les flammes léchaient le plafond. Deux autres corps gisaient dans les décombres. Ils étaient si gravement atteints et défigurés par le souffle de l'explosion qu'il était impossible de deviner leur âge. Des feuilles de papiers avaient volé partout. Certaines paraissaient flotter dans l'air, sans doute portées par la chaleur. Le feu gagnait rapidement.

Je m'approchai de Jones.

— Venez, Jones, on ne peut plus rien faire ! Il faut évacuer. Venez ! ajoutai-je à l'attention du jeune agent en uniforme.

Celui-ci s'en alla, hébété. Jones leva la tête vers moi. Il y avait des larmes dans ses yeux. Était-ce le chagrin ou la fumée ? Je n'aurais su le dire.

— C'est moi qui étais visé ?

— J'en suis convaincu, Jones.

Je lui pris le bras et l'entraînai dans le couloir. Il n'y avait plus personne au troisième étage. Je savais que si le feu se répandait, ou si la fumée nous submergeait, nous risquions de périr là. Je forçai Jones à marcher jusqu'à l'escalier et à descendre. Derrière nous, j'entendis le plafond de la salle du télégraphe s'effondrer. Nous aurions peut-être dû emporter le corps du secrétaire avec nous, ou au moins le recouvrir en signe de respect, mais, à cet instant, notre propre sécurité l'emporta sur toute autre considération.

Le temps que nous sortions du bâtiment, plusieurs véhicules à vapeur étaient arrivés sur place. Les sapeurs-pompiers étiraient déjà leurs longs tuyaux sur le trottoir. L'avenue, si animée un peu plus tôt, était maintenant totalement dégagée. Je soutins Jones et l'installai sur un banc. Il s'appuyait lourdement sur sa canne et avait encore les yeux embués de larmes.

— Stevens, murmura-t-il. Il travaillait avec moi depuis trois ans. Et il venait juste de se marier ! Je discutais avec lui il y a à peine une demi-heure.

— Je suis désolé, dis-je, à court de paroles de réconfort.

— Ce n'est pas la première fois que cela arrive. Une bombe a explosé à Scotland Yard il y a six ou sept ans. À l'époque, c'était les catholiques irlandais. Je n'étais pas à Londres, ce jour-là. Mais aujourd'hui... vous croyez vraiment que c'est moi qu'on visait ?

— Rappelez-vous, Jones. Je vous ai prévenu. Ces hommes sont impitoyables. Et, hier, Edgar Mortlake vous a menacé.

— Une vengeance après notre descente au Bostonian ?

— On ne peut pas le prouver, mais je ne vois aucune autre explication à cette attaque.

Je m'arrêtai net, puis repris :

— Si vous n'étiez pas sorti pour me rejoindre, vous auriez été dans votre bureau. Vous rendez-vous compte, Jones ? Il s'en est fallu de quelques secondes.

— C'est grâce à vous si je suis sain et sauf, dit-il en me prenant le bras.

— J'en suis très heureux.

De l'autre côté de l'avenue, les pompiers actionnaient les pompes tandis que d'autres hissaient les échelles. La fumée continuait de s'échapper du bâtiment, plus épaisse à présent, drapant le ciel.

— Et maintenant ? dis-je.

Jones secoua la tête avec lassitude. Des stries noires maculaient ses joues et son front. Je devais probablement avoir la même figure.

— Je ne sais pas, répondit-il. Mais, quoi que vous fassiez, surtout ne dites rien à Elspeth !

- 11 -

DÎNER À CAMBERWELL

Nous avons pris le train beaucoup plus tard que prévu. La nuit commençait à tomber au moment où nous quittions Holborn Viaduc, et la foule semblait se fondre dans la soudaine obscurité comme une tache d'encre se diluant sur une page. Jones était d'humeur sombre. Il s'était entretenu avec Lestrade, Gregson et quelques autres collègues au cours des heures qui avaient suivi l'explosion, mais aucune décision ne serait prise avant le lendemain. Qu'il eût échappé de peu à un attentat dirigé contre lui apparaissait comme une conclusion inévitable. Pour l'attester, nous avions les propos d'Edgar Mortlake et le minutage de l'attaque, qui ne pouvait être une coïncidence. Lestrade était d'avis d'arrêter les deux frères Mortlake sans attendre, mais Jones l'avait appelé à la prudence. L'unique preuve contre eux était une simple conversation qu'ils pouvaient réfuter. Il avait envisagé une meilleure stratégie, mais préférait ne pas la révéler pour l'instant. J'étais de son avis. Clarence Devereux et son gang avaient tenu l'agence Pinkerton en échec pendant des années, et ils feraient sûrement de même avec la police britannique. Pour les appréhender, il nous faudrait prendre toutes les précautions.

— Il est peu probable qu'Elspeth ait entendu parler de la bombe, dit Jones alors que notre train entrait dans un faubourg de Londres appelé Camberwell, où nous devions descendre. Mais je ne pourrai pas le lui cacher, ce serait inconcevable. Simplement, je ne lui dirai pas où l'engin était placé. Ni que j'étais sans doute la cible.

— Non, nous tairons cela.

— Elle s'en doutera malgré tout. Elspeth a toujours eu un sixième sens pour la vérité. (Jones poussa un soupir.) Je n'arrive décidément pas à comprendre nos adversaires. Quel était leur but ? Si j'avais été tué, il ne manquait pas d'inspecteurs pour prendre ma place ; vous en avez rencontré certains. Et s'ils voulaient me voir mort, il y avait des moyens plus faciles de m'éliminer. Ici, par exemple, sur un quai de gare. Un assassin pourrait me poignarder ou m'étrangler en un clin d'œil.

— Il est possible que leur intention n'ait pas été de vous tuer.

— Ce n'est pas ce que vous disiez.

— J'ai dit que vous étiez la cible, et je le crois encore. Mais que vous périssiez ou non dans l'explosion importait peu à Clarence Devereux. Pour lui, il s'agissait davantage d'une démonstration de force. Il cherche à se prémunir contre des poursuites judiciaires. Il se moque ouvertement de la police britannique et, en même temps, il lui lance un avertissement : ne vous approchez pas de moi, ne mettez pas le nez dans mes affaires.

— Dans ce cas, dit Jones, il se méprend sur notre compte. Au contraire, nous allons redoubler d'efforts.

Jones se tut jusqu'à la sortie de la gare, puis il reprit :

— Qui était l'homme dans le coupé de ville ? Que penser de la rencontre entre Moriarty et Devereux, du rôle de Perry, du meurtre de Lavelle, et même de Horner à Chancery Lane ? Séparément, je comprends. Mais quand j'essaie de les raccorder, cela défie le sens commun. C'est un peu comme lire un roman dont les chapitres ont été publiés dans le mauvais ordre, ou sur lequel l'auteur a délibérément jeté la confusion.

— Nous trouverons l'explication lorsque nous trouverons Clarence Devereux, dis-je.

— Je commence à me demander si nous y parviendrons. Lestrade avait raison. Devereux est une sorte de spectre. Un être immatériel.

— N'était-ce pas aussi le cas de James Moriarty ?

— Si, en effet. Moriarty était un nom, une présence. Une entité inconnue de moi jusqu'à la fin. C'était sa force. Il se peut que Devereux ait suivi son exemple. (Jones recommençait à boiter et s'appuyait lourdement sur sa canne.) Je suis fatigué, Chase. Pardonnez-moi mais je préfère que nous arrêtions cette conversation pour l'instant. Je dois me mettre en condition pour ce qui m'attend chez moi.

— Vous préférez peut-être que je ne vienne pas ?

— Pas du tout, mon ami. Remettre le dîner conduirait Elspeth à penser que la situation est plus grave encore qu'elle ne l'est. Nous dînerons ensemble comme prévu.

La distance entre Holborn et Camberwell était courte, pourtant le trajet avait paru plus long dans la nuit et, à notre arrivée, un épais brouillard avait envahi les rues, étouffant les bruits et transformant les passants en fantômes. Une voiture de louage tirée par quatre cheveux passa pesamment. J'entendis le martèlement des sabots et le couinement des roues, mais l'équipage lui-même était une vague silhouette noire s'évanouissant à un angle de rue.

Jones habitait à proximité de la gare. Son logis ressemblait à ce que j'avais imaginé : une jolie maison mitoyenne, dans une rangée de demeures identiques, avec des bow-windows et des colonnes en stuc blanc encadrant une porte en bois massif peinte en noir. Un style typiquement anglais. L'ensemble dégageait une impression de calme et de sécurité. Un perron de trois marches menait à l'entrée et, en les gravissant, j'eus l'étrange sensation de laisser derrière moi tous les périls de la journée. Peut-être était-ce dû à la lumière chaude qui filtrait à la lisière des rideaux fermés, ou au fumet de viande et de légumes qui montait de la cuisine, quelque part dans le sous-sol. En tout cas, j'étais heureux d'être là. En face, l'étroit vestibule conduisait à un escalier recouvert d'un tapis. Jones me fit entrer dans la pièce de devant, laquelle courait sur toute la profondeur de la maison, avec un écran en accordéon ouvert qui découvrait une table dressée pour trois côté rue, et, côté jardin, un salon bibliothèque avec un piano. Un feu de bois brûlait dans la cheminée. Ce n'était pas nécessaire car le mobilier abondant, les objets de décoration, le papier peint rouge sombre et les lourds doubles rideaux, rendaient déjà la pièce très confortable.

Mrs Jones se tenait assise dans un luxueux fauteuil, avec une ravissante petite fille de six ans appuyée contre elle, sa marionnette de gendarme sur un bras. Sa mère, qui était en train de lui faire la lecture, ferma le livre à notre arrivée, et la fillette se tourna vers nous, visiblement ravie de nous voir. Elle ne ressemblait en rien à son père. Avec ses cheveux châtain clair et bouclés, ses grands yeux verts et son sourire, elle avait tout de sa mère.

— Pas encore couchée, Beatrice ? demanda Jones.

— Non, papa. Maman a dit que je pouvais rester.

— Eh bien, voici le monsieur que tu espérais voir. Mr Frederick Chase.

— Bonsoir, monsieur, dit la petite fille en me montrant sa marionnette. Ça vient de Paris. C'est papa qui me l'a rapportée.

— Ton gendarme a l'air très gentil, dis-je.

Je n'étais pas à l'aise avec les enfants et je m'efforçai de le cacher.

— Je n'avais encore jamais rencontré un Américain.

— J'espère que tu ne me trouveras pas si différent de toi. Il n'y a pas si longtemps que mes ancêtres ont quitté ce pays. Mon arrière-grand-père venait de Londres. D'un quartier appelé Bow.

— Est-ce que New York est très bruyante ?

— Bruyante ? (Je souris à ce curieux choix de mot.) Eh bien, c'est une ville très animée. Et les immeubles sont très hauts. Certains sont même si grands qu'on les appelle gratte-ciel.

— Parce qu'ils grattent le ciel ?

— Parce qu'ils en donnent l'impression.

— C'est assez, maintenant, Beatrice, intervint Mrs Jones. Nanny t'attend là-haut.

Elle pivota vers moi et ajouta :

— Beatrice est tellement curieuse qu'un jour elle deviendra inspecteur, j'en suis sûre. Comme son père.

— Il faudra du temps avant que la police de Londres admette des femmes dans ses rangs, j'en ai bien peur, dit Jones.

— Alors elle sera détective, comme cette Mrs Gladen dans les excellents romans de Mr Forrester. (Elle sourit à sa fille.) Dis bonsoir à Mr Chase.

— Bonne nuit, Mr Chase, dit la fillette avant de quitter docilement la pièce.

Je reportai mon regard sur Mrs Jones. Ma première impression ne m'avait pas trompé : sa fille était son portrait fidèle, à la différence de la coiffure ; la mère avait les cheveux courts sur le front, et relevés dans le style grec. Elle m'apparut comme une femme très attentionnée, qui apportait une intelligence sereine à tout ce qu'elle faisait. Elle était sobrement vêtue d'une robe vieux rose ceinturée à la taille avec un col haut, et sans bijou. Maintenant que sa fille était partie, elle m'accorda toute son attention.

— J'ai grand plaisir à faire votre connaissance, Mr Chase.

— Moi aussi, madame.

— Désirez-vous un peu de grog ? (Elle esquissa un geste vers un pichet posé sur une petite table en cuivre près de la cheminée.) On dirait que l'hiver ne finira jamais, et j'aime avoir quelque chose de chaud à proposer à mon époux lorsqu'il rentre.

Elle remplit trois verres et chacun prit place dans ce silence légèrement gêné qui plane lorsque des personnes se rencontrent pour la première fois et qu'aucune d'elles ne sait vraiment comment se comporter. Mais après que la bonne eut annoncé que le dîner était prêt et que nous fûmes installés autour de la table, l'ambiance se détendit.

On nous servit un excellent ragoût de collier de mouton avec des carottes et de la purée de navets, de très loin supérieur à tout ce que pouvait offrir le restaurant de l'hôtel Hexam. Tandis qu'Athelney Jones s'occupait du vin, sa femme orienta soigneusement la conversation dans la direction qu'elle souhaitait. Son talent était de paraître naturelle et spontanée alors que, dans l'heure qui suivit, je m'aperçus que pas une fois il ne fut question de la police. Elle m'interrogea sur l'Amérique : la nourriture, la culture, le caractère des gens. Elle voulait savoir si j'avais vu le kinétoscope de Thomas Edison, un appareil dont la presse britannique s'était amplement fait l'écho mais qui n'avait pas encore été exposé. Malheureusement, je ne l'avais pas vu.

— Comment trouvez-vous l'Angleterre, Mr Chase ?

— J'aime beaucoup Londres. C'est une ville qui rappelle davantage Boston que New York, notamment par le nombre de ses galeries d'art et de ses musées, sa superbe architecture, ses boutiques. Bien sûr, il y a ici une histoire bien plus ancienne. Je vous envie pour cela. Je regrette de n'avoir pas davantage de temps libre. Chaque fois que je me promène dans les rues, je trouve mille sources de distraction.

— Peut-être serez-vous tenté de rester plus longtemps ?

— Vous ne croyez pas si bien dire, Mrs Jones. J'ai toujours eu envie de visiter l'Europe. Comme un grand nombre de mes compatriotes. Après tout, nous sommes presque tous originaires d'ici. Si l'enquête que je mène aux côtés de votre mari se révèle fructueuse, je pourrai peut-être convaincre mes supérieurs de m'accorder un congé sabbatique.

C'était ma première allusion à l'affaire qui nous avait réunis, Jones et moi, et, tandis que la domestique – qui semblait à chaque fois surgir de nulle part et disparaître tout aussi rapidement – apportait un pudding fumant sur la table, la conversation prit un ton nettement plus grave.

— Je dois vous informer d'une chose qui s'est produite aujourd'hui, ma chérie, commença Jones. Vous l'auriez apprise bientôt par les journaux, bien que vous les lisiez peu.

Il lui décrivit les événements de l'après-midi, l'attaque de Scotland Yard et le rôle que j'avais joué. Comme convenu, il ne mentionna ni la position exacte de la bombe ni la mort de son secrétaire, Stevens.

Elspeth Jones l'écouta jusqu'au bout en silence.

— Y a-t-il de nombreuses victimes ? demanda-t-elle enfin.

— Trois morts. Mais de très nombreux blessés, répondit Jones.

— Je trouve incroyable qu'une telle attaque contre la police londonienne puisse être envisagée, et plus encore exécutée, remarqua sa femme. Et cela si peu de temps après les ignobles événements de Highgate ! (Elle se tourna vers moi et me fixa de ses yeux pétillants et intelligents.) Vous me pardonnerez, Mr Chase, si je dis que des puissances néfastes vous ont suivi depuis l'Amérique.

— Objection, Mrs Jones. C'est moi qui les ai suivies.

— Pourtant vous êtes arrivé en même temps.

— Mr Chase n'est pas à blâmer, murmura Jones sur un ton de reproche.

— Je sais, Athelney. Et si mes paroles ont laissé croire autre chose, je vous prie de m'excuser. Mais je commence à me demander si cette affaire relève vraiment de la police. Il est peut-être temps que de plus hautes autorités s'en saisissent.

— Il se pourrait bien que ce soit déjà le cas.

— « Il se pourrait bien » n'est pas suffisant. Des officiers de police ont été tués !

Elle marqua un temps d'arrêt avant de reprendre :

— La bombe était-elle proche de votre bureau, Athelney ?

Jones hésita.

— Au même étage.

— Étiez-vous directement visé ?

Je le vis réfléchir avant de répondre.

— Il est encore trop tôt pour le dire. Plusieurs inspecteurs ont leur bureau tout près de l'endroit où la bombe a été placée. L'attentat pouvait viser n'importe lequel d'entre nous. Je vous en supplie, ma chérie, ne parlons plus de cela.

Par un heureux hasard, la domestique choisit cet instant pour apporter le café.

— Si nous passions au salon ? proposa Jones.

Le feu de bois brûlait avec moins d'intensité dans la cheminée. Avant de se retirer, la bonne remit à Mrs Jones un paquet enveloppé de papier brun et, en s'asseyant, celle-ci le donna à son mari.

— Je suis désolée de vous déranger avec cela, Athelney, mais auriez-vous la gentillesse d'aller jusque chez Mrs Mill ?

— Maintenant ?

— C'est un peu de linge et quelques livres pour elle.

Elle pivota vers moi et poursuivit :

— Mrs Mills est membre de notre congrégation. Elle est veuve depuis peu, et pour ajouter à son malheur, elle est de santé fragile. Nous faisons de notre mieux pour l'aider.

— N'est-il pas trop tard ? demanda Jones, le paquet dans les mains.

— Pas du tout. Elle dort peu et je lui ai dit que vous passeriez la voir. Elle en a été ravie. Vous savez comme elle vous apprécie. Et puis une petite promenade vous fera du bien après le repas.

— Parfait. Chase pourrait peut-être m'accompagner…

— Mr Chase n'a pas terminé son café. Il me tiendra compagnie pendant votre absence.

Sa stratégie était claire. Mrs Jones voulait me parler en privé et avait tout arrangé à cet effet. Tout au long de la soirée, je m'étais amusé à observer mon ami, Athelney Jones, dans l'intimité de sa maison. Si déterminé et énergique quand il menait ses investigations, il devenait à la fois plus tempéré et moins démonstratif en présence de sa femme. Leur entente était indiscutable. Tour à tour, chacun comblait les silences de l'autre et anticipait ses demandes. Néanmoins, j'aurais juré qu'elle était la plus forte des deux. Auprès d'elle, Jones perdait une grande part de son autorité et cela me conduisit à penser que Sherlock Holmes aurait été un moins bon détective s'il avait choisi de se marier.

Jones se leva, embrassa doucement sa femme sur le front, et quitta la pièce, le paquet sous le bras. Elle attendit le bruit de la porte qui se fermait, puis posa sur moi un regard très différent. Elle n'était plus l'hôtesse affable mais une femme qui m'évaluait pour savoir si elle pouvait me faire confiance.

— Mon mari dit que vous êtes inspecteur à l'agence Pinkerton depuis quelque temps, commença-t-elle.

— Depuis si longtemps que j'en ai perdu le souvenir, Mrs Jones. Toutefois, à strictement parler, je ne suis pas inspecteur mais détective. Ce n'est pas exactement la même chose.

— En quoi est-ce différent ?

— Nous sommes plus directs dans nos méthodes. Un crime est commis, nous enquêtons. Mais le plus souvent, c'est une simple question de procédure. C'est-à-dire que, contrairement aux Britanniques, nous pratiquons peu la duplicité et la tromperie.

— Votre métier vous plaît ?

— Oui, répondis-je après un instant de réflexion. Il y a dans ce monde des individus néfastes qui n'apportent que le malheur à autrui, et je pense qu'il est juste de les arrêter.

— Vous n'êtes pas marié ?

— Non.

— Vous n'avez jamais été tenté ?

— Vous êtes très directe.

— J'espère ne pas vous avoir offensé. Je souhaite seulement vous connaître un peu mieux. C'est important pour moi.

— Alors je répondrai à votre question. Bien sûr, j'ai été tenté. Mais depuis l'enfance je suis d'une nature solitaire et, au cours des dernières années, j'ai laissé mon travail m'accaparer. J'aime l'idée du mariage mais je ne suis pas certain que cela me conviendrait. (La tournure de la conversation me mettait mal à l'aise et je m'efforçai de changer de sujet.) Vous avez une maison magnifique, Mrs Jones, et une charmante famille.

— Mon mari vous apprécie beaucoup, Mr Chase.

— J'en suis heureux.

— Mais vous, que pensez-vous de lui ?

Je posai ma tasse de café.

— Je ne suis pas sûr de bien comprendre votre question.

— L'aimez-vous bien ?

— Tenez-vous vraiment à ce que je vous réponde ?

— Sinon je ne vous le demanderais pas.

— Eh bien oui, j'aime beaucoup votre mari. Il a accueilli l'étranger que je suis et s'est montré particulièrement ouvert quand d'autres, je n'en doute pas, m'auraient fait obstruction. Et, si vous me permettez, c'est un homme brillant. J'irai même plus loin, je n'ai jamais rencontré un enquêteur tel que lui. Il a des méthodes hors du commun.

— Vous évoque-t-il quelqu'un ?

— Oui, ses méthodes me font songer à Sherlock Holmes.

— Évidemment, dit-elle d'une voix froide. Sherlock Holmes.

— Mrs Jones, vous avez délibérément fait en sorte que votre mari quitte la maison un moment. C'est évident mais je ne comprends pas pourquoi, et je trouve discourtois de parler de lui en son absence. Alors, si vous me disiez ce que vous avez en tête ?

Elle ne répondit rien mais m'examina attentivement et, dans la lueur des flammes qui se reflétaient sur son visage, je la trouvai soudain très belle. Enfin, elle reprit la parole.

— Mon mari a un bureau à l'étage. Il s'en sert parfois comme d'un refuge lorsqu'il travaille sur une affaire. Aimeriez-vous le voir ?

— Certainement.

— Et moi j'aimerais beaucoup vous le montrer. Mais ne vous inquiétez pas. J'ai la permission d'y entrer et nous n'y resterons qu'une minute ou deux.

Je la suivis hors du salon et dans l'escalier, dont les murs tapissés de papier peint à rayures s'ornaient d'aquarelles représentant des oiseaux et des papillons dans des cadres en bois massif. Au premier étage, elle me fit entrer dans une petite pièce au sol nu, sans tapis, qui donnait sur le jardin de derrière. On voyait immédiatement que c'était l'endroit où Jones travaillait, pourtant ce n'était pas sa présence qui dominait.

La première chose sur laquelle mes yeux tombèrent était une pile bien nette d'exemplaires de *Strand Magazine* posés sur une table, chacun en si parfait état qu'on l'aurait cru neuf. Je n'avais pas besoin de les ouvrir pour connaître leur contenu : les récits des aventures de Sherlock Holmes, rédigés par le Dr John H. Watson. L'illustre détective était absolument partout dans la pièce, sous forme de photographies, de daguerréotypes, de gros titres de journaux placardés sur les murs : L'ESCARBOUCLE BLEUE RETROUVÉE – LE CAMBRIOLAGE DE LA BANQUE DE COBURG SQUARE DÉJOUÉ. En passant en revue les livres et les monographies rangés sur les étagères, je vis qu'un grand nombre avait été écrit par Sherlock Holmes. Parmi eux, un volumineux ouvrage sur l'analyse scientifique des taches de sang, un autre sur les textes chiffrés (*Cent soixante codes secrets examinés),* et un troisième sur les différentes variétés de cendres de tabac, qui m'évoqua le voyage de retour en train de Meiringen. D'autres livres avaient pour auteurs Winwood Reade, Wendell Holmes, Émile Gaboriau et Edgar Allan Poe. Il y avait aussi des encyclopédies, des revues, et un numéro du *Journal anthropologique* ouvert à la page d'un article sur la forme de l'oreille humaine. Bien qu'austère dans son aspect général – en dehors des étagères, le seul mobilier se composait d'un bureau, d'un fauteuil et de deux petites tables –, la pièce était très encombrée. La moindre surface était occupée par un objet bizarre. Une loupe grossissante, un bec Bunsen, des fioles en verre contenant des produits chimiques, un serpent empaillé – une vipère d'eau, me sembla-t-il –, toute une variété d'ossements, un plan de Upper Norwood, ce qui pouvait être une racine de mandragore, une babouche turque.

Elspeth Jones, qui m'avait précédé, se retourna.

— Voilà où travaille mon mari. Il passe plus de temps ici que dans toute autre pièce de la maison. Inutile de préciser d'où il tire son inspiration.

— C'est très clair, en effet.

— Sherlock Holmes. Il y a des jours où je voudrais n'avoir jamais entendu ce nom !

Elle était en colère et sa colère la rendait très différente de la mère attentionnée lisant une histoire à sa petite fille, ou de l'épouse qui avait animé la conversation à table.

— Voici ce que je voulais vous dire, Mr Chase. Si vous devez travailler avec mon mari, il est vital que vous compreniez. Athelney a rencontré Sherlock Holmes pour la première fois à l'occasion du meurtre de Bartholomew Sholto. Une enquête qui s'est conclue avec la perte du grand trésor d'Agra. Il en est sorti avec quelque crédit, bien qu'il n'ait jamais vu les choses ainsi, et le récit qu'en a publié le Dr Watson l'a dépeint sous un jour particulièrement peu flatteur.

Jones y avait déjà fait allusion devant moi. Mais je n'en dis rien.

— Ils se sont de nouveau rencontrés lors d'une affaire moins spectaculaire, un cambriolage dans le nord de Londres, avec le vol étrange de trois statuettes de porcelaine.

— L'affaire Abernetty, dis-je.

— Il vous en a parlé ?

— Vaguement. Je ne connais pas les détails.

— Athelney parle rarement de cette affaire, et à juste titre. (Elle s'arrêta un instant pour se calmer.) Une fois encore, il a échoué. Une fois encore, le Dr Watson le tournera en ridicule, même s'il n'a heureusement encore rien publié sur le sujet. Après cette enquête, mon mari a passé des semaines à se torturer.

Pourquoi ne s'était-il pas aperçu que le mort avait fait de la prison ? Qu'il avait de l'étoupe sous les ongles ? – ce qui était un indice assez parlant quand on y songe. Pourquoi était-il resté aveugle devant la signification des trois figurines identiques alors que cela avait sauté aux yeux de Sherlock Holmes ? Il était passé à côté de tous les indices de quelque importance. Les empreintes de pas, la voisine endormie, et même le pli sur la chaussette du mort. Comment se prétendre inspecteur de police quand on se comporte comme un amateur empoté ?

— Vous êtes trop dure avec lui.

— Il était dur avec lui-même ! Je vous parle en confiance, Mr Chase, en espérant de tout cœur que vous êtes bien l'ami que vous affirmez être. Après l'affaire Abernetty, mon mari est tombé gravement malade. Il se plaignait de fatigue, de maux de dents, d'une sensation de faiblesse dans les os. Ses poignets et ses chevilles enflaient. Au début, j'ai pensé qu'il s'était surmené, qu'il avait simplement besoin de repos et d'un peu de soleil. Mais le médecin a vite diagnostiqué un mal plus sérieux. Athelney souffre de rachitisme, une maladie qui l'avait temporairement affecté quand il était enfant, mais qui est revenue sous une forme nettement plus aiguë.

« Il a été obligé de prendre une année de congé. Durant tout ce temps, je l'ai soigné nuit et jour. Au début, je n'espérais que sa guérison mais, les mois passant, en le voyant reprendre des forces, j'ai commencé à espérer qu'il renonce à sa carrière dans la police. Son frère, Peter, est inspecteur aussi. Son père l'a éduqué pour devenir commissaire de police. Il y a chez eux une sorte de tradition familiale. Mais avec une femme et une petite fille qui craignent pour sa vie presque chaque jour, et avec la certitude qu'il ne recouvrera jamais sa santé d'autrefois, je me suis laissée aller à croire qu'il pourrait décider de recommencer une nouvelle vie ailleurs.

« Mes espoirs ont été déçus. Mon mari a consacré son année de repos à améliorer ses aptitudes d'enquêteur. Il a rencontré Sherlock Holmes deux fois. Deux fois Sherlock Holmes l'a surpassé. Il était fermement décidé, s'ils devaient un jour se retrouver, à ce que l'histoire ne se répète pas une troisième fois. En résumé, Mr Chase, l'inspecteur Athelney Jones voulait devenir l'égal du plus grand détective privé du monde et, pour atteindre ce but, il s'est jeté dans le travail avec une vigueur qui démentait la maladie dont il souffrait. Vous en voyez les preuves ici autour de vous, mais croyez-moi quand je dis que ce n'en est qu'une infime partie. Il a lu absolument tout ce que Sherlock Holmes a écrit. Il a étudié ses méthodes et reproduit ses expériences. Il a consulté tous les policiers qui ont travaillé avec lui. Bref, il a fait de Sherlock Holmes le paradigme de sa propre vie.

Tout ce que m'expliquait Elspeth Jones prenait sens. Dès l'instant où j'avais vu Jones, j'avais compris son intérêt pour le célèbre détective. Mais je n'avais pas mesuré à quel point son influence avait pénétré son âme.

— Mon mari a repris le travail il y a quelques mois, conclut Elspeth Jones. Il croit avoir pris le dessus sur la maladie, mais ce qui le soutient c'est sa connaissance du travail de Holmes et la conviction d'être devenu son égal.

Elle marqua un silence, terrible, et reprit d'une voix vacillante :

— Je ne partage pas sa foi. Dieu me pardonne de dire cela. J'aime mon mari. Je l'admire. Mais s'il demeure aveuglé par cette cruelle confiance en soi, j'ai peur pour lui.

— Vous avez tort…

— N'essayez pas de me ménager. Regardez autour de vous. La preuve est ici. Dieu sait où l'entraînera son obsession.

— Qu'attendez-vous de moi ?

— Protégez-le. Je ne connais pas les gens auxquels il est confronté, mais j'ai terriblement peur pour lui. Ils paraissent impitoyables. Et Athelney manque de ruse. Est-ce mal de ma part de vous parler ainsi ? Je ne sais pas comment je pourrais vivre sans lui, et quand je pense à ces monstrueux assassins, à l'attentat d'aujourd'hui…

Sa voix se brisa. La maison était silencieuse.

— Mrs Jones, je vous donne ma parole de tout faire pour que lui et moi sortions de cette affaire sains et saufs. Il est exact que nous affrontons un ennemi redoutable, mais je ne partage pas vos doutes. Votre mari m'a déjà démontré à plusieurs occasions sa formidable intelligence. J'ai peut-être quelques années de plus que lui, pourtant je reconnais que c'est lui le chef dans cette entreprise. Cela dit, je vous promets de veiller sur lui. Je resterai à ses côtés. Et si nous devions nous trouver en danger, je ferai tout ce qui est en mon pouvoir pour le protéger.

— C'est très généreux à vous, Mr Chase.

— Il ne va pas tarder à revenir. Nous devrions redescendre.

Elle prit mon bras et nous regagnâmes le salon au rez-de-chaussée. Jones rentra peu après et nous trouva assis devant la cheminée, devisant tranquillement de New York. Il ne décela rien d'anormal.

Mais quand je repris le chemin de la gare de Camberwell, bien des pensées m'agitaient. La nuit était noire, le brouillard épais. Au loin, un chien hurla dans l'obscurité, me lançant un avertissement que je n'avais pas envie d'entendre.

- 12 -

SOL ÉTRANGER

Le lendemain, Jones se montra d'humeur plus exubérante et fit preuve de cette vivacité d'esprit dont je savais à présent qu'elle lui était inspirée par l'exemple du plus grand détective de tous les temps.

— Vous serez sans doute soulagé d'apprendre que nous progressons enfin ! m'annonça-t-il lorsque je le rejoignis devant mon hôtel.

— Vous êtes retourné à Chancery Lane ? demandai-je.

— Silas Beckett et ses associés peuvent attendre. Il s'écoulera au moins une semaine avant qu'ils ne prennent la poudre d'escampette.

— Comment en êtes-vous si sûr, si vous n'y êtes pas allé ?

— Je le savais avant même d'en partir, mon cher Chase. N'avez-vous pas remarqué l'emplacement du limonaire ? Il était à exactement huit pas de la porte du salon du barbier.

— Je crains de ne pas vous suivre.

— Et moi je commence à penser que vous et moi avons un avenir commun. Vous quitterez Pinkerton, moi Scotland Yard. La vie à Londres vous plaira. Croyez-moi, je suis sérieux ! La ville a besoin d'un nouveau détective-conseil. Nous pourrions même prendre des bureaux à Baker Street ! Qu'en pensez-vous ?

— J'avoue ne pas savoir quoi dire.

— Pour l'instant, nous avons des affaires plus urgentes. D'abord, notre ami Perry. Nous savons désormais qu'il est entré dans Scotland Yard à deux heures quarante précises, et qu'il a prétendu avoir un colis pour moi. Une grosse boîte enveloppée de papier brun. On l'a dirigé vers mon bureau au troisième étage.

— Pourquoi n'a-t-il pas laissé le colis dans votre bureau ?

— Cela lui était impossible. J'étais encore là et je n'aurais pas manqué de le reconnaître. Il l'a donc placé dans la pièce du télégraphe, contre le mur de séparation. Les télégraphistes sont habitués à voir défiler des messagers, des garçons de courses et des cadets.

— Mais vous êtes parti.

— Je suis sorti pour vous rejoindre, comme convenu. Perry me précédait d'une ou deux minutes. Il s'en est vraiment fallu de peu ! Vous l'avez vu monter dans un coupé de ville. À ce propos, avez-vous une idée de l'identité de son compagnon ?

— Pas la moindre.

— Peu importe. Nos adversaires ont commis leur première erreur grave, Chase. S'ils avaient choisi un fiacre pour leur petite expédition, il aurait été impossible de le retrouver. Les rues de Londres sont envahies de fiacres, avec ou sans licence, et le cocher ne se serait jamais présenté pour témoigner. Le coupé de ville, en revanche, est un véhicule plus rare, et son cocher est en ce moment même entre nos mains.

— Comment l'avez-vous déniché ?

— Nous avons lancé trois divisions dans les rues, soit près de cent hommes. Pensiez-vous que nous allions laisser impuni un attentat aussi outrageant que celui d'hier ? Pas une taverne, pas une ruelle, pas une remise d'équipage ni une écurie qui n'ait été inspectée. Toute la nuit, nos agents ont écumé la ville et, à présent, nous avons un homme qui se rappelle avoir effectué une course à Whitehall, entendu l'explosion et, peu après, pris en charge un second passager.

— Et où sont-ils allés ?

— Je n'ai pas encore interrogé le cocher. Mais s'il peut nous dire où il les a conduits, ou bien de quel endroit venait l'homme, notre mission touchera à sa fin et Devereux tombera dans nos filets.

Le fiacre avec lequel était arrivé Jones nous attendait. Nous traversâmes toute la ville sans parler, en bataillant pour nous frayer un passage dans la circulation incessante. J'étais heureux de ce silence qui me permettait de réfléchir aux propos d'Elspeth Jones, la veille au soir, et de me demander si son intuition pour la suite des événements se vérifierait. De son côté, Jones n'avait fait aucune allusion au dîner, mais il n'avait pas pu ne pas remarquer les manœuvres de sa femme pour avoir avec moi une discussion privée. Savait-il que nous étions entrés dans son bureau ? Avec le recul, je trouvais mon entretien avec Mrs Jones assez perturbant. Je regrettais qu'elle et moi n'ayons pas parlé davantage... ou moins.

Enfin, le fiacre fit halte à une station près de Piccadilly Circus, le cœur du secteur ouest de Londres, l'équivalent de Times Square à New York. Je remarquai aussitôt le coupé de ville rutilant qui était garé là, sous la surveillance d'un agent de police en uniforme. Le conducteur du coupé, un homme immense vêtu d'une capote qui semblait gonflée comme une voile par grand vent, était assis à sa place, les rênes sur les genoux, une grimace renfrognée sur le visage.

— Mr Guthrie ? lança Jones en avançant vers lui.

— Ouais, c'est moi, répondit le cocher. Et je suis là depuis plus d'une heure. À quoi ça rime d'empêcher un honnête homme de gagner son pain ?

Il n'avait pas bougé et nous regardait d'en haut, aussi solidement attaché à son siège que le cheval dans son harnais. Il était vraiment gigantesque, avec de grosses bajoues, d'épais favoris, et le teint rougeaud des gens exposés au grand air par tous les climats, ou, plus probablement, sujets à la couperose.

— Nous vous récompenserons pour votre temps, remarqua Jones.

— Je veux pas de récompense, patron. Je veux être payé !

— Vous recevrez votre dû, mais vous devez d'abord me dire tout ce que je veux savoir. Hier, vous avez pris un homme en charge.

— Hier, j'en ai pris plusieurs.

— Mais vous avez conduit l'un d'eux à Whitehall, tout près de Scotland Yard. Il était environ trois heures de l'après-midi.

— Je sais pas quelle heure il était. L'heure compte pas pour moi. (Il secoua sa grosse tête avant que Jones ait pu l'interrompre, et j'eus l'impression que le cheval, par empathie, faisait de même.) D'accord, d'accord. Je vois l'homme dont vous parlez. Un gentleman de grande taille. Je le sais parce qu'il s'est plié pour entrer dans le coupé. Un drôle de client, que j'ai pensé.

— Quel âge ?

— Trente ou quarante ans. (Il réfléchit un instant.) Peut-être cinquante. J'en sais rien. Plutôt vieux que jeune, en tout cas. Des yeux mauvais. Pas le genre de regard qu'on aime sentir sur soi.

— Et où l'avez-vous pris ?

— Au Strand.

Jones s'adressa à moi.

— Cela ne nous sera d'aucune aide, dit-il calmement. Le Strand est une des stations de fiacre les plus animées de Londres. Elle est située près d'une des gares principales et tous les cochers y affluent parce que c'est en dehors de la plupart des lignes d'omnibus.

— Donc notre mystérieux passager a pu arriver de n'importe où.

— Précisément. Dites-moi, Mr Guthrie. L'avez-vous conduit directement à Whitehall ?

— Aussi directement que la circulation le permettait.

— Il était seul ?

— Aussi seul qu'on peut l'être. Il était enfoncé dans un coin, son chapeau sur les yeux et le visage caché dans son col. Il a toussé deux ou trois fois mais il ne m'a pas dit un mot.

— Il a bien dû vous indiquer sa destination.

— « Whitehall », qu'il m'a dit en montant. Et ensuite « Stop ! » quand il a voulu s'arrêter. Deux mots, pas un de plus. Ni « s'il vous plaît » ni « merci ».

— Bon, vous l'avez conduit à Whitehall. Et après ?

— Il m'a dit d'attendre. (Le cocher plissa le nez en s'apercevant de son erreur.) Un troisième mot, patron. C'est vraiment tout. « Attendez ! », il a dit. Même mon cheval est plus causant.

— Que s'est-il passé ?

— Vous savez bien ce qui s'est passé ! Tout Londres est au courant ! Il y a eu un grand *boum*, aussi fort qu'un coup de canon japonais à Vauxhall Gardens. Drôle de nom pour un canon, notez. Mais le type, lui, n'a pas bronché. Il est resté assis là, à regarder dehors, et je me suis dit qu'il attendait quelqu'un. C'est alors que le gamin est arrivé en courant et a grimpé dans mon coupé. Un garçon de course. Qu'est-ce qu'il fait là ? J'ai eu envie de demander. Mais j'ai pas moufté parce qu'ils m'auraient pas répondu de toute façon.

— Est-ce qu'ils se sont parlé, l'homme et le garçon ?

— Oui, ils ont causé. Mais je les entendais pas. Moi devant, et eux calfeutrés derrière les portières et les fenêtres fermées.

— Où les avez-vous conduits ?

— Pas très loin. Après Parliament Square, du côté de Victoria.

— Une maison précise ?

— J'en sais rien, mais je peux vous dire le numéro. D'habitude je m'en souviens jamais. J'ai pas la mémoire des chiffres. Et ma tête en est pleine, de numéros, alors pourquoi je m'en rappellerais un plutôt qu'un autre ? Mais celui-là était aussi simple qu'un deux trois. Parce que c'était un deux trois. 123 Victoria Street, patron. Mais si vous voulez d'autres chiffres, j'en ai un pour vous. Six pence le quart d'heure d'attente. Et ça fait deux heures que je poireaute ici. Qu'est-ce que vous dites de ça ?

Jones lui donna un peu d'argent et nous partîmes aussitôt en direction de Green Park, en passant devant Fortnum & Mason. Jones héla un autre fiacre et lui indiqua l'adresse.

— On les tient, Chase ! Même s'ils ne logent pas à Victoria Street, l'adresse nous mettra sur leur piste.

— L'homme dans le coupé de ville, murmurai-je. Ce n'était pas Clarence Devereux. Jamais il ne se serait aventuré dehors dans une voiture sans obstruer d'abord les fenêtres.

— Le cocher dit qu'il était emmitouflé dans son col et replié dans son coin.

— Insuffisant, je crois, pour une personne qui souffre comme lui d'agoraphobie. Et il y a autre chose, Jones. C'est bizarre, mais j'ai la sensation de connaître cette adresse. 123 Victoria Street.

— Comment est-ce possible ?

— Je l'ignore. J'ai dû la voir quelque part, la lire…

Je m'interrompis et, de nouveau, nous restâmes silencieux jusqu'à Victoria Street, une rue large et passante, animée par la foule des piétons qui défilaient devant les élégantes boutiques.

La maison que nous cherchions était une bâtisse solide mais sans grâce, de construction récente, et visiblement trop grande pour être une demeure particulière. Elle m'évoqua tout de suite Bladeston House par son apparence d'inviolabilité, ses fenêtres protégées de barreaux, son portail, et l'étroite allée menant à l'imposante porte d'entrée. Jones leva la tête et son regard se porta vers le toit, où flottait le drapeau américain, puis revint sur la plaque de cuivre apposée près du portail.

— La légation américaine ! m'exclamai-je. Bien sûr. Nous avons échangé de nombreux messages avec le personnel diplomatique, et Robert Pinkerton a logé ici lorsqu'il est venu à Londres. Voilà pourquoi je connaissais l'adresse.

— La légation…, répéta Jones d'une voix soudain tendue.

Il se tut un instant, comme pour mieux s'imprégner de ce que cela signifiait, et je compris que notre cocher aurait aussi bien pu nous conduire sur la Lune : l'effet aurait été le même.

— L'accès nous est interdit, reprit enfin Jones. Aucun représentant de la loi n'a le droit de pénétrer dans une résidence diplomatique.

— Mais c'est ici qu'ils sont venus ! protestai-je. Perry et son acolyte. (Je saisis les barreaux du portail à pleines mains comme si je pouvais les écarter.) Et si Clarence Devereux avait trouvé refuge au sein de la légation de son pays ? Nous devons absolument entrer !

— Impossible, je vous l'ai dit, insista Jones. Il faudrait adresser une demande au ministère des Affaires Étrangères.

— Alors faisons-le !

— Nous n'avons pas d'éléments assez solides pour étayer notre requête. Nous avons seulement la parole de Mr Guthrie assurant qu'il a conduit ses passagers ici. Nous ne sommes même pas certains qu'ils sont entrés. C'est exactement comme à

Highgate. J'ai suivi Perry jusqu'à Bladeston House, mais il m'est impossible d'affirmer qu'il y est entré.

— Bladeston House ! Souvenez-vous, Jones. Scott Lavelle se vantait de profiter de la protection de la légation américaine.

— J'y ai tout de suite pensé. Sur le moment, cela m'a paru très surprenant.

— Sans oublier l'invitation trouvée chez lui.

— J'ai le carton dans mon bureau... du moins ce qu'il en reste.

Jones avait emporté de Bladeston House tout ce qui présentait de l'intérêt, notamment l'agenda de Lavelle et le morceau de savon à raser qui nous avait menés chez Horner à Chancery Lane.

— Une réception en l'honneur des entrepreneurs.

— Vous avez la date en mémoire ?

Jones me regarda fixement. Il devina ce que j'avais en tête.

— Il me semble que c'est demain soir, répondit-il.

— Eh bien il y a une chose au moins dont nous sommes certains. Scott Lavelle n'y assistera pas.

— Franchir le seuil de cette légation serait pour nous extrêmement grave.

— Pour vous peut-être, Jones. Pas pour moi. Après tout, je suis citoyen américain.

— Je ne vous laisserai pas y aller seul.

— Quel danger y aurait-il ? C'est une réception donnée en l'honneur des hommes d'affaires anglais et américains. Est-ce ainsi que se voyait Scott Lavelle ? ajoutai-je en souriant. Je suppose qu'une entreprise criminelle est en effet une sorte d'entreprise. (Je me tournai vers Jones, et il vit ma détermination.) Nous ne pouvons pas laisser passer cette occasion. Si nous déposions une demande au ministère des

Affaires Étrangères, cela ne ferait qu'alerter Devereux sur nos intentions.

— À supposer qu'il soit ici.

— Les indices ne le suggèrent-ils pas ? Nous pouvons au moins jeter un coup d'œil à l'intérieur. Et le risque est limité. Nous serons deux invités parmi tant d'autres.

Jones se redressa, appuyé sur sa canne, observant le portail et la porte fermés devant lui. Le vent s'était calmé et le drapeau retombait mollement, comme honteux de montrer ses couleurs.

— D'accord, décida-t-il enfin. Nous irons.

- 13 -

LE TROISIÈME SECRÉTAIRE

La légation américaine avait été transformée en vue de la réception offerte par le ministre plénipotentiaire. Le portail était grand ouvert et des torches alignées sur deux rangées éclairaient l'allée menant à la porte. Une demi-douzaine de laquais tout aussi étincelants dans leur livrée rouge vif et leur perruque à l'ancienne s'inclinaient devant les invités lorsque ceux-ci descendaient des phaétons et des landaus qui affluaient dans Victoria Street. Avec les lumières brillant derrière les fenêtres et la musique de piano qui flottait jusque dans la rue, les torches qui jetaient des reflets orangés sur la façade, on oubliait que l'édifice était plutôt terne et que l'on était à Londres, non à New York. Le drapeau lui-même claquait fièrement au vent.

Athelney Jones et moi arrivâmes ensemble, l'un et l'autre en frac et cravate blanche. Je remarquai que Jones avait troqué sa canne contre une autre, munie d'une poignée en ivoire, et je me demandai s'il en possédait une pour chaque occasion. Il paraissait nerveux, inhabituellement peu sûr de lui, et je me rappelai qu'il prenait un grand risque en venant ici. En pénétrant dans une mission diplomatique étrangère sous un faux prétexte et dans le cadre d'une enquête criminelle, un policier britannique prenait le risque de mettre un terme à sa carrière. Je le vis hésiter devant le portail ouvert. Nos regards se croisèrent. Il hocha la tête et avança.

Jones avait récupéré le carton d'invitation trouvé à Bladeston House. Par chance, celui-ci avait survécu à l'explosion et au feu, et, en y regardant de près, il n'était que légèrement roussi. « Le ministre plénipotentiaire et ambassadeur extraordinaire, Mr Robert T. Lincoln, serait heureux de vous accueillir... » À ces mots, calligraphiés en belle ronde, avait été ajouté : « Mr Scotland Lavelle et son escorte ». Par chance, la femme que nous avions connue, très brièvement, sous le prénom de Hen, n'avait pas été nommément citée. Jones et moi avions décidé que, si l'on nous interrogeait, je me ferais passer pour *Scotland* Lavelle, comme on le désignait ici. Jones, lui, serait l'escorte et se présenterait sous son propre nom si on le lui demandait.

Mais personne ne se montra curieux. Un laquais jeta un coup d'œil à notre carton d'invitation et nous fit signe d'avancer vers le vaste hall d'entrée, meublé d'une bibliothèque chargée de livres purement décoratifs et de deux copies en plâtre de déesses grecques, une à chaque extrémité. La réception avait lieu à l'étage. C'est de là que nous parvenait la musique du piano. Un escalier recouvert d'un épais tapis y menait, mais avant d'entreprendre la montée des marches, les invités devaient passer devant une rangée de quatre personnes, trois hommes et une femme, postés là à dessein pour les accueillir un à un.

C'est à peine si je remarquai le premier homme car il se tenait dos à la porte. Cheveux gris, paupières tombantes, il dégageait une impression si morne et si effacée qu'il paraissait totalement déplacé au sein d'un comité d'accueil. Il était également le plus petit des quatre. Même la femme le dépassait en taille.

Il était évident que cette lady était l'épouse du ministre plénipotentiaire. Sans beauté, un nez proéminent, le teint pâle, les cheveux coiffés en boucles trop serrées, vêtue d'une austère robe de sergé brun avec des manches gigot et un ruban autour du cou, elle n'en était pas moins indéniablement majestueuse, accueillant les invités comme si elle était l'unique raison de leur venue. Lorsque je pris sa main et m'inclinai, je reçus les effluves d'un parfum de lavande.

— Scotland Lavelle, dis-je à mi-voix.

— Soyez le bienvenu, Mr Lavelle.

La reine elle-même n'aurait pas prononcé ces mots avec moins d'enthousiasme.

Son époux, debout à côté d'elle, était plus cordial. C'était un homme de haute taille, large d'épaules, avec des cheveux noirs qui balayaient son crâne en deux vagues contraires. Le sourire qu'il affichait menait une bataille perdue d'avance contre la gravité de son regard, et chacun de ses gestes était formel au point d'en être guindé. Ses joues et sa bouche disparaissaient sous une immense barbe et une moustache s'étirant jusqu'aux oreilles, que l'on aurait presque pu qualifier de disproportionnée, voire de peu soignée. Je l'avais vu adresser la parole aux personnes qui nous précédaient et j'eus l'impression que sa femme et lui dissimulaient quelque chose avec plus ou moins de succès. Comme une sorte de tristesse qui se serait récemment abattue sur eux et ne les quittait pas, même ici.

Arrivé devant lui, je répétai mon nom d'emprunt. Je commençais à m'y habituer. Il saisit ma main dans sa poigne puissante et dit :

— Je suis Robert Lincoln.

— Mr Lincoln…

Le nom m'était évidemment bien connu.

— C'est un plaisir de vous recevoir dans ma résidence londonienne, Mr Lavelle. Puis-je vous présenter mon conseiller, Mr White ?

C'était le troisième homme de la rangée, lui aussi barbu, mais une dizaine d'années de moins que le ministre plénipotentiaire. Mr White me salua :

— J'espère que la soirée vous sera à la fois agréable et profitable, Mr Lavelle.

J'attendis que Jones en eût terminé lui aussi avec les mondanités pour gravir l'escalier à ses côtés.

— Lincoln ? dit-il.

— Robert Lincoln est le fils d'Abraham Lincoln, expliquai-je.

Comment avais-je pu oublier que le descendant de l'une des plus illustres familles d'Amérique avait été envoyé à la cour du roi James ? Une place avait été réservée pour Robert Lincoln au Ford Theater le soir où son père fut assassiné, et la sympathie qu'éprouvait pour lui un grand nombre de gens s'était traduite par un soutien fervent. On disait même que ce Lincoln-là pourrait se porter candidat lors de la prochaine élection présidentielle.

— Notre imposture va me conduire à ma perte, marmonna Jones, à demi sérieusement.

— Nous sommes dans la place, Jones. Et, jusqu'à présent, sans la moindre difficulté.

— Je n'arrive pas à croire qu'une organisation criminelle puisse se cacher dans le sanctuaire d'une légation internationale. L'idée même me paraît inconcevable.

— Ils ont invité Scotchy, lui rappelai-je. Voyons si nous pouvons trouver le gros Perry et l'homme du coupé de ville.

On passait sous une arcade pour pénétrer dans une salle qui s'étendait sur toute la surface de la résidence. De hautes fenêtres allant du sol au plafond auraient pu ouvrir sur le jardin de derrière si d'épais doubles rideaux ne les avaient couvertes. Une centaine de personnes se trouvaient déjà réunies dans la salle, où un jeune pianiste jouait des rythmes syncopés, sans doute peu familiers à Athelney Jones mais que je reconnus comme des airs venus des rues de La Nouvelle-Orléans. Une longue table était dressée sur un côté, avec des verres et des coupes remplis de punch, tandis que des serveurs circulaient entre les convives avec des plateaux de nourriture. Huîtres, concombres et radis, boulettes de poisson, vols-au-vent et j'en passe. J'étais amusé de voir que de nombreux plats portaient une étiquette indiquant les ingrédients. Parmi eux : sauce ketchup E.C. Hazard, vinaigre de Baltimore, moutarde Colburn de Philadelphie. Mais cette réception étant à vocation commerciale, les organisateurs considéraient peut-être ces informations comme faisant partie des convenances.

Jones et moi n'avions aucune marge de manœuvre. La réception se tenait dans cette seule salle, et il n'était pas question pour nous d'aller fouiner dans la résidence à la recherche de Clarence Devereux. S'il était ici, nous avions une petite chance de le croiser – ou tout au moins de rencontrer quelqu'un qui le connaissait. Sinon, nous aurions perdu notre temps.

Nous bûmes un whisky glacé à la menthe (Bourbon Four Roses, Kentucky, disait l'étiquette), avant de nous mêler aux autres invités. L'assistance compta bientôt dans les deux cents personnes, toutes en habits de soirée, parmi lesquelles j'aperçus le petit homme du comité d'accueil. Il congédia hargneusement un serveur venu lui présenter un plateau de saucisses au curry. « Je ne mange pas de viande ! » Les mots, prononcés d'une voix haut perchée, étaient à la fois agressifs et grossiers. Finalement, le ministre plénipotentiaire, son épouse et le conseiller réapparurent, signe que l'assemblée était au complet. Dès cet instant, où qu'il se plaçât, Robert Lincoln fut entouré d'une petite cour. Son autorité était telle qu'il nous fut impossible, à Jones et à moi, de ne pas être à notre tour attirés dans l'un des petits cercles qui gravitaient autour de lui.

— Comment réagir à cette histoire de chasse au phoque, Excellence ? lui demanda un homme qui, avec ses rouflaquettes et ses yeux saillants comme des billes, n'était pas lui-même sans rappeler un phoque. Allons-nous entrer en guerre pour le détroit de Béring ?

— Je ne le pense pas, monsieur, répondit Lincoln à sa manière tranquille. Je ne doute pas que nous parvenions à un compromis.

— Mais ce sont des phoques américains !

— Je ne suis pas certain que les phoques se considèrent comme américains, canadiens ou de quelque autre nationalité. Surtout lorsqu'ils finissent sous forme de sac à main. (Les yeux du ministre plénipotentiaire pétillèrent un instant. Puis il pivota et je me trouvai soudain face à lui.) Et vous, Mr Lavelle, quelles affaires vous amènent à Londres ?

J'étais si impressionné qu'il se fût rappelé mon nom, du moins mon nom d'emprunt, que je restai sans voix. Ce fut Jones qui répondit à ma place.

— Mr Lavelle et moi sommes associés, Excellence. Conseillers en investissement.

— Et vous êtes ?

— Je m'appelle Jones, monsieur.

— Ravi de faire votre connaissance. (Il fit un signe de tête à l'homme qui se tenait à son côté.) Mon ami, Mr White, pense que nous devrions plutôt regarder du côté de l'Amérique centrale et du Sud, qui sont selon lui des partenaires commerciaux naturels. Personnellement, je pense que l'avenir est en Europe. Si mes collaborateurs ou moi pouvons vous être de quelque utilité dans vos projets…

Il s'apprêtait à s'éloigner lorsque je lâchai soudain :

— Vous pourriez en effet nous aider, Excellence.

Il se figea dans son mouvement.

— De quelle manière ?

— Nous cherchons à nous mettre en rapport avec Clarence Devereux.

J'avais lancé cela d'une voix volontairement haute et, peut-être était-ce mon imagination, j'eus l'impression que le brouhaha baissa d'un ton.

Le ministre plénipotentiaire me dévisagea, intrigué.

— Clarence Devereux ? Je ne crois pas connaître ce nom. Qui est-ce ?

— Un homme d'affaires de New York, répondis-je.

— Dans quelle branche est-il ?

Le conseiller s'avança, m'épargnant l'embarras de répondre.

— Si ce monsieur Devereux a enregistré son adresse auprès des services de la légation, je suis sûr que l'un de nos secrétaires pourra vous aider, dit-il. Venez quand il vous plaira.

Et, doucement, sans en avoir l'air, il entraîna le ministre plénipotentiaire plus loin.

Je restai seul avec Jones.

— Mr Jones ! Mr Pinkerton !

Ma gorge se serra de m'entendre appelé ainsi. Je fis volte-face et me trouvai devant Edgar et Leland Mortlake. Bien que plus formellement vêtus, comme l'exigeait l'occasion, les deux hommes étaient tels qu'ils nous étaient apparus au Bostonian. C'était comme si nous venions de les quitter.

— Je me trompe peut-être, mais il me semble avoir entendu Son Excellence le ministre plénipotentiaire vous appeler Mr Lavelle. Je savais que ce n'était pas possible car le pauvre Scotchy n'est pas en état d'assister à cette réception.

— C'est une honte ! grommela Leland Mortlake d'une voix râpeuse, en retroussant ses lèvres dans un vilain rictus.

— Je suis certain que vous n'avez pas le droit d'être ici, poursuivit son frère. Vous n'avez pas été invités. Si vous êtes entrés, c'est par effraction. Vous avez volé l'invitation, je me trompe ? Et menti au ministre plénipotentiaire des États-Unis d'Amérique.

— Nous sommes ici pour mener des investigations, suite à l'attentat qui a causé la mort de deux officiers de police, répliqua Jones. Vous prétendrez bien sûr ne pas être au courant. Mais nous en discuterons une autre fois. Nous allons nous retirer.

— Je ne crois pas, non.

Edgar Mortlake leva une main et un homme jeune à l'air pontifiant, que je n'avais pas vu en bas, accourut vers nous comme s'il pressentait un esclandre.

— Ces deux messieurs sont de la police, dit Edgar Mortlake. L'un est enquêteur chez Pinkerton, l'autre inspecteur à Scotland Yard. Ils sont entrés sous de fausses identités et ont interrogé Son Excellence le ministre plénipotentiaire en personne.

Le fonctionnaire de la légation nous dévisagea.

— Est-ce vrai ?

— Il est vrai que je suis officier de police, répondit Jones. Et je viens en effet de parler avec Mr Lincoln. Mais il n'était pas dans mon intention de le rencontrer et je ne l'ai nullement interrogé.

— Vous devez les faire éjecter, jappa Edgar.

— Arrêter, corrigea Leland qui comme à son habitude semblait incapable de prononcer plus d'un mot.

Le fonctionnaire était visiblement mal à l'aise, conscient que cette conversation avait lieu dans une salle bondée, à quelques pas du ministre plénipotentiaire et de madame. Jones affichait un visage impassible, mais je le sentais perturbé. Quant aux deux frères Mortlake, ils jubilaient de notre fâcheuse posture.

— Messieurs, vous feriez mieux de venir avec moi, dit le fonctionnaire.

— Avec joie.

Jones et moi traversâmes la salle à sa suite. Aucun de nous ne pipa mot avant d'être parvenus dans le couloir, les portes refermées derrière nous. Jones se tourna vers notre escorte.

— Je ne nie pas le fait que notre présence ici soit une erreur et, à tout le moins, une violation grave du protocole. Pour cela, je vous présente mes excuses, monsieur. Mais je vous assure que vous obtiendrez réparation auprès de mes supérieurs. Et maintenant, avec votre permission, mon ami et moi allons partir.

— Je suis désolé, répliqua le fonctionnaire. Je n'ai pas autorité pour prendre cette décision. Je dois en référer à ma hiérarchie avant de vous laisser partir.

Il fit un geste et ajouta :

— Il y a une antichambre, juste ici. Si vous voulez bien y patienter quelques minutes. Nous ne vous retiendrons pas longtemps.

Il nous était difficile de refuser. Le fonctionnaire nous fit entrer dans une pièce qui, supposai-je, recevait les visiteurs ordinaires car elle était spartiatement meublée d'une table et de trois chaises. Un portrait de Benjamin Harrison, vingt-troisième président des États-Unis, occupait un mur, et une large fenêtre donnait sur Victoria Street, éclairée de lanternes. La porte se referma et on nous laissa seuls.

Jones s'assit pesamment en soupirant.

— Sale affaire.

— Et entièrement ma faute, ajoutai-je. Je ne peux vous dire à quel point je regrette l'impulsion qui m'a poussé à vous entraîner ici.

— D'autant que cela n'a servi à rien. Mais je ne vous blâme pas, Chase. J'ai pris ma décision seul, et la présence des deux frères Mortlake nous donne une indication. (Il secoua la tête.) Cela dit, je n'ose penser aux conséquences.

— On ne vous démettra pas de vos fonctions.

— Mes supérieurs n'auront peut-être pas le choix.

— Est-ce si grave, Jones ? m'exclamai-je. Vous êtes l'esprit le plus remarquable qu'il m'ait été donné de rencontrer. Et j'ai observé que vous gardiez vos distances avec Lestrade et les autres. Depuis que je travaille chez Pinkerton, c'est-à-dire de longues années, je n'ai jamais eu affaire à un enquêteur de votre trempe. Si Scotland Yard décide de se passer de vos services, croyez-moi, mon cher Jones, ils reviendront vous chercher où que vous soyez. Londres a besoin d'un détective-conseil. C'est vous-même qui l'avez dit hier.

— C'est vrai. Je le pensais.

— Eh bien, mettez cette idée en pratique. Je resterai moi-même peut-être un peu plus longtemps, comme votre femme le suggérait. Pourquoi pas ? Je pourrais devenir votre Watson ! Mais je vous promets que je parlerai de vous en termes plus flatteurs !

Ma remarque le fit sourire. Je m'approchai de la fenêtre et regardai, en bas, les laquais alignés, les coches en attente.

— Pourquoi attendre ici ? demandai-je. Bon sang, Jones, allons-nous-en ! Nous penserons aux conséquences demain.

Mais la porte s'ouvrit avant que Jones eût le temps de répondre. Le fonctionnaire se dirigea vers moi et ferma les rideaux pour oblitérer la vue.

— Avons-nous l'autorisation de nous retirer ? lui demandai-je.

— Non, monsieur. Le troisième secrétaire désire s'entretenir avec vous en particulier.

— Où est-il ?

— Il ne va pas tarder.

Il achevait à peine sa phrase qu'il y eut un mouvement à la porte et le secrétaire entra. Je reconnus aussitôt le discret petit homme à cheveux gris du comité d'accueil. De près, il paraissait plus chétif encore, et l'image de la marionnette offerte à sa fille par Jones me traversa l'esprit. Sur son visage rond, les yeux, le nez et la bouche étaient étroitement regroupés, presque trop. Ses cheveux fins et clairsemés laissaient voir son crâne parsemé de taches brunes. Le plus étonnant était ses doigts qui, bien que parfaitement formés, étaient trop petits pour ses mains, peut-être de moitié trop courts.

— Merci, Mr Isham, dit-il au fonctionnaire de son étrange voix haut perchée pour le congédier. Voulez-vous vous asseoir, messieurs ? C'est une regrettable histoire et nous serons brefs.

Nous nous assîmes donc.

— Laissez-moi d'abord me présenter. Je m'appelle Coleman DeVriess et j'occupe le poste de troisième secrétaire à la légation. Vous êtes l'inspecteur Athelney Jones de Scotland Yard ? (Jones acquiesça.) Et vous ? ajouta-t-il en s'adressant à moi.

— Frederick Chase. Citoyen américain, enquêteur à l'agence Pinkerton de New York.

— Pourquoi êtes-vous ici ?

Ce fut Jones qui répondit.

— Vous êtes sans doute au courant de l'attentat commis contre Scotland Yard il y a deux jours. Je pense que j'étais visé par l'attaque qui a tué trois policiers et en a blessé beaucoup d'autres.

— Et votre enquête vous a menés jusqu'ici ?

— Nous pensons que le responsable de l'attentat pourrait être venu se mettre sous la protection du ministre plénipotentiaire américain, en effet.

— Et qui serait cet homme ?

— Son nom est Clarence Devereux.

DeVriess eut l'air incrédule.

— Hormis Son Excellence et son épouse, le personnel diplomatique ne compte que huit membres permanents. Je peux vous certifier que je n'ai jamais rencontré l'homme dont vous parlez. Comment osez-vous imaginer le contraire ? Mr Lincoln lui-même a envoyé un message de condoléances à votre préfet de police. Je comprends votre désir d'appréhender le coupable de l'attentat par tous les moyens dont vous disposez, mais je ne peux que réprouver fermement l'inconvenance de votre conduite de ce soir. Vous êtes conscient, monsieur, du principe d'extraterritorialité. La résidence du ministre plénipotentiaire est protégée par la loi britannique, et l'intrusion d'un officier de police est une violation flagrante du protocole international.

— Une minute ! protestai-je. Nous avons croisé ici deux hommes, Edgar et Leland Mortlake, et nous savons qu'ils sont des crapules de la pire espèce. J'ai lu leurs dossiers chez Pinkerton. Je sais qui ils sont. C'est vrai, l'inspecteur Jones et moi avons transgressé les subtilités de la loi, mais, à la lumière des derniers événements, allez-vous protéger ces gangsters et nous empêcher d'intervenir ?

— Cette légation est responsable de la protection des citoyens américains, rétorqua DeVriess. (Sa voix n'avait pas changé mais il y avait de la colère dans ses yeux.) À ma connaissance, les deux messieurs dont vous parlez sont des hommes d'affaires, rien de plus. Avez-vous la preuve d'un crime commis par eux dans ce pays ? Y a-t-il une raison valable de demander leur extradition ? Non. Je ne pense pas. Et si je peux me permettre, il n'y a rien à gagner à ajouter la diffamation à la liste des accusations qui seront dressées contre vous.

— Quelles actions comptez-vous entreprendre ? demanda Jones.

— Vous avez toute ma sympathie, inspecteur Jones.

Le visage du troisième secrétaire exprimait le contraire. Il croisait les mains sur ses genoux. Le bout de ses doigts atteignait à peine les phalanges.

— J'ai l'intention de déposer une plainte en bonne et due forme auprès de vos supérieurs dès demain à la première heure, et je n'accepterai pas moins que votre démission des forces de police. Quant à votre ami, nous avons peu de moyens de tenir en laisse les agents de Pinkerton. Leurs excès et leurs comportements irresponsables sont bien connus. Je vous ferai expulser de ce pays, Mr Chase, et vous risquez de faire l'objet de poursuites devant un tribunal américain. Voilà, messieurs. C'est tout. Je dois retourner à la réception. On vous reconduira à la porte.

Jones se leva.

— J'ai une question, dit-il.

— Laquelle ?

— Lorsque vous êtes entré dans cette pièce, vous vous êtes adressé à moi sous mon nom exact. Athelney Jones. Or je me demande d'où vous tenez cette information car aucun des frères Mortlake ne connaît mon prénom.

— Je ne vois pas le rapport…

— Moi, oui !

À ma surprise, Jones traversa la pièce et, s'aidant de sa canne, accrocha le bord des doubles rideaux pour le tirer et dévoiler la vue sur l'extérieur. Un instant, je crus qu'il voulait nous montrer quelque chose, mais je m'aperçus qu'il avait une tout autre idée en tête. L'effet sur le troisième secrétaire fut extraordinaire. On aurait cru qu'il avait reçu une gifle en plein visage. Pendant un moment, il resta immobile sur sa chaise, les yeux exorbités, cherchant son souffle. Puis il se retourna, incapable de regarder dehors une minute de plus.

— Je vous déconseille de porter plainte contre quiconque, Clarence Devereux ! tonna Jones.

— Devereux ?

Je me levai d'un bond et dévisageai le petit homme qui se recroquevillait.

— Maintenant tout est clair, poursuivit Jones. Les liens entre Lavelle, les Mortlake et la légation américaine. La raison pour laquelle le coupé de ville a déposé ses passagers ici et pourquoi on ne vous trouvait pas. Je me demande si Mr Lincoln sait quel genre d'homme est son troisième secrétaire ?

— Les rideaux ! hoqueta de sa voix haut perchée celui qui se faisait appeler Coleman DeVriess. Fermez-les !

— Certainement pas. Admettez que vous êtes Devereux !

— Vous n'avez pas le droit d'être ici. Sortez !

— Nous partons, et de notre plein gré. Mais laissez-moi vous dire une chose, Devereux. Nous savons qui vous êtes. Nous savons où vous êtes. Vous pourrez rester caché ici quelque temps encore, mais vous ne pourrez plus compter sur la protection du ministre plénipotentiaire. Nous vous avons démasqué et nous ne vous lâcherons pas !

— Vous serez morts avant de pouvoir m'approcher.

— Je ne crois pas.

— Vous ne pouvez rien contre moi. Et je vous jure que vous regretterez cette journée !

Jones était prêt à partir, mais pas moi.

— Ainsi c'est vous, Devereux ! m'écriai-je en me dressant au-dessus du petit homme secoué de tremblements. Le cerveau criminel que nous redoutons depuis si longtemps ! Vous, qui êtes venu à Londres en croyant pouvoir soumettre toute la pègre à votre joug. Je ne le croirais pas si je n'avais pas la preuve sous les yeux, et ce que je vois est abject.

Avec un grognement animal, Devereux se jeta sur moi et m'aurait empoigné si Jones ne m'avait tiré en arrière.

— Pourquoi ne pas l'arrêter ? criai-je. J'ai traversé la moitié du monde pour retrouver cet homme. On ne peut pas se contenter de le laisser ici !

— Il n'y a rien que nous puissions faire, Chase. Nous n'avons aucune autorité dans cette résidence.

— Jones…

— Pardonnez-moi. Je sais ce que vous ressentez. Mais nous n'avons pas le choix. Nous devons partir maintenant. Il ne faut pas qu'on nous trouve ici.

Je voulais toujours en découdre avec Devereux, alias DeVriess. L'homme tremblait, les yeux à demi fermés. Je songeai à la piste ensanglantée qui nous avait conduits jusqu'à lui, à la triste fin de Jonathan Pilgrim, impitoyablement mis à mort par ce monstre ou ses sbires, à toutes les souffrances qu'il avait causées. Si je n'avais pas laissé mon couteau à l'hôtel, je crois que je le lui aurais plongé dans le cœur sans remords. Mais Jones me tenait solidement.

— Venez, Chase.

— Non, on ne peut pas partir comme ça.

— Il le faut. Nous n'avons rien contre lui. Seulement cette étrange disposition psychologique qui l'a réduit à cet état.

— Vous le paierez de votre vie, siffla Devereux, les yeux protégés derrière ses mains, le corps recroquevillé. Et ce sera lent. Je me vengerai.

Jones m'entraîna hors de la pièce sans me laisser le temps de répliquer. Le couloir était désert et personne ne tenta de nous arrêter tandis que nous descendions l'escalier pour regagner la rue. Une fois à l'air libre, et loin de la résidence, je me libérai enfin de l'emprise de mon ami. Je fis volte-face et aspirai l'air de la nuit à pleins poumons.

— Devereux ! Quand je pense que c'était Devereux !

— Lui-même. N'était-ce pas évident ? Quand nous sommes entrés dans le hall, il tournait le dos à la porte. Symptôme d'agoraphobie. Il n'osait pas regarder dehors ! Ensuite, avant de venir nous rejoindre dans la pièce où nous l'attendions, il a envoyé un employé fermer les rideaux. Toujours son agoraphobie. Et son faux nom ! Un détail anodin mais parlant. Coleman DeVriess. CD. Il a choisi de se cacher derrière ses véritables initiales.

— Mais fallait-il réellement le laisser là-bas ? Pour l'amour du ciel, Jones ! Nous démasquons un redoutable criminel et nous partons sans l'arrêter !

— Si nous avions tenté de l'arrêter, tout aurait été perdu. Nous étions dans une position délicate puisque nous n'avions aucun droit d'être là. Je ne doute pas que Mr Lincoln et ses amis ignorent quel genre d'homme ils protègent, mais leur premier réflexe aurait été de le défendre, de soutenir l'un des leurs. (Jones esquissa un sourire amer.) Mais, à présent, les règles du jeu ont changé. Nous sommes libres, nous pouvons nous ressaisir et décider de la suite.

— L'arrêter !

— Bien entendu.

Je me retournai pour jeter un dernier regard à la légation américaine : les coches, les laquais, les lumières scintillantes. Certes, nous avions démasqué Clarence Devereux. Mais il restait un problème de taille. Comment diable allions-nous l'attirer hors de ces murs ?

- 14 -

LE PIÈGE

Cette nuit-là, j'eus le sommeil agité. Mon repos fut une nouvelle fois troublé par mon incommodant voisin, qui ne quittait apparemment jamais sa chambre et hantait l'hôtel de sa présence. À ma connaissance, il ne descendait prendre ni le petit déjeuner ni le dîner. Selon la femme de chambre, il était arrivé en même temps que moi mais ne sortait pas. Je songeai à aller frapper à sa porte pour me confronter à lui, puis me ravisai. Peut-être était-il un innocent voyageur que seule mon imagination avait transformé en personnage menaçant. De fait, sans le bruit de sa toux et la brève apparition de sa silhouette derrière la fenêtre, j'aurais ignoré son existence.

Nettement plus perturbants furent mes rêves étranges et baroques de Clarence Devereux. Je voyais son visage, ses yeux méchants, ses doigts ridiculement trop courts pour un homme. Je l'entendais crier : « Je ne mange pas de viande ! », avant de me retrouver allongé sur une assiette gigantesque, entre un couteau et une fourchette, sur le point d'être dévoré par lui. Ou bien j'étais de retour à la légation américaine avec Robert Lincoln et sa femme. Ou encore aux chutes du Reichenbach, plongeant pour l'éternité dans une eau tourbillonnante, et me réveillant en sursaut dans mon lit, les draps froissés, la pluie fouettant les vitres.

Je n'avais pas d'appétit et touchai à peine à mon petit déjeuner tant j'étais anxieux de connaître les conséquences de notre aventure de la soirée. Les nouvelles, quand Jones me les rapporta, n'étaient pas fameuses. Contrairement à mes suppositions, une plainte officielle avait déjà été déposée à son encontre auprès du préfet de police.

— Notre ami Coleman DeVriess a eu l'audace de la signer lui-même, m'annonça Jones dans le coche. (Les roues faisaient gicler l'eau des flaques laissées par l'orage de la nuit.) La plainte est arrivée ce matin dès neuf heures. Du travail rapide, vous ne trouvez pas ?

— Que va-t-il se passer ?

— Je vais probablement perdre mon poste.

— Tout est ma faute…

— Mais non, voyons. C'est sans importance. Et ma chère Elspeth sera ravie. Par ailleurs, il nous reste quelques jours avant que la procédure aboutisse. Il y aura un interrogatoire, puis un comité, puis un délibéré, puis un compte rendu et enfin une recommandation. C'est ainsi que la police britannique fonctionne. Beaucoup de choses peuvent se produire pendant ce laps de temps.

— Mais qu'allons-nous faire ?

— Nous sommes devant un dilemme, c'est vrai. Nous ne pouvons pas arrêter Clarence Devereux. Il sera difficile de l'interroger sans l'autorisation de son ministre plénipotentiaire, et je suppute que ce ne sera pas simple, surtout à la lumière des derniers événements. Quelle preuve avons-nous, en effet, qu'il soit impliqué dans une quelconque activité sulfureuse ?

— Vous avez vu les dossiers que j'ai apportés de New York. Et vous avez entendu les remarques de votre collègue, Stanley Hopkins. Le nom de Devereux est connu partout dans Londres.

— Mais pas le nom de Coleman DeVriess. Je dois admettre que c'est ingénieux pour un criminel de se cacher derrière le rideau de l'immunité diplomatique, gloussa Jones, qui ne paraissait pas le moins du monde contrarié. Non, il n'existe qu'un moyen de lui mettre le grappin dessus, c'est de le prendre la main dans le sac. Nous devons lui tendre un piège. Dès l'instant où il posera le pied hors de la légation, il sera à nous.

— Par où commence-t-on ?

— La réponse est évidente, il me semble. Cocher ! Ralentissez. Je crois que nous sommes arrivés.

Nous n'avions parcouru qu'un court trajet. En jetant un coup d'œil par la portière, je découvris que nous étions revenus en haut de Chancery Lane. La précipitation des événements m'avait presque fait oublier Silas Beckett et son repoussant salon de barbier, mais en descendant du coche, je vis un groupe de policiers qui nous attendaient, hors de vue de la boutique et du joueur d'orgue de Barbarie, dont la musique pitoyable nous parvenait de l'autre rue.

— Restez près de moi, me dit Jones.

Puis il s'adressa au policier le plus proche :

— Vous savez ce que vous avez à faire ?

— Oui, chef.

— Ne vous montrez en aucun cas avant que nous soyons dans la boutique.

C'était un autre trait que Jones avait copié sur Sherlock Holmes : cette manie exaspérante de ne rien dévoiler de ses plans jusqu'à la dernière minute – et encore, pas toujours, car il ne me dit pas un mot lorsque, après avoir tourné l'angle de la rue, nous nous avançâmes dans la voie creusée d'ornières menant vers Staples Inn Gardens. Dès qu'il nous aperçut, le limonaire cessa de jouer, et je me souvins qu'il s'était produit exactement la même chose à notre précédente visite. Je m'attendais à voir Jones se diriger droit vers le salon Horner – n'était-ce pas la raison de notre venue ? – mais il s'approcha du joueur d'orgue de Barbarie silencieux.

— Lotion capillaire, monsieur ? La barbe ou une coupe de cheveux ?

— Pas aujourd'hui, merci, répondit Jones. Mais puisque vous parlez de cheveux, je serais curieux de voir votre style de coiffure. (Et sans laisser à l'homme le temps de réagir, il tendit la main pour soulever son chapeau haut-de-forme, découvrant d'un coup une tignasse d'un roux flamboyant.) C'est bien ce que je pensais.

— Que voulez-vous dire ? m'étonnai-je.

— Un rouquin !

— Quel rapport entre sa couleur de cheveux et ce qui nous occupe ?

— Un rapport capital.

Jones se tourna de nouveau vers le musicien indigné et poursuivit :

— Je m'adresse à Mr Duncan Ross, il me semble. C'est du moins le nom que tu utilisais il y a deux ans. Ton véritable nom est Archie Cooke, et ce n'est pas la première fois que tu t'embringues dans ce genre d'entreprise ! (Le musicien fit un pas et aurait fui si le poids de son instrument ne l'avait retenu. Jones lui saisit le bras.) Toi et moi allons entrer dans le salon de barbier ensemble. Je te déconseille de me causer des ennuis. Tu te rendras service pour la suite.

— Je suis un homme honnête ! protesta Cooke. Je joue de la musique. On me paie pour faire de la réclame pour la boutique. Je ne suis au courant de rien.

— Ça suffit, Archie. Je sais tout. Désavoue ton complice si tu veux, mais ne me fais pas perdre mon temps.

Nous entrâmes tous les trois dans le salon miteux où nous avions rencontré Silas Beckett pour la première fois. Je remarquai qu'Archie claudiquait lourdement. Quand la porte se ferma derrière nous, le barbier émergea de l'escalier du sous-sol, comme la première fois. Il fut étonné de voir le joueur d'orgue de Barbarie avec nous. Un seul regard à Jones lui fit comprendre que le jeu – quel qu'il fût – était terminé. Je pensai qu'il allait tenter de s'enfuir. Il existait peut-être une autre issue. Mais Jones avait anticipé cette éventualité.

— Restez où vous êtes, John Clay ! Eh oui, je connais votre vrai nom ! Et je sais exactement ce que vous faites ici. Ne cherchez pas à fuir. J'ai des agents postés à chaque extrémité de la rue. Mais si vous me faites confiance et jouez franc-jeu avec moi, vous avez une chance de voir cette histoire se terminer pas trop mal pour vous.

Le barbier réfléchit. Puis il se tassa sur lui-même, comme sous le poids d'un lourd manteau, se métamorphosant en un homme plus âgé, plus avisé. Et c'est d'une voix également changée qu'il répondit :

— Je préfère *monsieur* Clay.

— Je suis étonné de vous voir déjà sorti de prison.

— Le juge, un gentleman très civilisé, a reconnu les dommages qu'une longue peine risquerait d'avoir sur une constitution aussi délicate que la mienne. (Il était difficile de croire que c'était le même homme qui s'exprimait ainsi.) Le fait que, par un heureux hasard, nous ayons fréquenté la même école a peut-être aussi aidé.

— Comment ? sursautai-je.

— Mon cher Chase, laissez-moi vous présenter Mr John Clay, assassin, voleur, passeur de fausse monnaie et faussaire. C'est ainsi que Sherlock Holmes le décrivait. Un criminel d'une extrême ingéniosité, le fondateur de la ligue des rouquins.

— Le cambriolage de Coburg Square ! m'exclamai-je.

N'avais-je pas vu un article de journal sur cette affaire épinglé dans le bureau de Jones ?

— Le cambriolage raté, précisa-t-il. La première fois où nous sommes venus ici, j'ai eu du mal à croire qu'il s'agissait du même homme et qu'il avait reproduit une nouvelle fois son modus operandi. Pourtant j'ai vite compris que c'était le cas. Vous me permettez d'expliquer, Mr Clay ?

— Faites comme il vous plaira, inspecteur. Cela m'est indifférent.

— Parfait. Qu'avons-nous vu en venant ici la première fois ? Un salon de barbier expressément conçu pour repousser les clients. Non seulement l'endroit était sale, mais les cheveux du barbier lui-même étaient affreusement coupés. Il faudrait être fou pour offrir sa tête à son rasoir dans une boutique pareille, ou pour acheter une lotion capillaire dont l'ingrédient principal est de la résine. Pourquoi ? Parce que, évidemment, c'est le but recherché. Mr Clay a des affaires plus pressantes en cours. Sur le trottoir d'en face se trouve la Banque de Dépôts de Chancery Lane avec sa chambre forte. Depuis cinq ans ou plus, cet établissement propose des coffres-forts aux familles les plus fortunées de Londres.

— Six mille coffres, murmura tristement John Clay.

— Mr Clay perçait un tunnel sous la rue afin de parvenir jusqu'à la chambre forte. Son complice, Archie Cooke, était un élément essentiel de l'opération en procurant deux services. D'une part, le bruit épouvantable de son orgue de Barbarie couvrait le bruit du forage du tunnel sous ses pieds. Je savais précisément où en était la galerie grâce à sa position sur la chaussée. Vous êtes presque arrivés, n'est-ce pas ?

— Dans quelques jours, ce sera terminé, répondit Clay.

— D'autre part, Archie prévenait dès que quelqu'un approchait de la boutique.

— En s'arrêtant de jouer ! m'écriai-je.

— Exactement. Le silence alertait Mr Clay et lui donnait le temps de remonter à la surface. Mais pas de changer de vêtements. J'ai remarqué tout de suite que son pantalon était distendu aux genoux. Le même indice relevé par Sherlock Holmes lors d'une enquête.

— Vous lui avez demandé s'il était pieux.

— De toute évidence, il avait passé du temps agenouillé. Lorsque l'on prie, le résultat est le même. Mais comme il a reconnu qu'il n'allait pas à l'église, cela a confirmé mon hypothèse. Lors de son dernier cambriolage, Mr Clay a usé d'un stratagème ingénieux en persuadant un prêteur sur gages de s'absenter de son officine. Sa nouvelle ruse montre qu'il n'a rien perdu de son inventivité.

John Clay esquissa un petit salut. Une moue qui ressemblait à un sourire apparut sur son étrange visage.

— Je dois admettre, inspecteur, qu'être arrêté par des détectives de haut niveau me procure une certaine consolation. Sherlock Holmes la dernière fois, et aujourd'hui vous ! Permettez-moi cependant de préciser que je n'ai tué personne. Il y a eu un mort, c'est vrai, mais nous avions tous les deux trop bu et il est tombé. Il n'a pas été poussé.

— Votre passé ne m'intéresse pas, Mr Clay. Vous pourrez éviter une arrestation, ou tout au moins améliorer votre situation, si vous m'aidez. Puis-je compter sur vous ?

— Vous parlez, monsieur, à un lointain cousin – bien qu'ignoré – de Sa Majesté la reine. S'il est possible de parvenir à un arrangement qui allégera mes difficultés actuelles, je tiendrai parole.

— C'est ce que j'espérais. Laissez-moi vous dire comment j'ai découvert Chancery Lane. Mon ami et moi avons fouillé la scène de plusieurs meurtres atroces. Bladeston House, à Highgate. Le propriétaire, un dénommé Scott ou Scotchy Lavelle, avait écrit le nom de ce salon et une partie de l'adresse dans son agenda.

— Je connaissais Lavelle, dit Clay. Je ne l'ai pas tué. Mais son décès ne m'a pas attristé, je ne le nie pas.

— Le nom de Jonathan Pilgrim vous est-il familier ?

— Non.

— C'était un employé de Pinkerton, l'agence de détectives privés de New York. Il a lui aussi été assassiné, mais il a laissé une de vos cartes de réclame.

Il y eut un bref silence. Puis Clay se redressa.

— Archie, mon vieux, fais-nous un peu de thé. Messieurs, je vous invite à me suivre dans mon arrière-boutique. Jamais je n'aurais pensé me réjouir de connaître deux représentants de la loi, ni de me faire passer des menottes aux poignets, mais je suis heureux de vous voir. Buvons un thé ensemble et je vous raconterai mon histoire. Vous avez ma parole, la parole d'un homme de sang royal, que mon plus cher désir est de vous aider !

Nous nous assîmes sur des sièges branlants autour d'une table de bois nu, tandis qu'Archie ranimait le charbon de bois. Après les révélations de Jones, Clay avait visiblement si bien recouvré sa prestance que nous nous retrouvâmes comme trois amis en train de discuter d'un projet prévu depuis longtemps.

— J'étais à Holloway, dit Clay. Ce n'est pas un endroit très plaisant. Pour un homme de bonne éducation, c'est plutôt une porcherie. Je n'avais même pas de quoi me payer une geôle individuelle. Peu importe. Le juge, un homme charmant ainsi que je l'ai déjà mentionné, s'était montré clément, et je cherchais ce que j'allais pouvoir faire. L'échec de ma ligue des rouquins m'avait causé un choc. N'est-ce pas, Archie ? Cela m'avait demandé beaucoup de préparation. Dommage que Holmes s'en soit mêlé. Quelques jours de plus, et nous réussissions.

« Je suis sorti de prison en février. Sitôt dehors, j'ai senti que quelque chose n'allait pas. Tous mes anciens camarades se terraient et les pubs de Shoreditch ressemblaient à des salons funéraires tant on s'y amusait. On aurait dit que Jack l'Éventreur était revenu hanter les rues de Londres. Jack l'Éventreur, ou pire.

« En réalité, c'était pire, ainsi que je l'ai bientôt découvert. Une nouvelle bande était arrivée. Les Américains. Personnellement, je n'ai jamais été très friand des Américains, vous excepté, bien sûr, monsieur Chase. Je trouve très regrettable que mon ancêtre, le roi George III, ait laissé nos colonies lui filer entre les doigts. Mais je digresse... Ces Américains, donc, avaient débarqué de New York et, une fois implantés dans la ville, ils s'étaient répandus comme la syphilis. J'ai perdu de nombreux amis, de nombreux collègues. Les Américains ne jouaient pas selon nos règles et, pendant six semaines, le sang a coulé à flot dans les rues et les ruelles. Et je vous assure que ce n'est pas une métaphore. Ces gens sont d'une grande cruauté.

L'eau bouillait sur le feu. Archie remplit la théière et la posa sur la table. Il se mouvait avec difficulté et je vis qu'il souffrait.

— Où était Moriarty ? demandai-je.

— Moriarty ? Je ne l'ai jamais rencontré en personne mais je le connaissais de nom bien sûr. Nous le connaissions tous.

C'était un homme redoutable. Le plus redoutable, sans doute. Il prenait sa part sur tous les trafics. Il n'y avait aucun crime commis dans Londres sur lequel il ne prélevait pas sa dîme. Tout le monde s'en plaignait, à voix basse, mais il faut reconnaître qu'il était là chaque fois qu'on avait besoin de lui. Mais Moriarty avait disparu. C'est ce Clarence Devereux qui avait pris sa place. Comparé à lui, Moriarty était une bonne fée. Et comme Moriarty, Devereux ne se montrait jamais. Il envoyait ses lieutenants faire le sale boulot.

« Archie et moi étions dans notre petite pension de famille tenue par un Juif, à Petticoat Lane, quand ils nous ont rendu visite. Scotchy Lavelle, un vilain bonhomme avec des petits yeux porcins, escorté par une bande de voyous. Ceux-là étaient anglais – qu'ils soient maudits –, car c'est ainsi que procédaient les Américains. Ils recrutaient dans le caniveau. Ils se constituaient une armée dans les taudis et les fumeries d'opium, avec des brutes capables de n'importe quoi pour une demi-couronne. Aucune loyauté. Aucun patriotisme. Et ils étaient très bien informés. Ils connaissaient tout de la ville et des professionnels qui y travaillent : les cambrioleurs, les arnaqueurs, les surineurs et tous les autres. Et ils me connaissaient, moi.

« Ils nous ont surpris alors que nous prenions notre petit déjeuner. Ils ont attaché Archie sur une chaise. Scotchy ne se salissait pas les mains. Il se pavanait pendant que ses gars exécutaient la besogne pour lui. Finalement, il nous a fait sa proposition. Je ne sais pas pourquoi j'emploie ce mot. En réalité c'était un ordre. Et la mort assurée si je refusais.

« Il y avait à Chancery Lane une boutique vide, juste en face de la chambre forte de la Banque de Dépôts. Ils pensaient qu'il me faudrait quelques semaines pour creuser un tunnel sous la rue et m'introduire dans la banque. Les coffres étaient remplis d'or, d'argent, de bijoux et de pièces de monnaie. Ils paieraient le loyer de la boutique mais Archie et moi serions chargés de l'exécution. À nous tous les risques. Et que voulaient-ils en échange de leur bonté ? Mr Devereux prendrait la moitié de tout. La moitié ! Même Moriarty n'exigeait pas plus de vingt pour cent.

— Vous avez accepté ? demanda Jones.

— Quand vous êtes entouré de cinq coupe-gorge et que les carottes sont cuites, mieux vaut ne pas discuter. Tout de même, j'ai ma dignité. J'ai protesté fermement. C'est alors que ce démon s'en est pris au pauvre Archie. « Faites-lui mal ! » a-t-il ordonné. C'était trop tard. Je ne pouvais pas intervenir.

— Tu aurais pu les arrêter, marmonna Archie.

— Tout s'est passé trop vite. C'était horrible. Ils lui ont retiré son soulier et là, sous mes yeux, ils… (Clay s'interrompit.) Montre-leur, Archie.

Le rouquin se pencha pour délacer son soulier. Je compris alors pourquoi il boitait lorsque nous l'avions amené à la boutique du barbier. Il n'avait plus d'ongle au gros orteil, qui était enflé et sanguinolent.

— Voilà ce qu'ils m'ont fait, dit-il, des larmes dans les yeux.

— Ils ont utilisé une paire de pinces, poursuivit Clay. Archie a hurlé, et ça m'a empêché de digérer mon petit déjeuner, croyez-moi. Je pressentais que cela risquait d'empirer. Si je refusais, c'est moi qu'ils allaient torturer ! Je n'avais jamais vu une telle sauvagerie gratuite et je savais que, à ce stade, je n'avais plus le choix.

« Nous nous sommes donc installés ici. C'était mon idée de rouvrir le salon de barbier et, comme vous l'avez deviné, de tout faire pour empêcher les clients de venir. Pendant tout le temps que nous sommes restés ici, je n'ai eu qu'une demi-douzaine de coupes de cheveux à faire, et je ne m'en suis pas si mal tiré, je crois.

Je passais mon temps sous terre, tandis que Archie me servait de guetteur. C'était un enfer de creuser ce tunnel. Argilite, calcaire, craie. Où est passée notre bonne vieille argile londonienne ?

— Après le meurtre de Lavelle, avez-vous eu des nouvelles de Devereux ? demanda Jones.

— Non, pas de Devereux. J'ai appris la mort de Lavelle par les journaux. Archie et moi sommes aller fêter la nouvelle au pub avec une bouteille de gin. C'était trop beau pour être vrai. Le lendemain, nous avons reçu la visite d'un personnage encore plus féroce. Je ne suis pas un mouchard, mais je ferai une exception pour ces individus. Celui-là s'appelait Edgar Mortlake. Grand, bien habillé, des cheveux noirs huilés.

— Nous le connaissons.

— Ce n'est pas un homme qu'on a envie de fréquenter. Il nous a donné deux semaines pour parvenir jusqu'à la chambre forte. Sinon, a-t-il dit, nous perdrions un autre ongle d'orteil.

— Toi, tu n'en avais pas perdu, corrigea Archie.

— C'est une façon de parler, Archie. Ce sont ses paroles. Depuis, nous travaillons nuit et jour.

— Et quel était le plan, une fois la chambre forte dévalisée ?

— Mr Mortlake a dit qu'il se mettrait en rapport avec nous personnellement.

— C'est à lui que vous devez remettre le butin ?

— Oui. Il veut tout voir de ses yeux. Ils ne font confiance à personne, ces Américains. Il n'y a plus d'honneur chez les truands. Archie et moi nous demandions s'ils se contenteraient de la moitié. Ils pourraient aussi nous attirer dans un piège et nous trancher la gorge.

— Il y aura un piège, murmura Jones. Mais ce n'est pas vous qui tomberez dedans. À présent, j'aimerais beaucoup visiter votre tunnel. Ce doit être une merveille de technique. Je suis également curieux de savoir comment vous comptiez percer le mur de la chambre forte.

— C'est de la briquette. Il y a un blindage au rez-de-chaussée mais, au sous-sol, les coffres sont moins bien protégés. Mr Devereux avait pris tous les renseignements nécessaires. Je dois lui reconnaître ça.

Abandonnant la théière intouchée, nous descendîmes l'étroit escalier menant à la cave située sous la boutique. Il y avait à peine assez de place pour nous quatre car le sol était en grande partie envahi par des monceaux de terre et de brique. L'un des murs de la cave avait été abattu et, en me penchant, je vis une galerie circulaire éclairée par des lampes à huile et soutenue par des planches de bois. Je me demandai comment John Clay avait pu respirer dans cet étroit boyau. Même dans la cave, l'air était confiné et humide. Il ne pouvait qu'avancer sur les genoux, le corps plié, et repousser derrière lui au fur et à mesure la terre qu'il dégageait.

— Vous avez été très franc avec moi, Mr Clay, remarqua Jones. (Les ombres des lampes à huile dansaient sur son visage.) Quels que soient vos crimes passés, pour l'instant ils ne comptent pas. Un grand fléau s'est abattu sur notre pays, comme on m'en avait averti, et c'est l'occasion de s'en débarrasser une bonne fois pour toutes. Venez, Chase. Remontons à la surface. Nous sommes dans l'obscurité depuis trop longtemps et le temps presse.

Nous quittâmes la boutique du barbier. Jamais je n'avais vu Jones plus déterminé et plus confiant, et je ne doutais pas, aussi forte que fût l'emprise de Devereux sur Londres, que son heure était comptée.

- 15 -

BLACKWALL BASIN

Extrait du *Times* de Londres.
20 mai 1891

AUDACIEUX CAMBRIOLAGE À LONDRES

Toute la ville est scandalisée par un vol perpétré ce matin à l'aube. Les cambrioleurs se sont introduits dans la chambre forte de la Banque de Dépôts de Chancery Lane, qui abrite les objets de valeur de particuliers et de sociétés depuis six ans. Fier de ses six mille coffres et chambres fortes surveillés en permanence par des vigiles armés, cet établissement réputé paraissait imprenable. Cependant, avec une intrépidité saisissante, les malfaiteurs ont creusé un tunnel sous la chaussée et percé un des murs du sous-sol. Ils ont ensuite pillé un grand nombre de coffres, s'emparant de biens d'une valeur de plusieurs centaines de livres. Leur intrépidité aurait été mieux récompensée sans la vivacité d'esprit de Mr Fitzroy Smith, le surveillant de nuit en chef, qui, sentant un étrange courant d'air dans le couloir, est descendu inspecter le sous-sol. Les clients de la Banque de Dépôts de Chancery Lane ont assiégé l'établissement dès l'annonce du cambriolage pour savoir si leurs biens avaient été dérobés. L'enquête a été

confiée à l'inspecteur A. MacDonald de Scotland Yard, mais la police n'a encore procédé à aucune arrestation.

J'ignore comment s'était arrangé Jones pour persuader le *Times* d'entrer dans son jeu, mais tel est l'article qui parut vingt-quatre heures après notre entrevue avec John Clay. Il déclencha inévitablement une panique : une foule de gens fortunés assiégea Chancery Lane. Je ne sais pas non plus comment Jones les manœuvra. J'imagine que les responsables de la banque se montrèrent conciliants. « Non, monsieur, votre coffre n'a pas été forcé. Malheureusement, nous ne pouvons pas vous laisser entrer aujourd'hui. La police poursuit son enquête. »

Fermer un établissement de cette importance pendant quarante-huit heures à la suite d'un cambriolage qui n'avait pas eu lieu était sans aucun doute une prouesse, mais il faut reconnaître que l'enjeu était de taille. Sans compter que Jones manquait de temps. Le préfet de police avait lu la lettre de Coleman DeVriess et demandé l'ouverture rapide d'une enquête. Ainsi que Jones me l'avait expliqué, une enquête interne de Scotland Yard équivalait à une révocation.

L'article parut dans le journal un mercredi. Je ne vis pas Jones ce jour-là mais il me fit porter un message à mon hôtel pour me donner rendez-vous le lendemain dans Chiltern Street, au sud de Baker Street. L'adresse correspondait à une maison étroite et petite mais bien éclairée, avec un salon sur le devant, à l'entresol, et une chambre à coucher à l'étage. Elle était vide depuis quelque temps mais le ménage avait été fait. Jones était toujours aussi à l'aise, debout près de la cheminée, sa canne devant lui.

Je ne cachai pas ma curiosité. Quel rôle jouait cette maison dans notre enquête ? Avait-elle un lien quelconque avec John Clay ? Jones m'éclaira très vite.

— Mr Clay et Archie Cooke sont en sécurité dans leur pension de Petticoat Lane, surveillés par deux de mes hommes. Mais je ne pense pas qu'ils tenteront de filer. Ils apprécient Devereux autant que nous, et seront ravis de le voir passer en justice. Surtout si, en nous aidant, ils peuvent eux-mêmes y échapper.

— Ils ont des nouvelles de lui ?

— Devereux sait qu'ils détiennent un butin d'une valeur de sept cents livres dérobé dans les coffres de Chancery Lane, sur lequel il compte prélever la moitié. L'article du *Times* a été excellemment rédigé, mais cela suffira-t-il à le faire sortir de la légation américaine ? Nous verrons. Même si Devereux décide d'envoyer ses sbires, cela nous fournira la preuve dont nous avons besoin pour l'arrêter. Il faut juste espérer qu'il agira rapidement. Sur mes instructions, Mr Clay leur a clairement signifié qu'il doit quitter Londres en urgence. Attendons la suite.

— Et cet endroit où nous sommes ? Pourquoi m'avez-vous fait venir ici ?

— N'est-ce pas évident, mon cher Chase ? (Jones sourit et j'eus l'impression de le découvrir tel qu'il était avant sa maladie.) Quoi qu'il arrive dans les prochains jours, je sais que ma carrière à Scotland Yard est terminée. Nous avons déjà abordé ce sujet. Et nous avons déjà parlé, vous et moi, de la possibilité de travailler ensemble. Pourquoi ne pas nous lancer ? Ne pensez-vous pas que cela pourrait marcher ?

— Mais… cette maison…

— … est à louer pour une somme raisonnable. Il y a une chambre, pour vous. Moi, bien sûr, je continuerai de vivre avec ma chère Elspeth et Beatrice. Mais ce salon ne serait-il pas un cabinet de consultation idéal ? Douze marches à monter depuis la rue, et juste au coin de… Peu importe. Voudrez-vous bien y songer, mon ami ? Vous m'avez dit être célibataire et sans attache familiale. L'Amérique compte-t-elle tant que cela à vos yeux pour vouloir absolument y retourner ?

— Et de quoi vivrais-je ?

— Ce serait une association à parts égales. L'argent que nous gagnerions comme détectives privés serait, j'en suis sûr, plus que suffisant.

Pendant un moment, je restai coi.

— Inspecteur Jones, dis-je enfin. Vous ne cesserez jamais de me surprendre ! Vous rencontrer aura sans doute été l'une des expériences les plus extraordinaires de ma vie. Me pardonnerez-vous si je vous demande quelques jours de réflexion ?

— Bien entendu.

Si ma réponse le déçut, il n'en laissa rien paraître.

— Mais vous avez raison, poursuivis-je. J'ai mené une vie solitaire à New York et laissé mon travail me dévorer. Je sais que mon temps chez Pinkerton touche à sa fin, et il serait judicieux pour moi d'envisager de nouveaux horizons. Toutefois, je dois encore y penser. Si nous reportions la décision jusqu'à ce que Devereux soit traduit devant un tribunal ? Qu'en dites-vous ? À la façon dont les choses progressent, cela ne devrait pas être long.

— Je suis tout à fait d'accord. Mais puis-je néanmoins prévenir le propriétaire que nous sommes intéressés, et lui demander de garder la maison une semaine ou deux ? Ensuite, si vous acceptez mon offre, nous chercherons une Mrs Hudson pour s'occuper de nous. C'est de la plus haute importance. Quant à l'avenir et à notre capacité à gagner notre vie, j'ai beaucoup d'amis à Scotland Yard. Le travail ne manquera pas, je vous l'assure.

— Vous Holmes, et moi Watson ? Ce n'est pas une mauvaise idée. Ils ont laissé un grand vide à combler.

Jones avança et me tendit la main. Je la pris. À cet instant, je pense que nous étions plus proches que nous ne le serions jamais. J'étais encore désarçonné par sa suggestion mais mon ami Jones, lui, brûlait d'enthousiasme comme s'il s'apprêtait à accomplir ce dont il avait rêvé sa vie entière.

Le soir même, John Clay reçut un message de Clarence Devereux, apporté par un enfant des rues qui avait gagné six pence pour sa peine. Clay devait se présenter – avec tout ce qu'il avait dérobé dans les coffres – à l'entrepôt 17, Blackwall Basin, dans les docks. Le rendez-vous était fixé à cinq heures de l'après-midi le lendemain. Le message ne portait aucune signature. Les mots, écrits en majuscules, étaient brefs et simples. Jones examina l'encre et le papier de son regard scientifique, mais rien ne reliait ce message à l'Amérique ou à la légation diplomatique. Néanmoins, ni lui ni moi ne doutions de l'identité de l'expéditeur.

Le piège était en place.

Le vendredi, j'avais à peine terminé mon petit déjeuner que le garçon d'hôtel vint m'informer que j'avais un visiteur.

— Faites-le venir, lui dis-je.

Il restait assez de thé pour deux dans la théière.

— Il n'est pas du genre à être vu dans un établissement respectable, grommela le garçon avec une moue. Il est dans le hall.

Intrigué, je posai ma serviette et quittai la salle à manger. Un individu à l'air patibulaire m'attendait en effet dans le hall près de la porte d'entrée. Il portait une tenue de marin, mais son allure aurait déshonoré n'importe quel navire qui aurait accepté de l'enrôler dans son équipage. Sa chemise de flanelle rouge pendait hors de son pantalon de toile, et les manches de son caban mal taillé lui arrivaient à la moitié des avant-bras. Il n'était pas rasé, son visage était bleu de barbe, et il avait un bandage crasseux à une cheville. Il tenait une béquille coincée sous un bras et, si ce n'était l'absence d'un perroquet sur l'épaule, il offrait l'image parfaite du pirate débauché.

— Qui êtes-vous ? demandai-je, interloqué.

— Mes excuses, m'sieur, dit l'homme en remontant une mèche de son index noir de crasse. J'arrive de Blackwall Basin.

— Et alors ?

— Alors je dois vous ramener à Mr Clay.

— Que je sois damné si je vous accompagne quelque part ! Essayez-vous de me dire que Mr Clay vous a envoyé ici ? Comment connaît-il cette adresse ?

— Il l'a eue par un policier. Un certain… comment déjà ? Jones ! Il vous attend en ce moment.

— Où m'attend-il ?

— Devant vous, Chase. Et il est temps que nous nous mettions en route !

— Jones ! (J'étais ébahi. Mon visiteur avança d'un pas, se débarrassant de la chimère du marin pour redevenir l'inspecteur de Scotland Yard.) Est-ce vraiment vous ? Que je sois damné ! Vous m'avez complètement leurré. Mais pourquoi êtes-vous déguisé ainsi ? Et pourquoi êtes-vous ici ?

— Partons tout de suite, répondit Jones d'une voix grave. Notre ami Mr Clay viendra à l'entrepôt plus tard mais nous devons y être avant lui. Devereux ne soupçonnera rien d'anormal. Il a lu les journaux et il sait que Clay a peur de lui. Mais nous ne pouvons prendre aucun risque. Tout doit être fin prêt.

— Et le déguisement ?

— Un accessoire indispensable. Et pas seulement pour moi. (Il se pencha pour ramasser un sac de toile qu'il me lança.) Une veste et un pantalon de marin pour vous. Ils viennent d'un taudis mais sont moins répugnants qu'ils n'en ont l'air. Vous serez long à vous changer ? J'ai un fiacre qui attend dehors.

Jones avait suggéré qu'un jour je pourrais conter nos aventures – dans le nouveau *Strand Magazine* par exemple – et c'était comme si, en m'emmenant dans les docks de Londres, il m'avait mis devant ma première et impossible tâche. Car comment décrire l'extraordinaire panorama, la métropole tentaculaire en lisière de la ville qui s'offrait à mes yeux ? J'eus d'abord l'impression de voir un ciel soudain obscurci, mais ce n'était que la fumée vomie par les cheminées se reflétant sur l'eau. Sur le fleuve se découpaient les silhouettes d'une centaine de grues et de milliers de mâts, d'une flotte de navires à voile, de bateaux à vapeur, de barges, de caboteurs, de chalands. Peu d'entre eux se mouvaient, la plupart étant figés dans un tableau grisâtre. Jamais je n'avais vu autant de drapeaux différents. Le monde entier semblait s'être réuni ici et, en approchant, je vis des Noirs, des Hindous, des Polonais, des Allemands, tous braillant dans leur langue. On aurait dit que la Tour de Babel venait à l'instant de s'écrouler et qu'ils bataillaient pour s'extirper des gravats.

Le fleuve lui-même était noir et indifférent au chaos qu'il avait propagé. Un réseau de canaux avait été taillé dans la terre ferme pour accueillir au mouillage des bricks russes, des voiliers, des lougres et des sloops, tandis que les grues oscillaient avec des sacs de céréales et des troncs sentant la térébenthine, et toute la scène était autant une agression pour le nez que pour les yeux, avec les épices, le thé, les cigares, et surtout le rhum, dont on sentait la présence bien avant de la voir. Il devint bientôt impossible de marcher autrement qu'au pas. Une multitude de marins et de débardeurs, de chevaux, de chariots et de wagonnets nous bloquaient le chemin ; même les passages les plus larges se révélaient insuffisants pour laisser s'écouler cette masse considérable d'humanité.

Plus loin, on avançait entre des échoppes et des ateliers : charpentiers, forgerons, charrons, plombiers, silhouettes floues s'affairant sur leur métier derrière des fenêtres sales. Un boucher en tablier bleu passa en portant un porcelet grassouillet qui couinait dans une petite cage sur son épaule. Des bandes de jeunes va-nu-pieds se pourchassaient. Il y eut un cri d'avertissement et quelque chose d'immonde, jeté d'une porte, éclaboussa le sol. Jones me saisit le bras et m'entraîna à l'écart, vers un marchand de fournitures pour bateaux et l'inévitable prêteur sur gages, un vieux Juif assis sur le pas de son officine en train d'examiner avec une loupe une montre à gousset. Devant nous se dressait le premier des entrepôts, une construction en bois, acier et briques rongée par la moisissure, à demi enfoncée dans la terre qui semblait incapable de supporter son poids. Des mâts de charge pointaient dans tous les sens : des tonneaux de vin, des caisses de matériel, et toutes sortes de sacs et de barriques étaient hissés à l'aide de cordes et de poulies, déchargés sur ses plates-formes puis avalés à l'intérieur de l'entrepôt.

Peu à peu, nous laissâmes la foule derrière nous. Les entrepôts semblaient numérotés sans rime ni raison, et nous arrivâmes bientôt devant le numéro 17, carré et massif, s'élevant sur quatre niveaux, à l'angle d'un canal et de la rivière, avec de larges portes ouvrant sur le devant et à l'arrière. Jones me guida jusqu'à un monceau de filets jetés sur le chemin de halage et se baissa, m'invitant à faire de même. Quelques caisses et un canon rouillé complétaient notre décor. Jones sortit une bouteille de gin. Je l'ouvris et bus une gorgée prudente. La bouteille ne contenait que de l'eau. Je compris pourquoi. Nous avions plusieurs heures d'attente avant le rendez-vous et, attifés comme nous l'étions

– j'avais maintenant l'accoutrement d'un docker –, nous devions nous fondre dans l'atmosphère ambiante sans attirer les soupçons et nous faire passer pour deux travailleurs portés sur l'alcool attendant le contremaître qui aurait pitié et nous embaucherait pour la journée.

Par chance, il faisait doux, et je dois avouer que je trouvais agréable d'être allongé là, avec un compagnon silencieux, au milieu de toute cette activité. Je n'osais pas sortir ma montre – on ne pouvait écarter la possibilité d'être observés –, mais le mouvement des nuages dans le ciel illustrait l'écoulement du temps, et je faisais confiance à Jones pour détecter le moindre signe suggérant l'arrivée de Devereux.

Ce furent John Clay et Archie Cooke qui arrivèrent les premiers, assis côte à côte sur une carriole chargée d'un amas de marchandises recouvertes d'une bâche. Clay, par un sursaut de vanité, s'était fait couper les cheveux très court pour se débarrasser de l'apparence insolite qu'il avait adoptée afin de se faire passer pour un barbier. Je m'attendais à les voir s'arrêter, mais ils poursuivirent leur route jusqu'à l'entrepôt sans nous remarquer.

— Ça va commencer, Chase, murmura Jones sans me regarder.

Une autre heure s'écoula. L'animation régnait toujours dans les docks car le travail continuerait jusqu'à la tombée de la nuit, peut-être même après. Derrière nous, une barge chargée de blé et de tourteaux de céréales s'éloigna, barattant l'eau trouble, à destination de Dieu sait où. Clay avait pénétré dans l'entrepôt. J'apercevais seulement l'arrière de sa carriole, le reste disparaissait dans la pénombre. Le soleil était probablement en train de se coucher mais le ciel demeurait le même, d'une triste teinte grisâtre.

Un autre véhicule approcha. Cette fois, c'était un coupé de ville, avec des rideaux aux fenêtres et deux cochers à la mine lugubre derrière le cheval. On aurait cru des croque-morts allant au cimetière, et la fenêtre du coupé, couverte d'un épais rideau noir, pouvait laisser penser que nous avions atteint notre but et réussi à faire sortir Clarence Devereux de la légation. Était-il venu en personne examiner les biens dérobés ? Jones me donna un coup de coude et nous avançâmes d'un pas traînant, sans quitter des yeux le coupé de ville qui faisait halte dans l'ombre de l'entrée. Tous nos espoirs reposaient sur l'ouverture de la portière. Près de moi, Jones s'était figé, attentif, et je me souvins que, pour lui, c'était sa carrière qui se jouait.

Nous fûmes tous les deux déçus. Ce fut Edgar Mortlake, le cadet des deux frères, qui descendit du coupé et jeta un regard dégoûté sur les alentours. Deux jeunes voyous l'escortaient – ces gens ne se déplaçaient jamais seuls –, se plaçant chacun d'un côté pour le protéger, comme nous les avions vu faire à Bladeston House. Jones et moi nous rapprochâmes en prenant soin de rester dans l'ombre et hors de vue. Il était possible que Mortlake eût des agents à lui aux abords de l'entrepôt, mais nous ne présentions aucune menace apparente. Du moins l'espérais-je. À présent, nous avions une meilleure perspective sur l'intérieur de l'entrepôt et ce qui s'y passait.

Le décor évoquait un théâtre de l'époque de Shakespeare, avec quatre gradins entourant une scène centrale et offrant un excellent point de vue à un public imaginaire. La bâtisse était aussi haute que large, dominée par une fenêtre circulaire en verre coloré semblable à celles d'une chapelle. Il y avait des poutres en bois qui s'entrecroisaient, des cordes qui pendaient – certaines reliées à des crochets et à des contrepoids pour soulever les marchandises aux niveaux supérieurs –, des plates-formes inclinées et, cachés ici et là, de petits bureaux. Le sol du rez-de-chaussée, où le drame allait se jouer, était ouvert et presque vide, saupoudré de sciure. Je pensais avoir vu tous les acteurs entrer.

La carriole était garée sur un côté ; le cheval s'ébrouait et secouait la tête avec impatience. Deux tables sur tréteaux avaient été dressées. John Clay et Archie Cooke se tenaient devant, un peu à la manière de deux négociants traitant avec un client difficile. Une cinquantaine d'objets étaient exposés : couverts et bougeoirs en argent, bijoux, tableaux, verrerie et porcelaine, billets de banque et pièces. Je n'avais pas la moindre idée d'où tout cela provenait – la chambre forte de Chancery Lane n'ayant bien sûr jamais été touchée –, mais je supposai que c'était Jones qui se les était procurés en puisant dans la salle des pièces à conviction de Scotland Yard.

De l'endroit où nous étions, nous pouvions entendre la discussion qui suivit. Mortlake passa à grandes enjambées devant les tables, les mains croisées derrière le dos. Il portait la redingote noire qu'il semblait affectionner, mais il avait délaissé sa canne. Il s'arrêta devant John Clay, les yeux étincelants d'hostilité.

— Pauvre butin, Mr Clay, dit-il entre ses dents. Minable. Loin de nos attentes.

— Nous avons manqué de chance, Mr Mortlake, répondit Clay. Pour le tunnel, ça a bien marché. Malgré le travail d'esclave que cela a demandé. Vous n'avez pas idée ! Mais nous avons été dérangés avant d'avoir pu ouvrir beaucoup de coffres.

— Tout est là ? (Mortlake se rapprocha de Clay, qu'il dominait de sa haute taille.) Vous n'avez rien mis de côté ?

— C'est tout ce qu'il y a, monsieur. Vous avez ma parole de gentleman.

— On vous le jure sur notre vie ! renchérit Archie.

— C'est en effet vos vies que vous perdrez si je découvre que vous mentez.

— Il y a un millier de livres, insista Clay.

— Ce n'est pas ce que j'ai lu dans les journaux.

— Les journaux racontent n'importe quoi. La banque ne voulait pas alarmer ses clients. Un millier de livres, Mr Mortlake ! Cinq cents chacun. Pas si mal pour une semaine de travail. D'autant que le travail, c'est Archie et moi qui l'avons fourni. Pour vous et vos amis, c'est une jolie affaire.

— Mes amis sont d'un avis différent. En fait, je dois vous informer que Mr Devereux est très insatisfait. Il espérait davantage et vous l'avez déçu. Pour lui, cela équivaut à une rupture de contrat. Il m'a donc donné l'ordre de tout récupérer.

— Tout ?

— Vous pouvez garder ceci. (Mortlake se pencha pour prendre un coquetier en argent.) En souvenir de votre travail.

— Un coquetier ?

— Un coquetier et votre vie. La prochaine fois que Mr Devereux aura besoin de vos services, vous mettrez peut-être au point une stratégie plus lucrative. Il y a une banque, à Russel Square, qui a attiré notre attention. Et je vous conseille de ne pas quitter Londres, ni d'essayer. On finirait par vous retrouver.

Mortlake fit un signe à l'adresse de ses acolytes, qui commencèrent à remplir les sacs qu'ils avaient apportés avec les marchandises disposées sur les tables. Athelney Jones en avait assez vu. Il avança à découvert en sortant de sa poche un sifflet, avec lequel il émit un long sifflement strident. Aussitôt, une douzaine de policiers en uniforme surgirent aux deux extrémités de l'entrepôt, bloquant les issues. Encore aujourd'hui, je ne sais pas où ils s'étaient cachés. Dans un des bateaux amarrés non loin ? Dans un des petits bureaux de l'entrepôt ? En tout cas, c'étaient des hommes bien entraînés, et ils se rapprochèrent en cercle, tandis que Jones et moi avancions vers le petit groupe.

— Restez où vous êtes, Mortlake ! lança Jones. J'ai vu tout ce qui vient de se passer ici, et je vous ai entendu nommer votre complice. Je vous arrête pour association de malfaiteurs en vue de commettre un cambriolage, et recel d'objets volés. Vous faites partie d'un réseau criminel qui a semé la terreur et fait couler le sang dans les rues de Londres, mais c'est terminé, maintenant. Vous, votre frère et Clarence Devereux en répondront devant le tribunal.

Pendant tout ce laïus, Edgar Mortlake était resté parfaitement impassible. Quand Jones eut terminé, Mortlake se tourna non pas vers lui mais vers le voleur, John Clay, qui clignait des yeux d'un air embarrassé.

— Tu étais au courant, dit-il simplement.

— Ils ne m'ont pas laissé le choix, se défendit Clay. Mais pour être franc, je m'en moque comme d'une guigne. J'en ai assez de vos menaces, de votre violence, de votre cupidité, et je ne vous pardonne pas ce que vous avez fait à mon ami Archie. Vous salissez le métier. Londres se portera mieux sans vous.

— Tu nous as trahis.

— Attendez…

Je vis la main de Mortlake fendre l'air vers le visage de Clay, comme pour le gifler, mais, à mon étonnement, il n'y eut aucun claquement. Clay eut l'air surpris lui aussi. Je m'aperçus alors que c'était beaucoup, beaucoup plus grave qu'une gifle. Mortlake avait quelque chose dans sa manche, une lame méchamment aiguisée et activée par un mécanisme, qui jaillissait comme une langue de serpent. Il s'en était servi pour trancher la gorge de Clay. Un bref instant, je gardai l'espoir qu'il l'avait manqué, que Clay était indemne, puis je vis une mince ligne rouge apparaître au-dessus de son col. Clay resta là, cherchant l'air et une explication. Puis la blessure s'ouvrit et un torrent de sang gicla. Clay tomba à genoux, et Archie poussa un cri en se couvrant les yeux. Tétanisé, je vis le cauchemar se dérouler devant moi.

Les petits voyous de Mortlake avaient lâché les sacs et sorti des revolvers. Avec des gestes presque mécaniques, ils se déployèrent et commencèrent à tirer sur les policiers. Ils en tuèrent deux ou trois dès la première salve. Et tandis que les corps tombaient, l'un d'eux saisit une machette posée sur une des caisses, la fit tournoyer en l'air, et trancha une corde à quelques mètres. Pendant ce temps, Mortlake avait empoigné une seconde corde reliée à la première et, par un effet de contrepoids, il fut soudain soulevé en l'air comme un magicien exécutant un tour, ou comme un acrobate de cirque. En quelques secondes, au milieu de la fusillade et des volutes de fumée des armes, il devint une petite silhouette vivement hissée à hauteur du quatrième niveau, qui se balançait pour atteindre une plate-forme et disparaître de notre vue.

— Rattrapez-le ! cria Jones.

Les policiers répondaient aux tirs. Surpassés en nombre, les protecteurs de Mortlake vidèrent leurs armes mais furent rapidement abattus. L'un d'eux s'affala sur l'une des tables, qui s'écroula sous lui. On ne pouvait que s'interroger sur la loyauté, ou la peur, qui les avait poussés à sacrifier leur vie pour un maître qui venait purement et simplement de les abandonner à leur sort.

Je ne m'étais pas attardé pour assister à la suite de la fusillade. Courbé en deux, craignant pour ma vie, j'avais obéi à l'ordre de Jones et déjà atteint l'escalier de bois qui zigzaguait d'un niveau à l'autre. Un second escalier semblable grimpait à l'autre extrémité de l'entrepôt, et je vis trois policiers se détacher du groupe pour y courir. Mortlake avait certes réussi à s'échapper de façon spectaculaire de la zone de combat, mais il était toujours prisonnier à l'intérieur du bâtiment.

Je gravis les marches qui craquaient et ployaient sous mon poids. L'odeur de poudre emplissait mes narines. Enfin, j'atteignis le dernier niveau, à bout de souffle et le cœur battant, et me trouvai sur une étroite passerelle, avec une paroi en bois d'un côté et une chute sans protection de l'autre. En jetant un coup d'œil en bas, je vis qu'Athelney Jones avait pris la situation en main. Il n'était physiquement pas capable de me suivre. Clay gisait dans une flaque de sang qui s'élargissait, plus impressionnante encore vue d'en haut, pareille à une immense tache d'encre rouge. Des tonneaux, des cageots, des barriques et des sacs remplis étaient éparpillés autour de moi, et j'avançais lentement, conscient que j'étais sans arme et que Mortlake, avec sa lame redoutable, pouvait bondir d'une des innombrables cachettes. Les trois policiers avaient eux aussi atteint le haut de leur escalier, mais ils étaient encore assez loin. Ils se profilaient sur la fenêtre ronde, avançant avec précaution dans ma direction.

J'arrivai à une ouverture. On aurait cru qu'une partie du mur s'était repliée ; ce n'était ni une porte ni une fenêtre, quelque chose entre les deux, d'où l'on découvrait le gris du ciel et les nuages en mouvement. La Tamise était devant moi. Hormis deux remorqueurs qui glissaient vers l'est, tout était paisible et silencieux. Face à moi, il y avait une longue plate-forme reliée à l'entrepôt par deux chaînes rouillées avec un système de treuil compliqué construit à côté. Mortlake avait peut-être espéré l'utiliser pour descendre, mais soit le système ne fonctionnait pas, soit j'étais arrivé trop tôt, car je le vis surgir soudain devant moi, sa redingote claquant au vent, son regard farouche fixé sur le mien.

Je restai où j'étais, n'osant plus avancer. La lame, maintenant tachée de rouge, sortait de sa manche. Debout sur cette plate-forme, avec sa moustache et ses cheveux noirs huileux, il m'évoquait un acteur sur une scène. Je suis certain que les frères Kiralfy, à New York, n'ont jamais incarné un personnage plus vengeur ni plus dangereux.

— Eh bien, Pinkerton ! s'exclama-t-il. Vous me surprenez. J'ai déjà croisé des garçons de Bob Pinkerton, et d'habitude ils ne sont pas aussi astucieux. On dirait que vous m'avez piégé.

— Vous ne pouvez aller nulle part, Mortlake !

Je n'osais toujours pas m'approcher. Je craignais qu'il ne bondisse sur moi et se serve de son horrible lame. Il ne bougeait pas. L'eau sombre de la rivière était en-dessous de lui, mais s'il essayait de sauter, c'était la noyade assurée, en supposant que la chute ne le tue pas d'abord.

— Posez votre arme, Mortlake. Et rendez-vous.

Sa réponse fut un juron de la pire espèce. Je sentais la présence des policiers à proximité, et je les entrevoyais du coin de l'œil, en train de se regrouper avec hésitation derrière moi. Ce n'était pas exactement la cavalerie salvatrice, mais j'étais soulagé de ne plus être seul.

— Donnez-nous Devereux, Mortlake. C'est lui que nous voulons. En nous aidant, vous vous rendrez service.

— Je ne vous donnerai rien. Sauf la promesse que vous le regretterez jusqu'à la fin de vos jours. Mais ils ne seront pas nombreux, Pinkerton, vous pouvez me croire. Nous avons un compte à régler, vous et moi.

Et, d'un seul mouvement, sans hésiter, Mortlake pivota et sauta. Je le vis plonger dans le vide, sa redingote claquant autour de lui. Il toucha la rivière les pieds en avant et disparut sous l'eau. Je courus jusqu'au bord de la passerelle, qui oscilla sous moi. Un vertige me prit, et je serais tombé si l'un des policiers ne m'avait empoigné.

— Trop tard, chef ! cria une voix. Il est mort !

Le policier m'aida à reculer. Je regardai en bas mais il n'y avait plus rien à voir, pas même une ondulation à la surface de l'eau.

Edgar Mortlake avait disparu.

- 16 -

L'ARRESTATION

Ce soir-là, la police effectua une seconde descente au Bostonian.

L'inspecteur Jones m'avait demandé de le retrouver à huit heures, et l'opération fut lancée à l'heure précise, avec une impressionnante escouade d'agents en uniforme. À nouveau, le pianiste s'arrêta de jouer dès qu'il nous vit avancer devant les miroirs dorés et les panneaux de marbre, face au bar où étincelaient bouteilles et verres en cristal, indifférents aux protestations étouffées de l'assistance majoritairement américaine, parmi laquelle se trouvaient des clients qui voyaient leur soirée interrompue pour la seconde fois. Mais cette fois, nous savions exactement où aller. Nous avions vu les frères Mortlake émerger d'une porte située à une extrémité du bar, menant très certainement à leurs quartiers privés.

Nous fîmes irruption sans toquer à la porte. Leland Mortlake était assis derrière un bureau, encadré par deux fenêtres drapées de rideaux rouges. Un verre de whisky était posé devant lui, un gros cigare se consumait dans un cendrier. Au début, nous pensâmes qu'il était seul, puis nous vîmes un jeune homme d'environ dix-huit ans, aux cheveux huilés, au visage étroit et crispé, émerger lentement du bureau derrière lequel il se tenait agenouillé près de Mortlake. J'avais déjà croisé ce genre de garçons, et j'éprouvai un sentiment de révolte. Pendant un instant, personne ne dit mot. L'air renfrogné, hésitant, le jeune homme ne bougeait pas.

— Va-t'en, Robbie, dit enfin Mortlake.

— Comme vous voudrez, monsieur.

Le garçon déguerpit sans demander son reste.

Leland Mortlake attendit que la porte fût refermée, puis il se tourna vers nous, vibrant d'une colère froide.

— Qu'est-ce que ça veut dire ? Vous ne frappez jamais avant d'entrer ?

Sa langue, humide et grisâtre, darda brièvement entre ses lèvres charnues. Il portait un costume de soirée. Ses poings serrés reposaient sur le bureau.

— Où est votre frère ? questionna Jones.

— Edgar ? Je ne l'ai pas vu.

— Vous savez où il était, cet après-midi ?

— Non.

— Vous mentez. Votre frère était dans un entrepôt à Blackwall Basin. Il examinait une collection d'objets de valeur volés dans les coffres de la Banque de Dépôts de Chancery Lane. Nous l'avons pris en flagrant délit, et il aurait été arrêté s'il n'avait pas commis un meurtre, juste sous nos yeux. À présent, il est recherché par la police. Nous savons que vous et lui avez organisé le cambriolage en association avec un troisième homme, Clarence Devereux. Ne le niez pas ! Vous étiez avec lui l'autre soir à la légation américaine.

— Comme je vous l'ai déjà dit, je ne connais aucun Clarence Devereux.

— Il se fait également appeler Coleman DeVriess.

— Je ne connais pas non plus ce nom.

— Votre frère nous a peut-être glissé entre les doigts, mais vous pas. Vous allez m'accompagner pour un interrogatoire à Scotland Yard, et vous n'en sortirez pas avant de nous avoir indiqué où il se trouve.

— Il n'en est pas question.

— Si vous ne venez pas de votre propre gré, je serai obligé de vous mettre en état d'arrestation.

— Pour quel motif ?

— Obstruction à l'enquête et complicité de meurtre.

— Ridicule !

— Je ne pense pas.

Suivit un long silence. Mortlake ne bougeait pas mais il avait le souffle court, son corps était immobile et seules ses épaules se soulevaient par à-coups. Je n'avais jamais cru possible qu'un visage pût exprimer une haine aussi intense ; ses veines étaient gonflées de sang. Je craignais qu'il n'eût une arme quelconque à portée de main, peut-être dans l'un des tiroirs de son bureau. Si c'était le cas, il n'hésiterait pas à en faire usage sans se soucier des conséquences.

— Je suis un citoyen américain, dit-il enfin. Vos accusations sont fausses et scandaleuses. Je veux prévenir ma légation.

— Vous le ferez de Scotland Yard, répondit Jones.

— Vous n'avez pas le droit de...

— J'ai tous les droits. Et maintenant, ça suffit ! Voulez-vous nous accompagner, ou dois-je appeler mes hommes pour vous emmener de force ?

Avec une horrible grimace, Mortlake se décida à se lever. Sa chemise pendait hors de son pantalon. D'un geste lent et délibéré, il se rajusta.

— Vous perdez votre temps, grommela-t-il. Je n'ai rien à vous dire. Je n'ai pas vu mon frère. Je ne sais rien de ses affaires.

— Nous verrons.

Nous étions là, tous les trois, chacun attendant que l'autre fît un mouvement. Enfin, Leland Mortlake écrasa son cigare dans le cendrier, puis il se dirigea vers la porte en passant entre Jones et moi. J'étais rassuré à la pensée que deux policiers attendaient derrière la porte car, à chaque seconde passée au Bostonian, je me sentais en territoire ennemi. Alors que nous repassions devant le bar, Mortlake s'adressa au barman et cria :

— Préviens Mr White à la légation !

— Oui, patron.

Henry White était le conseiller que nous avait présenté Robert Lincoln. Je soupçonnais Mortlake de bluffer et de chercher à nous intimider. Jones resta de marbre.

Nous avancions au milieu de l'assistance silencieuse et indignée. Certains clients se pressaient contre nous, comme s'ils ne voulaient pas nous laisser sortir. Un serveur tendit le bras vers Mortlake et je m'interposai entre eux pour les séparer. J'éprouvai un vif soulagement en atteignant la porte. Deux fiacres nous attendaient dans Trebeck Street. J'avais remarqué que Jones voulait épargner à Mortlake l'indignité d'un fourgon, utilisé d'ordinaire par Scotland Yard. Sur le seuil, un laquais présenta une cape et une canne à Mortlake. Jones s'empara vivement de la canne.

— Je vais garder ceci, si vous n'y voyez pas d'inconvénient. On ne sait jamais ce qu'on peut découvrir dans ce genre d'objet.

— C'est une canne de marche, rien de plus, se défendit Mortlake, le regard étincelant de fureur. Mais faites votre devoir. Vous me paierez ça, je vous le promets.

Une fois sur le trottoir, la rue me parut plus sombre que jamais. Les réverbères à gaz peinaient à lutter contre le ciel nocturne et le fin crachin qui tombait sans discontinuer. Les pavés, avec leurs reflets huileux, donnaient plus de clarté. L'un des chevaux s'ébroua et Mortlake trébucha. Étant tout près de lui, j'avançai la main pour l'aider. Mais un simple coup d'œil me montra que sa défaillance était plus grave qu'un trébuchement. Toute couleur avait déserté son visage. Ses yeux étaient exorbités, il cherchait sa respiration, sa mâchoire grinçait comme s'il cherchait vainement à parler. Il avait l'air terrifié.

— Jones, dis-je.

Mais Jones avait déjà vu ce qui se passait et il empoigna son prisonnier pour le soutenir. Mortlake émit un son atroce et une sorte de mousse apparut sur sa lèvre inférieure. Puis son corps fut secoué de convulsions.

— Un médecin ! cria Jones.

Il n'y avait aucun médecin dans les parages. Pas dans le club et encore moins dans la rue déserte. Mortlake tomba à genoux, les épaules soulevées par son effort pour respirer, le visage déformé.

— Que lui arrive-t-il ? m'écriai-je. C'est le cœur ?

— Je ne sais pas. Allongez-le. Trouvez un médecin, pour l'amour du ciel !

Il était déjà trop tard. Mortlake bascula en avant et ne bougea plus. C'est à cet instant seulement, à la lueur du réverbère, que nous vîmes un mince roseau émergeant du côté de son cou.

— N'y touchez pas ! ordonna Jones.

— Qu'est-ce que c'est ? On dirait une sorte d'épine.

— C'en est une. Empoisonnée. J'en ai déjà vu auparavant mais je ne peux pas croire… Je ne *veux* pas croire… que cela se produise à nouveau.

— De quoi diable parlez-vous, Jones ?

— De Pondichéry Lodge !

Jones s'agenouilla près du corps prostré de Leland Mortlake. Celui-ci avait cessé de respirer et son visage était d'une blancheur effrayante.

— Il est mort.

— Comment ? Je ne comprends pas. Que s'est-il passé ?

— Une sarbacane. Mortlake a reçu une fléchette dans le cou pendant que nous tentions de le faire sortir du club. C'est arrivé alors qu'il était entre nos mains ! Il s'agit probablement de strychnine, ou d'un poison équivalent. L'effet est instantané.

— Mais pourquoi ?

— Pour le faire taire. (Jones leva sur moi un regard angoissé.) Ce n'est pas possible. Cette fois encore, Chase, les apparences sont trompeuses. Qui pouvait savoir que nous venions au Bostonian ce soir ?

— Personne. Je vous jure que je n'en ai rien dit !

— Donc ce meurtre était prémédité, avec ou sans nous. La sarbacane, la fléchette, tout était préparé. La mort de Leland Mortlake était décidée bien avant notre arrivée.

— Qui voulait le tuer ? dis-je, assailli par mille pensées. Clarence Devereux ! Il joue un jeu diabolique. Il a tué Lavelle. Il a essayé de vous éliminer. Qui d'autre aurait pu être dans le coupé de ville garé devant Scotland Yard ? Et maintenant il vient d'assassiner Mortlake.

— Non, à Scotland Yard, ce ne pouvait pas être Devereux.

— Pourquoi pas ?

— Parce que le cocher l'a déposé dans la rue de la légation. Si ç'avait été Devereux, jamais il n'aurait mis le pied dehors à découvert.

— Si ce n'était pas lui, qui était-ce ? Moriarty ?

— Non ! C'est impossible !

Nous étions l'un et l'autre atterrés, trempés de pluie, au bord de l'épuisement. J'avais l'impression qu'une éternité s'était écoulée depuis notre expédition à travers les docks de Londres, et rien ne s'était déroulé comme prévu. Nous étions face à face, impuissants, tandis que les policiers se rapprochaient doucement et regardaient le corps de Leland Mortlake avec consternation. La porte du club se ferma brutalement et nous priva de lumière. Le personnel du Bostonian ne voulait plus rien avoir à faire avec nous.

— Occupez-vous de ça, sergent ! lança Jones à l'un des policiers, que je ne pus distinguer. (Il semblait amorphe. Ses traits étaient tirés, son regard vide.) Faites enlever le corps et relevez toutes les identités des personnes présentes dans le club. Je sais que nous l'avons déjà fait, mais il faut recommencer. Que personne ne sorte avant d'avoir été identifié.

Il se tourna vers moi et ajouta d'un ton plus calme :

— Ils ne trouveront rien. Le tueur a déjà filé. Venez avec moi, Chase. Quittons cet endroit maudit.

Nous descendîmes la rue en direction de Shepherd Market. À l'angle, il y avait un pub : *The Grapes*. Nous y entrâmes et Jones commanda une pinte de vin rouge pour nous deux. Il sortit aussi une cigarette d'un étui et l'alluma. C'était seulement la deuxième fois que je le voyais fumer. Enfin, il commença à parler, en choisissant ses mots avec soin.

— Moriarty ne peut pas être en vie. Je refuse de le croire. Rappelez-vous la lettre. La lettre codée par laquelle tout a commencé. Elle était adressée à Moriarty et nous l'avons découverte dans la poche du noyé. On peut logiquement en déduire que le noyé était Moriarty. On n'échappe jamais à la logique. C'est seulement parce que Moriarty a été tué que Devereux et ses complices ont pu prendre sa place et s'établir ouvertement à Londres. Et c'est uniquement grâce à la lettre que nous avons pu avancer jusqu'ici.

— J'en conclus que si ce n'est pas Moriarty qui se venge, c'est peut-être l'un de ses anciens associés. Avant de partir pour Meiringen, Moriarty a pu leur laisser des instructions…

— Là, vous avez peut-être raison. L'inspecteur Patterson a dit les avoir tous arrêtés, mais il a pu se tromper. On dirait bien que nous sommes tombés sur deux factions rivales. D'un côté Lavelle, les Mortlake et Clarence Devereux. De l'autre...

— Le garçon blond qui se fait appeler Perry et l'homme du coupé de ville.

— C'est une possibilité.

— Je perds mon temps ! m'exclamai-je avec humeur. (Mes vêtements mouillés me collaient à la peau. Le vin était sans saveur et me réchauffait à peine.) J'ai fait le voyage depuis l'Amérique à la poursuite de Clarence Devereux, je le trouve mais vous m'interdisez de le toucher. J'ai Edgar Mortlake devant moi, et il m'échappe. Scott Lavelle, John Clay, Leland Mortlake... tous morts. Et mon jeune agent, Jonathan Pilgrim. Je l'envoie ici, et il est assassiné. Je sens l'ombre de Moriarty planer au-dessus de nous à chaque pas, Jones, et franchement j'en ai assez. Sans vous, je n'aurais abouti nulle part, mais même avec votre aide, j'ai échoué. Je ferais mieux de rentrer à New York, de donner ma démission et de trouver un autre moyen de gagner ma vie.

— Je ne veux pas vous entendre parler ainsi, rétorqua Jones. Vous dites n'avoir fait aucun progrès mais c'est loin d'être vrai. Nous avons démasqué Devereux et connaissons son identité. Sa bande a été décimée, et son dernier coup, le cambriolage de Chancery Lane, déjoué. Il ne peut pas s'échapper. J'ai des agents dans tous les ports du pays.

— D'ici trois jours, vous n'aurez peut-être plus aucune autorité.

— Bien des choses peuvent se passer en trois jours, dit Jones en posant une main sur mon épaule. Ne perdez pas courage. Le tableau est assez flou, je vous l'accorde. Mais il commence à se préciser. Devereux est un rat dans un trou, mais un rat apeuré. Il sera obligé de sortir. Et il commettra l'erreur qui nous permettra de le capturer. Croyez-moi, il va bientôt passer à l'action.

— Vous le croyez vraiment ?

— J'en suis certain.

Athelney Jones avait raison. Notre ennemi passa effectivement à l'action, mais pas du tout de la façon dont nous l'envisagions.

- 17 -

LA PROMENADE DE L'HOMME MORT

Je compris qu'une chose terrible et inattendue était survenue dès l'instant où mes yeux se posèrent sur Athelney Jones à l'hôtel Hexam, le lendemain. Son visage, sur lequel la longue histoire de sa maladie était inscrite, était tiré, hagard, et si pâle que je le guidai aussitôt vers une chaise, craignant qu'il ne s'évanouisse. Je ne le laissai pas parler mais commandai du thé au citron et m'assis à côté de lui jusqu'à ce que la femme de chambre l'eût servi. Ma première pensée fut que le préfet de police l'avait déjà convoqué pour lui signifier sa révocation. Mais, le connaissant comme je le connaissais désormais et me souvenant de notre conversation dans la maison à louer de Chiltern Street, je savais qu'une révocation ne l'aurait pas affecté et que ce qu'il lui arrivait était infiniment plus grave.

Ses premières paroles m'en apportèrent confirmation.

— Ils ont pris Beatrice.

— Comment ?

— Ma fille. Ils l'ont enlevée.

— Comment le savez-vous ? Et comment est-ce possible ?

— Ma femme m'a envoyé un télégramme, qui m'a été apporté par un messager car il faudra des semaines avant que notre télégraphe soit remis en état. Je l'ai reçu à mon bureau dans la matinée. Une note urgente me suppliant de revenir immédiatement. Je suis parti aussitôt. À mon arrivée, Elspeth était dans un tel état de détresse qu'elle pouvait à peine parler et que j'ai dû lui donner des sels pour la calmer. Pauvre Elspeth ! J'imagine les pensées qui l'ont tourmentée pendant qu'elle attendait mon retour, seule, sans personne pour la réconforter !

« Beatrice a disparu ce matin. Elle était sortie avec sa nounou, Miss Jackson, une personne de confiance qui est chez nous depuis cinq ans. Elles vont souvent se promener toutes les deux au parc de Myatt's Fields, près de la maison. Ce matin, Miss Jackson a été brièvement distraite par une vieille femme qui lui demandait son chemin. J'ai interrogé Miss Jackson et j'ai acquis la certitude que cette vieille femme, dont le visage était dissimulé sous un voile, faisait partie du complot pour faire diversion. Quand Miss Jackson s'est retournée, Beatrice n'était plus là.

— N'a-t-elle pas pu tout simplement s'éloigner et s'égarer ?

— Ce n'est pas dans son caractère. Mais la nounou a voulu croire à une fugue, elle aussi. C'est dans la nature humaine de se raccrocher à un espoir, aussi insensé soit-il. Elle a fouillé tout le parc et les alentours avant de chercher de l'aide. Personne n'avait aperçu notre fille. C'était comme si elle s'était évaporée dans la nature. Ne voulant plus perdre de temps, Miss Jackson est rentrée à la maison, désemparée. Elspeth l'attendait. Elle n'a pas eu besoin de lui demander des explications car un message avait déjà été glissé sous la porte. Je l'ai ici.

Jones déplia une feuille de papier et me la tendit. Quelques mots écrits en lettres majuscules, encore plus menaçants par leur simplicité.

NOUS AVONS VOTRE FILLE. RESTEZ CHEZ VOUS. NE LE DITE À PERSONNE. VOUS AUREZ DES NOUVELLES AVANT CE SOIR.

— Cela ne nous apprend quasiment rien, remarquai-je.

— Au contraire, répliqua Jones d'un ton irrité. Cela nous apprend que l'auteur est un homme éduqué qui feint de ne pas l'être. Il est gaucher. Il travaille, ou a ses entrées dans une bibliothèque qui reçoit peu de visiteurs. Il est déterminé, impitoyable, mais, en même temps, il est tendu, ce qui le rend impétueux. Le message a été écrit dans un moment d'agitation. À coup sûr, il s'agit de Clarence Devereux. Je suis persuadé qu'il est l'auteur de cette lettre.

— Comment avez-vous deviné tout cela ?

— C'est assez évident, il me semble. Il commet exprès une faute d'orthographe sur « dites » en omettant le s alors que tout le reste est correct. En cherchant une feuille de papier, il a pris un livre sur une étagère et déchiré l'une des pages de garde. On voit nettement que deux côtés sont découpés à la machine alors que le bord extérieur est ébarbé. Le livre n'a pas été lu. Observez la poussière et la décoloration causée par le soleil sur le haut. Il a utilisé sa main gauche pour déchirer le papier de la reliure. Son pouce, en glissant vers l'extérieur, a laissé une marque. C'est un acte de vandalisme, le signe d'un homme très pressé, et la déchirure aurait été remarquée si le livre avait été fréquemment utilisé.

Jones enfouit son visage entre ses mains et poursuivit :

— Pourquoi ai-je une telle faculté de déduction et pas celle de prévoir que mon propre enfant court un danger ?

— Ne soyez pas si dur avec vous-même. Personne n'aurait pu prévoir une chose pareille. De toute ma carrière, jamais je n'ai vu cela. Que Devereux vous ait ainsi pris pour cible, c'est inconcevable. Avez-vous prévenu vos collègues de Scotland Yard ?

— Je n'ose pas.

— Vous devriez.

— Non. Ce serait mettre Beatrice en danger.

— Vous n'avez rien à faire ici, Jones, dis-je après une seconde de réflexion. Le message exige que vous restiez chez vous.

— Elspeth est à la maison. Je devais absolument venir. S'ils s'en sont pris à moi de cette façon, il est probable qu'ils vont aussi tenter quelque chose contre vous. Ma femme était d'accord. Il fallait vous avertir.

— Je n'ai vu personne.

— Êtes-vous sorti de l'hôtel ?

— Pas encore, non. J'ai passé la matinée dans ma chambre à écrire mon rapport pour Robert Pinkerton.

— Alors je suis arrivé à temps. Accompagnez-moi à Camberwell. Est-ce trop vous demander ? Quoi qu'il arrive, nous devons l'affronter ensemble.

— La seule chose qui compte est de retrouver votre fille.

— Merci, Chase.

Je posai un bref instant la main sur son épaule.

— Ils ne lui feront aucun mal, Jones. C'est vous et moi qu'ils veulent.

— Mais pourquoi ?

— Je l'ignore, mais nous devons nous préparer au pire, dis-je en me levant. Je remonte dans ma chambre chercher mon manteau. Je regrette de ne pas avoir apporté mon pistolet de New York. Finissez votre thé et reposez-vous. Vous aurez besoin de forces.

Pendant le trajet en train à travers les faubourgs de Londres, aucun de nous ne dit mot. Jones était assis sur la banquette, les yeux mi-clos, plongé dans ses pensées. Quant à moi, je ne pouvais m'empêcher de songer au voyage de beaucoup plus grande ampleur que nous avions entrepris ensemble depuis Meiringen. Où allions-nous aboutir ? Pour l'heure, Clarence Devereux avait pris l'avantage, mais je me consolais à la pensée qu'il était sans doute allé trop loin et que, en s'attaquant à la famille de Jones, il avait commis sa première erreur. C'était le geste d'un homme désespéré, un geste qui pourrait peut-être se retourner contre lui.

Le train paraissait avancer avec une lenteur délibérée. Enfin nous arrivâmes à Camberwell et courûmes jusqu'à la maison de Jones, où j'avais été reçu à dîner à peine une semaine plus tôt. Elspeth Jones nous attendait dans le salon où j'avais fait sa connaissance. Elle était debout, une main sur le dossier du fauteuil où je l'avais vue lire une histoire à sa fille. Elle me regarda et ne fit rien pour dissimuler la colère qui brillait dans ses yeux. Peut-être l'avais-je mérité. Elle m'avait demandé protection, et je lui avais promis de faire tout ce qui était en mon pouvoir. Comme mes paroles me paraissaient futiles à présent.

— Rien ? demanda-t-elle à son mari.

— Non. Et ici ?

— Non plus. Maria est en haut. Elle est inconsolable. Je lui ai pourtant dit qu'elle n'était pas fautive. (Maria, supposai-je, était la nounou, Miss Jackson.) Vous avez vu Lestrade ?

— Non, répondit Jones en baissant la tête. Que Dieu me pardonne si j'ai pris la mauvaise décision. Mais je n'ai pas pu me résoudre à désobéir à leurs instructions.

— Je ne vous laisserai pas les affronter seul, Athelney.

— Je ne suis pas seul. Chase est avec moi.

— Je n'ai pas confiance en Mr Chase.

— Elspeth ! s'écria Jones, offensé.

— Vous êtes injuste, Mrs Jones, dis-je. Dans toute cette affaire, j'ai fait ce que je pouvais pour…

— Pardonnez-moi de parler sans détours, me coupa Elspeth en se tournant vers son mari. Au vu des circonstances, comment puis-je réagir autrement ? Dès le début, depuis votre départ pour la Suisse, je redoute un malheur de ce genre. J'ai le pressentiment que le mal rôde, Athelney. Non, ne secouez pas la tête. N'apprenons-nous pas, à l'église, que le Mal a une présence physique ? Que nous pouvons le sentir comme un hiver glacial ou une tempête imminente ? « Délivrez-nous du mal ! », répétons-nous chaque soir. Et maintenant le mal est là. Peut-être avez-vous invité le démon. Peut-être était-il en chemin de toute façon. Peu m'importe si j'offense quelqu'un. Je refuse de vous perdre ainsi.

— Je n'ai pas d'autre choix que d'accepter leurs conditions, se défendit Jones.

— Et s'ils vous tuent ?

— Je ne pense pas qu'ils veuillent nous tuer, Mrs Jones, fis-je observer. Ils n'auraient rien à y gagner. Pour commencer, d'autres policiers prendraient aussitôt notre place. Et si le meurtre d'un agent de Pinkerton peut être accueilli avec une certaine indifférence, la mort d'un inspecteur de Scotland Yard serait une tout autre affaire. Notre ennemi n'a certainement pas envie de s'attirer les foudres de la police anglaise.

— Alors quelles sont ses intentions ?

— Je n'en ai aucune idée. Nous lancer un avertissement, nous faire peur, peut-être nous montrer l'étendue de son pouvoir.

— Il tuera Beatrice.

— Cela non plus, je ne le crois pas. Il se sert d'elle pour nous atteindre. La lettre en est la preuve. Je connais ces gens. Je connais leur façon de travailler. Ce sont des méthodes new-yorkaises.

Extorsion. Intimidation. Mais je vous jure devant Dieu qu'ils ne toucheront pas à votre enfant, tout simplement parce qu'ils n'y ont aucun intérêt.

Elspeth hocha lentement la tête mais elle ne me regardait toujours pas. Nous nous assîmes autour de la table, et commença alors ce que je peux appeler l'après-midi la plus longue de ma vie. La pendule sur la cheminée égrenait bruyamment les secondes. Nous étions condamnés à attendre. Toute conversation était impossible, et bien que la jeune servante nous eût apporté du thé et des sandwiches, aucun de nous ne put rien avaler. J'étais conscient de la circulation au dehors, du ciel qui s'assombrissait peu à peu, mais je dus glisser dans une sorte de rêverie éveillée car je sursautai violemment en entendant un coup frappé à la porte.

— C'est elle ! cria Elspeth.

— Plût au ciel, murmura Jones en se levant avec difficulté, la station assise prolongée l'ayant engourdi.

Nous le suivîmes dans le vestibule. Toutefois, lorsqu'il ouvrit la porte, ce n'était pas Beatrice qui se tenait sur le seuil mais un homme coiffé d'une casquette, porteur d'un deuxième message. Jones lui arracha le papier des mains.

— Qui vous l'a donné ?

Le messager parut indigné.

— J'étais au pub. Le *Camberwell Arms*. Un type m'a payé un shilling pour l'apporter ici.

— Décrivez-le-moi. Je suis officier de police et si vous me cachez quelque chose, ça ira mal pour vous.

— J'ai rien fait de mal. Je suis charpentier. Je l'ai à peine vu. Un type en noir, avec un chapeau et une écharpe remontée sur le menton. Il m'a demandé si je voulais gagner un shilling et il m'a remis ça. Il a dit qu'il y avait deux hommes dans la maison et que je pouvais le remettre à l'un ou à l'autre. C'est tout ce que je sais.

Jones prit la lettre et nous retournâmes dans le salon, où il l'ouvrit. Le message était de la même écriture que le précédent, mais la forme encore plus concise.

PROMENADE DE L'HOMME MORT.
TOUS LES DEUX. PAS DE POLICE.

— La Promenade de l'Homme Mort ! s'exclama Elspeth en frissonnant. Quel horrible nom. Qu'est-ce que c'est ?

Et comme Jones ne répondait pas, elle insista :

— Dites-le-moi, Athelney !

— Je ne sais pas. Mais je peux vérifier dans mon fichier. Accordez-moi une minute…

Je restai seul avec Elspeth Jones tandis que son mari montait dans son bureau chercher dans les différentes fiches qu'il avait rassemblées au fil des années (à l'instar de Holmes, bien entendu), et je suis certain que, comme moi, elle compta ses pas dans l'escalier quand il redescendit.

— C'est dans Southwark, expliqua-t-il en revenant dans le salon.

— Savez-vous de quoi il s'agit ?

— Oui, ma chérie, mais vous ne devez pas vous tourmenter. C'est un cimetière. Un cimetière désaffecté et fermé depuis des années.

— Pourquoi un cimetière ? Cherchent-ils à nous dire que notre fille…

— Non. Ils ont simplement choisi un lieu tranquille et isolé pour mener leur projet à bien. C'est un endroit comme un autre.

— N'y allez pas ! s'écria Elspeth en lui prenant le papier, comme si elle espérait trouver d'autres indices dans ces deux lignes. Je ne vous laisserai pas vous exposer.

— Si nous n'obéissons pas à leurs instructions, je pense qu'il y a peu de chances que nous trouvions notre fille là-bas, ma chérie. Ces gens sont rusés, et ils nous ont clairement montré qu'ils savent ce qu'ils font. Il se peut qu'ils nous observent en ce moment même.

— Comment est-ce possible ? Pourquoi dites-vous cela ?

— Le premier message était adressé à moi seul. Celui-ci nous implique tous les deux. On a dit au messager qu'il y avait deux hommes dans la maison. Ils savent que Chase est ici.

— Je ne vous laisserai pas faire, insista Elspeth d'une voix assurée mais vibrante de passion. Je vous en supplie, écoutez-moi. Laissez-moi y aller à votre place. Ces gens ne sont pas mauvais au point d'ignorer les plaintes d'une mère. Je m'offrirai en échange de Beatrice…

— Ce n'est pas ce qu'ils cherchent. C'est Chase et moi qu'ils attendent. Nous sommes les seuls avec qui ils désirent parler. Mais tu ne dois pas avoir peur. Chase a raison. Ils n'ont rien à gagner à nous faire du mal. Je suis convaincu que Clarence Devereux cherche à conclure un marché avec nous. C'est tout. Quoi qu'il en soit, les spéculations ne servent à rien quand la vie de Beatrice est en jeu. Si nous refusons d'obéir à leurs instructions, ce sera pire. Cela ne fait aucun doute.

— Ils ne précisent pas l'heure.

— C'est que nous devons partir immédiatement.

Elspeth cessa d'argumenter. Elle enlaça son mari comme si c'était la dernière fois. J'avoue que j'avais quelques réserves sur les conclusions de Jones. Si Clarence Devereux avait simplement souhaité nous parler, il n'aurait pas kidnappé une enfant de six ans pour nous attirer dans un cimetière désaffecté. Il n'avait en effet rien à gagner à nous faire du mal, mais ça ne l'empêcherait pas de nous en faire. Je le connaissais. Je savais comment il opérait. Autant discuter avec la scarlatine. Une fois que nous serions entre ses mains, il nous détruirait, tout simplement parce que c'était dans sa nature.

Nous quittâmes la maison. La nuit me parut anormalement fraîche pour la saison, bien qu'il n'y eût pas la moindre brise. Jones prit sa femme dans ses bras et ils se regardèrent intensément pendant de longues secondes. Nous étions seuls dans la rue apparemment déserte, pourtant je savais qu'on nous observait.

— Nous partons ! Et vous, allez au diable ! criai-je à la cantonade. Nous sommes seuls. Nous irons à la Promenade de l'Homme Mort et vous pourrez faire de nous ce qu'il vous plaira !

— Ils ne vous entendent pas, me dit Jones.

— Si. Ils ne sont pas loin. Vous l'avez dit vous-même. Ils savent que nous nous mettons en route.

Southwark n'était pas très loin et nous y allâmes en fiacre. Jones portait une capote et j'observai qu'il s'était muni d'une nouvelle canne, dotée d'un pommeau en forme de tête de corbeau. Un accessoire parfaitement adapté pour un cimetière. Il était inhabituellement tendu et silencieux, et je compris qu'il ne croyait pas un mot de ce qu'il avait dit à sa femme. Nous allions au-devant d'un péril mortel, et il le savait.

Il le savait déjà lorsqu'il m'avait convié à l'accompagner.

La Promenade de l'Homme Mort a disparu depuis longtemps. C'était l'un de ces cimetières construits au début des années 1800, lorsque personne n'imaginait combien d'habitants résideraient à Londres et, inévitablement, y mourraient. Le terrain était très vite devenu trop petit pour le nombre de demandes. Pierres tombales et monuments funéraires s'agglutinaient les uns à côté des autres, à tel point que, au lieu d'offrir calme et recueillement, le cimetière était devenu un spectacle hideux de pierres dressées en tous sens luttant pour un minimum d'espace. Depuis des années, une odeur putride flottait dans l'air : les dernières tombes étaient trop peu profondes, inadaptées, et il n'était pas rare de trouver des morceaux de cercueil en train de pourrir, voire des fragments d'ossements émergeant de la terre. Conséquence logique : le cimetière avait été abandonné. Ailleurs, dans des situations similaires, certains cimetières avaient été vendus et transformés en parcs. Mais la Promenade de l'Homme Mort était restée en l'état, long terrain irrégulier coincé entre une ligne de chemin de fer et un ancien hospice, avec un portail rouillé à chaque extrémité, quelques malheureux arbres, et le sentiment de n'appartenir ni à ce monde ni à l'autre, mais à une province ténébreuse et lugubre qui lui était propre.

Le fiacre nous déposa alors que la cloche de l'église sonnait huit heures ; le carillon grave résonna dans l'obscurité. Je vis tout de suite que nous avions un comité d'accueil, et mon moral déclina. Une dizaine de voyous nous attendaient, si sales et loqueteux qu'on aurait pu les croire émergés des tombes avoisinantes. Pour la plupart, ils portaient une jaquette, un pantalon de velours côtelé taché et des bottines. Certains étaient tête nue, d'autres coiffés d'un chapeau rond, et tous tenaient un gourdin, sur l'épaule ou dans le creux du bras. Des torches jetaient des lueurs rougeoyantes sur les pierres tombales comme pour rendre le décor plus infernal. Depuis quand ils étaient là, je n'aurais su le dire, mais il me paraissait incroyable que nous fussions venus pour nous livrer à eux. Je dus faire un effort pour me rappeler qu'il n'y avait pas d'alternative, que nous avions pris notre décision.

Malgré cela, nous marquâmes un arrêt devant le portail.

— Où est ma fille ? cria Jones.

— Vous êtes venus seuls ?

L'homme qui avait répondu était un barbu, avec de longs cheveux emmêlés et un nez cassé qui jetait des ombres biscornues sur son visage.

— Oui ! Où est-elle ?

Il y eut un silence. Une brise soudaine souffla sur le cimetière et les flammes des torches s'inclinèrent comme pour la saluer. Puis une silhouette apparut, se détachant d'un monument funéraire surmonté d'un ange de pierre. L'espace d'un instant, je crus qu'il s'agissait de Clarence Devereux, puis je me rappelai que son agoraphobie l'empêchait de s'aventurer dans un espace ouvert. C'était Edgar Mortlake. Je l'avais vu sauter dans la Tamise, et il m'apparut plus mort que vivant, se mouvant avec lenteur, comme si l'impact de l'eau lui avait brisé des os. Il n'était pas seul. Beatrice, pâle et effrayée, lui tenait la main. Elle était décoiffée, son visage portait des traces de saleté, sa robe était déchirée. À part cela, elle semblait indemne.

— On se moque bien de votre fille ! cria Mortlake. C'est vous que nous voulons. Vous et votre abominable ami !

— Nous sommes là.

— Approchez ! Venez nous rejoindre. Nous n'avons aucun intérêt à garder votre fille. Il y a une voiture toute prête à la reconduire chez vous. Mais si vous ne faites pas ce que je vous dis, vous verrez un spectacle qu'il vaudrait mieux vous épargner.

Il avait levé son autre main, dans laquelle il tenait un couteau à longue lame qui luisait à la lueur des torches. Par chance, la petite fille ne pouvait le voir. Je ne doutais pas que Mortlake mettrait sa menace à exécution si nous n'obéissions pas. J'échangeai un regard avec Jones, et nous avançâmes d'un même pas.

Aussitôt, les voyous se déplacèrent derrière nous pour nous interdire toute fuite. Mortlake approcha, tenant toujours la main de Beatrice. L'enfant avait reconnu son père mais la peur l'empêchait de parler.

— Ramène-la chez elle, ordonna Mortlake à l'un des jeunes voyous, une petite brute aux cheveux bouclés, le sourire aux lèvres, un orgelet sur une paupière. (Il s'éloigna avec Beatrice.) Vous voyez, inspecteur Jones ? Je tiens parole.

Jones attendit que Beatrice fût sortie du cimetière pour répondre.

— Vous êtes un lâche, Mortlake. Un homme qui enlève une enfant et se sert d'elle pour parvenir à ses fins. Un être méprisable.

— Et vous, vous êtes l'infirme qui a tué mon frère. (Mortlake était tout près de Jones à présent, son visage à quelques centimètres du sien. Il le regardait, un éclair de folie dans les yeux.) Vous allez le payer cher, je vous l'assure. Mais d'abord, j'ai quelques questions à vous poser. Et je veux des réponses !

Mortlake fit un signe de la tête et l'un de ses acolytes avança avec un gourdin irlandais muni d'une sangle, qu'il se mit à faire tournoyer en l'air avant de l'abattre sur la nuque de Jones. Jones s'effondra sans un mot, et je pris conscience que j'étais maintenant seul face à l'ennemi, encerclé, et que Mortlake se tournait déjà vers moi. Je savais ce qui allait advenir. Je l'attendais. Mais je n'étais pas préparé à l'explosion de douleur qui me précipita vers un tunnel de ténèbres et une mort certaine.

- 18 -

LA CHAMBRE FROIDE

J'avais presque peur d'ouvrir les yeux car j'étais persuadé d'être en train de mourir. Sinon, comment expliquer ce froid intense ?

Je me découvris allongé sur un sol de pierre, à proximité d'une petite lumière vacillante. J'ignorais depuis combien de temps j'étais là et si j'étais grièvement blessé ; j'avais des élancements dans la tête à la suite du coup de gourdin. Je n'étais même pas sûr d'être encore à Londres. Le froid me pénétrait jusqu'aux os et tout mon corps frissonnait malgré moi. Je n'avais plus aucune sensation dans les mains mais mes dents me faisaient mal. C'était comme si on m'avait transporté au pôle Nord et laissé pour mort sur la banquise. Mais non. J'étais dans un endroit clos. Sous mes pieds, c'était de la pierre et non de la glace. Je me redressai en position assise et m'enveloppai de mes bras pour conserver le peu de chaleur qu'il me restait, mais aussi pour reprendre conscience de moi-même. Et je vis Athelney Jones. Lui aussi s'était ranimé, mais il paraissait proche de la mort. Il était affalé contre un mur de briques, sa canne près de lui. Il avait des paillettes de glace sur ses épaules, son col, ses lèvres.

— Jones ?

— Chase ! Dieu merci vous êtes réveillé.

— Où sommes-nous ?

Un nuage de buée se formait devant ma bouche quand je parlais.

— À Smithfield, je pense. Ou un endroit de ce genre.

— Smithfield ? Qu'est-ce que c'est ?

La réponse à ma question se trouvait sous mes yeux. Nous étions dans un marché de viande en gros, entourés de centaines de carcasses. Je les avais vues mais, mes sens ne revenant que lentement, je n'avais pas saisi de quoi il s'agissait. Des moutons entiers, dépecés, privés de tête et de la toison qui auraient pu les identifier comme des créatures de Dieu, les membres raidis, empilés en tas qui montaient presque jusqu'au plafond. De petites flaques de sang s'étaient formées et figées, plus violettes que rouges. Je regardai tout autour de moi. La chambre froide était carrée et dotée de deux échelles qui glissaient sur des rails d'un bout à l'autre. L'endroit m'évoqua la cale d'un navire cargo. La seule issue était fermée par une porte en acier très probablement verrouillée, et gelée – mieux valait sans doute ne pas la toucher pour éviter d'y laisser la peau des doigts. Deux chandelles avaient été placées sur le sol. Sans elles, l'obscurité aurait été totale.

— Depuis combien de temps sommes-nous ici ? articulai-je péniblement, les mâchoires bloquées par le froid.

— Pas longtemps. Forcément pas longtemps.

— Vous êtes blessé ?

— Non. Pas plus que vous.

— Votre fille ?

— Saine et sauve… Du moins je le crois. C'est une consolation. (Jones se pencha avec effort pour récupérer sa canne.) Je suis désolé, Chase.

— De quoi ?

— De vous avoir entraîné à me suivre. C'est ma faute. J'aurais fait n'importe quoi, n'importe quoi pour retrouver Beatrice. C'était injuste de vous impliquer dans cette aventure.

Il parlait d'une voix essoufflée, hachée, aussi vide de chaleur que les moutons qui nous entouraient. Il ne pouvait en être autrement : chaque parole émise devait lutter contre le froid mordant.

— Ne vous reprochez rien, Jones. Nous avons commencé ensemble, nous terminerons ensemble. C'est normal.

Chacun se replia dans le silence pour conserver ses forces, conscient que la vie s'éloignait peu à peu. Étions-nous condamnés à rester ici jusqu'à ce que notre sang se fige dans nos veines ? Jones avait raison. Nous étions dans un important marché de viande en gros, doté de plusieurs chambres froides. Les murs étaient remplis de charbon de bois et, non loin, une machine de réfrigération à compression de vapeur pompait de l'air glacé, et mortel, à l'intérieur de la chambre. Le mécanisme était tout nouveau et nous serions probablement ses premières victimes, ce qui n'apportait aucun réconfort.

Je me refusais toujours à croire qu'ils avaient l'intention de nous tuer – en tout cas pas dans l'immédiat – et je m'accrochais à cette idée pour ne pas perdre connaissance. Edgar Mortlake avait dit que Clarence Devereux voulait nous parler. Nos souffrances présentes n'étaient sans doute que le prélude à cette entrevue. L'attente prendrait fin bientôt. Les doigts engourdis, je sondai mes poches pour découvrir que mon fidèle canif, la seule arme que je portais toujours avec moi, avait disparu. C'était sans importance. De toute façon, je n'aurais pas été en état de l'utiliser.

Je ne sais pas combien de minutes s'écoulèrent. Je me sentais glisser dans un sommeil profond qui s'ouvrait sous moi comme un gouffre. Je savais que si je fermais les yeux je ne pourrais jamais les rouvrir, mais c'était plus fort que moi. J'avais cessé de grelotter. J'avais atteint cet état étrange au-delà du froid et de l'hypothermie. Mais alors que je me sentais dériver au loin, la porte métallique s'ouvrit et un homme apparut, silhouette aux contours indistincts dans la lumière vacillante. C'était Mortlake. Il nous toisa avec mépris.

— Toujours avec nous ? lança-t-il. Vous vous êtes rafraîchis, je suppose. Venez par ici, messieurs. Tout est prêt pour vous recevoir. Debout ! Il y a ici quelqu'un que vous serez content de voir.

Nous étions incapables de nous lever. Trois hommes entrèrent dans la salle et nous hissèrent sur nos pieds avec la même délicatesse que si nous étions des carcasses de moutons. Cela me fit un curieux effet de voir leurs mains sur moi sans rien sentir. L'ouverture de la porte avait toutefois légèrement fait monter la température, et le mouvement de mes jambes remit mon sang presque gelé en circulation. Je m'aperçus que je pouvais bouger. Je regardai Jones s'appuyer de tout son poids sur sa canne pour tenter de recouvrer un minimum de dignité, avant d'être propulsé vers la porte. Aucun de nous n'adressa la parole à Edgar Mortlake. À quoi bon gaspiller notre salive ? Mortlake avait déjà clairement exprimé son intention de jouir de nos souffrances et de notre humiliation. Il nous avait en son pouvoir et tout ce que nous dirions lui fournirait le prétexte de nous tourmenter davantage. Soutenus par les mêmes brutes qui nous avaient transportés ici depuis le cimetière, nous quittâmes la chambre froide, laquelle donnait sur un couloir voûté en pierres nues qui évoquait un tombeau. Trébuchant à cause de nos pieds gourds, nous arrivâmes en haut d'un escalier éclairé par des lampes à huile. Nos cerbères devaient nous porter à moitié pour nous éviter de tomber. L'air était moins froid. Mon souffle ne se figeait plus devant ma bouche. Mes jambes reprenaient vie.

Un second couloir partait du bas de l'escalier. J'avais l'impression que nous étions déjà assez loin sous terre. L'air était lourd et le silence épais oppressait mes oreilles. Je commençais à pouvoir marcher seul mais les progrès de Jones étaient plus lents, malgré sa canne. Mortlake était quelque part derrière nous, savourant sans doute ce qui se préparait. Après un angle du couloir, nous débouchâmes dans un espace extraordinaire : une longue salle souterraine dont personne, à la surface, n'imaginait l'existence.

Les parois étaient en briques, les plafonds voûtés, et des dizaines d'arcades se faisaient face sur deux rangées. Des poutrelles en acier étaient fixées au-dessus de nos têtes, avec des crochets suspendus à des chaînes rouillées. Le sol était dallé de pavés vieux de plusieurs siècles et fortement usés, des rails s'incurvaient et s'entrecroisaient en s'enfonçant dans les entrailles de la terre. L'ensemble était éclairé par des lumières à gaz jetant un halo qui flottait à mi-hauteur, comme un brouillard d'hiver. L'air était moite et putride. Deux tables dressées sur des tréteaux regorgeaient de tout un éventail d'instruments que je me refusai à examiner. Il y avait aussi deux chaises branlantes. Une pour Jones, une pour moi. Trois autres hommes, ce qui faisait six au total, nous attendaient. Ils offraient un spectacle plus lugubre encore qu'à la Promenade de l'Homme Mort. Nous étions leurs prisonniers, entièrement à leur merci. À présent, c'étaient nous, les hommes morts.

Aucun d'eux ne parlait et pourtant j'entendais des échos de voix, lointaines et hors de vue. Et un fracas de ferraille. Nous étions dans un recoin de ce qui devait être un vaste complexe. Je renonçai à crier pour appeler au secours. C'était inutile car personne n'aurait pu détecter d'où venaient les cris, et on m'aurait probablement assommé avant.

— Asseyez-vous ! ordonna Mortlake.

Nous n'avions pas le choix. Au moment de m'asseoir, j'entendis des bruits extraordinaires : un claquement de fouet, un cliquetis de roues sur les pavés, et un martèlement de sabots de cheval. Je tournai la tête et j'eus une vision que je n'oublierai jamais. Une voiture d'un noir luisant, tirée par deux chevaux noirs et menée par un cocher en capote noire, fonçant vers nous, surgit des ténèbres comme dans un conte de Grimm. L'équipage s'immobilisa. La porte s'ouvrit et Clarence Devereux en descendit.

Une entrée en scène si sophistiquée pour un si petit homme ! Et pour un public si réduit ! Lentement, posément, Devereux s'approcha. Il était vêtu d'une cape sur un gilet de soie de couleur vive, et coiffé d'un chapeau haut-de-forme, ses doigts minuscules cachés dans des gants d'enfant. Il s'arrêta à quelques pas, le teint blafard, et nous examina à travers les fentes de ses lourdes paupières. C'était bien sûr un des rares endroits où il se sentait à l'aise. Pour un homme souffrant d'agoraphobie, se mouvoir sous terre était une aubaine.

— Vous avez froid ? demanda-t-il de sa voix fluette avec une feinte compassion. Réchauffez-les !

Mes épaules et mes bras furent solidement empoignés. Jones eut droit au même traitement. Les six hommes refermèrent le cercle autour de nous et, sous les yeux de Devereux et de Mortlake, commencèrent à nous frapper de leurs poings. Je ne pouvais rien faire sinon encaisser. Des éclairs m'explosaient dans la tête chaque fois qu'un coup m'atteignait au visage. Lorsqu'ils cessèrent enfin, mon nez saignait. Je sentais le goût du sang dans ma bouche. Jones était affaissé en avant, un œil fermé, la joue enflée. Il n'avait pas émis un son pendant cette correction en règle. Moi non plus, d'ailleurs.

— C'est mieux, murmura Devereux quand ses hommes reculèrent et nous abandonnèrent, pantelants, sur nos chaises. Je tiens à ce que vous compreniez que je déteste cela. J'ajouterai même que j'exècre les méthodes utilisées pour vous amener ici. L'enlèvement d'une petite fille n'est pas un moyen que j'aurais suggéré en temps normal, et si cela peut vous consoler, inspecteur Jones, sachez qu'elle est à présent auprès de sa mère. J'aurais pu me servir d'elle davantage. La torturer devant vous. Mais quoi que vous pensiez de moi, je ne suis pas cette sorte d'homme. Je regrette qu'elle ait eu à revoir son père et que la dernière image qu'elle gardera de vous ne soit pas très plaisante. Mais je pense qu'elle finira par vous oublier. Les enfants ont du ressort. Nous pouvons, je crois, la chasser de nos pensées.

« Je n'ai pas non plus pour habitude de tuer des officiers de police et des représentants de la loi. Cela entraîne trop de circonstances aggravantes. Pinkerton est une chose, mais Scotland Yard en est une autre, et il se pourrait qu'un jour je regrette ma décision. Mais vous me causez des ennuis depuis trop longtemps. Ce qui me tracasse le plus, c'est de ne pas comprendre comment vous avez réussi à progresser aussi vite dans votre enquête. C'est la raison pour laquelle vous êtes ici, et les coups que vous venez de subir ne sont qu'un avant-goût de ce qui vous attend. Je vois que vous frissonnez, tous les deux. Je vous ferai l'honneur de supposer que c'est d'épuisement et de froid, non de peur. Donnez-leur un peu de vin !

Il donna cet ordre exactement sur le même ton que pour commander à ses sbires de nous frapper. Aussitôt, on nous fourra une tasse de vin dans la main. Jones n'y toucha pas, mais j'avalai une gorgée. Le liquide rouge sombre chassa le goût du sang.

— En quelques semaines seulement, vous êtes parvenus jusqu'au cœur de mon organisation et vous avez laissé derrière vous un sillage de destruction. Mon ami Scotchy Lavelle a été torturé à mort et, inexplicablement, toute sa maisonnée tuée en même temps. Or Scotchy était un homme prudent. Il avait une foule d'ennemis à New York et savait se faire discret. Il avait loué une maison tranquille dans un quartier paisible de Londres. Je me demande donc comment vous l'avez déniché. Qui vous a informés ? Bien sûr, je sais que Scotchy était connu de Pinkerton et que vous auriez pu l'identifier, Mr Chase. Mais vous étiez en Angleterre depuis quarante-huit heures à peine et vous êtes allés directement à Highgate. C'est incompréhensible.

Je pensais que Jones allait lui expliquer qu'il avait suivi le messager, Perry, du Café Royal jusqu'à Bladeston House, mais il resta muet. Devereux, toutefois, exigeait une réponse et je compris que notre situation, déjà mauvaise, risquait d'empirer considérablement s'il n'en obtenait pas.

— C'est grâce à Pilgrim, dis-je.

— Pilgrim ?

— Un de mes agents.

— Jonathan Pilgrim, grommela Mortlake. Le secrétaire de mon frère.

Devereux parut étonné.

— Pilgrim, un Pinkerton ? Nous savions que c'était un informateur. Nous avons découvert qu'il mentait et il a payé pour sa trahison. Mais j'avais cru comprendre qu'il était au service de Moriarty.

— Vous avez fait erreur, dis-je. Il travaillait pour moi.

— Pilgrim était anglais.

— Américain.

— Et c'est lui qui vous a donné l'adresse de Scotchy ? Il est possible qu'il ait travaillé pour vous. Dommage que nous n'ayons pas songé à l'interroger. J'ai d'ailleurs dit à Leland qu'il s'était trop précipité pour l'éliminer. Mais n'essayez pas de me tromper, Mr Chase, vous le regretteriez. Vous m'avez sous-estimé car vous m'avez vu à mon désavantage. Si vous mentez, je le saurai et vous le ferai payer très cher. Vous n'avez rien à ajouter ? Alors poursuivons. Pilgrim vous a donc indiqué l'adresse. Vous allez à Bladeston House et, dans la nuit, Scotchy et tous les gens de sa maison sont tués pendant leur sommeil. Comment est-ce arrivé ? Et surtout pourquoi ?

— Ce n'est pas à nous de répondre.

— Nous verrons. Scotchy ne vous a rien dit. Cela, j'en suis certain. Jamais il n'aurait parlé à la police et je suis tout aussi sûr qu'il n'aurait rien laissé de compromettant. Ni lettre, ni papiers, ni indices. Je vous l'ai dit, c'était un homme prudent. Pourtant, dès le lendemain, vous débarquez dans mon club.

— Jonathan Pilgrim m'avait écrit du Bostonian. Et la police savait qu'il y avait une chambre.

— Comment la police l'a-t-elle appris ? Comment a-t-elle découvert l'identité de Pilgrim ? Vous nous prenez pour des amateurs, Mr Chase ? Croyez-vous vraiment que nous avons abandonné son corps sans fouiller ses poches ? La police n'avait aucun moyen d'établir un lien entre Pilgrim et nous. Pourtant elle l'a fait. Cela signifie que quelque chose cloche.

— Vous devriez peut-être inviter l'inspecteur Lestrade à notre petite réunion. Il serait ravi de vous exposer son point de vue.

— Nous n'avons pas besoin de Lestrade. Nous vous avons vous. (Devereux réfléchit un instant avant de poursuivre.) Ensuite, vingt-quatre heures plus tard, nous nous retrouvons à Chancery Lane, sur les lieux d'un cambriolage qui a nécessité des semaines de préparation et dont j'espérais tirer un profit de plusieurs milliers de livres. Non seulement des biens de valeur appartenant aux familles fortunées de Londres, mais aussi quelques secrets monnayables. Cette fois encore, vous me devancez. Comment étiez-vous au courant ? Qui vous l'a dit ? John Clay ? Je ne crois pas. Il n'en aurait pas eu le courage. Scotchy ? Impensable. Comment êtes-vous arrivés là-bas ?

— Votre ami Lavelle avait laissé une note dans son agenda.

Cette fois, c'était Jones qui avait répondu, parlant avec difficulté entre ses lèvres meurtries. Il n'avait toujours pas touché à son vin.

— Non ! Je refuse de vous croire, inspecteur Jones. Scotchy n'aurait jamais été aussi stupide.

— Pourtant je vous assure que c'est vrai.

— Serez-vous toujours aussi assuré dans une demi-heure ? Nous verrons. Vous étiez responsables de l'échec de cette entreprise et, sur le moment, j'étais prêt à l'accepter. Ce n'était après tout qu'une affaire parmi d'autres. Mais ce que je ne peux accepter, et que vous allez devoir m'expliquer, c'est votre intrusion à la légation américaine. Comment vous êtes-vous retrouvés là-bas ? Qui vous a guidés jusqu'à moi ? Pour garantir ma sécurité dans ce pays, je dois le savoir. Entendez-vous ce que je vous dis, inspecteur Jones ? C'est pour cela que j'ai pris tant de mal à vous amener ici. Vous êtes venus me défier chez moi. Vous avez tiré avantage de ma déficience pour m'humilier. Je ne dis pas que je compte vous punir pour cela, mais je veux faire en sorte que ceci ne se reproduira plus.

— Vous avez une trop grande confiance dans vos capacités, répondit Jones. Vous trouver a été simple. La piste allant de Meiringen à Highgate puis à Mayfair était évidente. N'importe qui aurait pu la suivre.

— N'imaginez pas que nous allons vous dévoiler nos méthodes ! ajoutai-je. Pourquoi devrions-nous vous parler, Devereux ? Vous nous tuerez de toute façon. Finissons-en.

Il y eut un long silence, pendant lequel Edgar Mortlake nous dévisagea avec une haine sourde, tandis que les hommes de main paraissaient se désintéresser de la discussion.

— Très bien. Passons aux choses sérieuses, dit enfin Devereux en tortillant le majeur de son gant.

Ses mains retombèrent le long de son corps. Il paraissait presque attristé par ce qu'il allait dire.

— Savez-vous où vous êtes ? Dans les sous-sols de Smithfield, l'un des plus grands marchés de viande en gros du monde. Cette ville est un ogre insatiable qui dévore plus de viande qu'on ne peut l'imaginer. Chaque jour, du monde entier, affluent des bœufs, des porcs, des agneaux, des lapins, des coqs, des poules, des pigeons, des oies, des dindes. Ils parcourent des milliers de kilomètres depuis l'Espagne, la Hollande et plus loin encore : d'Amérique, d'Australie et de Nouvelle-Zélande. Ici, nous sommes à la lisière de la halle. Personne ne peut nous entendre ni venir nous déranger. Mais, pas très loin, les bouchers sont arrivés. Leurs carrioles et leurs paniers d'osier attendent d'être remplis. Snow Hill est juste à côté. Oui, le marché possède sa propre gare, et bientôt le premier train arrivera en provenance directe des docks de Deptford. Il sera déchargé ici. Cinq cents tonnes de viande. Toute cette vie animale réduite à des langues, des queues, des foies, des cœurs, des selles, des flanchets, des tonneaux de tripes.

« Pourquoi je vous raconte cela ? Le sujet m'intéresse de façon très personnelle et je vais vous expliquer pourquoi avant de vous abandonner à votre triste sort. Mes parents étaient originaires d'Europe, mais j'ai été élevé dans le quartier de Packinghouse à Chicago. Notre maison était sur Madison Street, près du marché de Bull's Head et des abattoirs. Je les vois encore aujourd'hui... La buée qui monte, les grands troupeaux, les yeux affolés des bêtes. Comment oublier ? Le marché de viande en gros a envahi ma vie. La fumée et les odeurs s'incrustaient partout. Dans la chaleur de l'été, les mouches affluaient par dizaines de milliers et la rivière était rouge de sang. Les bouchers manquaient de délicatesse quand il s'agissait de se débarrasser des déchets. Il y avait assez de viande pour nourrir une armée ! Et je dis cela à juste titre car la majeure partie de la production était envoyée pour ravitailler les troupes de l'Union qui combattaient les Confédérés pendant la guerre civile.

« Vous ne serez pas surpris d'apprendre que j'ai grandi avec un profond dégoût pour la viande. Dès le jour où j'ai pu décider par moi-même, je suis devenu ce que l'on appelle maintenant un végétarien. Un mot qui vient d'Angleterre, d'ailleurs. Le mal dont je souffre remonte lui aussi à mon enfance. J'avais des cauchemars à la pensée des bestiaux enfermés, attendant les horreurs de l'abattoir. Je voyais leurs yeux me regarder à travers les barreaux. D'une certaine façon, ils me transmettaient leur peur. Dans mon esprit d'enfant, il m'apparut que les animaux n'étaient à l'abri que s'ils restaient enfermés, car une fois qu'on les sortait de leurs cages, ils étaient égorgés. C'est ainsi que naquit ma peur des espaces ouverts, du monde extérieur. Je ne pouvais plus m'endormir qu'en tirant la couverture au-dessus de ma tête. En un sens, je ne suis jamais sorti de sous ma couverture.

« Je vous demande à l'un et à l'autre de méditer sur la cruauté humaine et les souffrances infligées aux animaux à seule fin de satisfaire notre appétit. Je parle très sérieusement, car cela a une incidence sur votre avenir immédiat. Laissez-moi vous montrer...

Devereux s'approcha des tables et, d'un geste, il désigna les instruments exposés. Cette fois, je ne pus détourner mon regard. Je vis les scies, les couteaux, les crochets, les piques en acier et les fers à marquer étalés à notre intention.

— Les animaux sont battus, reprit Devereux. Fouettés. Marqués au fer. Castrés. Ils sont dépecés et jetés dans l'eau bouillante, parfois avant même d'être morts. On leur crève les yeux, ils sont brutalisés et, à la toute fin, ils sont suspendus la tête en bas pour être égorgés. Et tout cela va vous arriver aussi si vous ne me dites pas ce que je veux savoir. Comment m'avez-vous trouvé ? Comment êtes-vous si au fait de mes affaires ? Pour qui travaillez-vous réellement ?

Il leva la main et continua :

— Vous, inspecteur Jones, vous êtes de Scotland Yard. Et vous, Mr Chase, chez Pinkerton. Mais j'ai eu maille à partir avec ces deux institutions par le passé et je connais leurs méthodes. Les vôtres sont très différentes. Vous enfreignez une loi internationale en violant le sanctuaire d'une légation diplomatique, et je commence à me demander de quel côté de la loi vous êtes véritablement. Vous interrogez Scott Lavelle et, le lendemain, il est assassiné. Vous arrêtez Leland Mortlake et, quelques secondes plus tard, il meurt empoisonné par une fléchette.

« Je prends un grand risque en vous traitant de cette manière et, croyez-moi, je préférerais agir autrement. Je suis avant tout un pragmatique et je sais que les forces de la loi, aussi bien en Angleterre qu'en Amérique, redoubleront d'efforts après votre mort. Mais je n'ai pas le choix. Je dois savoir. Je n'ai qu'une chose à vous offrir : une fin rapide et sans douleur si vous acceptez de coopérer et de me dire la vérité. La lame la plus fine, insérée dans l'épine dorsale d'un taureau, le tue sur-le-champ. On peut procéder de même avec vous. La violence est inutile. Répondez à mes questions et ce sera plus facile pour vous.

Un long silence s'abattit. Au loin, on entendait des bruits de ferraille mais cela pouvait être à un kilomètre, en surface ou bien sous la chaussée. Nous étions totalement seuls, entourés de six hommes qui s'apprêtaient à nous infliger des tortures indescriptibles. Crier ne nous avancerait à rien. Si quelqu'un, par hasard, nous entendait, il confondrait nos cris avec ceux des animaux dans les abattoirs.

— Nous ne pouvons pas vous dire ce que vous désirez savoir, répondit Jones. Parce que vos affirmations reposent sur des bases fausses. Je suis officier de la police britannique. Chase a passé les vingt dernières années à travailler avec Pinkerton. Nous avons suivi une piste, bien qu'étrange, qui nous a conduits de la légation américaine à Chancery Lane. Il est possible que vous ayez des ennemis à votre insu. Ces ennemis nous ont guidés jusqu'à vous. Vous-même avez été imprudent. Si vous n'aviez pas, au début, envoyé une lettre au Professeur Moriarty, notre enquête n'aurait jamais commencé.

— Je ne lui ai pas écrit.

— J'ai vu votre lettre de mes propres yeux.

— Vous mentez.

— Pourquoi mentirais-je ? Vous avez été très clair sur ce qui nous attend. Qu'aurais-je à gagner à vous tromper ?

— La lettre a pu être écrite par Edgar ou Leland Mortlake, suggérai-je. Ou par Scott Lavelle. En tout cas, Devereux, vous avez commis une erreur. Vous avez toutes les cartes en main, mais si vous mettez vos menaces à exécution, d'autres viendront après nous. Vous êtes fini, Devereux. Pourquoi feindre le contraire ?

Devereux me jeta un regard curieux, puis il se tourna de nouveau vers Jones.

— Vous protégez quelqu'un, inspecteur Jones. Je ne sais pas qui, ni pourquoi vous êtes prêt à souffrir à sa place, mais je le sais. Comment, à votre avis, ai-je survécu si longtemps à la police ? Et à mes rivaux qui guettaient ma chute ? J'ai de l'instinct. Vous ne jouez pas franc-jeu.

— C'est faux ! criai-je en bondissant de ma chaise.

Ma réaction prit tout le monde de court. Les hommes de Devereux avaient été endormis par le long discours de leur chef et par notre léthargie apparente. Avant que l'un d'eux pût m'arrêter, je m'étais précipité sur Devereux. Je saisis d'une main son gilet de soie, de l'autre je lui serrai la gorge. Malheureusement, je n'avais pas pu atteindre un des couteaux posés sur la table. Mais je réussis tout de même à le faire tomber en arrière, mes doigts autour de son cou, avant d'être empoigné et arraché à lui. Un gourdin s'abattit sur le côté de ma tête, pas assez fort cependant pour m'assommer, puis un poing s'écrasa sur ma joue. Étourdi, le nez en sang, je fus jeté sur ma chaise.

Clarence Devereux se releva, le visage blanc de fureur. Il n'avait sans doute jamais été agressé ainsi, et encore moins devant ses hommes.

— La discussion est terminée, gronda-t-il d'une voix rauque. J'avais espéré que nous pourrions nous comporter en gentlemen, mais c'est fini. Et je ne resterai pas à regarder mes hommes vous mettre en pièces. Mortlake ! Vous savez quoi faire. Ne les laissez pas mourir avoir d'avoir obtenu la vérité. Ensuite, vous viendrez me faire votre rapport.

— Attendez ! protesta Jones.

Devereux l'ignora. Il remonta dans sa voiture noire, le cocher tira sur les rênes pour faire virer les chevaux, puis son fouet claqua et l'équipage disparut dans le tunnel par où il était arrivé.

Mortlake s'approcha de la table. Il prenait son temps. Il fit lentement courir sa main sur les divers instruments et choisit un coupe-chou de barbier. Il l'ouvrit d'un geste vif. Une lame étincela à la lumière. Les six hommes du cimetière resserrèrent le cercle autour de nous.

— Très bien, dit Mortlake. Au travail.

- 19 -

RETOUR À LA LUMIÈRE

Après la volée de coups que j'avais reçue, j'étais trop faible pour bouger. Je ne pouvais que rester assis et regarder Mortlake brandir le rasoir devant lui comme s'il en admirait la beauté. Jamais je ne m'étais senti aussi impuissant. J'avais trop misé sur mes capacités, tous mes plans et aspirations allaient s'achever dans le sang. Clarence Devereux avait gagné. Le fait d'avoir réussi à mettre mes mains autour de son cou était une maigre consolation. Les marques sur sa peau seraient effacées bien avant qu'il ait trouvé refuge à la légation, tandis que je serais plongé dans un abîme de douleur. Des mains s'abattirent pesamment sur mes épaules. Deux des hommes de Mortlake s'étaient approchés et m'encadraient. L'un d'eux tenait un bout de corde. Le second me saisit un poignet pour me ligoter.

— Attendez ! intervint Jones avec un calme qui m'étonna. Vous perdez votre temps, Mortlake.

— Vous croyez ?

— Nous vous dirons tout ce que votre maître veut savoir. Inutile d'en venir à ces procédés sordides et inhumains. Il est clair pour nous que nous allons mourir ici. Garder le silence ne nous avancerait à rien. Je vais vous décrire, pas à pas, l'itinéraire qui nous a conduits jusqu'ici. Et mon ami Chase corroborera mes dires. Mais vous n'apprendrez pas grand-chose, croyez-moi. (Jones avait posé sa canne sur ses genoux, comme pour mettre une barrière entre lui et ses bourreaux.) Nous ne détenons aucun secret et vous aurez beau vous avilir aux yeux du Seigneur, vous ne découvrirez rien d'utile pour vous.

Mortlake réfléchit rapidement.

— Un détail vous échappe, inspecteur Jones. Vous détenez des informations qui nous intéressent et je suis certain que vous finirez par les révéler. Mais la question n'est plus là. Mon frère, Leland, a été tué alors qu'il était sous votre surveillance, et même si l'assassin vous était inconnu, je vous tiens pour responsable de sa mort et vous allez être punis pour ça. Je pourrais commencer par vous couper la langue. C'est dire à quel point vos aveux me sont indifférents.

— Dans ce cas, vous ne me laissez pas le choix.

Jones fit pivoter sa canne de façon à en pointer l'extrémité en direction de Mortlake, et je m'aperçus qu'il avait dévissé la tête de corbeau de la poignée. Tenant la canne d'une main, il inséra l'index de l'autre main dans la cavité ainsi dévoilée. Aussitôt, une explosion retentit, assourdissante dans l'espace clos. Un énorme trou rouge apparut dans l'estomac de Mortlake, et un flot de sang mêlé de fragments d'os jaillit de son dos. Le projectile lui avait déchiqueté le milieu du corps. Il lâcha le rasoir et resta un instant immobile, les bras en avant, les épaules voûtées. Une volute de fumée s'échappait du bout de la canne. Mortlake poussa un grognement. Du sang se déversa de sa bouche. Il tomba à terre et ne bougea plus.

Malheureusement, l'ingénieux fusil dissimulé dans la canne ne pouvait tirer qu'un coup.

— Maintenant ! cria Jones.

Nous bondîmes de nos chaises en même temps. Les six hommes de main étaient bouche bée. Avec une vivacité et une vigueur dont je ne l'aurais jamais cru capable, Jones fit cingler sa canne – désormais réduite à ce qu'elle était – en plein dans le visage de l'homme le plus proche de lui. Celui-ci bascula à la renverse, le nez en sang. De mon côté, je saisis la corde prévue pour me ligoter et la tirai brutalement à moi, avant d'assener un violent coup de coude dans la gorge de celui qui la tenait. Celui-ci, déséquilibré et démuni, tomba à genoux en émettant des gargouillements.

Pendant un bref instant, je crus que nous avions réussi et que nous allions pouvoir fuir. Mais mon imagination et le soudain renversement de situation m'avaient aveuglé. Il restait quatre voyous indemnes et deux d'entre eux avaient sorti leurs revolvers. Celui que Jones avait frappé au visage était lui aussi armé, et il n'avait pas l'air de vouloir discuter raisonnablement. Ils avaient formé un demi-cercle autour de nous, prêts à faire feu, hors de notre portée. Rien ne pouvait les empêcher de nous abattre.

C'est alors que les lumières s'éteignirent.

Les lampes à huile, dont de longues rangées s'étiraient dans plusieurs directions, vacillèrent et disparurent comme sous une soudaine bourrasque. Nous qui, une seconde plus tôt, étions sur le point de mourir, fûmes subitement plongés dans une obscurité totale, absolue. Je pense qu'une partie de moi se demanda si je n'avais pas été vraiment tué, car la mort ne devait pas être très différente de ces ténèbres. Mais j'étais vivant, je respirais, mon cœur battait. Simplement, j'étais dissocié de tout ce qui m'entourait, incapable même de voir mes propres mains.

— Chase !

J'entendis la voix de Jones en même temps que je sentis sa main sur ma manche qui me tirait vers le sol. Avec ce geste, il me sauva la vie. J'étais à peine agenouillé que les hommes de Mortlake ouvrirent le feu. Des éclairs jaillirent de leurs revolvers, les balles sifflèrent au-dessus de nos têtes avant de s'écraser contre le mur derrière nous. Si j'étais resté debout, j'aurais été coupé en deux. Par chance, je fus même épargné par les ricochets.

— Par ici, chuchota Jones.

Accroupi à côté de moi, il n'avait pas lâché mon bras et il m'entraîna, loin de la bande de Mortlake et des instruments de torture, dans les profondeurs de ce néant ténébreux qu'était devenu notre univers. Il y eut une deuxième salve. Les balles passèrent moins près de nous et je compris que, à chaque pas franchi, les risques d'être touchés diminuaient. Ma main heurta quelque chose. C'était la paroi du passage qui se trouvait derrière nous lorsque Devereux avait fait son petit laïus et par lequel nous étions arrivés. Je me redressai. J'étais toujours aveugle, mais je me disais que si nous restions plaqués contre le mur, celui-ci nous guiderait sûrement vers la sortie.

Du moins, c'est ce que je croyais. Avant que nous ayons pu faire un autre pas, une lumière jaune apparut, éclairant le sol et toute la zone où nous étions. Saisi d'effroi, je me retournai. Je vis Mortlake étalé par terre. Près de lui, le barbu au nez cassé tenait une lampe à huile qu'il avait réussi je ne sais comment à allumer. Malgré nos efforts, nous avions peu progressé. En tout cas pas assez. Nous étions de nouveau à découvert.

— Les voilà ! cria le barbu. Tuez-les !

Je vis les revolvers se braquer sur nous et, résigné, j'attendis la fin. Mais ce n'est pas nous que la mort frappa.

Un projectile invisible atteignit le barbu en pleine tête. Le côté de son crâne explosa et un jet de sang gicla au-dessus de son épaule. Il bascula sur le côté sans lâcher la lampe, qui projeta des ombres distordues sur ses comparses. Ils n'avaient pas encore pu tirer et, quand leur camarade s'effondra, il était trop tard. La lumière s'éteignit de nouveau. Le barbu avait été abattu, mais par qui ? Et pourquoi ? Impossible de répondre à cette question maintenant. Dans l'obscurité ou dans la lumière, nous étions en danger de mort, et nous le resterions tant que nous n'aurions pas rejoint la sécurité de la rue.

Profitant de la confusion qui régnait derrière nous – nos assaillants ne comprenaient pas ce qui s'était passé –, Jones et moi nous mîmes à courir comme nous le pouvions. Deux élans contraires s'opposaient dans mon esprit. Je voulais m'éloigner aussi vite que possible mais, étant de nouveau plongé dans un noir d'encre, je craignais de me heurter à un obstacle. J'entendais Jones quelque part à côté de moi mais je ne savais plus s'il était près ou loin. Était-ce mon imagination ou le sol commençait-il à monter légèrement sous mes pieds ? C'était un élément crucial. Plus nous montions, plus nous avions des chances d'atteindre la surface et de sortir d'ici sains et saufs.

Soudain, j'aperçus une lueur tremblotante à une cinquantaine de pas : une chandelle. Comment était-ce possible ? Qui l'avait allumée ? Je fis halte et criai à Jones :

— Là !

Le petit fanal, juste en face de nous, était manifestement destiné à nous guider loin du danger. Je n'avais aucune perception de la distance, ne sachant même pas où je me trouvais. Je supposais que la lumière avait été placée là pour nous aider. Mais même si elle avait été allumée par le diable en personne, quel autre choix avions-nous ? Devançant de peu le bruit des pas de nos poursuivants, nous accélérâmes. Un nouveau coup de feu éclata. Cette fois encore, la balle ricocha sur la paroi et de la poussière de brique me piqua les yeux. Quelqu'un poussa un juron. Puis j'entendis autre chose, au loin, qui se rapprochait rapidement. Un bruit phénoménal. Un halètement lourd, un cliquetis métallique, accompagnés d'une odeur de brûlé. L'air devint chaud et moite.

Un train à vapeur souterrain fonçait vers nous en direction de Snow Hill, la gare mentionnée par Devereux. Je ne le voyais pas mais le fracas augmentait à chaque seconde. L'obscurité était devenue un rideau devant mes yeux que je désespérais de pouvoir déchirer. Une terreur subite me saisit à la pensée que je m'étais peut-être égaré sur les rails, que j'allais voir surgir la locomotive juste avant qu'elle m'écrase. Mais elle prit un virage et, bien qu'il me fût encore impossible de la distinguer, un faisceau de lumière m'engloutit soudain, illuminant les arcades et la voûte du plafond qui prirent un aspect fantastique. On n'était plus à Londres, dans un marché à viande, mais dans un royaume surnaturel peuplé de fantômes et de monstres.

Jones se tenait près de moi et nous savions que le train allait nous révéler à nos poursuivants. Il roulait sur une voie parallèle au passage où nous marchions, dont elle était séparée par une série d'arches qui entrecoupaient le faisceau de lumière, créant un effet étrange où chaque mouvement était réduit à une série d'images fixes, comme ces vues que l'on regardait dans les machines de fête foraine à Coney Island. La fumée jaillissait de la cheminée de la locomotive, et la vapeur de ses cylindres. Fumée et vapeur tournoyaient et s'enlaçaient comme deux amants fantômes. Le train était une créature fantastique. Plus il approchait, plus il paraissait effrayant. Si nous étions dans un royaume, il en était le dragon.

Je jetai impulsivement un regard derrière moi. Quatre hommes arrivaient. Ils avaient avancé beaucoup plus vite que

Jones et moi, profitant de l'éclairage inespéré. Le train allait nous dépasser dans moins de trente secondes, et ils pourraient nous achever lorsque le faisceau lumineux nous épinglerait. Je les regardai courir, en pleine lumière pendant une seconde, avalés par les ténèbres la seconde suivante, dans ce monde terrible en noir et blanc, animé par le faisceau qui jaillissait par intervalles à travers les arcades. La fumée épaisse menaçait de nous étouffer tous.

Jones me cria quelque chose mais je ne pus saisir ses paroles. Le nombre de nos poursuivants passa subitement de quatre à trois. L'un d'eux, inexplicablement, était tombé en avant. Le train était presque à notre niveau. Soudain, une silhouette surgit de derrière un pilier en briques. C'était Perry, son visage éclairé d'un sourire démoniaque, le regard étincelant. Il courut vers moi, levant dans sa main droite un long couteau de boucher. Je me jetai au sol. Mais je n'étais pas la cible. L'un des hommes de Mortlake s'était avancé à mon insu derrière moi. Perry lui plongea son couteau dans la gorge, l'en retira, frappa à nouveau. Un flot de sang tomba comme un rideau, éclaboussant ses bras. J'entendis le rire strident de Perry ; sa bouche grande ouverte découvrait ses dents blanches. Le rugissement de la locomotive m'emplit les oreilles. Tout à coup, ce n'était plus de l'air que j'aspirais mais de la vapeur et du carbone. Ma gorge était en feu.

Les ténèbres. Le train était passé, égrenant ses voitures une à une.

— Chase ! cria Jones. Où êtes-vous ?

— Ici !

— Quittons ce charnier en vitesse.

La chandelle vacillait toujours. Nous avancions vers elle, sans savoir ce que nous laissions derrière nous. Je crus entendre le bruit sourd d'une balle atteignant sa cible, pas une balle de revolver mais plutôt d'une carabine à air comprimé. Perry était toujours là. Il y eut un cri, suivi d'un gargouillement atroce quand son couteau trancha une gorge. Jones me saisit le bras et nous nous mîmes à courir, toussant, les yeux larmoyants. Cette fois, le sol montait vraiment, en pente régulière. Nous atteignîmes la chandelle. Celle-ci avait été placée à dessein à un angle. En levant les yeux, je découvris le ciel nocturne. Une volée de marches métalliques menait à une ouverture. Puisant dans nos dernières forces, nous nous ruâmes sur l'escalier pour nous hisser vers l'aube naissante.

Personne ne nous suivit. Nous avions réussi à fuir les atrocités du royaume souterrain. Tous les hommes de Mortlake avaient probablement péri mais, même si certains avaient survécu, ils ne pouvaient plus rien contre nous car nous étions maintenant entourés d'une foule de gens : bouchers, garçons livreurs, employés et contrôleurs du marché, acheteurs et vendeurs, qui se rendaient en silence à leur travail. Jones aperçut un agent de police et courut vers lui.

— Je suis l'inspecteur Jones, de Scotland Yard, dit-il d'une voix essoufflée. Je viens d'être victime d'une tentative de meurtre. Appelez des renforts. J'ai besoin de votre protection.

Dieu sait quelle image nous donnions, exténués, désespérés, contusionnés, couverts de sang, nos vêtements en lambeaux, le visage noir de suie. Le policier nous considéra sans s'alarmer.

— Allons, monsieur. Qu'est-ce que vous me racontez là ?

Le ciel avait viré au rose lorsque nous arrivâmes à Camberwell. J'avais accompagné Jones. Je ne pouvais retourner à mon hôtel avant d'avoir étudié avec lui les conséquences des événements de la nuit. Nous avions échangé peu de mots mais, en arrivant à

Denmark Hill, assis tous les deux dans la voiture que le policier s'était enfin laissé convaincre de nous procurer, Jones me dit :

— Vous avez vu.

— Vous parlez de Perry ?

— Oui. Il était là.

— En effet.

— Je ne comprends toujours pas, Chase.

— Moi non plus. D'abord il tente de vous tuer à Scotland Yard. Maintenant il décide de vous sauver.

— Lui et l'homme qui l'accompagnait. Mais qui sont-ils et comment nous ont-ils trouvés ?

Jones ferma les yeux, plongé dans ses réflexions. Il était au bord de l'épuisement. Sans l'incertitude qui le rongeait, il se serait endormi. Nous n'avions que la parole de Devereux pour nous assurer que Beatrice était rentrée auprès de sa mère, et nous n'avions aucune raison de nous fier à lui.

— Vous ne leur avez pas parlé de Perry, poursuivit-il. Quand Devereux nous a demandé comment nous avions trouvé la piste de Highgate, vous ne leur avez pas parlé du garçon du Café Royal.

— Pourquoi aurais-je dit la vérité ? Il m'a paru plus judicieux de le laisser dans le vague. Et il était plus important pour moi de l'entendre avouer le meurtre de Jonathan Pilgrim. Ce qu'il a fait. Bien sûr, nous savions déjà qu'il était coupable, mais à présent nous pouvons jurer devant un tribunal que nous avons entendu ses aveux.

— Si jamais nous réussissons à le traduire en justice.

— Nous y parviendrons, Jones. Après les événements de cette nuit, il ne sera en sûreté nulle part.

Nous arrivâmes devant la maison de Jones, mais il n'eut pas besoin d'ouvrir la porte. En voyant notre voiture s'arrêter,

Elspeth sortit en courant, les cheveux défaits, un châle sur les épaules. Elle se jeta dans les bras de son mari.

— Où est Beatrice ? demanda Jones.

— Là-haut, dans sa chambre. Elle dort. J'ai cru mourir d'inquiétude.

— Je suis là. Nous allons bien.

— Mais tu es blessé ! Ton pauvre visage ! Que s'est-il passé ?

— Ce n'est rien. Nous sommes vivants. C'est tout ce qui compte.

Nous entrâmes tous les trois dans la maison. Un feu de bois brûlait dans la cheminée et la bonne préparait le petit déjeuner, mais je m'endormis dans un fauteuil longtemps avant qu'elle l'eût servi.

· 20 ·

IMMUNITÉ DIPLOMATIQUE

Il me paraissait étrange que l'affaire tout entière – ma longue et pénible recherche du plus grand criminel d'Amérique – se réduisît finalement à une réunion formelle avec trois hommes dans une pièce de la légation américaine. Nous étions revenus à Victoria Street, sous notre véritable identité cette fois et avec le plein accord du préfet de police. L'autorisation venait même du bureau du ministre des Affaires Étrangères, Lord Salisbury en personne. C'est ainsi que nous nous retrouvâmes, Jones et moi, assis en face du ministre plénipotentiaire Robert T. Lincoln et de son conseiller, Henry White, auxquels nous avions été présentés lors de la soirée de gala. Le troisième homme était Charles Isham, secrétaire de Lincoln, un jeune homme inflexible, vêtu d'une veste mauve et d'une cravate foulard. C'était lui qui nous avait arrêtés à l'instigation des frères Mortlake.

Nous étions dans une pièce manifestement utilisée comme bibliothèque : deux murs entiers étaient recouverts de livres, pour la plupart de gros volumes de droit qui n'avaient sans doute jamais été lus. Les murs opposés, d'un gris anémique, s'ornaient des portraits des précédents ministres plénipotentiaires, les plus anciens en faux-col. Des écrans tamisés étaient tirés devant les fenêtres, masquant la vue sur Victoria Street, et je me demandai si cela présageait une visite de Devereux. Il ne s'était pas montré et son nom n'avait pas encore été mentionné. Au moins étions-nous certains qu'il se trouvait quelque part dans la résidence ; plus exactement, nous présumions qu'il y était revenu après son apparition au marché de Smithfield. L'inspecteur Jones avait posté des policiers en civil autour de la légation, chargés de surveiller toutes les personnes qui y entraient et en sortaient.

J'ai déjà décrit Robert Lincoln. Grand et disgracieux, je l'avais trouvé très impressionnant lorsqu'il recevait ses invités, discourant avec courtoisie avec tous ceux qui souhaitaient lui parler mais menant la conversation à sa guise. Même dans ce cadre plus paisible et plus intime, assis sur un siège à haut dossier près d'une table ancienne, il dominait. Il n'avait pas besoin de parler pour s'imposer. Il réfléchissait longuement avant de s'exprimer, ses phrases étaient brèves et pertinentes. White, son conseiller, paraissait le plus soucieux des trois. Assis un peu de côté, il nous examinait de son regard attentif. C'est lui qui avait entamé la discussion.

— Je dois vous demander, inspecteur Jones, ce que vous aviez en tête lorsque vous êtes venu ici il y a quelques jours, en vous présentant sous un faux nom, avec un carton d'invitation dérobé. Aviez-vous conscience de la gravité de votre conduite ?

— C'était très clair à mes yeux, et je ne peux que vous renouveler mes excuses. Sachez toutefois que la situation était désespérée. Je traquais de dangereux criminels. Beaucoup de sang a coulé. On a essayé de me tuer, et l'explosion de la bombe a fait plusieurs victimes.

— Comment pouvez-vous être certain qu'ils sont les auteurs de cet attentat ?

— Je ne le peux pas, monsieur. Je sais seulement que Chase et moi les avons poursuivis jusqu'ici. Un cocher les a conduits directement à Victoria Street depuis Scotland Yard, juste après l'explosion.

— Le cocher a pu se tromper.

— C'est possible, mais je ne le crois pas. Mr Guthrie était affirmatif. Sinon, jamais je ne serais entré ici de cette manière.

— C'était sur ma suggestion, dis-je.

Je ne me sentais pas bien et je savais que j'offrais un spectacle assez affligeant. Les mauvais traitements des hommes de main de Mortlake avaient causé plus de dégâts que je ne le pensais. Tout un côté de mon visage était enflé, j'avais un œil au beurre noir et les lèvres fendues, ce qui me handicapait pour parler. Jones était en moins mauvais état mais, bien que tirés à quatre épingles, nous devions avoir l'air de réchappés d'un accident de train.

— Je suis fautif, ajoutai-je. C'est moi qui ai persuadé l'inspecteur Jones de venir à votre réception.

— Nous connaissons les méthodes de l'agence Pinkerton, grommela Isham, antipathique depuis le début. Incitation aux émeutes, tentative d'incriminer des ouvriers qui avaient choisi, légitimement, de faire grève…

— À ma connaissance, le coupai-je, nous n'avons rien fait de ce genre. En tout cas, je n'ai été impliqué ni dans les grèves du chemin de fer de Chicago ni dans d'autres.

— La question n'est pas là, Charlie, remarqua posément Robert Lincoln.

— Nous avons enfreint la loi, reprit Jones. Je l'admets. Cependant la suite a… je ne dirais pas qu'elle a justifié nos actes, mais en tout cas elle nous a donné raison. Le criminel dénommé Clarence Devereux était effectivement réfugié entre ces murs, sous le nom de Coleman DeVriess. À moins que ce ne soit son vrai nom, et Devereux un pseudonyme. Quoi qu'il en soit, nous l'avons retrouvé ici. C'est ce qui a déclenché sa réaction. Il s'est attaqué à nous avec une violence que, dans toute ma carrière de policier, je n'avais jamais vue.

— Il a enlevé votre fille.

— Oui, Excellence. Ses hommes ont kidnappé ma petite fille de six ans et l'ont utilisée comme appât pour nous capturer, Chase et moi.

— J'ai moi-même deux filles, murmura Robert Lincoln. Et j'ai récemment perdu un fils de maladie. Je comprends votre détresse.

— La nuit dernière, dans les catacombes situées sous le marché de Smithfield, Clarence Devereux nous a menacés de torture et de mort. Nous sommes ici grâce à une évasion miraculeuse, que nous sommes encore bien en peine d'expliquer. Mais, pour l'instant, Excellence, je peux jurer que l'homme qui nous a capturés et qui est l'auteur d'un nombre incalculable de méfaits dans votre pays et dans le mien est le même homme qui occupe auprès de vous le poste de troisième secrétaire. Et c'est pour vous demander – je dirais même réclamer – l'autorisation de l'interroger puis, le moment venu, de le traduire en justice, que je suis ici.

Un long silence s'ensuivit. Tout le monde guettait la réponse de Lincoln, mais il fit un signe de tête à son conseiller, lequel caressa pensivement sa barbe avant de s'adresser à nous en ces termes :

— Je regrette que les choses ne soient pas aussi simples que vous le souhaiteriez, inspecteur Jones. Mettons de côté pour un instant votre témoignage personnel, et le fait qu'il soit crédible ou non.

— Attendez, l'interrompis-je, offusqué par la position qu'il avait choisi d'adopter.

Mais Jones leva une main pour m'imposer prudemment le silence.

— Je ne dis pas que je doute de votre parole, poursuivit le conseiller. Même si je trouve que vos méthodes, et votre intrusion ici, laissent à désirer. Par ailleurs, je peux constater par moi-même les blessures subies par vous et votre ami, Mr Chase. Non, ce qui prévaut ici est le principe d'extraterritorialité. Un ministre plénipotentiaire représente l'État qui l'a délégué et, il y a près d'un siècle, Thomas McKean, président de la Haute Cour de justice de Pennsylvanie, a établi que la personne du ministre en mission à l'étranger est inviolable, et qu'enfreindre cette règle équivaut à une attaque directe contre le caractère sacré de la nation. Je dois ajouter que cette protection s'étend à tous ceux qui servent sous les ordres du plénipotentiaire. Comment pourrait-il en être autrement ? Dénier aux subalternes le privilège de l'immunité diplomatique causerait maintes difficultés et finirait par saper l'indépendance du ministre plénipotentiaire lui-même.

— Pardonnez-moi, monsieur, objecta Jones. Mais le ministre plénipotentiaire a certainement le droit d'abolir cette immunité s'il le juge opportun ?

— Ceci n'a jamais été dans la pratique américaine. Nous considérons que la légation demeure en dehors de la loi civile du pays dans laquelle elle se trouve. L'ambassade est une île, en quelque sorte. Cette résidence est donc protégée de toute poursuite judiciaire. Mr DeVriess, comme Mr Isham et moi-même, pouvons refuser de témoigner aussi bien devant une cour pénale que civile. D'ailleurs, même s'il en décidait autrement, Mr DeVriess devrait demander l'autorisation du ministre plénipotentiaire.

— Si je comprends bien, nous ne pouvons pas le poursuivre ?

— C'est exactement ce que je dis.

— Mais vous admettez néanmoins que la loi naturelle fondamentale, humaine, exige que tous les crimes soient punis ?

— Vous ne nous avez fourni aucune preuve, intervint Mr Isham. Mr Chase a été blessé. Vous-même avez dû endurer l'enlèvement temporaire de votre fille. Mais rien de cela ne correspond avec la personnalité de Mr DeVriess tel que nous le connaissons.

— Et si ce que je vous dis est la vérité ? Si je vous affirme que, à votre insu, Coleman DeVriess a profité du système que vous venez de décrire ? Allez-vous rester assis ici, messieurs, et protéger un homme qui n'est venu à Londres que pour terroriser sa population ?

— Ce n'est pas nous qui le protégeons !

— Il est pourtant protégé. Son complice, Edgar Mortlake, sirotait des cocktails dans cette résidence. Or j'ai vu de mes yeux Mortlake trancher la gorge d'un homme qui l'avait contrarié. C'est lui qui a enlevé ma petite fille, et c'est son frère, Leland, le complice de sang-froid de ses manigances, qui a assassiné l'agent de Pinkerton, Jonathan Pilgrim. Prendriez-vous leur défense s'ils étaient encore en vie ? Lorsque mon ami Chase est arrivé en Angleterre, il a apporté avec lui des dossiers remplis des activités infâmes de cette bande en Amérique. Je les ai lus. Je peux vous les montrer. Meurtre, extorsion. Clarence Devereux était le maître d'œuvre de toutes ces infamies. Le même Clarence Devereux qui, la nuit dernière, nous a menacés de nous torturer à mort, comme du bétail. Je sais que vous êtes des hommes honorables. Je refuse de croire que vous vous opposerez à une procédure légitime et continuerez de vivre avec ce serpent parmi vous.

— Des preuves ! insista Isham. C'est bien joli de parler de procédure. J'ai étudié le droit, moi aussi. *Probatio vincit praesumptionem.* Qu'avez-vous à opposer à cela ?

— Vous parlez en latin, monsieur. Moi, je parle d'une enfant qui a été arrachée à mes bras.

— Si nous ne pouvons pas l'arrêter, pouvons-nous au moins l'interroger ? demandai-je. Nous avons certainement le droit de lui poser des questions dans les bureaux de Scotland Yard, assisté d'un avocat fourni par vous. Nous vous prouverons la véracité de nos allégations et, ensuite, si nous ne pouvons le poursuivre en justice ici, nous pourrons au moins l'envoyer devant des juges en Amérique. L'inspecteur Jones a raison. L'anathème serait sur vous. Mettez-vous réellement notre parole en doute ? Vous voyez nos blessures. D'où croyez-vous qu'elles viennent ?

Charles Isham paraissait toujours sceptique, mais Henry White jeta un regard à Lincoln, qui prit une décision.

— Où est DeVriess ? demanda-t-il.

— Il attend dans la pièce à côté.

— Faites-le venir.

C'était un progrès. Isham, le secrétaire, se leva et s'approcha d'une double porte, qu'il ouvrit. Une seconde plus tard, après un bref échange à voix basse, Clarence Devereux entra dans la pièce. J'ai du mal à exprimer l'étrange frisson qui me saisit à sa vue, en songeant qu'il ne pouvait plus me faire de mal. Certes, il semblait assez docile et affectait ce même air innocent que lorsque nous l'avions rencontré la première fois lors de la soirée de gala. Il feignit d'être étonné de voir autant de personnes, et cligna des yeux nerveusement devant le ministre plénipotentiaire et ses conseillers. Il feignit même de ne pas nous reconnaître, Jones et moi, comme si nous étions de parfaits étrangers. Hormis le gilet de soie coloré qu'il portait la veille, il apparaissait comme un homme radicalement différent.

— Votre Excellence ? dit-il sur un ton interrogateur quand Isham referma la porte.

— Prenez un siège, Mr DeVriess.

DeVriess s'assit à bonne distance de Jones et de moi.

— Puis-je vous demander pourquoi vous m'avez convoqué, Excellence ?

Il nous jeta un second coup d'œil et s'exclama :

— Mais je connais ces messieurs ! Ils étaient ici le soir de la réception dédiée aux échanges commerciaux anglo-américains ! L'un de nos hôtes les a reconnus comme des imposteurs et j'ai été contraint de les expulser. Pourquoi sont-ils ici ?

— Ils portent de graves accusations contre vous, expliqua White.

— Des accusations ? Contre moi ?

— Puis-je vous demander où vous étiez, hier soir, Mr DeVriess ?

— Ici, Mr White. Bien entendu. Vous connaissez mon incapacité à m'aventurer dehors, sauf en cas d'urgence. Et même alors il me faut certains préparatifs.

— Ces messieurs affirment que vous étiez au marché de Smithfield.

— Je ne dirai pas qu'ils mentent, monsieur. Je ne dirai pas qu'ils cherchent à se venger de leur humiliation de la semaine dernière. Il serait déplacé de porter de tels jugements devant Son Excellence. Je dirai seulement qu'il s'agit d'une regrettable erreur. D'une confusion de personnes. Ils me prennent pour quelqu'un d'autre.

— Le nom de Clarence Devereux ne vous évoque rien ?

— Clarence Devereux ? Clarence Devereux ? (Son regard s'éclaira.) CD ! La voilà, l'erreur. Les mêmes initiales que les miennes ! Serait-ce la cause de cette confusion ? Non, je n'ai jamais entendu ce nom.

Lincoln se tourna vers Jones, l'invitant à parler.

— Vous niez nous avoir retenus prisonniers, la nuit dernière ? Vous niez avoir ordonné à vos hommes de nous frapper et nous avoir menacés de mort ? Vous niez nous avoir parlé de votre enfance à Chicago, de votre aversion pour la viande, de la peur qui vous a conduit à l'agoraphobie ?

— Je suis né à Chicago, c'est exact. Mais le reste est pure fantaisie. Votre Excellence, je vous assure...

— Si vous n'étiez pas à Smithfield, défaites votre col ! m'exclamai-je. Expliquez-nous les marques que vous avez au cou. C'est moi qui les ai faites de mes propres mains, et je ne le regrette pas. Allez-vous nous dire comment vous les avez eues ?

— Vous m'avez agressé, c'est vrai, dit Devereux. Mais pas dans un quelconque marché. C'était ici, à la légation. Vous vous êtes introduits dans la résidence sous une fausse identité et vous avez réagi brutalement quand j'ai ordonné qu'on vous expulse.

— Il est possible, en effet, que ce soit la raison de tout cela, remarqua Isham. (Il mettait tant d'ardeur à défendre Devereux que je commençais à me demander s'il n'avait pas été soudoyé ou menacé.) L'inimitié entre ces trois messieurs est évidente. Je ne conteste pas leurs motifs mais il est clair qu'il y a une erreur. Et je vous ferai observer, Excellence, que Mr DeVriess est un bon et loyal serviteur du gouvernement américain depuis six ou sept ans, aussi bien à Washington qu'ici. Et le mal dont il souffre ne fait aucun doute. Compte tenu de son agoraphobie, il est peu probable qu'il puisse être le cerveau d'un réseau criminel international. Regardez-le, est-ce cela que voyez ?

Lincoln était plongé dans un silence maussade. Il secoua lentement la tête et dit :

— Messieurs, j'ai le regret de vous dire que vous ne m'avez pas convaincu. Je ne doute pas de votre parole, car vous êtes l'un et l'autre des personnes honorables, j'en suis certain. Mais Isham a raison. Sans preuve formelle, il m'est impossible de donner suite à votre requête et même si je vous promets que nous instruirons cette affaire plus avant, ce sera fait entre les murs de cette légation et selon ses règles propres.

L'entretien était terminé. Mais soudain, Jones se leva d'un bond, et je reconnus l'énergie et la détermination qui m'étaient devenues familières.

— Vous voulez une preuve ? dit-il. Eh bien je peux peut-être vous en donner une.

Il sortit de sa poche un morceau de papier au bord ébarbé, avec quelques mots écrits en lettres majuscules. Il posa le papier sur la table à côté de Lincoln. *NOUS AVONS VOTRE FILLE.*

— Voici le message que j'ai reçu pour me faire venir au cimetière connu sous le nom de Promenade de l'Homme Mort, poursuivit Jones. C'est le subterfuge qu'a utilisé DeVriess pour nous capturer, Chase et moi.

— Et alors ? demanda Isham.

— Ce papier a été arraché de la page d'un livre. En le voyant, j'ai deviné qu'il provenait d'une bibliothèque. Telle que celle-ci, par exemple, ajouta Jones en se tournant vers les étagères chargées d'ouvrages. Le soleil entre par ces fenêtres selon un angle bizarre. Résultat, il tombe sur un nombre limité de vos livres. Et j'ai observé que quelques volumes, tout au bout, ont commencé à se décolorer. Le haut de cette feuille, comme vous pouvez le voir, a également été décoloré par le soleil. (Sans demander la permission, il s'approcha des étagères pour examiner les livres concernés.) Ces ouvrages n'ont pas été lus depuis un certain temps, poursuivit-il. Ils sont tous parfaitement alignés. Tous sauf un, qui a récemment été retiré et mal replacé.

(Il sortit le livre en question et l'apporta devant Lincoln.) Examinons-le…

Jones ouvrit le livre. La page de garde avait été arrachée. Tout le monde pouvait le constater. C'était indéniable. Et la déchirure correspondait exactement avec celle de la feuille qui avait servi au kidnappeur pour écrire son message.

Un silence pesant s'abattit, et je songeai à ces grands procès qui avaient connu un retournement pour moins que cela. Lincoln et ses conseillers ne laissèrent rien transparaître, mais ils contemplaient la feuille de papier et le livre comme s'ils contenaient tous les mystères de la vie. Quant à Devereux, il parut se racornir, reconnaissant que le jeu, finalement, était peut-être perdu.

— Il est indubitable que cette page provient de notre bibliothèque, dit enfin Lincoln. Comment expliquez-vous ceci, Mr DeVriess ?

— Je ne l'explique pas. C'est une ruse !

— Je crois, moi, que vous nous devez une explication.

— N'importe qui a pu prendre ce livre. Eux-mêmes auraient pu le prendre lorsqu'ils sont venus !

— Ces messieurs ne sont pas entrés dans la bibliothèque, remarqua Isham à voix basse.

C'étaient les premières paroles qu'il prononçait en notre faveur.

Devereux était aux abois.

— Excellence, vous avez dit vous-même, il y a un instant, que je suis à l'abri des poursuites judiciaires.

— Vous l'êtes, comme il se doit. Toutefois je ne peux rester les bras croisés. Deux représentants de la loi vous ont identifié. Et il est indiscutable que des événements graves se sont produits. Or maintenant, ils ont une preuve…

Lincoln se tut, et un nouveau silence enveloppa la pièce, jusqu'à ce que le conseiller se décide à le rompre.

— L'interrogatoire par la police d'un membre du corps diplomatique serait sans précédent, dit White. (J'étais surpris de la rapidité avec laquelle ces messieurs changeaient de position. Mais, bien sûr, c'étaient des politiciens.) Si vous deviez être mis en accusation, il serait normal que vous coopériez. À tout le moins. Sinon, comment allez-vous blanchir votre nom ?

— Même hors les murs de cette légation, vous bénéficierez de sa pleine protection, DeVriess, assura Isham. Nous étendrons pour vous le droit de passage inoffensif. *Ius transitus innoxii.* Cela permettra à nos amis de la police britannique de vous interroger tandis que vous resterez en dehors de leur juridiction.

— Et après ?

— Vous reviendrez ici. Si vous n'avez pas réussi à vous justifier de façon satisfaisante, ce sera à Son Excellence de décider de la suite à donner.

— Mais je ne peux pas sortir ! Vous savez que je suis incapable de m'aventurer à l'extérieur !

— J'ai un fourgon fermé qui vous attend, dit Jones. D'habitude, le Black Maria effraie les criminels, mais pour vous ce sera un refuge. Le fourgon n'a pas de fenêtres et la porte sera verrouillée, je peux vous l'assurer. Il vous transportera directement à Scotland Yard.

— Non ! Je n'irai pas ! (Devereux se tourna vers Lincoln et, pour la première fois, je vis de la peur dans ses yeux.) C'est un piège, Excellence. Ces hommes ne veulent pas m'interroger. Ils veulent me tuer. Ils ne sont pas ce qu'ils paraissent être. (Ses paroles se bousculaient.) D'abord, il y a eu Lavelle. Il est mort le lendemain du jour où ils lui ont rendu visite chez lui, et toute la maisonnée a été assassinée. Ensuite, Leland Mortlake, un respectable homme d'affaires ! Votre Excellence se souvient certainement de lui. À peine arrêté, il a reçu une fléchette empoisonnée. Et maintenant, c'est moi qu'ils viennent chercher. Si vous me forcez à partir avec eux, jamais je n'arriverai vivant à Scotland Yard. Ou bien je mourrai là-bas. Ou alors ils me tueront avant que j'entre dans ce fourgon ! Je n'ai à me justifier de rien. Je suis innocent. J'ai une santé fragile. Vous le savez. Je répondrai à toutes les questions que vous me poserez, et vous pourrez fouiller dans ma vie de fond en comble, mais je vous jure que vous êtes en train de m'envoyer à la mort. Ne m'obligez pas à partir !

Il paraissait si pitoyable et si terrifié que j'aurais presque été tenté de le croire si je n'avais eu la certitude qu'il jouait la comédie. Je me demandai si Robert Lincoln allait s'apitoyer. Mais le ministre plénipotentiaire posa les yeux sur lui sans rien dire.

— Nous ne lui voulons aucun mal, affirma Jones. Vous avez ma parole. Nous allons simplement parler avec lui. De très nombreuses questions sont sans réponse. Une fois que nous aurons ce que nous voulons savoir, et ses aveux complets, nous vous le ramènerons ici comme le veut la loi diplomatique. Lord Salisbury est d'accord. Peu nous importe que cet homme soit jugé en Grande-Bretagne ou aux États-Unis. Notre unique but est qu'il n'échappe pas aux conséquences de ses actes.

— Alors c'est entendu, dit Robert Lincoln en se levant, fatigué tout à coup. Henry, je veux que vous envoyiez un représentant à Scotland Yard. Il devra assister à tous les interrogatoires, qui ne commenceront pas sans lui. Et je veux que Mr DeVriess soit de retour à la légation avant la nuit tombée.

— Mettre la vérité au jour prendra peut-être plus longtemps, dit Jones.

— J'en ai conscience, inspecteur. Dans ce cas, il retournera à Scotland Yard demain. Mais il est hors de question qu'il passe la nuit derrière les barreaux.

— Très bien, Excellence.

Sans ajouter un mot, et sans un regard à Devereux, Robert Lincoln quitta la pièce.

— Je ne veux pas partir ! Je ne dois pas partir !

Devereux s'agrippait aux accoudoirs de son fauteuil comme un enfant, les yeux embués de larmes. Jamais je n'avais assisté à une scène aussi incongrue, et manquant à ce point de dignité. Il fallut faire venir deux autres fonctionnaires de la légation pour l'arracher à son fauteuil. Sous le regard dédaigneux de White et d'Isham, Devereux fut traîné dans l'escalier, misérable et gémissant, et il se mit à couiner dès l'instant où il aperçut la porte ouverte. La veille au soir, le même homme, entouré de ses acolytes, nous avait promis une mort douloureuse. Il était difficile de le comparer à la pitoyable créature qu'il était devenu.

On lui jeta une couverture sur la tête pour l'escorter dans la rue où attendait le fourgon. White nous accompagna jusque-là.

— Vous ne l'interrogez pas avant l'arrivée de nos représentants, nous rappela-t-il.

— C'est entendu.

— Et vous accorderez à Mr DeVriess le respect dû à son rang de troisième secrétaire.

— Vous avez ma parole, assura Jones.

— Je vous reverrai ce soir. Est-ce trop espérer que de penser que cette affaire sera conclue aujourd'hui ?

— Nous ferons de notre mieux.

Jones avait pris des dispositions pour le transfert de Clarence Devereux. Cinq officiers de police étaient venus de

Scotland Yard, tous choisis par Jones lui-même. Personne d'autre n'était autorisé à s'approcher de Devereux. Il fallait éviter que quelqu'un lance une autre fléchette empoisonnée. Ou que le mystérieux tireur venu à notre secours à Smithfield ne le prenne pour cible. Devereux, aveuglé par la couverture, ne pouvait plus résister, et nous fîmes en sorte qu'il parvienne jusqu'au fourgon garé devant le portail, protégé par un bouclier humain.

Le Black Maria, en réalité, n'était pas noir mais bleu foncé. C'était une boîte compacte sur quatre roues. Les policiers l'avaient inspectée dans les moindres détails. Une fois Devereux dedans, Jones était certain qu'il serait à l'abri. L'intérieur était sombre, doté de deux bancs face à face. Pour un criminel ordinaire, le Black Maria était sans doute un moyen de transport redoutable, mais l'ironie voulait que, avec la maladie dont il souffrait, Devereux s'y sentirait presque chez lui. On verrouilla les portes. L'un des policiers grimpa sur le marchepied à l'arrière et y resterait pendant tout le trajet. Jusque-là, tout s'était déroulé selon les plans de Jones.

Nous étions prêts à partir. Deux policiers se postèrent côte à côte à l'avant du fourgon, derrière les chevaux. Pendant ce temps, nous montâmes, Jones et moi, dans un cabriolet situé derrière. Jones prit les rênes. Les deux derniers policiers marcheraient devant le Black Maria pour s'assurer que la voie était dégagée. Nous irions lentement, mais le trajet était court. D'autres agents de police, les mêmes qui avaient surveillé la résidence diplomatique, nous attendaient à chaque angle. Notre procession ressemblait à un cortège funèbre. Il n'y avait pas de personnes en deuil observant un silence respectueux mais notre convoi s'ébranla avec une sorte de solennité.

La résidence disparut bientôt derrière nous. Henry White était sur le trottoir, la mine grave. Il tourna les talons et rentra dans la légation.

— Nous avons réussi ! dis-je, incapable de masquer mon sentiment de soulagement. Le criminel le plus sanguinaire jamais entré dans ce pays est sous bonne garde, et cela grâce à vous et à votre idée de génie avec le livre ! Cette fois, c'est terminé.

— Je n'en suis pas certain.

— Mon cher Athelney, ne pouvez-vous vous détendre un seul moment ? Croyez-moi, nous avons réussi. *Vous* avez réussi ! Regardez, nous sommes en chemin.

— Pourtant, je me demande…

— Quoi ? Vous avez encore des doutes ?

— Bien plus que des doutes. Ça ne colle pas. Rien ne colle, dans cette histoire. À moins…

Il s'interrompit. Devant nous, le cocher du Black Maria tirait sur ses rênes. Un garçon poussant une charrette à bras chargée de légumes bloquait la route car l'une des roues semblait coincée dans une ornière. Un des policiers qui marchaient en tête s'avança pour l'aider à dégager le passage.

Le marchand de légumes se redressa. C'était Perry, vêtu cette fois d'une tunique avec une ceinture. Il leva les mains et le bistouri de chirurgien avec lequel il m'avait déjà menacé apparut, étincelant dans le soleil. Sans un mot, il effectua un mouvement vif du bras et le policier s'écroula dans une mare de sang. Au même instant, un coup de feu éclata. Le policier qui tenait les rênes du fourgon fut projeté de côté et tomba à terre. Un deuxième coup de feu, et son compagnon s'effondra à son tour. L'un des chevaux se cabra et ses sabots heurtèrent l'encolure de l'autre. Une femme, qui sortait d'une boutique, se mit à crier. Un équipage arrivant d'en face fit une embardée, faillit la renverser, et percuta une barrière.

Athelney Jones avait sorti son arme. Sans doute l'avait-il déjà sur lui pendant notre visite à la légation, ce qui était contraire à toutes les règles. Il visa le garçon.

Je sortis moi aussi mon revolver. Je vis passer dans les yeux de Jones le choc, puis le désarroi, et enfin la résignation.

— Je suis désolé, dis-je.

Et je l'abattis d'une balle dans la tête.

- 21 -

LA VÉRITÉ

Il semblerait, cher lecteur, que je vous ai trompé – bien qu'au fond vous ne me soyez pas si cher, j'ai pris toutes les peines du monde à éviter de vous duper. Je veux dire que je n'ai pas menti. Plus exactement, je ne *vous* ai pas menti. C'est peut-être une question d'interprétation mais cela fait toute la différence. Par exemple, entre « Je suis Frederick Chase » et « Mon nom est Frederick Chase », ainsi que c'est formulé au début de ce récit. Ai-je dit que le cadavre sur la dalle de la crypte de Meiringen était Moriarty ? Non. J'ai simplement, et justement, indiqué que c'était le nom figurant sur l'étiquette attachée au poignet du mort. Car il n'aura pas échappé à votre attention, à présent, que c'est moi, votre narrateur, le Professeur Moriarty. Frederick Chase n'a existé que dans mon imagination. Et peut-être dans la vôtre. Vous ne devriez pas être étonné. Lequel des deux noms apparaît sur la couverture ?

Depuis le début, je me suis appliqué à être d'une exactitude rigoureuse, ne serait-ce que pour mon propre divertissement. Je n'ai jamais décrit une émotion que je ne ressentais pas. Je vous ai dévoilé mes rêves. (Frederick Chase aurait-il rêvé de se noyer dans les chutes du Reichenbach ? Sûrement pas.) J'ai exposé mes pensées et mes opinions exactement telles qu'elles étaient. J'avais vraiment de l'amitié pour Athelney Jones, j'ai même essayé de le dissuader de poursuivre l'affaire quand j'ai appris qu'il était marié. Je le considérais sincèrement comme un homme compétent – bien que limité. Ses tentatives de déguisement, par exemple, étaient ridicules. Lorsqu'il m'est apparu vêtu en marin pirate le jour de notre expédition aux docks, non seulement je l'ai reconnu mais j'ai dû me retenir d'éclater de rire. J'ai fidèlement rapporté tous les propos échangés, les miens comme ceux des autres. J'ai pu être parfois contraint de taire certains détails, mais je n'ai ajouté aucun élément parasite. Un jeu sophistiqué, pourrait-on penser, cependant j'ai trouvé le travail d'écriture curieusement fastidieux – toutes ces heures passées à pianoter sur une machine qui n'a pas été à la hauteur de la tâche des soixante-quinze mille sept cent soixante-treize derniers mots (c'est une de mes singularités, cette aptitude à compter et me rappeler le nombre de mots à mesure que j'écris). Certaines touches de la machine se sont coincées et la lettre E est effacée au point d'en être illisible. Un jour, quelqu'un devra retaper le texte. Mon vieil adversaire, Sherlock Holmes, avait la chance d'avoir Watson, le fidèle chroniqueur de ses aventures. Moi, je ne pouvais me permettre un tel luxe. Je sais que ce récit ne sera pas publié de mon vivant, s'il l'est jamais. Telle est la nature de ma profession.

Je vous dois des explications. Nous avons fait le voyage ensemble jusqu'ici et il est important que nous nous comprenions avant que nos chemins se séparent. Je suis fatigué. Il me semblait avoir écrit suffisamment, pourtant je crois nécessaire de revenir au début – voire au-delà – afin de mettre les choses en perspective. J'ai gardé en mémoire la théorie gestaltiste proposée par Christian von Ehrenfels dans son fascinant essai intitulé *Über Gestaltqualitäten* – il se trouve que je le lisais dans le train qui m'emmenait à Meiringen –, ouvrage qui traite de la relation entre l'œil et l'esprit. On connaît cette illusion d'optique devenue célèbre : vous croyez voir une chandelle, puis, en y regardant de plus près, vous découvrez qu'il s'agit en réalité de deux personnes face à face. Par certains aspects, mon récit a été un exercice similaire, quoique nettement moins futile.

Pourquoi étais-je à Meiringen ? Pourquoi était-il nécessaire de feindre ma mort ? Pourquoi ai-je fait la connaissance de l'inspecteur Athelney Jones et suis-je devenu son compagnon de voyage, puis son ami ? Laissez-moi allumer la lumière électrique et me servir un autre Cognac. Voilà. Je suis prêt.

J'étais le Napoléon du crime. C'est ainsi que Sherlock Holmes m'a surnommé, et je serai assez immodeste pour admettre que le qualificatif m'a flatté. Malheureusement, à la fin de l'année 1890, j'ignorais que mon « exil de Sainte-Hélène » allait bientôt commencer. Les quelques détails parcimonieux relatés par Holmes sur ma vie sont exacts, et il n'est pas dans mon intention de les développer davantage. J'étais bien l'un des deux fils jumeaux d'une famille respectable de la ville de Ballinasloe, dans le comté de Galway. Mon père était avocat, mais lorsque j'eus onze ou douze ans il s'engagea dans le mouvement révolutionnaire de la Fraternité Républicaine Irlandaise et, conscient du danger qu'il encourrait, il décida de nous envoyer en Angleterre, mon frère et moi, pour parfaire notre éducation. C'est ainsi que je me retrouvai à la Hall's Academy, à Waddington, où j'excellai en astronomie et en mathématiques. De là, j'allai au Queen's College, à Cork, où j'étudiai avec le célèbre George Boole, et c'est sous son aile que, à l'âge de vingt et un ans, je publiai un traité sur le binôme de Newton, dont je suis fier de dire qu'il fit sensation en Europe. À la suite de quoi l'on m'offrit la chaire de mathématiques dans une petite université, laquelle fut le théâtre d'un scandale qui allait bouleverser le cours de ma vie.

Je ne m'appesantirai pas sur la nature précise de ce scandale, mais j'avoue que je ne suis pas fier de ce qui se passa. Mon frère me garda son soutien, mais mes parents ne m'adressèrent plus jamais la parole.

Mais l'homme possédait des tendances héréditaires des plus diaboliques. Dans son sang coulait un instinct criminel…

C'est en ces termes que me décrivait Holmes par la voix de Watson. Il avait tort. Mes parents auraient été mortifiés s'ils avaient lu cela. C'étaient, comme je l'ai dit, des gens respectables, et l'on ne décèle pas le moindre écart de conduite chez mes ancêtres. Mes lecteurs auront peut-être du mal à admettre qu'un simple professeur décide, délibérément, de se lancer dans une carrière criminelle, pourtant je vous certifie que c'est le cas. À l'époque, je travaillais comme précepteur à Woolwich, et s'il est vrai que nombre de mes élèves étaient des cadets de l'académie militaire royale située à proximité, je n'étais pas « répétiteur de l'armée » comme on l'a prétendu. L'un de ces cadets, un jeune homme agréable et travailleur du nom de Roger Pilgrim, avait accumulé des dettes de jeu et s'était lié à une bande d'aigrefins. Il vint me trouver un soir dans un état de grande détresse. Ce n'était pas la police qu'il redoutait : ses propres amis s'en étaient pris à lui à cause d'une petite somme d'argent dont ils le jugeaient redevable, et Pilgrim croyait sincèrement qu'ils allaient le mettre en pièces. J'acceptai, bien qu'avec réticence, d'intercéder en sa faveur.

C'est alors que je fis une découverte qui allait changer ma vie pour la seconde fois : le sous-prolétariat criminel – les voleurs, cambrioleurs, faussaires et autres escrocs qui infestaient Londres – était irrémédiablement stupide. Je pensais que j'aurais peur d'eux. En réalité, j'aurais été plus inquiet en traversant un pré rempli de moutons. Je m'aperçus tout de suite que ce qui leur faisait défaut, c'était l'organisation. Or, en ma qualité de mathématicien, c'était un domaine qui me convenait parfaitement. Si je parvenais à instaurer la même discipline dans leurs activités scélérates que dans les coefficients binomiaux, je mettrais sur pied un pouvoir capable de régir le monde. Je dois néanmoins avouer que si c'est le défi intellectuel qui m'intéressa d'abord, je pensais aussi à mon profit personnel car j'étais un peu las de vivre au jour le jour.

Il m'a fallu un peu plus de trois ans pour atteindre mes objectifs. Un jour, peut-être, je décrirai par quels moyens. Mais, franchement, c'est peu probable. En dehors de toute autre considération, je n'ai jamais été un vantard. L'anonymat est mon mot d'ordre depuis toujours – comment la police pourrait-elle poursuivre un homme dont l'existence même lui est inconnue ? Je préciserai simplement que Roger Pilgrim resta à mes côtés et m'apporta le soutien physique – en d'autres termes : les moyens de persuasion – parfois indispensable, même si nous avions rarement recours à la violence. Les méthodes répressives de Clarence Devereux et de son gang, ce n'était pas pour nous. Roger Pilgrim et moi sommes devenus de bons amis. J'ai été témoin à son mariage et je me souviens encore du jour où sa femme a donné naissance à leur premier enfant : Jonathan. C'est ainsi que nous arrivons au commencement.

Alors qu'approchait la fin de l'année 1890, j'étais très prospère et certain que ma carrière allait continuer de se développer. Il n'y avait pas un seul malfaiteur à Londres qui ne travaillât pas pour moi. Inévitablement le sang avait coulé, mais les choses s'étaient apaisées et tout cela était derrière moi. Même les criminels les plus minables et les plus simples d'esprit en étaient arrivés à la conclusion qu'il valait mieux travailler sous ma protection. Certes, je prélevais une bonne part de leurs revenus, mais j'étais toujours là lorsque les circonstances se retournaient contre eux, disposé à payer leur caution ou leur défense. Je pouvais aussi leur être très utile. Un cambrioleur cherchait un receleur ? Un escroc désirait une fausse référence ? Je les mettais en présence, j'ouvrais des portes.

Bien sûr, il y avait Sherlock Holmes. Le plus grand détective privé du monde ne pouvait pas ne pas attirer mon attention, et pourtant, curieusement, je ne me suis jamais beaucoup soucié de lui. Que m'importait le rituel de Musgrave ou le tout aussi invraisemblable Signe des Quatre ? Qu'avais-je à faire du mariage de Lord St Simon ou de ce ridicule scandale en Bohême ? Je sais que Watson tendait à nous faire passer pour de grands ennemis. Cela gonflait le chiffre des ventes de ses articles. Mais en réalité, Holmes et moi exercions nos talents dans des domaines séparés et, sauf à une seule occasion, nous aurions pu ne jamais nous rencontrer.

Cette occasion fut l'arrivée en Angleterre de Clarence Devereux et de sa bande : Edgar et Leland Mortlake, Scott Lavelle. Tout ce que j'ai raconté à Athelney Jones à leur sujet est vrai. Criminels impitoyables, ils avaient remporté des succès spectaculaires en Amérique. Là où j'ai déformé la vérité, en revanche, c'est en affirmant qu'ils voulaient s'associer avec moi. Tout au contraire, ils étaient venus en Angleterre pour se débarrasser de moi et s'emparer de mon empire criminel. Dès les premiers mois, ils ont agi avec une rapidité et une violence qui m'ont pris de court. Usant des méthodes les plus immondes, ils ont littéralement retourné mes troupes contre moi. Ceux qui résistaient, ils les tuaient, et toujours de manière sanglante, en signe d'avertissement pour les autres. Ils utilisaient aussi les informateurs de la police contre moi, en fournissant par leur intermédiaire des renseignements à Scotland Yard et à Sherlock Holmes, de telle sorte que je devais me battre sur trois fronts. Adieu le code d'honneur des truands ! J'ai peut-être péché par excès de confiance. En tout cas, je n'étais pas préparé. Pour ma défense, je dirai simplement ceci : ce n'étaient pas des gentlemen. Ils étaient américains. Ils se moquaient comme d'une guigne des règles de sportivité et de civilité auxquelles je me suis toujours plié.

J'ai écrit plus haut que les criminels sont stupides. J'ajouterai qu'ils sont égoïstes. Mes associés ont très vite compris de quel côté tournait le vent et ils se sont mis dans le bon sens. Je ne peux les en blâmer. À leur place, j'aurais sans doute agi de même. Quoi qu'il en soit, au début du mois d'avril, je me suis retrouvé, aussi incroyable que cela puisse paraître, dans la peau d'un fugitif. Mon unique atout était que Devereux n'avait aucune idée de mon apparence et ne pouvait donc m'identifier. Sinon il m'aurait éliminé.

Je n'avais alors plus que trois alliés. Tous trois ont déjà fait leur apparition dans ce récit.

Peregrine, Percy ou Perry, était le plus remarquable d'entre eux. Bien que cela paraisse difficile à croire, il était le plus jeune fils du duc de Lomond, et appelé à mener une vie confortable, voire dorlotée, s'il ne s'était révolté contre les règles du collège privé d'Édimbourg où il avait été envoyé dès l'âge de sept ans. L'établissement était dirigé par des jésuites, qui donnaient à leurs élèves et la Bible et le fouet à égales mesures, et, au bout d'une semaine, Perry s'était fait la belle et avait gagné Londres. Ses parents, désespérés, avaient lancé des recherches dans tout le pays et offert une importante récompense pour toute information concernant leur fils, mais un garçon déterminé à ne pas être retrouvé ne l'est pas. Perry disparut allègrement dans la métropole, dormant sous les arcades et dans les portes cochères, en compagnie des milliers d'enfants qui se débrouillaient pour survivre. Pendant une courte période – ce qui est assez ironique –, il est devenu membre des « Irréguliers de Baker Street », la bande d'enfants des rues au service de Sherlock Holmes, mais les gages étaient dérisoires et, surtout, Perry a vite découvert qu'il préférait le crime. Je lui suis très attaché mais j'avoue qu'une chose me dérange dans sa personnalité, qui résulte peut-être d'une consanguinité dans la famille Lomond. Quand j'ai fait sa connaissance, il avait onze ans et il avait déjà, autant que je sache, au moins deux meurtres à son actif. Une fois à mon service, il a tué plus souvent – il était impossible de l'en empêcher –, et je dois ajouter, non sans regret, que son étrange soif de sang m'a parfois été utile. Personne ne remarquait Perry. Il n'était qu'un adolescent blond et rondouillard, et son goût pour les déguisements et la mise en scène lui permettait de se glisser dans n'importe quel lieu et n'importe quelle situation. Avec moi, il a trouvé son métier. Je ne dirai pas que je suis devenu pour lui un deuxième père – cela aurait été bien trop dangereux pour moi compte tenu de sa haine à l'encontre de toutes les figures de l'autorité –, mais nous étions, à notre façon, très proches l'un de l'autre.

Il n'est pas nécessaire de s'attarder longuement sur le colonel Sebastian Moran. Je l'ai déjà décrit et le Dr Watson vous fournira tous les renseignements utiles. Éduqué à Eton puis à Oxford, soldat, joueur, chasseur de gros gibier et, par-dessus tout, tireur d'élite, Moran a été mon premier lieutenant pendant de longues années. Nous n'avons jamais été amis. Ce n'était pas dans sa nature. Bourru et sujet à des éclats de rage presque incontrôlables, il est très étonnant qu'il soit resté si longtemps à mes côtés. D'ailleurs, s'il l'a fait, c'est uniquement parce que je le paie grassement. Il n'aurait jamais rallié Devereux car il éprouve une antipathie féroce envers les Américains – comme envers la plupart des étrangers. C'était donc exclu dès le départ. Si je vous rappelle que son arme de prédilection est le fusil à air comprimé, inventé par l'ingénieur allemand Leopold Von Herder, vous en déduirez son rôle dans cette histoire.

J'en viens enfin à Jonathan Pilgrim, fils de mon ancien élève Roger Pilgrim. Roger et moi avions pris des chemins séparés – lui pour une retraite anticipée à Brighton. Sa collaboration avec moi l'ayant enrichi, et sa femme tremblant pour sa vie depuis toujours, je ne fus guère surpris, juste un peu attristé, quand il me demanda l'autorisation de me quitter. Dans la vie d'un maître du crime, les amis sont très rares, et les personnes de confiance peu nombreuses. Roger était les deux. Nous avons continué de correspondre et, seize ans après, il m'a envoyé son fils, qui était devenu aussi indiscipliné que lui autrefois. Je ne saurai jamais ce que la mère de Jonathan a pensé de cet étrange apprentissage, mais Roger avait pressenti que son fils se tournerait vers le crime avec ou sans moi, et décidé que, tant qu'à faire, ce serait mieux avec moi. Jonathan était un garçon extraordinairement beau, avec une fraîcheur et une ouverture d'esprit qu'on ne pouvait s'empêcher d'aimer, et je regrette encore maintenant, dans la situation quasi désespérée où je me trouvais récemment, de l'avoir laissé infiltrer le réseau de Devereux. Tout ce que vous avez lu dans ce récit, tout ce que j'ai fait, commence avec le meurtre de Jonathan.

Jamais homme ne s'est senti plus seul que moi le soir où j'ai découvert son corps à Highgate, où nous avions prévu de nous retrouver afin qu'il me transmette les dernières informations qu'il avait glanées. La façon dont on l'avait ligoté avant de l'exécuter m'a révolté. En m'agenouillant près de lui, des larmes plein les yeux, j'ai compris que Clarence Devereux m'avait terrassé et que j'avais atteint le plus bas niveau où il m'était possible de tomber. J'étais fini. Il me restait à fuir le pays. Ou à me suicider. Je ne pouvais en supporter davantage.

Je me suis abandonné à cette idée folle pendant peut-être cinq secondes. Elle a cédé la place à une fureur et à une soif de vengeance qui me consumaient totalement. C'est à cet instant que s'est dessiné dans mon esprit un plan si audacieux et inattendu que j'ai eu la certitude qu'il allait réussir. Vous devez garder en tête ma situation du moment. J'avais avec moi le colonel Moran et le jeune Perry, mais je ne pouvais demander de l'aide à personne d'autre et, à nous trois, nous étions dramatiquement inférieurs en nombre. Tous mes anciens associés étaient passés à l'ennemi. Pire, je n'avais aucun moyen de trouver Clarence Devereux car, comme moi, il ne s'était jamais montré. Grâce à Jonathan Pilgrim, j'avais appris l'existence des Mortlake et de leur club, Le Bostonian. Je savais aussi qu'aucun membre de leur gang ne trahirait son chef pour moi. Pilgrim m'avait également mis sur la piste de Lavelle, qui habitait à proximité de l'endroit où il avait été abattu, mais Lavelle était d'une prudence extrême. Sa maison était pareille à une forteresse. Il était possible de le tuer, mais avant cela il me fallait l'approcher pour lui arracher les informations qui me permettraient d'atteindre le reste de la bande.

Supposons, alors, que je me serve de Scotland Yard et de toutes ses ressources ? Me serait-il possible de les utiliser à mon profit pour détruire mon ennemi ? Les plus grandes idées mathématiques – l'argument de la diagonale, par exemple, ou la théorie des équations différentielles ordinaires – ont toujours surgi comme des éclairs. Il s'est produit le même phénomène pour mon idée. Ma mort devrait être publique et indiscutable, ensuite je reviendrais sous une autre apparence. Je m'arrangerais pour que la police de Londres fasse le travail à ma place et je me fondrais dans ses rangs, en saisissant la première occasion qui se présenterait. Je ne pouvais évidemment pas me faire passer moi-même pour un inspecteur : il aurait été trop facile de vérifier mes références. Mais si je venais de très loin ? J'ai aussitôt songé à l'agence Pinkerton de New York. Il paraissait logique qu'ils aient suivi Devereux et sa bande de l'autre côté de l'Atlantique. Dans le même temps, l'absence bien connue de coopération entre Pinkerton et Scotland Yard jouerait en ma faveur. Si je me présentais en montrant les bons dossiers, personne ne me soupçonnerait ni ne mettrait en question ma présence en Angleterre !

Pour commencer, j'ai glissé certains papiers – y compris l'adresse du Bostonian – dans les poches de Jonathan Pilgrim afin que la police les trouve. Ensuite, j'ai organisé ma mort. C'était presque amusant d'attirer Sherlock Holmes dans ma machination. Qui mieux que lui pouvait m'aider à tirer ma révérence ? Holmes n'avait sans doute pas conscience d'avoir été aidé dans ses investigations sur Devereux. Par trois fois – en janvier, février puis mars – il avait croisé ma route et préparé, je le savais, des notes détaillées sur mes différentes affaires, qu'il destinait à la police. Fin avril, je lui ai rendu visite dans son appartement de Baker Street. Mon unique crainte était qu'il eût appris à quel point j'étais aux abois et privé de pouvoir. Ce n'était pas le cas. Il m'a pris pour ce que je prétendais être, un ennemi vengeur et dangereux, déterminé à l'éliminer.

Il me faut aussi préciser que j'avais pris quelques précautions élémentaires avant de me risquer à un tête-à-tête avec Holmes, et je suis étonné qu'il ne l'ait pas deviné car il savait l'importance qu'avait toujours eu pour moi mon anonymat. Une perruque grisonnante, les épaules voûtées, des chaussures pour me grandir... Holmes n'était pas le seul maître dans l'art de se travestir, et je me suis délecté de la description fidèle qu'il a donnée de moi à Watson : « Extrêmement grand et mince, le front bombé formant une courbe pâle. » J'ignorais alors comment les choses tourneraient et je me suis toujours préparé à toutes les éventualités.

Inutile de vous rapporter nos propos. Le Dr Watson s'en est chargé le premier. Je dirai simplement que, à la fin de notre conversation, Holmes craignait pour sa vie, et que j'ai confirmé ses craintes en menant contre lui plusieurs attaques destinées à l'effrayer, non à le tuer.

Holmes a réagi exactement comme je l'espérais. Il a envoyé à l'inspecteur Patterson une liste de mes anciens partenaires, sans savoir que tous, désormais, étaient employés par Devereux, puis il a fui sur le continent. Je l'ai suivi, avec Perry et le colonel Moran, guettant le moment de conclure le premier acte de mon plan par une apothéose. L'occasion s'est présentée à Meiringen, aux chutes du Reichenbach.

J'avais présumé que Holmes visiterait cet endroit terrifiant. C'était dans son caractère. Aucun touriste, pas même un homme se sentant menacé, ne passerait dans la région sans aller admirer la cascade infernale. Je l'y ai devancé en empruntant l'étroit sentier, et j'ai senti tout de suite que c'était le décor idéal. L'entreprise s'annonçait périlleuse. Sur ce point, aucun doute. Mais j'aime à penser que seul un mathématicien était capable de survivre à ce qui pourrait apparaître comme un plongeon suicidaire dans les rapides. Qui d'autre aurait pu calculer si soigneusement les angles nécessaires, le volume de l'eau de la cascade, la vitesse exacte de la chute, les probabilités de se noyer ou d'être déchiqueté contre les rochers ?

Le lendemain, tandis que Holmes et Watson quittaient l'*Englischer Hof*, tout était prêt. Le colonel Moran était caché en amont des chutes – sauvegarde nécessaire si quelque chose clochait. Perry, qui avait peut-être pris son rôle trop à cœur, s'était déguisé en jeune garçon suisse. Quant à moi, j'étais posté sur le contrefort d'une colline toute proche. Une fois Holmes et Watson sur place, Perry est arrivé avec une lettre supposément écrite par l'aubergiste, priant instamment Watson de revenir à l'hôtel. Holmes resté seul, je me suis montré. La suite, pourrait-on dire, appartient à l'Histoire.

Une discussion s'est engagée. Nous étions décidés à en finir. N'allez pas croire une minute que j'étais totalement optimiste quant à mes chances de succès. L'eau grondait furieusement dans le ravin et les parois étaient hérissées de rochers acérés. S'il y avait eu une alternative, je l'aurais volontiers envisagée. Mais je devais passer pour mort, et c'est dans ce but que j'ai naturellement permis à Holmes de rédiger sa lettre d'adieu. Son besoin de mettre par écrit le drame imminent m'a quelque peu surpris, mais je ne me doutais pas alors que lui aussi préparait sa fausse mort, ce qui, avec le recul, me semble un peu bizarre. Quoi qu'il en soit, j'avais besoin de son témoignage, et je l'ai regardé déposer son message à côté de son alpenstock. Ensuite, nous nous sommes mis en garde puis empoignés comme deux lutteurs du London Athletic. Cela a été pour moi le moment le plus désagréable de l'aventure car je n'ai jamais apprécié les contacts corporels, et l'haleine de Holmes empestait le tabac. J'ai été sincèrement soulagé lorsqu'il m'a porté une attaque de bartitsu qui m'a projeté dans le vide.

Cela a vraiment failli me tuer. Quelle étrange et horrible expérience que de faire une chute sans fin comme si l'on tombait du ciel, en étant en même temps enveloppé d'eau, à peine capable de respirer. J'étais aveuglé. Assourdi par le hurlement de l'eau. J'avais eu beau déterminer le nombre exact de secondes qu'il me faudrait pour atteindre le fond, cela m'a paru durer une éternité.

J'avais vaguement conscience des rochers qui se précipitaient à ma rencontre ; j'en ai effleuré un avec une jambe – à peine, fort heureusement, sinon j'aurais eu la jambe déchiquetée. Enfin, j'ai plongé dans l'eau glacée. Tout l'air de mes poumons a été expulsé d'un coup. Je tournoyais, tourbillonnais, comme si je connaissais une seconde naissance dans une vie après la mort. Quelque part en moi j'ai compris que j'avais survécu, mais je ne pouvais pas remonter à la surface pour le cas où Holmes me surveillerait. C'est pourquoi j'avais donné l'ordre au colonel Moran de faire diversion en faisant débouler sur lui des petits rochers, et c'est pendant qu'il exécutait mes instructions que j'ai pu nager jusqu'à la rive et ramper, tremblant et exténué, dans une cachette de fortune.

Le plus étrange – et presque le plus risible – est que Holmes et moi ayons utilisé le même subterfuge pour organiser notre disparition aux yeux du monde. Moi, pour les raisons que j'ai décrites, et lui… je ne sais pas. Je ne trouve aucune explication satisfaisante à son geste. Il est clair, cependant, que Holmes avait une idée en tête, qu'il a délibérément choisi de rester caché pendant les trois années que l'on a appelées « le grand hiatus », et que j'ai toujours redouté de le voir ressurgir. J'étais le seul au monde à savoir qu'il avait survécu. Je l'ai même soupçonné pendant quelque temps de loger dans la chambre voisine de la mienne à l'hôtel Hexam, pensant que c'était lui qui toussait dans l'obscurité. Où est-il allé pendant cette période et qu'a-t-il fait ? Je l'ignore et, au fond, cela m'est égal. L'important est qu'il n'a pas contrecarré mes plans et que j'ai été ravi de ne plus le voir.

Tout ce qu'il me fallait désormais, c'était un cadavre pour prendre ma place, la preuve indubitable de la scène finale. J'en avais déjà préparé une. Le matin même, j'avais rencontré en chemin un homme qui revenait du village de Rosenlaui. Je l'avais d'abord pris pour un ouvrier agricole ou un berger, mais il s'agissait en réalité de Franz Hirzel, le cuisinier de l'auberge *Englischer Hof*. Il avait plus ou moins mon âge et mon apparence physique, et c'est avec un certain remords que je l'ai tué. Je n'ai jamais aimé prendre une vie, surtout celle d'un passant innocent comme l'était sans nul doute Hirzel. Mais la nécessité a étouffé mes scrupules. Perry et moi l'avons déshabillé puis revêtu de vêtements identiques aux miens, avec une montre à gousset en argent. J'avais moi-même cousu la poche secrète contenant la lettre codée que j'avais rédigée à Londres. Nous l'avons ensuite jeté à l'eau et nous avons filé.

Si Athelney Jones avait réfléchi davantage, il aurait compris à quel point il était improbable que Clarence Devereux eût écrit une lettre en bonne et due forme pour inviter le Professeur Moriarty à une entrevue. Un message oral aurait été nettement plus sûr. Et pourquoi, d'ailleurs, se donner la peine d'inventer un code aussi singulier ? Jones aurait également pu s'étonner que Moriarty eût porté la lettre sur lui, cousue dans sa veste, jusqu'en Suisse. Tout cela était hautement invraisemblable, mais le premier d'une série d'indices que j'allais laisser à l'intention de la police britannique pour l'amener à jouer un rôle dans mon plan.

Dès l'instant où j'ai fait la connaissance de l'inspecteur Jones, j'ai compris que la providence, qui m'était contraire depuis si longtemps, allait finalement jouer dans mon camp. Il aurait été impossible pour Scotland Yard de choisir un meilleur représentant pour la tâche que j'avais à l'esprit. Jones était à la fois très brillant par de nombreux côtés, et très obtus, confiant et naïf par d'autres. Quand sa femme m'a raconté son histoire, son étrange fascination pour Sherlock Holmes, j'ai eu du mal à croire à ma bonne fortune. Jusqu'à la fin, Jones s'est montré malléable, et c'est ce qui a causé sa perte. Entre mes mains, il était comme la marionnette de gendarme qu'il avait rapportée de Paris à sa fille.

Prenez par exemple notre première entrevue dans le commissariat de Meiringen. Jones a rassemblé tous les indices que j'avais soigneusement mis en scène à l'intention du premier policier qui se présenterait, quel qu'il soit : la montre « Pinkerton » (achetée chez un prêteur sur gages), le faux accent américain, le gilet, le journal acheté à Southampton et, soigneusement en vue, les étiquettes sur ma valise. Comme pour le reste, il s'est totalement trompé. Je m'étais coupé moi-même en me rasant dans la lumière glauque d'un petit hôtel parisien et non pendant la traversée de l'Atlantique. Mes vêtements avaient été achetés à dessein, mais je n'étais pour rien dans l'odeur de tabac ni l'usure de la manche. Jones en a tiré certaines déductions et j'ai évidemment manifesté mon admiration. Pour qu'il croie en moi, je devais lui faire croire que je croyais en lui.

Je lui ai parlé de la lettre, puis je l'ai talonné jusqu'à ce qu'il examine le cadavre une seconde fois et la découvre. Utiliser un passage d'« Une Étude en Rouge » était peut-être exagéré, mais sur le moment cela m'a amusé et je pensais ainsi détourner l'attention des autres invraisemblances déjà mentionnées. J'ai été impressionné par la rapidité avec laquelle Jones a décrypté la lettre – bien entendu, j'étais tout prêt à l'aider s'il avait calé –, mais il est vrai que le code avait été construit de manière à le rendre aisément déchiffrable : l'insertion tout à fait inutile du mot MORIARTY simplifiait l'ensemble.

Ensuite, le Café Royal. C'était comme si j'avais semé une série de pierres de gué : la lettre, le rendez-vous, Bladeston House, chacune menant à la suivante, et il me revenait de faire les liens nécessaires. Perry est arrivé, dans un uniforme de garçon télégraphiste, en affirmant être un émissaire de Clarence Devereux.

Lui et moi avons rejoué la scène que nous avions répétée, ensuite il a filé, mais pas trop vite, pour permettre à Jones de le suivre. La veste bleu vif était voulue, bien sûr. De même qu'il s'est assis sur l'impériale de l'omnibus de Highgate plutôt qu'à l'intérieur. Perry n'est pas entré dans Bladeston House. Au dernier moment, il a fait le tour, enlevé sa veste bleue, et s'est allongé dessus, caché derrière un buisson. Ne le voyant plus, Jones en a déduit qu'il était passé par la porte du jardin. Pourquoi aurait-il fait autrement ?

Scotchy Lavelle ne m'aurait jamais invité dans sa maison mais, le lendemain, face à un inspecteur de Scotland Yard, il n'avait pas le choix. Nous sommes passés devant le domestique, Clayton, et nous avons rencontré Lavelle en personne. Mais si, apparemment, Jones et moi poursuivions le même but, en réalité nos intentions étaient diamétralement opposées. Jones enquêtait sur des crimes récents, tandis que je concoctais un crime pour un futur proche. Car, une fois à l'intérieur de Bladeston House, je pouvais répertorier toutes les mesures de sécurité.

« Vous avez envie de fouiner, c'est ça ? » a lancé Lavelle.

Je ne me suis pas gêné, évidemment. C'est moi qui ai insisté pour visiter la cuisine, puis pour aller jusqu'à la porte du jardin. Je voulais voir le moraillon en fer de la serrure. Là encore, mes connaissances mathématiques m'ont été précieuses pour relever les mesures précises. J'ai pris une image mentale de la position de la deuxième serrure pour savoir où forer quand je reviendrais. Et, cette fois non plus, je n'ai pas triché avec vous, cher lecteur. J'ai dit que j'étais revenu le premier dans la cuisine et que j'y étais resté seul un court instant. Ce que j'ai omis de mentionner, c'est que cela m'a donné le temps de mettre un puissant soporifique dans le curry prévu pour le dîner. Tout était désormais en place pour le deuxième acte.

Je suis revenu le soir même, juste après onze heures, avec Perry qui raffolait de ce genre d'aventure. Nous avons crocheté la serrure et perforé la porte du jardin pour entrer. Ensuite, Perry a escaladé la façade jusqu'au premier étage. Jones avait raison à ce propos. Nous n'avons fait aucun bruit mais nous étions à peu près certains de ne pas être dérangés. Perry est redescendu m'ouvrir la porte de la cuisine – je lui avais indiqué où trouver la clé –, après quoi nous nous sommes mis au travail.

Je ne suis pas fier de ce qui s'est passé cette nuit-là. Je ne suis pas un monstre, mais les circonstances m'ont conduit à commettre des actes monstrueux. Pour commencer, nous avons réduit au silence Clayton, le garçon de cuisine, la cuisinière et Henrietta, la maîtresse américaine de Scotchy Lavelle. Pourquoi devaient-ils mourir ? Simplement parce que, si la police les avait interrogés le lendemain, ils auraient tous affirmé que le télégraphiste n'était jamais entré dans la maison et, comme ils n'avaient rien à y perdre, on les aurait crus. Dans ce cas, tout mon plan aurait été éventé, et je ne pouvais courir ce risque. Perry a commis trois des meurtres, et je crains qu'il n'y ait pris plaisir. Quant à moi, je me suis occupé de Henrietta. Ensuite, j'ai transporté Lavelle profondément endormi au rez-de-chaussée. Je l'ai ligoté à une chaise et réveillé avec de l'eau froide. Après quoi je l'ai torturé. C'était une tâche désagréable mais, à ce moment-là, je ne savais pas où trouver Clarence Devereux. Ni ce qu'il projetait. Il faut lui rendre justice, Lavelle s'est montré courageux et il a résisté quelque temps. Mais personne ne peut supporter la douleur d'un genou brisé puis trituré, et j'ai fini par apprendre le projet de cambriolage à Chancery Lane. Lavelle m'a également révélé que Devereux se trouvait à la légation américaine, mais il a lâché cette information avec une certaine bravade car, dans son esprit, son maître était hors de ma portée. Il était certain que je ne pourrais jamais pénétrer dans la résidence du ministre plénipotentiaire et que Devereux n'en sortirait pas. Son agoraphobie faisait de mon ennemi un escargot dans sa coquille. Comment allais-je pouvoir l'en extirper ?

J'ai laissé Perry trancher la gorge de Lavelle, pour lui faire plaisir, et nous sommes partis. Auparavant, j'avais inscrit dans l'agenda de Lavelle : HORNER 13, pour que Jones le trouve le lendemain. Et au cas où l'indice ne suffirait pas, j'ai glissé un morceau de savon à raser dans le tiroir du bureau. Un endroit bizarre pour du savon, penserez-vous, mais je voulais mettre Jones sur la piste d'un barbier. J'ai également laissé bien en vue le carton d'invitation à la soirée de gala de la légation américaine.

Les meurtres odieux de Bladeston House ont suffi à galvaniser Scotland Yard. Avec sa ténacité caractéristique, la police britannique a décidé d'organiser une réunion de concertation. Je me suis réjoui lorsque Jones m'a appris que je pourrais y assister. Mon unique inquiétude était que Jones, ou l'un de ses collègues, décide d'entrer en contact avec l'agence Pinkerton à New York, ce qui conduirait aussitôt à démasquer mon imposture. C'est la raison pour laquelle je me suis informé de l'emplacement de la salle du télégraphe. Il faudrait des jours pour envoyer un message outre-Atlantique, et peut-être des jours pour la réponse, mais cela me laissait un sentiment de malaise et assez peu de temps pour mettre mes plans à exécution. Et quand l'inspecteur Lestrade a insisté pour entrer personnellement en rapport avec Pinkerton, j'ai décidé de passer à l'action. Avant de quitter Scotland Yard, je savais exactement ce qu'il me restait à faire.

C'est moi, bien sûr, qui ai ordonné l'attaque de Scotland Yard le lendemain. Même si tout ce que j'ai dit par la suite était destiné à convaincre Jones qu'il était la cible de la bombe, c'était en réalité la salle de télégraphe que je visais – par une heureuse coïncidence celle-ci était voisine de son bureau –, pour m'assurer que l'envoi du message de Lestrade serait retardé. Perry a porté la bombe dans le bâtiment de la police tandis que le colonel Moran l'attendait dans un coupé de ville. Juste avant l'explosion, je me suis arrangé pour attirer l'attention de Jones sur eux, au point de risquer ma vie en me jetant devant les roues d'un omnibus. Il était essentiel que Jones voie dans quel attelage ils étaient venus – j'avais choisi le coupé de ville à dessein – car je savais qu'il mettrait tous les moyens à sa disposition pour retrouver leur piste. Perry et Moran ont demandé au cocher de les conduire à la légation américaine mais, comme à Bladeston House, ils n'y sont pas entrés. Il suffisait qu'ils s'en approchent.

Ce qui m'a étonné, c'est la rapidité avec laquelle Jones a accepté de passer outre l'immunité diplomatique et de mettre sa carrière en péril en pénétrant dans la résidence du ministre plénipotentiaire sous un faux nom. Mais nous étions alors devenus de bons amis et il était tellement déterminé à trouver Clarence Devereux – surtout après les dommages humains causés par l'explosion à Scotland Yard – qu'il aurait tenté n'importe quoi. C'est d'ailleurs lui qui a démasqué Coleman DeVriess. J'ai affecté d'être surpris mais j'avais vite deviné, moi aussi, qui il était.

Dès lors, Jones a pris l'enquête en main et je n'ai eu qu'à le suivre, en jouant consciencieusement le rôle de Watson auprès de son Holmes. Nous avions fait une descente au Bostonian ensemble et j'avais trouvé fort intéressante ma première entrevue avec Leland Mortlake. Mais, surtout, cette opération policière m'avait permis de semer un nouvel indice. Les inspecteurs de Scotland Yard s'étaient révélés étonnamment incapables de découvrir la signification de HORNER 13, même après que je les eus mis sur la piste en leur parlant du savon à barbe trouvé dans le tiroir de Lavelle et suggéré que cela faisait peut-être référence à une droguerie ou à un établissement similaire. On ne peut s'étonner que Sherlock Holmes les ait si souvent devancés ! J'avais donc pris un bristol de réclame dans la boutique du barbier à Chancery Lane, et l'avais glissé entre des magazines dans la chambre de Jonathan Pilgrim au club, en faisant semblant de les examiner. Jones a trouvé la réclame et compris que, selon son expression, il se préparait quelque chose.

Sa façon de dénouer l'affaire de Chancery Lane a été, je dois le reconnaître, magistrale, digne du célèbre détective lui-même, et je n'ai rien à redire sur le piège qu'il a tendu dans les docks, à Blackwall Basin. Si Devereux était venu en personne inspecter le butin que John Clay était censé avoir dérobé dans les coffres, l'issue aurait été nettement simplifiée ! Mais il s'est fait représenter. Il est resté hors d'atteinte et Edgar Mortlake nous a glissé entre les doigts ; j'ai compris qu'il faudrait une autre stimulation, un autre revers, pour le faire sortir de sa tanière et le jeter entre mes griffes.

L'arrestation de Leland Mortlake nous a fourni la provocation idéale. C'était un peu attristant, mais peu surprenant, de voir Jones parvenir si hâtivement à la conclusion, en découvrant la fléchette dans le cou de Leland, que le meurtrier s'était servi d'une sarbacane. Certes, il avait assisté à une mort semblable, décrite par Watson dans « Le Signe des Quatre ». En réalité, j'avais la fléchette sur moi pendant tout ce temps et il m'a suffi de la planter dans la peau de ma victime au moment où je l'écartais d'un barman trop zélé alors que nous allions sortir du club. La pointe était enduite d'un anesthésiant aussi puissant que la strychnine, si bien que Mortlake n'a rien senti. J'aurais préféré qu'il souffre davantage. Après tout, c'était l'homme dont Jonathan Pilgrim avait dû subir la détestable compagnie. Mais sa mort était une provocation à l'attention de Devereux, rien de plus. Et le leurre a parfaitement fonctionné.

Je ne pouvais pas prévoir que Devereux, en réaction, enlèverait la fille de Jones. Même moi, jamais je ne serais descendu aussi bas. Mais, je le répète, lui et moi jouions selon des règles différentes. Que pouvais-je faire quand Jones est venu à mon hôtel m'annoncer la nouvelle ? J'ai senti tout de suite qu'en l'accompagnant je m'exposais aux pires dangers, néanmoins il était clair que l'histoire arrivait à son dénouement. Il fallait que je sois là. Cette fois encore, la chance m'a souri. Perry se trouvait justement dans ma chambre d'hôtel. Nous tenions une réunion de travail quand Jones est arrivé. J'ai ainsi pu informer Perry des derniers rebondissements et prendre avec lui mes dispositions pour ma protection.

Perry et Moran attendaient tous les deux dans un cab devant la maison de Jones quand nous en sommes sortis, le soir. Vous vous souvenez sans doute que, en mettant le pied dans la rue, j'ai crié en feignant la colère, comme si je m'adressais aux ravisseurs. En réalité, mes paroles étaient destinées à Moran, pour lui indiquer notre destination et lui donner le temps de s'y rendre avant nous. Ainsi, lorsque nous sommes arrivés à la Promenade de l'Homme Mort, il y était déjà. Il nous a vus être assommés, et nous a suivis jusqu'au marché en gros de Smithfield. Il s'en est fallu d'un cheveu, mais Moran et Perry ont pu intervenir à temps. À ce propos, c'est lorsque je me suis trouvé face à Devereux que j'ai vraiment failli être démasqué. Devereux avait en effet deviné que Jonathan Pilgrim travaillait pour moi et qu'il n'était pas un agent de Pinkerton. Il a commencé par nier avoir écrit la lettre codée qui était à l'origine de tout et si je ne l'avais pas interrompu, la vérité aurait probablement éclaté. C'est pour le faire taire que je me suis jeté sur lui, uniquement pour cette raison, en dépit des coups que cela m'a valus ensuite.

J'ai bientôt terminé. Une autre goutte de Cognac et nous arriverons au terme de l'histoire. Voyons… où en étais-je ?

Ah oui. Tous mes efforts visaient à extraire Clarence Devereux de la légation américaine, et quand nous sommes arrivés à la résidence pour notre entrevue avec Robert Lincoln, le colonel Moran et Perry étaient déjà à leur poste, l'un sur un toit de l'autre côté de la rue, l'autre sur la chaussée, déguisé en marchand des quatre saisons. Depuis le début, l'un et l'autre se sont montrés merveilleusement efficaces. Il est vrai que Moran n'est intéressé que par l'argent que je lui donne, et que Perry est un être infâme et sadique, mais je n'aurais pas pu choisir meilleurs compagnons.

Et Jones ! Je pense que, à la fin, il a deviné la vérité. Peut-être pas qui j'étais, mais qui je n'étais pas. Dès le début il a flairé que quelque chose clochait. Son problème, c'est qu'il n'a pas su comprendre quoi. Sa femme avait raison à son sujet. Il n'était pas aussi intelligent qu'il le croyait, et c'est cela qui a causé sa perte. Ironiquement, Elspeth était la plus avisée des deux. Elle s'est méfiée de moi dès notre première rencontre et a même exprimé ouvertement ses soupçons. Je suis désolé pour elle et pour sa fille, mais il n'y avait pas d'autre solution. Jones devait mourir. J'ai pressé la détente et pourtant, encore aujourd'hui, je regrette de n'avoir pas pu trouver une issue différente.

C'était un brave homme. Je l'admirais. Et même si j'ai été contraint de l'éliminer, je le considérerai toujours comme mon ami.

- 22 -

UN NOUVEAU DÉPART

J'ai sorti mon propre revolver. J'ai vu passer dans les yeux de Jones le choc, puis le désarroi, et enfin la résignation.

« Je suis désolé », ai-je dit.

Et je l'ai abattu d'une balle dans la tête.

Il est mort sur le coup. Son corps s'est affaissé sur le côté et sa canne est tombée au sol une dernière fois en cliquetant sur les pavés. Il fallait agir très vite car je savais que de nombreux agents de Scotland Yard étaient postés sur le parcours. Je suis descendu du cabriolet et j'ai franchi les quelques pas qui me séparaient du Black Maria, immobilisé au milieu de la rue. Le cocher et son compagnon étaient morts tous les deux. Le policier perché sur le marchepied arrière était toujours agrippé à la porte, comme s'il avait pour mission de la maintenir fermée. Je lui ai tiré une balle dans le dos et l'ai regardé s'écrouler. Au même moment, le colonel Moran a tiré pour la troisième fois. Le policier qui se tenait près de Perry a pivoté sur lui-même et s'est effondré. Perry a fait la moue. C'était une personne de moins qu'il pourrait tuer de ses mains.

Je me suis hissé sur le siège du fourgon en dégageant les corps des deux policiers et j'ai pris les rênes. J'avais vaguement conscience de piétons pointant un doigt dans ma direction et poussant des hurlements, mais bien sûr aucun d'eux ne s'est approché. Ç'aurait été folie de s'y risquer. J'avais compté sur leur frayeur et leur panique pour me laisser le temps de fuir. Perry a accouru en essuyant son couteau sur sa manche en haillon et a grimpé sur le siège à côté de moi.

— Je peux prendre les rênes ? m'a-t-il demandé.

— Plus tard.

J'ai fait cingler mon fouet. Les chevaux s'étaient déjà calmés – il faut dire que la police les entraînait à frayer avec des foules tapageuses et hostiles. Je les ai fait trotter un peu sur Victoria Street, puis j'ai tiré sur les rênes pour les forcer à effectuer un demi-tour serré. C'était une nouvelle erreur d'Athelney Jones. Il avait déployé ses hommes sur le trajet menant à Scotland Yard, or je n'avais nullement l'intention d'emprunter cette route. Après notre demi-tour, le colonel Moran a surgi dans une porte cochère, le visage empourpré, le fusil à air comprimé Von Herder déjà rangé dans le sac de golf qu'il portait à l'épaule. Il a sauté sur le marchepied arrière du Black Maria comme nous en étions convenus.

Un nouveau claquement de fouet, et nous avons dépassé à vive allure la gare Victoria en direction de Chelsea. Des groupes de gens, au bout de la rue, semblaient soupçonner quelque chose d'anormal mais sans savoir quoi. Personne n'a essayé de nous barrer la route. Une secousse brutale sur une ornière a arraché un juron à Moran. Je me suis demandé s'il serait encore sur le marchepied quand nous arriverions à destination, et je n'ai pu retenir un sourire en l'imaginant éjecté dans un faubourg. J'étais également curieux de savoir ce que pensait notre passager. Il avait forcément entendu les coups de feu. Il avait senti le Black Maria tourner. Il avait probablement deviné ce qui se passait, mais les portes étaient hermétiquement closes et il ne pouvait rien faire.

Après Chelsea, nous avons traversé Fulham – ou West Kensington, comme ses résidents persistent à l'appeler. Vers l'hôpital, j'ai donné les rênes à Perry, qui s'est fendu d'un large sourire. Nous roulions plus doucement à présent. Il faudrait quelques heures au troupeau des inspecteurs de Scotland Yard pour se lancer à notre recherche, et mieux valait ne pas attirer l'attention. J'ai hélé le colonel Moran et reçu un grognement en guise de réponse. Il était donc toujours là.

Il nous a fallu près d'une heure pour atteindre Richmond Park. J'avais décidé d'y entrer par Bishop's Gate, car ce portail n'est pas vraiment destiné à un usage public. Je voulais un espace dégagé et le parc était le décor idéal pour ce que j'avais en tête. Nous avions choisi le pré le plus vaste, avec un panorama à trois cent soixante degrés. La rivière était masquée par une butte mais le village nettement visible, ainsi que la ville, dans le lointain. C'était une journée resplendissante. Le soleil printanier brillait enfin et seules quelques bouffées de nuages flottaient au-dessus de l'horizon. Nous avons arrêté le Black Maria. Le colonel Moran est descendu du marchepied et a fait le tour en étirant ses bras ankylosés.

— Il fallait vraiment aller si loin ? a-t-il bougonné.

Je n'ai pas pris la peine de lui répondre. Je suis descendu pour aller ouvrir la porte. Clarence Devereux savait ce qui l'attendait. L'éclat du soleil a éclaboussé l'intérieur du fourgon et il a reculé dans un coin en se couvrant les yeux. Je n'ai pas dit un mot. Je me suis hissé à l'intérieur et je l'ai traîné dehors. J'étais certain qu'il n'avait pas d'arme et que, une fois en plein air, il serait totalement inoffensif, aussi impuissant qu'un poisson sur le sable. J'ai ordonné à Perry de suivre mes instructions : il avait pour tâche de détacher les chevaux, de les mener derrière un bosquet et de les atteler à une seconde voiture que j'avais pris soin de cacher là auparavant. Une longue route nous attendait jusqu'à la côte Sud.

Mon ennemi rampait à genoux devant moi. Il sentait la brise sur son visage. Il entendait les chants d'oiseaux et comprenait parfaitement où il était sans avoir à ouvrir les yeux. Je tenais toujours le revolver qui m'avait servi à tuer Jones. Perry aussi était armé. Nous courions peu de risques d'être dérangés par des promeneurs car le parc était immense – mille deux cents hectares pour être précis – et j'avais délibérément choisi le secteur le plus isolé. En outre, je n'avais pas l'intention de m'attarder.

Planté à côté de moi, Moran examinait notre prisonnier avec son expression habituelle de cruauté et de mépris. Son front dégarni et son énorme moustache le faisaient ressembler à un méchant de pantomime, mais il n'avait pas conscience de son apparence, ou bien cela le laissait indifférent. En le regardant, je me suis fait la remarque que son caractère désagréable empirait avec l'âge ; il était encore plus irascible que lorsque je l'avais rencontré.

— Et maintenant, Professeur ? a-t-il ronchonné. J'imagine que vous êtes satisfait.

— Oui, tout s'est déroulé comme je l'espérais. Il y a eu un instant, malgré tout, où j'ai cru que le ministre plénipotentiaire n'allait pas nous confier son secrétaire. Pourquoi ces gens sont-ils si zélés ? Heureusement, l'inspecteur Jones a pu les circonvenir avec son dernier éclat de génie. Je lui en serai toujours reconnaissant.

— Et ce vilain petit bonhomme, vous allez le tuer je suppose ?

— Certainement pas ! Croyez-vous que j'aurais pris autant de risques si cela avait été mon intention ? J'ai besoin de lui vivant. J'ai *toujours* eu besoin de lui vivant. Sinon, ma tâche aurait été facilitée.

— Pourquoi ?

— Il faudra des années avant que je puisse de nouveau opérer en Angleterre, colonel. D'abord, je dois rebâtir mon organisation et cela prendra du temps. Ensuite, il restera un problème...

— Sherlock Holmes ?

— Non. Apparemment, il a tiré sa révérence. Mais, je suis le premier surpris de devoir le dire, je vais être obligé de me méfier de la police.

— Parce que maintenant ils savent qui vous êtes.

— Précisément. Ils ne mettront pas longtemps à comprendre. Même Lestrade sera capable de reconstituer les pièces du puzzle. Et ils m'ont tous vu.

— Vous avez assisté à leur réunion et ils connaissent votre visage. Et puis vous avez tué l'un des leurs. Ils vous traqueront partout et sans relâche.

— C'est pourquoi je dois fuir le pays. Le *Vandalia* quitte le port du Havre pour New York dans trois jours. Perry et moi serons à bord, et Mr Devereux nous accompagnera.

— Et après ?

J'ai regardé Devereux.

— Ouvrez les yeux, Devereux.

— Non !

Ce maître du crime, le truand le plus cruel qui ait vu le jour en Amérique, l'homme qui avait failli me détruire, ressemblait maintenant à un petit enfant. Les mains plaquées sur le visage, il oscillait d'avant en arrière en gémissant.

— Ouvrez les yeux. Si vous voulez vivre, vous devez les ouvrir tout de suite. (Très lentement, Devereux m'a obéi, mais il est resté figé, le regard fixé sur l'herbe, trop effrayé pour lever la tête.) Regardez-moi !

Cela lui a coûté un effort surhumain mais il a capitulé, et j'ai compris qu'il continuerait de m'obéir jusqu'à la fin de ce qu'il lui restait de vie. Il pleurait. Les larmes ruisselaient, son nez coulait. Sa peau était d'une blancheur cadavérique. J'avais lu certains articles sur l'agoraphobie, un mal reconnu très récemment, mais j'étais fasciné d'en voir les symptômes de si près. Si j'avais donné mon revolver à Devereux, je ne suis même pas certain qu'il aurait été en mesure de s'en servir. La peur le paralysait.

Perry a réapparu, tirant une grande malle-cabine dans laquelle Devereux effectuerait le voyage.

— On le met dedans ?

— Pas encore, Perry. (Je me suis tourné vers Devereux.) Pourquoi êtes-vous venu en Angleterre ? En Amérique vous aviez la fortune et le succès. Les représentants de la loi, tant publics que privés, étaient incapables de vous atteindre. Vous aviez votre monde, et moi le mien. Qu'est-ce qui vous a conduit à penser qu'en les confrontant vous causeriez autre chose que des dégâts ? (Devereux a tenté de répondre mais il n'arrivait plus à articuler un mot.) Regardez le résultat. Tout ce sang versé, ces souffrances. Vous avez provoqué la mort de mes plus proches amis. (Je songeais à Jonathan Pilgrim mais aussi à Athelney Jones.) Pire, vous m'avez forcé à m'abaisser à votre niveau, à user de méthodes qui me répugnent. C'est pour cette raison que vous ne m'inspirez que de la haine, et que vous devrez mourir. Mais pas aujourd'hui.

— Que cherchez-vous ? a-t-il réussi à articuler.

— Vous projetiez de vous emparer de mon organisation, Devereux. À présent c'est moi qui vais prendre possession de la vôtre. Vous ne me laissez pas le choix. À cause de vous, je suis fini dans ce pays. J'ai donc besoin de connaître les noms de tous vos associés en Amérique, de tous les gens avec qui vous avez travaillé, les petits délinquants et leurs chefs. Vous m'apprendrez tout ce que vous savez sur les politiciens véreux, les avocats, les juges, les journalistes, les policiers corrompus – et aussi sur Pinkerton. La porte de l'Angleterre m'est fermée pour longtemps, pas celle de l'Amérique. Le Nouveau Monde ! C'est là que j'ai l'intention de m'établir. Nous avons plusieurs jours de voyage devant nous. À notre arrivée, vous m'aurez fourni tous les renseignements dont j'ai besoin.

— Vous êtes le démon !

— Non. Simplement un criminel. Ce sont deux choses différentes. Du moins je le croyais avant de vous rencontrer.

— Maintenant ? a demandé Perry.

— Oui, Perry. Vas-y. Sa vue me donne la nausée.

Perry s'est jeté avec jubilation sur Devereux. Il l'a bâillonné, ligoté, puis fourré dans la malle-cabine et a fermé le couvercle. Pendant ce temps, je me suis entretenu avec Moran.

— J'espère que vous viendrez avec nous, colonel. Je sais que vous ne tenez pas l'Amérique en haute estime, mais j'aurai grand besoin de vos services.

— Vous paierez ?

— Évidemment.

— Je veux le double, si je dois travailler à l'étranger.

— Même à ce prix, vous en valez la peine.

Moran a hoché la tête.

— Je vous rejoindrai dans un mois ou deux. Avant, je vais faire un tour en Inde, dans la mangrove des Sundarbans. J'ai entendu dire qu'il y a plein de tigres, là-bas, à cette période de l'année. Vous n'aurez qu'à me laisser un message à l'endroit habituel. Dès mon retour, j'attendrai de vos nouvelles.

— Parfait.

Nous avons échangé une poignée de main. Ensuite, à nous trois, nous avons hissé la malle-cabine solidement verrouillée dans la voiture. J'ai grimpé sur le siège à côté de Perry, qui tenait les rênes, et nous avons descendu la colline en direction de la Tamise. Le soleil brillait. La bonne odeur des prés nous enveloppait. À cet instant, je ne pensais plus au crime, ni aux nombreux triomphes qui m'attendaient sûrement en Amérique. Non. Pour quelque raison obscure, mes pensées s'étaient tournées vers un tout autre sujet. Je réfléchissais aux différentes solutions applicables à l'équation de Korteweg et Vries, un modèle mathématique sur lequel je désirais me pencher depuis toujours sans en avoir trouvé le temps.

Après les cahots du pré, nous avons atteint un sentier. Perry était tout joyeux. Notre invité, dans sa malle, était derrière nous. La Tamise est apparue, ruban bleu cristallin au milieu des prairies vert tendre. Les variables x, t et ϕ tournoyant dans ma tête, nous avons obliqué vers le fleuve.

Les Trois Reines

par le Dr John H. Watson

Je n'ai jamais éprouvé le désir de m'étendre sur mes expériences personnelles car je suis conscient que seule ma longue relation avec Mr Sherlock Holmes et l'éclairage qu'il m'a permis d'avoir sur ses méthodes déductives intéressent le public. D'ailleurs, j'ai toujours eu le sentiment que sans notre rencontre fortuite un jour où je cherchais un logement abordable à Londres, j'aurais simplement suivi ma vocation de docteur en médecine et n'aurais jamais pris la plume.

Toutefois, certains aspects de ce que l'on pourrait appeler ma vie privée sont nécessairement apparus au fil des pages. Ainsi les lecteurs sont-ils au courant de la blessure que j'ai reçue lors de la décisive bataille de Maiwand, et des troubles fréquents qu'elle m'a occasionnés tout au long de ma carrière. Je crois aussi avoir eu raison de mentionner que mon frère aîné, Henry, après avoir déçu son entourage et plus encore lui-même, s'adonna à la boisson et mourut jeune. Sur une note plus joyeuse, mon mariage avec Miss Mary Morstan, ainsi qu'elle se nommait lorsque je fis sa connaissance, a occupé une place prépondérante dans au moins un de mes récits, car nos chemins ne se seraient jamais croisés si elle n'était allée se présenter chez Sherlock Holmes pour requérir ses services. Je fus amoureux d'elle dès le premier instant et n'ai jamais tenté de dissimuler ce fait à mes lecteurs – pourquoi l'aurais-je fait ? Je l'ai épousée peu après et, bien que notre union ne fût pas destinée à être très longue, nous étions aussi proches l'un de l'autre qu'il est possible de l'être à un homme et une femme.

Notre première demeure se situait dans une rue paisible proche de la gare de Paddington – peut-être pas le quartier le plus élégant de la ville, mais propice à mon retour à la médecine civile. C'était une maison agréable, avec un cabinet de consultation clair et spacieux au rez-de-chaussée et, au-dessus, deux étages que ma nouvelle épouse décora avec goût et modestie. Cependant, je dois avouer que me retrouver entouré de tous les attributs de la vie domestique, où chaque chose avait sa place et où quasiment rien n'était superflu, me causa au début un malaise indéfinissable. La domestique elle-même, petite créature soignée qui semblait décidée à m'éviter, m'inspirait un vague sentiment de menace. Étrange sensation. D'un côté j'étais parfaitement heureux, de l'autre je ressentais une gêne, un manque que je ne parvenais pas à déterminer.

L'incapacité où je fus alors de diagnostiquer rapidement la source de mon intranquillité me trouble encore. Les nombreux mois passés au 221 B Baker Street avaient bien entendu laissé leur empreinte sur moi. Tout simplement, mes anciens quartiers me manquaient. Je me suis souvent plaint des manies abominables de Holmes : son refus de jeter le moindre document – d'où les piles de papiers amoncelés sur toutes les surfaces possibles –, et son extraordinaire désordre : cigares dans le seau à charbon, éprouvettes et flasques éparpillées au milieu des plats du petit déjeuner, balles de revolver alignées sur le rebord de la fenêtre, tabac fourré dans une mule persane. Pourtant, tout cela me manquait. Combien de fois avais-je été me coucher avec le son du Stradivarius me poursuivant dans l'escalier, ou m'étais-je réveillé avec l'odeur de sa première pipe matinale ? Sans compter l'étrange déploiement de visiteurs accourant à notre porte : le grand duc de Bohême, la dactylographe, le maître d'école et, bien sûr, l'inspecteur de Scotland Yard accablé.

J'avais assez peu fréquenté Sherlock Holmes l'année suivant mon mariage. J'étais resté en retrait sans doute à dessein car je craignais secrètement que ma nouvelle épouse ne prît ombrage de me voir regretter mon existence passée. J'étais aussi, je l'admets, inquiet à la pensée que Sherlock Holmes eût changé. Quelque chose en moi redoutait qu'il ne m'eût remplacé par un autre locataire, même si ses finances ne lui imposaient nullement de renouveler pareil arrangement. Je ne disais rien de mes préoccupations, mais ma très chère Mary me connaissait mieux que je ne le supposais car, un soir, elle interrompit ses travaux d'aiguille et me dit :

— Vous devriez vraiment rendre visite à Mr Holmes.

— D'où tenez-vous que je pense à lui ?

— Je me trompe ? s'esclaffa-t-elle. J'ai vu qu'il était dans vos pensées il y a un instant. Ne le niez pas ! Vos yeux se sont posés sur le tiroir où vous rangez votre revolver de service, et j'ai remarqué votre sourire au souvenir de quelque aventure que vous avez vécue ensemble par le passé.

— C'est vous, le détective, ma chère. Holmes serait fier de vous.

— Et il sera, j'en suis certaine, ravi de vous voir. Rendez-lui visite dès demain.

Je n'avais pas besoin d'autre encouragement. Le lendemain après-midi, après avoir reçu les quelques patients venus me consulter, je me mis en route avec l'idée d'arriver à temps pour le thé. L'été 1889 était particulièrement chaud et le soleil tapait fort lorsque je m'engageai dans Baker Street. En approchant de mon ancienne adresse, je fus étonné d'entendre de la musique et, quelques instants plus tard, j'arrivai devant un attroupement de badauds rassemblés autour d'un chien exécutant un numéro de danse avec son maître qui l'accompagnait à la trompette. On rencontrait fréquemment ce genre de spectacle un peu partout en ville, mais celui-ci s'était écarté assez loin de la gare. Je fus obligé de descendre du trottoir et de contourner la foule pour franchir la porte familière, où m'accueillit le groom qui me conduisit à l'étage.

Sherlock Holmes se languissait dans un fauteuil. Les doubles rideaux à demi tirés jetaient une ombre en travers de son front, presque jusqu'à ses yeux. Il fut manifestement heureux de me voir car il m'accueillit le plus naturellement du monde, comme si je n'étais jamais parti. Toutefois, à mon léger regret, il n'était pas seul. Mon ancien fauteuil, de l'autre côté de la cheminée, était occupé par un personnage massif et transpirant que je reconnus aussitôt comme l'inspecteur de Scotland Yard dont les hypothèses incohérentes, et les actions subséquentes, nous avaient à la fois irrités et amusés lorsque nous enquêtions sur le meurtre de Bartholomew Sholto à Pondichéry Lodge. À ma vue, l'inspecteur bondit pour prendre congé, mais Holmes s'empressa de le rassurer.

— Vous arrivez à point nommé, mon cher Watson, me dit-il. Vous vous souvenez sans doute de l'inspecteur Jones. Il est arrivé quelques minutes avant vous et s'apprêtait à me consulter sur un sujet délicat. C'est du moins ce qu'il m'a assuré.

— Je me ferai un plaisir de revenir plus tard si vous préférez, hésita Jones.

— Pas du tout, monsieur l'inspecteur. J'avoue qu'il m'était de plus en plus difficile de stimuler mon esprit sans l'amitié et les bons conseils de mon ami et biographe ici présent. Prenez le meurtre Trepoff, par exemple, ou l'étrange comportement du Dr Moore Agar... Dans les deux affaires, seule la chance m'a permis de l'emporter. Avez-vous une objection, Watson, à écouter ce que monsieur l'inspecteur est venu me dire ?

— Pas la moindre.

— Alors c'est entendu.

La porte s'ouvrit avant que Jones eût ouvert la bouche, et Mrs Hudson entra d'un air affairé avec le plateau à thé garni de scones, de beurre, d'un gâteau aux graines de pavot et d'une génoise. Le chasseur avait dû l'informer de mon arrivée car je remarquai une troisième tasse. Mais Holmes parvint à une autre déduction.

— Je vois, Mrs Hudson, que vous n'avez pu résister aux charmes de l'amuseur public qui a choisi notre seuil pour faire son numéro.

— C'est vrai, Mr Holmes, répondit la brave femme en rougissant. J'ai entendu de la musique et j'ai regardé le spectacle un petit moment par la fenêtre. Je m'apprêtais à leur demander de déguerpir mais le chien était si drôle, et la foule si joyeuse, que je me suis ravisée. (Elle fronça les sourcils.) Mais je ne comprends pas comment mon plateau a pu vous renseigner sur mes faits et gestes.

— C'est sans importance, dit Holmes en riant. Le thé a l'air excellent et, comme vous le constatez, notre bon ami Watson va pouvoir en profiter.

— C'est un grand plaisir de vous revoir, monsieur. Sans vous, la maison n'est plus la même.

J'attendis le départ de Mrs Hudson pour me tourner vers mon ami.

— Pardonnez-moi, Holmes, mais je ne vois vraiment pas comment vous avez tiré pareille conclusion d'une assiette de scones et d'un gâteau aux graines de pavot.

— Ni les scones ni le gâteau ne m'ont révélé quoi que ce soit, répliqua Holmes. C'est plutôt le brin de persil que Mrs Hudson a placé sur le beurre.

— Le persil ?

— Mrs Hudson l'a mis sur le beurre il y a une minute. Le beurre, en revanche, est resté un moment au soleil après avoir été sorti du garde-manger. Vous remarquerez comme il a fondu à la chaleur.

Je baissai les yeux. C'était en effet le cas.

— Le persil ne s'est pas enfoncé dans le beurre, ce qui suggère un laps de temps pendant lequel Mrs Hudson s'est interrompue dans sa tâche. Or, à l'exception de l'arrivée de mes deux visiteurs, la seule chose qui ait pu la distraire est la musique et les applaudissements de la foule dehors.

— Saisissant ! s'exclama Jones.

— C'est la simplicité même, rétorqua Holmes. L'essentiel de mon travail repose sur de telles observations. Mais nous avons une affaire plus sérieuse à traiter. Racontez-nous, inspecteur, ce qui vous a conduit chez moi. Pendant ce temps, Watson, auriez-vous l'amabilité de nous servir le thé ?

J'étais trop heureux de me rendre utile. Et tandis que je me mettais à l'œuvre, Athelney Jones entreprit de nous conter son histoire.

— Tôt ce matin, j'ai été appelé dans une maison à Hamworth Hill, dans le nord de Londres. L'affaire qui m'amenait là était une mort accidentelle, non un meurtre. Ce fait m'a été clairement précisé dès le début. La maison appartenait à un couple âgé, Mr Abernetty et sa femme, qui, n'ayant jamais eu d'enfants, y vivaient seuls. Ils avaient été réveillés pendant la nuit par un bruit de bois cassé et, en descendant, ils avaient surpris un jeune homme vêtu de noir fouillant dans leurs affaires. L'homme était un cambrioleur. Ceci ne faisait aucun doute car, ainsi que j'allais bientôt le découvrir, il s'était déjà introduit dans deux maisons voisines. En apercevant Harold Abernetty en peignoir, l'intrus se précipita sur lui et aurait pu le blesser grièvement si Abernetty n'avait eu la présence d'esprit de se munir du revolver qu'il gardait toujours à portée de main justement dans une telle éventualité. Il tira une seule balle, tuant le jeune homme sur le coup.

« Je tiens cela de la bouche même d'Abernetty. Il m'est apparu comme un vieil homme totalement inoffensif. Sa femme, plus jeune de quelques années, était assise dans un fauteuil et n'a cessé de sangloter tout le temps que j'étais là. J'ai appris qu'ils avaient hérité la maison de l'ancienne propriétaire, une certaine Matilda Briggs, laquelle la leur avait léguée de son plein gré en les remerciant de leurs bons et loyaux services. Ils vivent là depuis six ans, paisiblement et sans incident. Ils sont retraités et membres fervents de l'Église locale. On peut difficilement imaginer un couple plus respectable.

« Voilà pour les propriétaires. Laissez-moi maintenant vous décrire le cambrioleur. Environ trente ans, le teint pâle, les yeux enfoncés. Il portait un costume et des souliers de cuir maculés de boue. Les chaussures m'ont particulièrement intéressé car il avait plu deux soirs avant le cambriolage et j'ai rapidement découvert les empreintes qu'il avait laissées dans le petit carré de jardin à l'arrière de la maison. De toute évidence, il était passé par le côté et s'était introduit par la porte de derrière. J'ai également découvert la pince-monseigneur dont il s'était servi. Elle se trouvait dans son sac, avec le produit de son larcin.

— Et qu'avait donc dérobé ce jeune homme aux inoffensifs Abernetty ? demanda Holmes.

— Bravo, Mr Holmes ! C'est précisément la raison de ma présence chez vous.

Jones avait apporté avec lui un gros sac de cuir, dont je supposai qu'il appartenait au cambrioleur. Il l'ouvrit et, posément, sans chercher un effet dramatique, en sortit trois figurines en porcelaine qu'il posa devant nous côte à côte. C'étaient des reproductions, identiques, tape-à-l'œil et vulgaires, de notre reine Victoria, impératrice des Indes. Chacune, peinte de couleurs criardes, mesurait environ vingt-deux centimètres. La reine était représentée en tenue d'apparat, avec une couronne de diamants sur la tête, un voile de dentelle et une écharpe en travers de la poitrine. Holmes les prit en main l'une après l'autre et les examina.

— Souvenir du jubilé, marmonna-t-il. Il n'existe pas une seule galerie marchande à Londres qui ne vende ce genre d'article, lequel n'a je crois guère de valeur. Ces statuettes ont été dérobées dans trois maisons différentes. La première appartient à une famille désorganisée et pleine d'animation avec au moins un jeune enfant. La deuxième probablement à un artiste, ou à un bijoutier, ayant assisté aux célébrations du cinquantième anniversaire avec son épouse. La troisième, aux Abernetty eux-mêmes.

— C'est parfaitement exact, Mr Holmes ! s'exclama Jones. Les Abernetty sont au numéro six, à l'extrémité d'une courte rangée de maisons. Mon enquête m'a permis de découvrir que deux de leurs voisins, les Dunstable au numéro cinq et Mrs Webster au numéro un, ont été cambriolés au cours de la même nuit. Mrs Webster est la veuve d'un horloger, et les Dunstable ont deux enfants en bas âge. Ils sont actuellement en voyage. Mais les trois figurines sont identiques. Comment diable avez-vous deviné à qui appartient chacune d'elle ?

— C'est la simplicité même, répondit Holmes. Vous observerez que la première figurine n'a pas été époussetée depuis quelque temps, et porte de petites empreintes de doigts poisseuses qui ne peuvent être que celles d'un enfant qui s'est servi de notre reine comme d'un jouet. La deuxième a été cassée et réparée avec habileté. Je présume que son propriétaire n'aurait pas entrepris une telle tâche si la date du jubilé n'avait une importance particulière à ses yeux. Il y a fort à parier qu'il y a assisté avec sa femme. Aujourd'hui sa veuve. Voulez-vous dire que rien d'autre n'a été volé, inspecteur ?

— C'est précisément ce qui m'amène, Mr Holmes. Lorsque je suis entré pour la première fois dans la maison de Hamworth Hill, je pensais enquêter sur un simple cambriolage ayant tourné au drame. Au lieu de cela, je me suis trouvé devant un mystère insondable. Pourquoi un jeune homme risquerait-il sa liberté et, finalement, sa vie, pour voler trois statuettes qui, vous l'avez dit, peuvent s'acheter n'importe où à Londres pour quelques shillings ? J'ai besoin de connaître la réponse à cette question et c'est pourquoi, en me rappelant nos relations passées, j'ai pris la liberté de venir chez vous dans l'espoir que vous pourriez m'aider.

Holmes était silencieux. Je me demandais comment il allait répondre à l'inspecteur de Scotland Yard. Son caractère versatile le portait parfois à s'enflammer pour une affaire sans intérêt apparent, tandis qu'un mystère qui aurait pu jaillir sous la plume de Poe lui-même le laissait insensible et indolent.

Enfin, il sortit de son mutisme.

— Votre problème présente quelques aspects intéressants, commença-t-il. Pourtant, à première vue, aucun crime n'a été commis. Cet homme, Abernetty, défendait sa vie et celle de sa femme. Il ne fait aucun doute qu'il était confronté à un jeune homme désespéré et dangereux. À propos, où se trouve le corps à présent ?

— Je l'ai fait transporter à la morgue du St Thomas's Hospital.

— C'est regrettable. De nombreux indices ont dû disparaître. J'ai une autre question, inspecteur Jones. Quelles relations entretiennent les trois voisins ? Les Abernetty, les Dunstable et Mrs Webster ?

— Ils semblent tous dans les meilleurs termes, Mr Holmes. Bien que, comme je l'ai dit, il ne m'ait pas été possible de m'entretenir avec Mr Dunstable. Il est agent de change, et absent actuellement.

— C'est bien ce que je pensais.

— Dois-je comprendre que l'affaire vous intéresse et que vous êtes prêt à m'aider dans mon enquête ?

Là encore, Holmes demeura silencieux, mais je vis son regard se poser sur le plateau de thé, et ce pétillement dans ses yeux que je connaissais si bien.

— Je n'ai aucune envie de faire le trajet jusqu'à Hamworth Hill par ce temps accablant pour la saison, dit-il. Et j'inclinerais à laisser cette affaire à votre sagacité, inspecteur. Cependant, il y a ce détail du persil sur le beurre qui, bien que négligeable en soi, semble avoir une incidence sur l'affaire.

Je pensais qu'il plaisantait et se moquait de son infortuné visiteur, mais tout dans son attitude était parfaitement sérieux.

— Je vais réfléchir à ce qui vous intrigue tant, inspecteur Jones. Il est trop tard pour faire quoi que ce soit aujourd'hui, mais rencontrons-nous demain. Disons à dix heures. Cela vous convient-il ?

— À Hamworth Hill ?

— À la morgue. Quant à vous, Watson, puisque vous avez entendu cette histoire, vous devez venir avec nous. J'insiste. Votre clientèle pourra, j'en suis sûr, se passer de vous quelques heures.

— Comment pourrais-je vous refuser cela, Holmes ?

En vérité, ma curiosité était piquée. Les trois statuettes royales me narguaient, et je voulais savoir quel secret elles recelaient.

Nous nous retrouvâmes donc le lendemain, dans l'antre glacial au sol carrelé de blanc de la morgue, où le cadavre du malheureux cambrioleur nous fut dévoilé. Il était, en apparence, exactement tel que l'inspecteur Jones nous l'avait décrit. La balle l'avait atteint juste au-dessus du cœur, et il ne faisait aucun doute que sa mort avait été instantanée. Ces considérations, toutefois, ne semblaient guère intéresser Holmes, qui avait à peine jeté un regard à la blessure avant de se tourner vers Jones. Celui-ci attendait en silence, le menton sur une main.

— J'aimerais savoir à quoi vous a conduit l'analyse du corps, inspecteur Jones.

— Rien de plus que ce que je vous en ai dit, répondit le policier. Il est jeune. Trente ans, peut-être. Il a l'air anglais.

— Rien d'autre ?

— Je crains que non. Quelque chose m'aurait-il échappé ?

— Rien sinon que cet homme est sorti récemment de prison. Au cours des derniers jours, je dirais. Il a purgé une longue peine. Il a bu du sherry avant de mourir. Il y a une tache rouge, là. Mais ce n'est sûrement pas du sang. C'est très curieux.

— Comment savez-vous qu'il était en prison ?

— J'aurais pensé que cela sautait aux yeux. En tant que policier, vous avez, je suppose, souvent vu des hommes dont l'extrême pâleur révèle une longue privation de la lumière du jour. En outre, celui-ci a les cheveux coupés ras. Et que sont ces fibres sous ses ongles, selon vous ? Je détecte l'odeur du goudron de bois. Il a dû faire de l'étoupe dans sa geôle. Par ailleurs, ses chaussures sont neuves et pourtant démodées. Serait-ce qu'on les lui a confisquées lors de son entrée à la prison et rendues à la sortie ? Ha ! Il y a un pli à sa chaussette gauche. C'est très instructif.

— Je ne vois pas en quoi.

— C'est parce que vous ne cherchez pas, mon cher Jones. Vous dédaignez ce qui semble sans rapport avec votre enquête, sans comprendre que c'est dans les détails les plus dérisoires que réside la vérité. Mais il n'y a plus rien à découvrir ici. Allons à Hamworth Hill.

Pendant tout le trajet en fiacre vers les hauteurs de North London, l'inspecteur Jones s'enferma dans un silence morose. Nous arrivâmes enfin devant une rangée de six maisons, toutes semblables, de style classique, en briques et stuc blanc, avec l'entrée en retrait encadrée par deux colonnes. Les Abernetty habitaient à l'extrémité de la rue, comme Jones nous l'avait indiqué, et je remarquai immédiatement l'état délabré de la façade, la peinture écaillée, les fissures dans le plâtre, les fenêtres ternies nécessitant quelques réparations.

— C'est étrange, vous ne trouvez pas, mon cher Watson, que notre cambrioleur ait jugé cette maison digne de son attention ?

— Vous m'ôtez les mots de la bouche, Holmes. Il me paraît évident que les occupants ne roulent pas sur l'or.

— N'oubliez pas que c'était la nuit, marmonna l'inspecteur Jones. (Il était adossé contre le fiacre et son visage était empourpré, comme si l'effort de revenir ici l'avait épuisé.) C'est une rue cossue dans un quartier prisé, et il se peut fort bien que sous le couvert de la nuit la maison lui soit apparue aussi alléchante que celles des voisins. D'ailleurs, le cambrioleur s'est introduit au numéro un, puis au cinq et enfin au six.

— Vous avez dit, je crois, que la première est occupée par une certaine Mrs Webster. Nous allons commencer par elle.

— Pas par les Abernetty ?

— Le plaisir de les rencontrer n'en sera que décuplé.

Ce fut donc dans la demeure de la veuve d'âge mûr, Mrs Webster, que nous nous rendîmes ensuite. Petite et corpulente, elle nous accueillit avec effusion et ne cessa de s'agiter dès l'instant où elle ouvrit la porte pour nous introduire dans son confortable salon. Il était évident que, depuis la mort de son mari, elle menait une vie solitaire que le cambriolage, et même la mort brutale du malfaiteur à quelques portes de la sienne, avaient considérablement distraite.

— Je n'ai pas vu tout de suite qu'il manquait quelque chose, expliqua-t-elle. Je n'ai rien entendu pendant la nuit et lorsque l'officier de police est venu le lendemain, j'étais certaine qu'il faisait erreur.

— La porte de derrière a été forcée, dit Jones. J'ai trouvé dans le jardin des empreintes identiques à celles relevées dans celui des Abernetty.

— J'ai d'abord supposé que le voleur en avait après mes bijoux, poursuivit Mrs Webster. J'ai un coffre-fort dans ma chambre. Mais rien n'a été touché. Seule la statuette de la reine Victoria n'était plus à sa place sur le pianoforte.

— Vous en avez été navrée, j'en suis sûr.

— En effet, Mr Holmes. Mon mari et moi sommes allés à St Paul le jour du jubilé pour assister à la procession de Sa Majesté. Quel exemple elle est pour nous tous ! Je dois dire que je porte mon propre deuil plus facilement sachant que la reine et moi partageons la même douleur du veuvage.

— Votre mari est décédé récemment ?

— L'année dernière. De la tuberculose. Mrs Abernetty a été très gentille avec moi. Les jours qui ont suivi les obsèques, elle ne m'a quasiment pas quittée. Je n'étais plus moi-même, comme vous l'imaginez. Elle a veillé sur moi. Elle me préparait à manger, me tenait compagnie. Rien ne l'ennuyait. Il faut dire qu'elle et son mari avaient fait la même chose pour la vieille Mrs Briggs. Je vous jure qu'il n'existe pas deux personnes plus attentionnées au monde que les Abernetty.

— Mrs Briggs était votre voisine avant eux.

— En effet, oui. Les Abernetty travaillaient à son service. Mrs Abernetty comme infirmière, Mr Abernetty comme domestique. C'est la raison pour laquelle ils habitent ici aujourd'hui. Matilda Briggs, dont j'étais très proche, me disait souvent combien elle leur était redevable. Elle n'était pas très fortunée. Son mari était un ancien magistrat, juge adjoint. Il est mort à l'âge de quatre-vingt-trois ou quatre-vingt-quatre ans.

— Ils n'avaient pas d'enfants ?

— Non. Il y avait une sœur, qui avait eu un fils, mais celui-ci a été tué en Afghanistan. Il était soldat.

— Quel âge avait-il ?

— Pas plus de vingt ans lorsqu'il est mort. Je ne l'ai jamais vu et la pauvre Matilda ne pouvait l'évoquer sans émotion. C'était sa seule famille. Elle n'avait même pas le cœur d'avoir sa photographie sous les yeux. À la fin de sa vie, comme elle n'avait personne à qui léguer sa maison, elle l'a donnée aux Abernetty pour les remercier de leur dévouement. C'était très généreux de sa part.

— Cela vous a surprise ?

— Pas du tout. Apparemment ils en avaient discuté avec elle, et Matilda m'a fait part de sa décision. Elle a légué son argent à l'Église, mais la maison était pour eux.

— Vous avez été très claire et très obligeante, Mrs Webster, dit Holmes. (Il tendit la main et Jones lui remit la statuette qu'il avait apportée.) Au fait, êtes-vous tout à fait certaine que cette statuette est bien la vôtre ? Après tout, elles sont quasiment identiques.

— C'est bien la mienne. Je l'ai fait tomber un jour en l'époussetant et elle s'est cassée. Mon mari a pris grand soin de la réparer car il savait combien j'y étais attachée.

— Il aurait pu en acheter une autre.

— Cela n'aurait pas été pareil. Et il a eu grand plaisir à la réparer pour moi.

Il nous restait à examiner la porte par laquelle le cambrioleur s'était introduit. Jones nous montra les empreintes de pas qu'il avait remarquées dans le jardin de derrière, encore visibles dans le parterre de fleurs. Holmes les étudia, puis il porta son attention sur la serrure qui avait été forcée.

— Cela a dû faire du bruit, dit-il. (Il se tourna vers Mrs Webster, qui se tenait en retrait dans l'attente et, visiblement, dans l'espoir d'autres questions.) Vous n'avez réellement rien entendu ?

— Je dors d'un sommeil de plomb. Certaines nuits, je prends un peu de laudanum. Et, il y a quelques mois, Mrs Abernetty m'a recommandé des oreillers bourrés de poils de chameau. Elle avait raison. C'est très efficace contre les insomnies.

Nous prîmes congé de Mrs Webster et nous dirigeâmes vers l'extrémité de la rue, en passant devant la maison des Dunstable, toujours absents.

— Dommage qu'on ne puisse les interroger, dis-je à Holmes.

— Je doute qu'ils nous aient appris quelque chose, Watson. Et je m'attends à ce qu'il en soit de même avec les Abernetty. Nous allons voir. Voici la porte d'entrée… qui a besoin d'un coup de peinture fraîche. La maison entière paraît décrépite. Il est vrai que c'est un legs, et très généreux dirons-nous. Voulez-vous sonner, Watson ? Ah… je crois entendre quelqu'un approcher.

La porte fut ouverte par Mr Abernetty, un homme d'une soixantaine d'années, grand, aux mouvements lents et aux épaules courbées, avec un visage ridé, des cheveux longs et argentés. Il m'évoquait un entrepreneur de pompes funèbres, avec sa mine lugubre et sa jaquette sombre un peu élimée.

— Inspecteur Jones ! s'exclama-t-il en reconnaissant notre compagnon. Avez-vous du nouveau ? Je suis ravi de vous voir. Qui sont ces messieurs ?

— Je vous présente Mr Sherlock Holmes, le célèbre détective, répondit Jones. Et son ami, le Dr Watson.

— Mr Holmes ! Mais, bien sûr, je connais ce nom. J'avoue que je suis étonné, monsieur, qu'une affaire aussi insignifiante puisse vous intéresser.

— La mort d'un homme n'est jamais insignifiante, rétorqua Holmes.

— Bien entendu. Je faisais simplement allusion au vol des statuettes. Voyons, où ai-je la tête ? Voulez-vous entrer ?

La maison était de la même taille que celle de Mrs Webster, mais elle dégageait une atmosphère lourde et morne. Bien qu'habitée, on l'aurait crue abandonnée. Mrs Abernetty nous attendait dans le salon. C'était une femme menue, engloutie par le grand fauteuil dans lequel elle était assise. Elle se tamponnait les yeux avec un mouchoir et paraissait incapable de parler.

— C'est terrible, Mr Holmes, commença Abernetty. J'ai déjà tout expliqué à l'inspecteur Jones, mais je vous aiderai de mon mieux.

— Tout est ma faute, sanglota Mrs Abernetty. Harold a tué ce jeune homme pour me protéger.

— C'est ma femme qui m'a réveillé, continua Abernetty. Elle a entendu un bruit de porte fracassée et m'a envoyé en bas pour voir ce qui se passait. J'ai pris le revolver machinalement, sans intention de m'en servir. Quand l'homme m'a aperçu et s'est jeté sur moi… je ne savais pas ce que je faisais. J'ai tiré une fois et je l'ai vu s'écrouler. Je regrette sincèrement de ne pas l'avoir simplement blessé et d'avoir mis fin à sa jeune vie.

— Qu'avez-vous fait après l'avoir vu tomber ?

— Je suis remonté précipitamment auprès de ma femme pour lui dire que j'allais bien. Ensuite, je me suis habillé. Je comptais aller chercher le premier policier que j'apercevrais dans la rue. Juste avant de sortir, j'ai remarqué le sac du cambrioleur. Je sais que je n'aurais pas dû toucher à une preuve, mais j'ai regardé à l'intérieur. C'est alors que j'ai vu les trois statuettes en porcelaine, alignées côte à côte. J'ai reconnu la nôtre. Je l'avais achetée pour ma femme en souvenir du jubilé de la reine. Elle avait disparu du buffet. Comme vous l'imaginez, j'ai été totalement abasourdi en découvrant les deux autres. Puis je me suis rappelé en avoir vu une dans le salon de Mrs Webster.

— Elle était sur son piano, précisa Mrs Abernetty.

— J'ai compris alors que nous n'étions pas les seules victimes du cambriolage. Ce que n'a pas tardé à confirmer l'enquête de l'inspecteur Jones.

— On ne peut rien reprocher à mon mari. Il n'a rien fait de mal. Il n'avait pas l'intention de blesser qui que ce soit.

— Inutile de vous faire du souci, Mrs Abernetty, lui assura Holmes. J'ai rencontré votre voisine, Mrs Webster. Elle vous tient en très haute estime.

— C'est une brave femme, dit Abernetty. Encore très bouleversée par la perte de son mari, en août dernier. Mais nous vieillissons tous. Ce sont des choses auxquelles il faut s'attendre.

— Mrs Webster nous a parlé de Matilda Briggs.

Abernetty hocha la tête.

— Vous savez donc combien nous lui sommes redevables. Mrs Briggs nous a employés pendant de nombreuses années. Emilia… (Il se tourna vers femme.) Emilia l'a soignée pendant sa maladie et, par gratitude, comme elle n'avait pas de famille, elle nous a légué cette maison.

— Elle avait un neveu, je crois ?

— Oui. Il était sergent-chef au 92e Highlanders. Il a été tué à la bataille de Kandahar, dans le sud de l'Afghanistan.

— Sa mort a dû être un choc pour Mrs Briggs.

— Elle en a été affectée, en effet. Mais ils n'avaient jamais été très proches.

— Et le reste de ses biens ?

— Mrs Briggs en a fait don à la paroisse, pour les pauvres, répondit Mrs Abernetty. C'était une personne très pieuse. Membre de la Royal Maternity Charity, de la Temperance Society, de l'association pour l'aide aux jeunes femmes, et de bien d'autres œuvres caritatives.

Holmes opina et se leva, signalant la fin de l'entretien. J'étais étonné qu'il ne pose pas davantage de questions et ne veuille pas examiner la porte de derrière ni le jardin. Mais il avait dit ne pas attendre grand-chose de l'entrevue avec les Abernetty. Au moment de franchir le seuil, toutefois, il se tourna vers eux.

— Une dernière question. Où se trouvent vos voisins, l'agent de change et sa famille ?

— À Torquay, répondit Mrs Abernetty. Ils sont allés rendre visite à la mère de Mrs Dunstable.

Holmes sourit.

— Mrs Abernetty, vous m'avez appris ce que je désirais savoir, et votre réponse est exactement celle que j'attendais. Je vous en remercie et vous souhaite le bonjour.

Nous descendîmes la rue en silence pendant un moment. Finalement, l'homme de Scotland Yard n'y tint plus.

— Avez-vous la réponse à cette énigme, Mr Holmes ? lâcha-t-il brusquement. Trois statuettes sans valeur volées dans trois maisons voisines. Quel était le but du vol ? Il me semble que vous n'avez posé aucune question que je n'aie déjà posée, et rien vu que je n'aie déjà noté. Je crains de vous avoir fait perdre votre temps en vous amenant ici.

— Bien au contraire, inspecteur Jones. J'ai quelques points à vérifier mais, à part cela, l'affaire est on ne peut plus claire. Retrouvons-nous demain matin chez moi, à Baker Street. Dix heures ?

— Je serai là.

— Dans ce cas, séparons-nous. Watson, voulez-vous marcher avec moi jusqu'à la gare ? Je trouve l'air un peu plus frais sur ces hauteurs. Je vous souhaite le bonjour, inspecteur Jones. C'est une affaire singulière et je vous remercie de l'avoir portée à mon attention.

Il n'en dit pas plus et Jones, manifestement en pleine confusion, regagna le fiacre qui attendait. J'avoue que je n'étais guère éclairé moi-même, mais l'expérience m'avait appris à ne pas poser de questions qui resteraient momentanément sans réponse. Je savais aussi que j'allais m'absenter de mon cabinet un troisième jour d'affilée, car il m'apparaissait inconcevable de manquer la conclusion du mystère des trois statuettes royales.

Je me présentai donc à Baker Street le lendemain à dix heures précises, en même temps que l'inspecteur Jones. Nous gravîmes l'escalier ensemble et fûmes accueillis par Holmes, vêtu de sa veste d'intérieur, qui terminait son petit déjeuner.

— Eh bien, inspecteur Jones ! lança-t-il en nous voyant. Nous avons un nom pour le mort. Il s'appelle Michael Snowden. Libéré de la prison de Pentonville il y a tout juste trois jours.

— Pour quel délit ?

— Chantage, agression, vol... J'ai bien peur que Mr Snowden n'ait vécu une vie aussi dissolue que brève. Au moins, il n'est pas allé jusqu'au meurtre. C'est déjà une consolation.

— Mais qu'est-ce qui a attiré un tel homme à Hamworth Hill ?

— Il était venu réclamer ce qui lui revenait de droit.

— Trois figurines en porcelaine ?

Holmes sourit. Il alluma sa pipe et jeta l'allumette dans le cendrier.

— Snowden est venu réclamer la maison que voulait lui léguer sa tante, Mrs Briggs.

— Êtes-vous en train de nous dire que le cambrioleur était son neveu ? Voyons, Mr Holmes, comment pouvez-vous le savoir !

— Je n'ai pas besoin de le savoir, inspecteur Jones. C'est une déduction. Quand tous les indices convergent dans une seule direction possible, vous pouvez être certain d'arriver à la vérité. Michael Snowden n'a jamais été soldat et il n'a pas été tué en Afghanistan. Les remarques de Mrs Webster m'ont éclairé à ce propos. Elle a dit que Matilda Briggs était si bouleversée par la mort de son neveu qu'elle ne supportait pas d'avoir une photo de lui dans sa maison. Cela ne m'a pas paru crédible. S'il était mort sous les drapeaux en servant son pays, sa tante aurait fait exactement l'inverse. Elle aurait été fière d'honorer sa mémoire.

Au contraire, une femme pieuse, membre de la Temperance Society, affligée d'un neveu débauché et criminel…

— … aurait prétendu qu'il était mort à l'étranger ! m'exclamai-je.

— À la guerre, par exemple. Précisément, Watson ! Cela explique pourquoi Mrs Briggs n'avait pas la moindre photographie de son neveu chez elle.

— Pourtant, elle a légué sa maison aux Abernetty, insista Jones.

— C'est ce qu'ils prétendent. Or, là encore, Mrs Webster, avec son sens aigu du détail, a fait une remarque des plus intéressantes. Les Abernetty, nous a-t-elle expliqué, avaient discuté de son testament avec Mrs Briggs. Et non pas elle, avec eux ! J'ai compris tout de suite ce qui avait pu se produire. Une femme âgée, malade, seule avec son domestique intrigant et l'épouse de celui-ci, qui se trouve être son infirmière, se laisse persuader de modifier son testament en leur faveur. Ils veulent sa maison, et ils la prennent, en supplantant le neveu.

« Toutefois, cette dame a des remords. Au dernier moment, elle change d'avis et écrit à son neveu pour l'informer de ce qui se passe et de son désir, finalement, de lui léguer ses biens. J'ai parlé avec le gardien de la prison, qui m'a confirmé que Snowden avait effectivement reçu une lettre il y a quelques mois. Comme dit le dicton : la voix du sang est la plus forte. Et la tante croit peut-être que, même à ce stade, le neveu se bonifiera. Michael Snowden ne peut pas renverser la situation. Il est toujours en prison, où il purge une longue peine. Mais, dès sa sortie, il vient chez sa tante pour se confronter aux extorqueurs.

— Qui l'assassinent ! m'écriai-je.

Soudain, tout s'éclairait.

— Je suis sûr qu'ils ont cherché à le raisonner, poursuivit Holmes. Ils lui ont offert un verre de sherry, puis, comme il se montrait inflexible – sans doute les a-t-il menacés –, Mr Abernetty a sorti son revolver et l'a abattu. Snowden a lâché son verre de sherry, qui a éclaboussé sa chemise. Mais la tache a été en grande partie recouverte par son sang.

Jones avait écouté ces explications avec une expression proche de la détresse.

— Tout me semble limpide, à présent, Mr Holmes, dit-il. Ce que je ne comprends pas, c'est comment vous êtes arrivé à cette conclusion.

— Ce sont les trois figurines qui m'ont aiguillé. Mr Abernetty avait besoin d'un prétexte pour tuer le jeune homme qui, prétendait-il, lui était un parfait étranger. Il était assez facile de le faire passer pour un cambrioleur. Mais que pouvait bien venir chercher un cambrioleur dans une maison aussi peu reluisante, et qui avait peu de chances de contenir des objets de valeur ? C'était le problème.

— Mais pourquoi les trois statuettes ?

— Mr Abernetty a trouvé une solution ingénieuse. Cambrioler deux autres maisons du voisinage, de telle façon que la police ne pourrait manquer de conclure que le mobile était le vol. Pourquoi choisir les maisons des Dunstable et de Mrs Webster ? Il savait que les Dunstable étaient à Torquay. Mrs Abernetty nous l'a appris elle-même. Il savait également que Mrs Webster, avec son laudanum et ses oreillers en poils de chameau, dormait d'un sommeil de plomb et ne risquait pas de se réveiller.

« Il n'avait pas le choix. Il n'y avait rien à voler dans sa propre maison, et il n'avait pas le talent nécessaire pour ouvrir le coffre-fort de Mrs Webster. En revanche, il savait que les trois maisons possédaient le même souvenir du jubilé. C'était une diversion parfaite. Vous vous souvenez peut-être que ma gouvernante, Mrs Hudson, distraite par un chien dansant, avait négligé le plateau du thé. Le même principe s'applique ici. Mr Abernetty a supposé, à juste titre, que ces inoffensifs objets capteraient tellement votre attention, inspecteur Jones, que vous ne mettriez pas en doute la réalité du cambriolage. Il a simplement joué de malchance car vous avez décidé de venir me consulter.

— Je présume qu'il a délibérément laissé des empreintes ?

— En effet, inspecteur Jones. Je me demandais pourquoi un cambrioleur prenait tant de soins à signaler sa méthode d'infraction. C'est évidemment Abernetty, chaussé des souliers de Snowden, qui a imprimé les marques de ses semelles dans le parterre de fleurs. Toutefois, en lui ôtant ses chaussures, il a malencontreusement fait plisser une chaussette du mort. J'ai remarqué ce détail, à la morgue.

— Mr Holmes… je suis sans voix. (Jones se leva, et ce simple mouvement lui coûta un effort visible. Il avait montré une faiblesse semblable à Hamworth Hill.) Vous me pardonnerez si je prends congé. Je dois procéder à une arrestation.

— Deux arrestations, inspecteur, corrigea Holmes. Car Mrs Abernetty est évidemment complice du crime.

— Évidemment. (Jones dévisagea Holmes une dernière fois.) Vos méthodes sont extraordinaires, murmura-t-il. J'ai beaucoup appris. Je vais m'efforcer d'en tirer profit à l'avenir. Je suis passé à côté de tant de choses. Cela ne se reproduira plus.

Quelque temps plus tard, j'appris qu'Athelney Jones était tombé malade et avait quitté la police. D'après Holmes, la désastreuse affaire Abernetty avait contribué à la dégradation de son état physique. Par égard pour lui, je décidai de ne pas publier mon récit et de le conserver avec certains autres papiers dans les coffres de Cox & Co. à Charing Cross, lui offrant la même confidentialité qu'à mes patients. Cette histoire sera rendue publique un jour futur, lorsque les événements ici décrits auront été oubliés et ne risqueront pas d'entacher la réputation de l'inspecteur Athelney Jones.

Composition Nord Compo

Impression réalisée par
CPI BRODARD ET TAUPIN
La Flèche
en octobre 2014

« Pour l'éditeur, le principe est d'utiliser des papiers composés de fibres naturelles, renouvelables, recyclables et fabriquées à partir de bois issus de forêts qui adoptent un système d'aménagement durable. En outre, l'éditeur attend de ses fournisseurs de papier qu'ils s'inscrivent dans une démarche de certification environnementale reconnue. »

PAPIER À BASE DE
FIBRES CERTIFIÉES

hachette s'engage pour l'environnement en réduisant l'empreinte carbone de ses livres. Celle de cet exemplaire est de : 1,2 kg éq. CO_2
Rendez-vous sur www.hachette-durable.fr

Imprimé en France
N° d'impression : 3007223
20.4436.0/01 – ISBN 978-2-01-204436-4
Dépôt légal 1re publication novembre 2014
Dépôt légal : novembre 2014